DEREK MEISTER

DIE SANDWITWE

THRILLER

blanvalet

MIX
Papier aus verantwortungsvollen Quellen
FSC® C014496

Verlagsgruppe Random House FSC® N001967

1. Auflage

Dieses Werk wurde vermittelt durch die Literarische Agentur
Thomas Schlück GmbH, 30827 Garbsen

Redaktion: Angela Kuepper
Umschlaggestaltung: www.buerosued.de
Umschlagmotiv: Getty Images/Chris Clor und
www.buerosued.de
kw · Herstellung: kw
Satz: Buch-Werkstatt GmbH, Bad Aibling
Druck und Bindung: GGP Media GmbH, Pößneck
Printed in Germany
ISBN 978-3-7341-0061-1

www.blanvalet.de

Von allen Geschenken,
die uns das Schicksal gewährt,
gibt es kein größeres Gut
als die Freundschaft.

Epikur

1

Die LED zeigte unbeeindruckt rot.

Anneke Goldmann ließ die Plastikkarte noch einmal durch das Lesegerät gleiten.

Nichts tat sich.

Der Zugang zu ihrem eigenen Büro blieb ihr versperrt.

»Darf doch wohl nicht wahr sein!« Verärgert zog sie die Karte abermals durch und ließ den Blick wartend über die Einfahrt und den modernen Glasbau streifen. Der streng designte Bungalow aus dunklem Schiefer mit Panoramafenstern lag ein wenig ab vom Schuss auf einer Anhöhe und war lediglich durch einen schmalen Waldweg zu erreichen.

Die Sonne hielt sich noch hinter den Kiefern verborgen, die hier an der Klippstraat im Norden Valandsiels vom Wind gedrückt dicht an dicht standen.

Mit der Zeit hatte sich die achtunddreißigjährige Architektin immer mehr in die Morgenkühle, diese unglaublich frische Luft und den goldweißen Glanz der Sonne verliebt. Wahrscheinlich hatte sie deswegen genau dieses Stückchen Land erstanden und ihr Architekturbüro hier oben gebaut. Und ziemlich wahrscheinlich begann sie deswegen ihren Arbeitstag auch gerne bereits um halb sechs in der Früh.

Hätte ihn gerne begonnen.

Die LED blieb störrisch.

Ungehalten warf sie ihre halb aufgerauchte Zigarette auf den Kies, zückte ihr Smartphone und hatte eine Minute später den Service für die verfluchte Türanlage dran.

»Wie? Was soll das heißen, ›erst morgen‹? Hören Sie, das akzeptiere ich nicht. Schluss! Sie schicken mir sofort einen Techniker.«

»Tut mir leid, aber zur Zeit ist niemand in Ihrem Einzugsbereich, hören Sie, Frau Gold…«

»Nein, jetzt hören Sie mal«, unterbrach sie den Mann barsch und zog frustriert die Karte gleich viermal durch, wobei ihr dunkelroter Nagellack in Mitleidenschaft gezogen wurde. »Ich verbaue seit sechs Jahren Ihre bescheuerten Schlösser in meinen Neubauten, und ich glaube nicht, dass Ihr Vorgesetzter es gern hätte, wenn ich den Anbieter …«

Klack. Mit einem Mal glitt die Glastür auf und gab den Weg frei. Erstaunt sah Anneke auf die LED. Grün.

»Ähm. Frau Goldmann? Vielleicht ist der Magnetstreifen Ihrer Karte …«

»Jaja. Wahrscheinlich die Karte«, brummelte sie. Entschuldigungen lagen ihr nicht.

»Ich sende Ihnen sofort eine neue. Und morgen schicke ich Ihnen selbstverständlich einen Monteur, der …«

»Tun Sie das.« Ohne ein weiteres Wort legte sie auf und warf einen kritischen Blick auf die Karte. Der Streifen wirkte ziemlich abgenutzt, die Karte war sicher schon tausendmal durchgezogen worden. Offenbar war das tatsächlich der Grund für das Versagen. Doch was, wenn sie nicht aus dem Büro kam, weil diese bescheuerte Sicherheitstür nicht wieder aufging?

Kurzerhand schnappte sie sich den Standascher und klemmte ihn zwischen die Flügel, bevor die Tür zugleiten konnte.

Wenn sie etwas hasste, dann eingesperrt zu sein.

Das betraf ihr Leben im Ganzen, weswegen sie sich weder an einen festen Partner gekettet noch mit Kindern belastet hatte. Und es betraf ihr Leben im Kleinen. Fahrstühle, Klokabinen, das Blockieren der Türen ihres BMW an der Ampel … all das bereitete ihr Panik. Seit einigen Wochen träumte sie immer öfter davon, eingeschlossen oder gefesselt zu sein und dann qualvoll zu ersticken. Vorgestern war eine handgroße Spinne auf ihr Gesicht gekrochen. Ihre haarigen Beine – über und über mit Sand verklebt – hatten sich im Traum direkt auf ihren Mund gesetzt. Dieses widerliche Vieh hatte ihr den Atem geraubt, und sie hatte sie nicht wegschlagen können, weil ihre Hände festgebunden …

Der Gedanke an den Traum ließ sie auch jetzt noch frösteln. Ihre Schreie hatten sogar ihren Nachbarn geweckt. In Boxershorts, das Haar vom Schlaf zerzaust, hatte er bei ihr geklopft und gefragt, ob er die Polizei rufen solle.

Der Ascher blockierte die Tür perfekt. Sie würde hier nicht eingesperrt werden.

Ihre High Heels klackten auf dem Marmor, als sie an einer Reihe übergroßer Schwarz-Weiß-Aufnahmen vorbeiging, die den Bau ihres Architekturbüros dokumentierten. Gestylte, kühle Aufnahmen der Bauabschnitte, die perfekt zum klaren Stil ihrer Arbeiten passten.

Sie schritt durch die noble Beratungsecke und steuerte ihren Schreibtisch an. Ihr Kompagnon war für eine Woche geschäftlich nach London geflogen, und sie freute sich auf den stillen Morgen allein im Büro. So konnte sie noch in aller Ruhe ihre Entwürfe für das Oceanum durchgehen, das Valandsiels Tourismus stärken sollte. Der Bau, der an der Promenade entstehen sollte, war eine echte Herzensangelegenheit für sie, und sie hatte sich ehrlich gefreut, als der Bürgermeister sie angesprochen hatte. Schließlich war sie hier in Valandsiel aufgewachsen und wollte dem kleinen Küstenort gerne etwas zurückgeben. Aus verschiedensten Gründen.

Anneke fuhr im Stehen ihren Laptop hoch, als sie mit einem Mal einen Blick auf ihrer Schulter spürte. Jemand stand hinter ihr und starrte sie an. Er …

Jäh fuhr sie herum.

Ihr Blick hastete über den Besprechungstisch, die offenen Regale mit Fachbüchern … Niemand. Kein Schatten. Sie war allein im Büro.

Trotzdem fröstelte sie erneut. Das Gefühl, angestarrt zu werden, wollte nicht weichen.

»Hallo?«

Ihr Ruf blieb unbeantwortet. Reglos horchte sie, doch außer dem Wind in den Kiefern und dem Gesang der Amseln war es vollkommen still.

Sie sah sich zum Windfang um, aber auch dort war niemand.

Verfluchte Sicherheitsanlage.

Anneke trat zögernd vor und warf einen schnellen Blick hinter das Regal und in die zwei dunkelsten Ecken.

»Sei nicht kindisch«, ermahnte sie sich und ließ den Blick dennoch durch die Scheiben gleiten. Ihr BMW parkte in der goldweißen Morgensonne.

Auch dort war niemand zu sehen. Nicht mal ein Schatten.

Sie war allein. Und endlich verflog das Gefühl, beobachtet zu werden. Routiniert breitete sie die Blaupausen auf dem Konferenztisch aus, ging zur Küchenzeile und bestückte die Kaffeemaschine.

Sie wollte gerade Wasser holen, als sie es sah.

Die Kanne rutschte ihr vor Schreck aus der Hand und zersprang. Scherben spritzten über den Marmorboden der Küchenecke.

Anneke sackte das Blut weg, der Anblick ließ sie erschaudern.

Auf dem Regal mit den Blechdosen voller Tee stand ein

Türmchen. Es war nicht höher als eine Zigarettenschachtel. Ein Türmchen aus Sand.

Piet hat recht, schoss es ihr durch den Kopf. Raus! Du musst hier raus!

Instinktiv wich sie zurück, hastete zur Tür, zückte ihr Handy. »Geh schon ran, geh schon …«

Jemand hob ab.

»Erik?«, sagte sie.

»Ja? W-Was? … Hallo?« Die verschlafene Stimme eines Mannes.

»Piet hat recht! Erik?«

»Was? A-Anneke? Bist du das? Was … was ist denn los?«

Anneke stieß den Ascher beiseite und eilte im Laufschritt, so schnell es mit ihren hohen Schuhen ging, über den Kies zum BMW. Sie spürte ihr Herz rasen, traute sich nicht, sich umzudrehen und einen Blick über die Schulter zu werfen. »Er hat sich das nicht eingebildet!«

»H-hast du wieder schlecht geträumt? Piet ist paranoid. Beruhig dich.«

Im Laufen checkte sie den Wagen … leer. Niemand drin. Sie sprang hinein und zog hastig die Tür zu. »Hier war auch jemand!« Mit einem satten Klacken schloss sich die Zentralverriegelung. Doch lieber eingesperrt als ungeschützt.

»Wo? Was meinst du?«, fragte Erik.

»Wir müssen uns treffen und das …« Sie brach ab, denn in diesem Moment bemerkte sie ihn.

Händeweise war er auf dem Beifahrersitz verteilt, im Fußraum, selbst auf dem Armaturenbrett. Gelblich, fein, glitzernd.

Sand.

»Anneke?«

Panik ergriff sie. Sie fingerte nach ihrem Schlüssel, wollte die Zentralverriegelung wieder aufheben, wollte ins Freie und …

Da legten sich sandverkrustete Finger auf ihren Mund.

Finger, eklig wie die Beine der Spinne aus ihrem Traum. Sie wollte schreien, wollte um sich schlagen, spürte einen Stich im Oberschenkel. Der Unbekannte hatte ihr eine Spritze ins Bein gerammt. Sofort begannen ihre Kräfte zu schwinden. Sie wollte um sich schlagen, aber ihre Muskeln gehorchten ihr nicht mehr.

»Anneke? A-alles okay?«, dröhnte es überlaut aus ihrem Smartphone. Selbst das leise Rauschen der Bäume drang zu ihr in den Wagen und toste in ihren Ohren. Einfach alles fühlte sich viel zu intensiv an, die Spucke in ihrem Mund schmeckte brutal nach Nikotin, die Morgenluft im Auto roch abgestanden, das Knistern der Ledersitze glich Fernsehrauschen.

Und dann hörte sie das Flüstern, so laut, so unangenehm laut. »Sag ›Blinder Alarm‹. Sag, dass du dich später meldest.«

Sie wehrte sich dagegen, doch es gelang ihr nicht, Erik zu warnen. »Ohkeh alles. Blinda Alahm. Blihnda…«, brachte sie nuschelnd heraus, weil Zunge und Mund taub wurden.

Dann hatte die Sandhand ihr das Telefon aus den Fingern gezogen und aufgelegt.

Zur Regungslosigkeit verdammt, starrte sie geradeaus auf ihr Büro. Sie konnte nicht einmal mehr den Kopf bewegen. Sie war in ihrem eigenen Körper gefangen, spürte den Atem des Fremden an ihrem Ohr: »Aller Welt Feind, Anneke. Aller Welt Feind.«

2

Der Sheriffstern zitterte.

Der Knall des Revolvers war so laut, dass sich das billige Plastikspielzeug am Rückspiegel von Knut Jansens rostigem Landrover zu drehen begann.

Charakter, Integrität, Wissen, Ehre, Höflichkeit, Loyalität und Gerechtigkeit.

Die Tugenden eines Sheriffs.

Jeder Zacken eine Tugend.

Knut Jansens Sheriffstern besaß bloß sechs Zacken.

Sieben Tugenden, sechs Zacken.

Ein zweiter Schuss zerriss die Stille, scheuchte drei Dutzend Möwen auf und hallte zwischen den Autowracks wider. Über Radovskis Schrottplatz trieben Schäfchenwolken. Die Sonne war vor zehn Minuten untergegangen und tauchte den Himmel über dem Flutlicht in ein beeindruckendes Spiel aus Lila und Rot. Hoch oben kreisten die Möwen. Als sie vor einer halben Stunde angefangen hatten, waren Hunderte von ihnen aufgestoben. Knut mochte die Viecher nicht.

Er war sich sicher, dass der Knall in ganz Valandsiel und bis weit hinaus auf die Nordsee zu hören war, aber sie schossen jetzt seit Anfang Juli hier draußen, und bisher hatte sich keiner beschwert. Es war zu einem netten Ritual geworden. Immer wenn Knut und Veith ihren ehemaligen Kollegen Magnussen in der Reha besuchten, fuhren sie anstatt nach Hause noch auf den Schrottplatz, tranken ein paar Bierchen und versuchten auf bessere Gedanken zu kommen.

Seinem Kollegen dabei zuzusehen, wie er gegen seine Schmerzen focht und versuchte, zurück ins Leben zu kommen, nahm Knut jedes Mal ziemlich mit. Das Schlimmste war, dass der einstige Bodybuilder und kraftstrotzende Polizist, der erfahrenste in Knuts Revier, noch immer davon faselte, in den Dienst zurückzukehren – obwohl sie alle wussten, dass er wahrscheinlich für immer an den Rollstuhl gefesselt war.

Mit seinen Sneakers suchte Knut einen besseren Stand und legte den Trommelrevolver erneut auf die Bierflaschen an, die er mit seinem Kollegen auf der Motorhaube des VW Passat aufgereiht hatte.

Der zweite Schuss saß. Das .357-Geschoss zerscherbelte eine der Flaschen und krachte durch den rechten Vordersitz, um irgendwo im Schrottwagen stecken zu bleiben.

»Perniziös ... Jetzt ich.« Veith kratzte seine zeigefingerlange Narbe am Hals. Knut wusste, dass Veith noch immer Schmerzen hatte. Zweimal am Tag trug er eine Salbe auf, aber es war die letzten drei Monate kaum besser geworden. Jetzt nahm er den Colt von Knut entgegen und schob sich die John-Lennon-Brille auf die Nasenspitze.

»Warst du schon mal verliebt?« Knut ließ sich in einen ausrangierten Sessel fallen.

»Willst du mich ablenken?«

»Ich?« Knut fingerte nach dem Sixpack, das sie an der einzigen Tankstelle Valandsiels gekauft hatten, und riss eine Flasche aus der Pappe. »Nein, das war 'ne ernste Frage. Echt, Veith.« Mit einem Schraubenzieher öffnete er ein Bier, hielt es Veith hin und musste bei dessen Anblick schmunzeln. Sein Freund hatte noch immer seine Polizeiuniform an, die Mütze war in den Nacken geschoben, sodass seine krausen schwarzen Haare hervorlugten, und die Krawatte hing über der Schulter. Warum auch immer, aber er brauchte seine Zunge zum Zielen.

»Bist du bescheuert? Natürlich war ich schon mal verliebt«, entgegnete Veith. »Du meinst *unglücklich* verliebt, richtig?«

Weil Veith das Bier nicht entgegennahm, trank Knut einen Schluck. »Ja. Und nicht den Mumm gehabt, es zu sagen. Das mein ich eigentlich.«

Veith brach das Zielen ab, um sich mit der Krawatte die Stirn abzutupfen. »Du sprichst von Helen. Tja, Knut, da fehlt dir zwingend ein ganzheitlicher Ansatz.«

»Ganzheitlich?«

»Tut mir leid, dir das sagen zu müssen, aber das Fehlen eines ganzheitlichen Ansatzes durchzieht dein komplettes Leben.« Wie um die trockene Feststellung zu unterstreichen, drückte Veith ab. »Nur das Postulat eines Freundes«, fügte er im Widerhall des Schusses hinzu.

»Danke … Echt nett, Veith. Baust mich voll auf. Hast du für *Freund* auch ein Fremdwort?«

»Bitte?«

Knut winkte ab.

Veith lud den Revolver nach, indem er einzeln die Patronen in die Trommel schob, und sagte mit tragender Stimme: »›Ist es nicht die wärmste Liebe, jene, die im Geheimen uns verzehrt mit ihres Herzens Hitze Glut?‹«

»Herzens Hitze Glut?«

»Müsst ich in meinen Büchern nachschlagen, wer das gesagt hat. Hab ich vergessen.«

»Ganz ehrlich? Ich find's scheiße. Also, dass die beste Liebe die is', die wir im Geheimen ausleben. Ich lieg jede Nacht da, starre auf Hendrix und krieg sie nicht aus dem Kopf. Das ist doch was für Sadisten.«

»Wenn schon für Masochisten … Oder, nein, eher für Melancholiker. Vielleicht bist du ja auch einer.«

»Wieso *auch?* Bist du 'n Melancholiker?«

»Klar. Und zwar mit Stolz.« Um ein Haar wäre Veith eine der Patronen in den Dreck gefallen. »Verdammt, du musst dir mal 'n Ladering anschaffen … Wie der Tod ist die Liebe einfach Teil des Menschen. Wir können sie also nicht aufgeben. Wir müssen lernen, mit ihr umzugehen. Mit der erwiderten und der unerwiderten Liebe. Beide Zustände können schwer sein.«

»Zustände? … Hm, na, die krieg ich auch bald. Also Led Zeppelin wirkt nicht wirklich gegen die *unerwiderten Zustände.*«

»Weil du Liebe mit Angst verbindest. Du hast keine Angst vor Helen, du hast Angst, Birthe zu verlieren.«

»Was? Quatsch.«

»Was geschieht, wenn Helen dir einen Korb gibt und Birthe das Ganze beendet, weil du Helen schöne Augen gemacht hast? Das ist dein Problem. Furcht vor dem Alleinsein und der doppelten Zurückweisung.«

Knut schloss die Augen. Seit Wochen bestand ihre Polizeiarbeit im Verteilen von Knöllchen, dem Schlichten von lähmenden Streitereien und der Aufnahme von bescheuerten Blechschäden. »Sind Sie sicher, dass Sie *das* polizeilich aufnehmen wollen?«, war die Standardfrage der letzten Monate und eine entlaufene Kuh, die es bis in den Yachthafen geschafft hatte, das Spannendste seit dem Sommer. Auch wenn Knut selbst den Gedanken abartig fand, aber er musste zugeben, dass ihn die Aufklärung der brutalen Mordserie vor dreieinhalb Monaten zutiefst befriedigt hatte. So verstörend der Fall auch gewesen war – den Täter zu stellen, endlich Anerkennung als Revierleiter zu erhalten und vor allem mit Helen zusammenzuarbeiten hatten eine Sehnsucht in ihm gestillt. Und seinen faden Polizeialltag danach umso zermürbender erscheinen lassen.

»Und was ist nun die philosophische … äh, Dings?«, nahm Knut das Gespräch wieder auf.

»Die Quintessenz …« Der Rückstoß ließ Veith wanken, die Bierflasche zersprang in tausend Stücke. »Du bist viel zu zersplittert. Du musst zu deinen Gefühlen stehen und endlich dein Leben aufräumen. Tabula rasa. Alles raus, was fault und nervt. Ganzheitlicher Ansatz.«

Knut ließ den Kommentar seines Kollegen sacken. Vielleicht war es wirklich an der Zeit, reinen Tisch zu machen. In Helens Anwesenheit kam er sich seit Wochen wie ein hormongesteuerter Sechzehnjähriger vor …

Der Dorfsheriff mit dem Zacken zu wenig.

»Hm … Mit Birthe Schluss machen? Ich weiß nich' …«

»So viel zu Tabula rasa.«

Knurrend zog Knut für Veith ein weiteres Bier aus dem Sixpack. »Auf die Ganzheitlichkeit.« Er warf es ihm zu, als sein Funkgerät knackte.

»Knut? … Schatz?«, hörte er Birthes aufgeregte Stimme.

»Nenn mich nich' immer …«, er brach ab. »Wir hören.«

»Hört auf zu ballern! Ihr müsst sofort zum Hauke-Haien-Weg kommen. Sofort.«

3

Das Erste, was Knut auffiel, waren die grellen Lichter. Die schrillen Schatten ließen den Asphaltweg, der sich direkt hinter den Dünen zwischen den Ferienhäusern der Anlage entlangzog, merkwürdig zucken, so als sei der Weg lebendig in der dunkelnden Nacht. Blaue und gelbe Halbschatten tanzten über die weiß getünchten Bretter der Ferienhäuser und die Gesichter der Feriengäste, die zum Gaffen gekommen waren. Diehls Blaulicht und die gelben Absperrlampen bildeten mit den Warnleuchten der zwei Rettungswagen und dem Einsatzfahrzeug der Freiwilligen Feuerwehr Valandsiels einen bunten Reigen.

Eine schlanke blonde Frau, die Knut auf Anfang dreißig schätzte, wurde zum Krankenwagen gerollt. Ihre Wangen wirkten trotz ihres Make-ups eingefallen, die Haut blass. Die Sanitäter hatten sie auf eine Liege geschnallt, aber sie schien keine Schmerzen zu haben. Sie trug keine Schuhe, und unter der Decke, die die Sanis ihr übergeworfen hatten, lugte Spitzenunterwäsche hervor. Vielleicht stand sie unter Drogen, denn sie antwortete den Männern nicht. Obwohl alle auf sie einsprachen, starrte sie stumpfsinnig durch sie hindurch. Als Knut an ihr vorbeiging, konnte er ihr in die Augen blicken und erschrak.

Wenn die Augen das Tor zur Seele sind, dann war hinter diesen Augen bloß Ödnis.

Beunruhigt sah er der Frau nach und wandte sich erst

ab, als die Türen des Krankenwagens hinter ihr zugezogen wurden.

Diehl, der diesen Abend Streife fuhr, hatte direkt am Häuschen neben einem Cabrio und einem in die Jahre gekommenen Kombi geparkt, es aber anscheinend nicht für nötig befunden, das Blaulicht auszuschalten. Der dickliche Beamte mit dem schütteren Haar saß auf dem Fahrersitz, die Beine aus dem Streifenwagen gestreckt, und wurde von einem Sanitäter versorgt. Der hatte Diehls Hawaiihemd, das er anstatt seiner Uniform trug, hochgeschoben und checkte seinen Herzschlag.

»Alles klar bei dir? Diehl?«

Statt einer Antwort zeigte der Beamte mit einer fahrigen Geste zum Haus.

Während Veith ein paar Worte mit Diehl und dem Sanitäter wechselte, ging Knut hinüber.

Er spürte, wie er eine Gänsehaut bekam. Das Prickeln schlich seine Arme und den Rücken hinauf. Zu seiner Verwunderung war es nicht unangenehm, sondern fühlte sich irgendwie erfrischend an.

Es geht wieder los, dachte er, während er sich durch die erste Reihe junger Feuerwehrmänner schob. Sie versperrten die Treppe zur Veranda, rauchten und unterhielten sich über Belanglosigkeiten. Ihre Mienen verhießen jedoch nichts Gutes.

»Gibt's hier was umsonst? Darf ich mal?« Knut zog seine speckige Basecap zurecht und bahnte sich einen Weg zum Eingang des Ferienhauses.

Es war hell erleuchtet. Hinter den zugezogenen Jalousien konnte er mindestens sechs Schatten ausmachen. Einen Augenblick lang musste er an eine Stehparty denken, nur dass die Männer in dem kleinen Holzhäuschen keine Biere in der Hand hielten.

Knut trat ein. Jäh spürte er die Hitze, die sich in der Bretterhütte gesammelt hatte. Es war kaum Platz, bloß ein Zimmer zum Wohnen, Schlafen und Essen. Schon nach zwei Atemzügen klebte ihm das Holzfällerhemd am Rücken.

»Hast du dich verfahren, Knut?«, knurrte sein Vater.

»Sehr witzig! Was machst du hier? Hör endlich auf, den Polizeifunk abzuhören, Thor.«

»Komm schon, ich kann dir helfen.« Auf Thor Jansens wettergegerbtem Gesicht zeichnete sich ein verschmitztes Lächeln ab. »Du warst ja mit Veith unterwegs. Ich war schneller hier.«

»Wir waren bei Magnussen im Krankenhaus und haben ein bisschen Frust auf dem Schrottplatz …« Knut brach ab. Wieso rechtfertigte er sich vor seinem Vater? Er spürte schlechte Laune in sich hochsteigen wie brackige Flut im Hafenbecken. »Wie oft soll ich dir noch sagen, du kannst nicht einfach bei unseren Einsätzen auftauchen? Verlass bitte den Tatort«, ermahnte er seinen Vater und nickte zur Tür.

Thor zupfte das Haarband zurecht, das seinen Pferdeschwanz hielt, rührte sich aber nicht von der Stelle. »Schau dir das erst mal an«, brummte er mit seiner sonoren Stimme und gab den Blick auf das Bett frei. Zumindest wollte er das, doch Knut sah bloß die Rücken der Feuerwehrleute und Sanitäter.

»Michael, Karl, Carsten … Geht mal bitte zur Seite«, forderte Knut alle auf. Ihre Stiefel ließen den Holzboden knarzen, als die Männer abzogen. Bloß sein Vater blieb stur, trat noch vor Knut ans Bett vor.

»Robert Jäger. Von den Docks«, erklärte er. »Verheiratet, eine Tochter. Tja, und ein amouröses Abenteuer.«

Unter der schwarzen Satinbettwäsche zeichnete sich ein stämmiger Körper ab.

Knut zog sich Handschuhe über. Draußen bellten zwei Hunde, und er meinte, die Brandung rauschen zu hören. Dann wurde ihm bewusst, dass es der Dünensand war, der gegen die Hütte wehte und dabei wie fernes Meeresrauschen klang.

»Die Frau ist nicht vernehmungsfähig. Hockte hier und starrte vor sich hin. Melanie Roth. Ich hab ihr Portemonnaie zu den Asservaten gelegt. Die fahren sie nach Husum in die Klinik. Sie wohnt in Goldelund.«

»Hab die Frau gesehen. Danke für die Amtsunterstützung, Herr Exrevierleiter«, ätzte Knut.

»Bitte sehr. Einmal Bulle, immer Bulle.«

Knut bedachte seinen fünfundsechzigjährigen Vater mit einem strafenden Blick. Zu Neujahr hatte Thor die Leitung von Valandsiels winzigem Polizeirevier seinem Sohn vermacht. Er hatte noch immer nicht genau durchschaut, wie es Thor gelungen war, ihn in den Chefstuhl zu hieven. Wahrscheinlich hatte der alte Knochen ein wenig Druck beim Bürgermeister ausgeübt, bei der Polizeidirektion gut Wetter gemacht ... und schließlich war Knut mit 28 Jahren neuer Revierleiter geworden.

Er seufzte. »Das seh ich wirklich anders, Papa. Würdest du jetzt bitte ... bitte ...«, er suchte nach Worten, »surfen gehen oder zu deiner Freundin fahrn!«

Thor ließ die Aufforderung unkommentiert. »Die haben sich hier zum Vögeln getroffen, schönes Nümmerchen nach Feierabend. Das ging schon Monate, immer hier in dieser Hütte, die sie von Claas gemietet haben.«

»Und du hast natürlich den Belegungsplan für die Ferienhäuser bei Claas geholt und ihn befragt.«

»Nur kurz gesprochen. Glaubst du, der bleibt als Vermieter vor der Glotze sitzen, wenn die Feuerwehr und alle Sanis aus Valandsiel auf seinen Hof reiten?«

Knut spürte, wie er langsam wütend wurde. »Wer hat ihn zugedeckt?«

»Einer der Sanitäter, nehme ich an. Glaub ich. Kein schöner Anblick, Knut.«

»Scheiße noch mal! Wie viel habt ihr hier verändert?«

Nachdem er einmal Luft geholt hatte, schlug Knut die Decke beiseite.

Und bereute es sofort.

Zwar hatte Jäger die Augen geschlossen, doch sein Mund war grotesk verrenkt und zu einem stummen Schrei aufgerissen. Blut war ihm aus dem Mundwinkel gelaufen, hatte sein Kinn verschmiert und seine nackte Brust besudelt. Es glitzerte merkwürdig.

»Scheiße«, keuchte Knut und spürte die Hand seines Vaters auf seiner Schulter.

»Ich hätt auch fast gekotzt. Deck ihn wieder zu. Das macht das LKA.«

Knut nickte und deckte die Leiche zu. Dann zückte er sein Funkgerät. »Birthe?«

»Ja, Schatz.«

Knut hatte nicht gedacht, dass er so bald schon wieder das Landeskriminalamt zu Hilfe holen müsste. Er hätte bis zum Ende seiner Dienstzeit locker drauf verzichten können, Johann Maas noch einmal in seinem Revier begrüßen zu müssen. Aber was blieb ihm angesichts dieser Schweinerei übrig?

»Sag Maas Bescheid«, befahl er Birthe. »Der soll sich um die Kripo kümmern. Mir egal, wen der schickt.«

»Du klingst aber geladen, Schatz.«

»Lass es, okay? Ruf einfach Maas an.«

»Hab ich schon gemacht.«

»Ach?« Knut war überrascht.

»Dein Vater hat vorhin gesagt, dass es sich wohl um Mord …«

»Mein Vater?« Er erdolchte Thor mit einem Blick, doch der zuckte nur die Schultern. Knut wandte sich wieder an Birthe. »Gut … und noch was.«

»Ja?«

»Helen. Ich will Helen hier haben.«

»Helen …« Ihre Ablehnung war nicht zu überhören. »Komm schon. Warum willst du …?«

»Ruf sie an«, unterbrach er sie barsch. »Sofort. Tut mir leid, aber ich brauch sie hier.«

Einen Moment war es still. »Is' gut«, hörte er Birthe sagen, und weil sie die Sprechtaste nicht schnell genug losließ, rauschte ihm ein »Kann ich mir denken« entgegen.

Wenn es tatsächlich einen weiteren Mord in Valandsiel gab und er Maas ertragen musste, wollte er auf jeden Fall wieder Helen an seiner Seite wissen.

Knut griff noch einmal nach der Decke, und obwohl sein Vater ihn warnte, schlug er sie ein zweites Mal beiseite. Diesmal hielt er dem Anblick länger stand. »Was ist das da in seinem Mund?«

Irgendetwas schimmerte auf der Zunge des Toten, füllte seinen Mund aus. Knut rückte ein wenig vor und beugte sich tief über Jägers Leiche.

»Lass das die Jungs von der Soko machen«, sagte Thor, aber Knut hörte nicht hin. Er spürte das Adrenalin durch seinen Körper schießen. Es spülte all die belanglosen Einsätze der letzten Wochen hinweg. Auch wenn er es sich niemals eingestehen würde, aber das Gefühl tat gut. Er hatte das Kribbeln vermisst, und außerdem war er einfach zu neugierig.

»Gleich …« Er zupfte den Kugelschreiber von seinem Notizbüchlein. Sein Magen verkrampfte sich, und aus dem wohligen Kribbeln wurde ein Ziehen. Er musste sich anstrengen, sich nicht zu übergeben, als er mit dem Kugelschreiber ganz vorsichtig in Jägers Mund fuhr.

Am Kuli blieb kein Blut haften, sondern etwas Funkelndes. Winzige Körnchen.

In dem Moment sackte Jägers Kopf zur Seite. Es sah aus, als erbreche er sich in Zeitlupe. Mehr und mehr von dem Zeug rieselte dem Toten zwischen den Lippen hervor. Es floss Jäger staubtrocken aus dem Mund und über seinen Bauch auf die schwarze Bettdecke.

Sand.

4

Helen Henning erwachte. Wie jeden Morgen ließ sie ihre Hand auf die andere Bettseite wandern, um ihn zu spüren. Doch sie strich bloß über kühlen Satin. Sie rollte sich herum und stellte verwundert fest, dass er schon unterwegs war. Das war nicht ungewöhnlich, aber er hatte ihr davon nichts gesagt. Wahrscheinlich wieder irgendein panischer Villenverkäufer im Rainier Valley, am Spring Beach oder in Bellevue.

Gähnend stand sie auf und streckte sich. Ihre Zehen gruben sich in den flauschigen, mollig warmen Teppich. Ein Loblied auf die Fußbodenheizung. Der Digitalwecker zeigte 4:30. Die Sonne würde erst in einigen Stunden aufgehen, dennoch war der Ausblick aus dem 26. Stock des luxuriösen Hochhauses atemberaubend.

Sie hatte es sich zur Gewohnheit gemacht, sich bei einem Kaffee vor eine der Panoramascheiben zu stellen und auf Seattle hinabzublicken, auf den Pike Place Fish Market und dann hinaus auf die Elliot Bay, wo die Fähren ein und aus fuhren. Es war faszinierend, dem Treiben dort unten zuzusehen.

Heute war sie jedoch zu angespannt für einen Kaffee und ein wenig Besinnlichkeit. Sie duschte kurz, zog dann ihre Arbeitsjeans und die dünne beigefarbene Bluse an. Eigentlich mochte sie die Farbe nicht, aber wie sie durch zig Einsätze herausgefunden hatte, scheuerte die Kevlarweste bei ihr am wenigsten.

Das Frühstück ließ sie ausfallen, zerlegte am Küchentisch fachmännisch ihre Dienstwaffe, sah zu, dass alles gereinigt und intakt war, und baute die Pistole routiniert wieder zusammen. Als Profilerin des FBI hatte sie zwar wenig Schusserfahrung, aber dennoch etliche Tage auf Übungsplätzen verbracht. Erst als sie den Autoschlüssel nahm, bemerkte sie seine Notiz auf dem Marmor des Küchenblocks.

Kurioserweise hatte er ihr ein paar Worte auf einem Rezeptblock hinterlassen. Überrascht stellte sie fest, dass es ein Block war, wie ihn deutsche Ärzte verwendeten.

Verwundert hob sie ihn hoch und musterte die Schrift. Es sah aus, als habe er die Worte mit dem Finger hingekritzelt.

Die Zeile war mit Blut geschrieben.

Some say the world will end in fire.

Schlagartig überkam sie Angst. Das Gefühl war augenblicklich da, ohne Vorwarnung. Ihr Herz trommelte urplötzlich los, sie begann zu schwitzen, spürte, wie ihre Augen ihr nicht mehr gehorchen wollten, ständig zur Seite wanderten, prüfend, abcheckend, lauernd, obwohl sie sich konzentrieren wollte.

Wieso hatte er mit Blut …?

Sie zwang sich zur Ruhe. Ihr Hals wurde so trocken, dass ihr das Schlucken schwerfiel. Endlich zog sie ihre Pistole aus dem Halfter, brachte ihren Atem unter Kontrolle und sah sich im Apartment um. Alles schien wie immer, bloß das Licht aus einem der Deckenfluter flackerte. Aus der offenen Küche hatte sie einen guten Blick ins Wohnzimmer und durch die Schiebetür auf ihr Bett. Alles ruhig. Niemand war hier. Warum hatte er …

Als sie sich seine Nachricht ein zweites Mal ansehen wollte, fiel ihr Blick auf ihre Füße. Sie hätte schwören können, bereits die schwarzen Polizeistiefel übergestreift zu haben, doch ihre Füße steckten in Biene-Maja-Socken. Kindersocken, die sie das letzte Mal in Valandsiel getragen hatte. Kaum starrte sie hinab auf ihre Füße, wurde der Teppich wärmer. Die Fußbodenheizung musste einen Defekt haben … Die Wärme wurde zu Hitze.

Mit einem Mal fielen alle Deckenfluter gleichzeitig aus. Überrascht schrie sie auf, als Dunkelheit sie umfing. Bloß der Teppich glomm eigentümlich unter ihren Füßen, die vor Hitze zu schmerzen begannen. Und mit einem Mal, mit einem Mal begann der Teppich zu brennen.

Flammen züngelten zwischen den Fasern hervor, das Ding wurde lavarot, und sie spürte das Feuer, spürte, wie es ihre Füße fraß, wie es ihre Zehen zu Asche werden ließ und im Bruchteil einer Sekunde ihren rechten Fuß verschlang, gierig hochzüngelte, bis zum Unterschenkel, und sie schrie und stürzte dem Feuer entgegen, lag auf dem Rücken und schrie.

Bitch.

Some say the world will end in fire.

Und das Feuer reißt ihren schwarzen Unterschenkel fort, er fliegt in einem Aschregen davon. Und sie zieht sich schreiend über den Lavaboden und zwischen glänzenden Schneekugeln hindurch, die wie Murmeln eines wahnsinnigen Riesen in dieser Luxussuite verteilt …

Helen erwachte vom Klirren der Kugeln und bemerkte, dass sie in ihrem Jugendbett unter den Starschnitten von Whitney Houston lag. Ihre Glock 22 war ihr vom Bauch gerutscht und zwischen die Glaskugeln gefallen, die sie heute Morgen zusammengerafft hatte, um sie einzupacken.

Unten klingelte jemand Sturm.

Fluchend kam sie hoch, schwang erst ihr linkes, dann ihr rechtes Bein über die Kante. Ihr rechtes Bein fehlte ab Mitte des Unterschenkels.

Nimm's mit Humor, Helen. Du stehst jeden Tag mit dem linken Fuß auf. Haha.

Sie klaubte ihre Glock vom Fußboden und warf einen Blick auf ihr Smartphone. Es kam ihr vor, als sei es mitten in der Nacht, aber es war erst kurz vor neun Uhr abends.

»Wer ist da?«, rief sie. »Was wollen Sie?«

»Hallo?«, hörte sie die gedämpfte Stimme eines Mannes. »Frau Henning, Helen Henning? Ich habe einen Gerichtsbeschluss zur persönlichen Zustellung!«

Fluchend hüpfte sie mit einem geübten Sprung zum Schreibtisch, auf dem im Mondlicht ihre Unterbeinprothese lag. »Ich komme. Moment!« Sie zog sich den Liner über den Stumpf und setzte routiniert die Prothese an. Dann schlüpfte sie in ihre Hose. Ohne etwas drunterzuziehen, streifte sie sich ihren Kapuzenpulli schnell über den nackten Oberkörper.

Seit sie vor drei Monaten in das Haus ihres Vaters eingezogen war, hatte sie nicht den Mut gefasst, etwas zu verändern. Ihr Jugendzimmer sah noch immer so aus, wie sie es im Juni vorgefunden hatte. Eigentlich so, wie sie es vor zwanzig Jahren *verlassen* hatte. Ihr Vater hatte lediglich einen PC hineingestellt.

Schnell steckte sie die Glock in ihren Jeansbund und hetzte, ohne Licht anzumachen, die Treppe hinab ins Erdgeschoss.

Statt zur Haustür zu gehen, trat sie erst einmal in die Küche.

Der Traum hatte sie aufgewühlt und ermahnt, wachsam zu bleiben.

Immerhin war es ihr Job, Fremde abzuschätzen, und

vom Küchenfenster konnte man, wenn auch schlecht, die Haustür einsehen. Ein hagerer Mann wartete vor ihrer Tür, Aktenkoffer, Hemd, abgetretene Halbschuhe. Im spärlichen Licht war sein Alter schwer zu schätzen. Irgendwas zwischen 50 und 60 Jahren. Helen suchte nach *Tells,* nach Anzeichen seiner Körpersprache, die die wirklichen Beweggründe des Fremden verrieten.

Seine Haare schimmerten, aber ob es Pomade oder Schweiß war, konnte sie nicht sagen. Seine Krawatte war dezent, eine Spur zu breit und unmodern, was darauf schließen ließ, dass er entweder Single war – niemand beriet ihn – oder aber gewöhnlich keine Krawatten trug.

Er wischte sich mit einem gewöhnlichen Taschentuch den Nacken, hielt die Schultern gesenkt und ließ den Blick mit einem extremen Gähnen über die Anker schweifen, die Helens Vater zur Verschönerung in den Vorgarten gelegt hatte.

Schwer zu sagen, ob der Mann wirklich vom Gericht geschickt worden war. So schräg durch das Fenster, im Mondlicht, konnte sie ihn kaum einschätzen. Außerdem kannte sie sein Normalverhalten nicht und wusste außerdem nicht, ob er vom Sport, vom Sex oder einer schweren Entscheidung im Büro kam. Wie emotional vorbelastet war er hergefahren? Allerdings wirkte das Gähnen nicht so, als sei er müde. Beim Gähnen holt man nicht nur Luft, wusste Helen, sondern es bildet sich auch Speichel, und der Mund wird befeuchtet.

»Du gähnst aus Stress«, stellte sie fest. »Nicht gut.« Der Stand seiner Füße war ihr eine Spur zu breitbeinig. Das drückte territoriale Ansprüche aus und wirkte irgendwie unpassend. Er rieb sich ziemlich nervös mit dem Handrücken über die Wange, hielt die Hand dabei zur Faust, was als Beruhigungsgeste gemeint sein konnte, aber gleichzeitig von unterschwelliger Aggressivität zeugte. Kam es von der Warterei? War er deswegen gestresst und dabei, wütend zu werden – oder bereitete er sich auf das vor, was er mit ihr vorhatte?

Schätzchen! Helen!

»Frau Henning!«, rief er und klingelte erneut. »Machen Sie schon auf.«

Helen sah kurz zur Straße. Hinter ihrem zehn Jahre alten Mercedes, den sie sich beim örtlichen Gebrauchtwagenhändler gekauft hatte, parkte ein blauer Japaner, dessen Seite zerschrammt war und der so gar nicht zu einem Gerichtsbeamten passen wollte.

Helen versuchte, jemanden im Wageninnern zu erkennen, einen zweiten oder dritten Mann, doch das Auto schien in Ordnung.

Kunststück, Helen. Da drin ist es stockfinster. Er kann vier Schläger mitgebracht haben, die sich schmutzige Witze erzählen und dich anstarren – du würdest von hier aus niemanden erkennen.

Schätzchen, du wirst langsam echt paranoid.

Sie legte die Pistole griffbereit vor sich auf die Küchenanrichte. »Zeigen Sie mir Ihren Ausweis«, rief sie nach draußen. Ihre laute und befehlende Stimme ließ ihn zusammenzucken. Endlich sah er zu ihr.

»Ach! Da sind Sie. Haben Sie mich erschreckt.« Ohne zu zögern, kam er ihrer Aufforderung nach. Der Ausweis wirkte echt.

»Zeigen Sie mir Ihre Arme.«

»Wie bitte?«

»Arme. Krempeln Sie Ihr Hemd hoch.«

Obwohl er nicht verstand, was sie damit bezweckte, tat er es.

»Die Schulter bitte. Rechts … Gut. Links auch.«

»Hören Sie …«

»Tut mir leid«, meinte sie. »Bitte tun Sie's einfach.«

Er öffnete zwei Knöpfe seines Hemds und lüpfte seinen Kragen, sodass sie seine Haut sehen konnte.

Immerhin trug er keine Tattoos. Helen steckte die Pistole wieder ein.

»Finden Sie das irgendwie … lustig?«, beschwerte er sich brummelnd und richtete sein Hemd. »Tut mir leid, dass ich Sie so spät störe, Frau Henning. Ich komme vom Gericht aus Niebüll. Wenn Sie jetzt so nett wären?« Er nickte zur Tür. »Sie müssen etwas unterschreiben. Sonst muss ich die Polizei hinzuziehen.«

»Sekunde.« Helen ahnte, weswegen der Mann gekommen war. Sie prüfte noch den Sitz der Glock im Jeansbund, dann schritt sie durch das dunkle Wohnzimmer und den Flur zur Haustür.

»Kommen Sie rein«, sagte sie, nachdem sie geöffnet hatte.

»Danke.« Noch einmal wischte er sich den Schweiß von der Stirn, dann trat er ein.

Sie wollte die Tür schließen, als sie unweit ihres Wagens ein Motorrad sah. Ein bulliger Mann hatte seine Maschine aufgebockt und rauchte. Sie konnte sein Gesicht nicht erkennen, weil er einen Helm trug und den Blick auf ein Handy gesenkt hatte.

Helen fröstelte.

»Können wir anfangen, Frau Henning? … Alles in Ordnung?«, riss sie der Mann aus den Gedanken.

»Was? Natürlich«, entgegnete sie. In diesem Moment trat eine Frau aus den Schatten, umarmte den Motorradfahrer, und beide stiegen auf.

Fehlalarm.

Fehlalarm? Schätzchen, ich nehm das zurück. Du wirst nicht paranoid, du bist es schon.

Some say the world will end in fire.

Helen schüttelte ihren Traum ab und setzte ein Lächeln auf. »Wo ist der Stift? Wo muss ich unterschreiben, dass ich wieder ausziehe?«

5

Stille hatte sich über den Hauke-Haien-Weg gelegt. Die grellen Schatten hatten sich mit den Fahrzeugen verkrochen, und nun legte sich vom Land her die Nacht über die Ferienanlage. Sie brach nicht herein, sondern stieg zwischen den Ferienhäusern und Zeltplätzen an, so wie Wasser aus dem Watt steigt.

Das letzte Sonnenlicht war mittlerweile versiegt, und der Wind blies in steifen Böen Dünensand über den Weg. Im Mondlicht sah es aus wie seltsame Schlangen, die sich über den brüchigen Asphalt wanden.

Es hatte lange gedauert, bis alle Feuerwehrleute abgezogen, die Sanitäter eingepackt und Knut auch seinen Vater hatte überzeugen können, endlich nach Hause zu fahren. Er hatte seinem alten Herrn tatsächlich mit einer Anzeige gedroht, bevor Thor eingeschnappt gegangen war.

Jägers Geliebte, Melanie Roth, war nicht nach Husum, sondern in die Teleportalklinik vor Ort gekommen, und Knut hatte den Seelsorger Christian Jørgensen angerufen, der das Jugendzentrum am Hafen betrieb und gewöhnlich Opfer von häuslicher Gewalt betreute. Er hatte ihn gebeten, sich vorerst um die junge Frau zu kümmern, zumindest bis die Kriminalpolizei einen erfahrenen Psychologen stellen konnte. Melanie Roth war bisher nicht vernehmungsfähig, wie Knut von der Klinikleitung erfahren hatte, aber er hoffte, ihr morgen ein paar Antworten entlocken zu können.

»Alles gut bei dir, Diehl?«, wollte Knut wissen und reichte Veith das Flatterband, dessen lautes Knattern das Rauschen des Windes übertönte.

»Alles bestens«, erwiderte der Beamte. Sich die Bauchhaare durchs Hemd kratzend, lehnte er am Kotflügel des Polizeiwagens und sah Veith und Knut dabei zu, wie sie das Plastikband rund ums Haus spannten. Er griff nach einer Wasserflasche und spülte sich den Mund aus, spuckte alles auf die Straße. »Das is' 'ne verdammte Scheiße, is' das. Ihm Sand in den Mund zu stopfen.«

»Wem sagst du das.« Knut wickelte das Ende des Flatterbands um ein Straßenschild und betrachtete ihr Werk. Sie hatten alles zum Festknoten benutzt, was sie finden konnten. Straßenschild, Hecke, Briefkasten und die Verandapfeiler. Irgendwie wirkte die Hütte nun, als sei sie verletzt, und eine Horde Stümperärzte hätten versucht, ihr einen Verband anzulegen.

»Deine Beraterin kommt.« Diehl zeigte mit der Wasserflasche den Weg hinunter, auf dem sich ein in die Jahre gekommener Mercedes näherte.

Helen hielt neben Knuts Landrover. Er registrierte sofort die Sporttasche auf dem Beifahrersitz, und auf der Rückbank lag neben Aktenordnern und zwei Paar Schuhen ein Reisekoffer.

Knut wollte sie begrüßen, ihr die Tür öffnen, aber sie fluchte derart laut, dass er lieber wartete, bis sie ausgestiegen war.

»No! That's *your* problem! Send my fucking container. Now! Yes! ... Bye!« Sie riss sich ihr Headset ab, warf es aufs Armaturenbrett und öffnete.

»Hi«, grüßte sie stinklaunig in die Runde und knallte die Tür zu.

»'n Abend, Frau Henning«, setzte Knut an. »Tut mir leid, wenn ich Sie ... ähm ... gestört habe ...«

Helen winkte ab. Sie atmete ein paarmal hörbar durch, um runterzukommen.

In den letzten Monaten hatten sich Knut und Helen öfter auf einen Wein und ein zimmerwarmes Bier getroffen. Nicht privat, aber sie war immerhin zu fast allen seinen Auftritten ins Dock-5 gekommen. Vor allem aber hatte sie ihm Halt bei den Krankenhausbesuchen gegeben, wenn er mal wieder zu Magnussen in die Reha fuhr. Der Zustand von Knuts Kollegen besserte sich stetig, auch wenn Magnussen wahrscheinlich nie wieder würde laufen können und über 30 Prozent seiner Haut verbrannt waren.

»Jedenfalls schön, dass Sie kommen konnten.« Knut ging vor zum Haus. »Probleme? Immer noch die Erbschaft?«

»Das Amtsgericht hat mich vor 'ner Stunde vor die Tür gesetzt. Und diese bescheuerte Reederei hat meinen Container noch immer nicht verschifft.« Auf Knuts fragenden Blick hin fügte sie an: »In Seattle. Meine Sachen. Irgendwas ist mit den Zollpapieren. Irgendwas ist seit *drei Monaten* mit meinen Papieren.«

Er hielt ihr das Absperrband hoch. »Hm. Also, ich kenn da wen beim Zoll, bestimmt kann der ...«

»Danke. Ich habe bereits einen Anwalt hinzugezogen.« Sie wischte sein Angebot beiseite und streifte sich die Kapuze ihres Pullis vom Kopf. Es war bloß eine kleine Geste, und wahrscheinlich hätte die FBI-Expertin für Kinesik viel besser beschreiben können, was passierte, aber für Knut blieb einen Moment lang die Zeit stehen. Als sie die Kapuze nach hinten strich, kam ihr blondes Haar zum Vorschein, umrahmte ihr strenges Gesicht und schimmerte im Mondlicht. Und er musste an Veith und seinen philosophischen Tinnef denken und stellte exakt in diesem Augenblick, das Flatterband in der Hand und Helen vor Augen, eines fest: Ich bin ein masochistischer Melancholiker.

Mit ihrem typischen wiegenden Schritt nahm sie die Stufen zur Ferienhütte. »Verdammter Container. Vielleicht sollte er da drüben einfach für immer versauern.«

Er verkniff sich einen Kommentar.

»Lassen Sie uns reingehen.«

»Ich hatte schon so 'n ungutes Gefühl, als ich hergefahren bin.« Er öffnete ihr. »Aber als ich dann *das* gesehen habe ... Das ist so *strange*, das ist was für Sie. Hab ich gedacht.«

»Strange?«

»Ja, ziemlich seltsam. Also, ein bisschen Fachberatung könnte nicht schaden.«

»Maas?«

Knapper hätte sie nicht fragen können. »Der ist eingeschaltet. Hab's ihm überlassen, ob er selbst kommt oder die Kripo aus Husum schickt. So oder so find ich's besser, selbst 'n paar Infos zu kriegen. Also so außerbehördlich, mein ich. Das wär jedenfalls sehr nett.«

»Schon gut. Sagten Sie ja bereits.« Sie schenkte ihm ein Lächeln. »Ich helfe gern. Dann komme ich auf andere Gedanken.«

Mittlerweile war die Schwüle aus der Ferienhütte gewichen. Er wollte ihr sofort die Leiche zeigen, aber Helen bestand darauf, sich erst ein Bild vom Tatort zu machen, und fragte, was er und seine Kollegen in der Zwischenzeit herausbekommen hätten.

Leider war das so gut wie gar nichts. »Wir wissen nicht mal, wie er reingekommen ist.«

Gemeinsam sahen sie sich die Fenster an, konnten aber keine Hebelspuren finden.

»Und die Tür?«, fragte Helen.

»Da haben wir auch keine Spuren eines gewaltsamen Eindringens gefunden. Entweder war sie offen, oder …«

»… oder er hatte einen Schlüssel?« Grübelnd sah sich Helen zu den Fenstern und der Tür um, dann zum Bett, maß mit dem Blick die Strecke ab. »Das sind doch höchsten fünfzehn Fuß.«

»Was? Ach so. Vier Meter, so ungefähr.«

»Und er lag im Bett? Ist nicht aufgesprungen, keine Kampfspuren?«

Knut bejahte.

»Auf die kurze Distanz muss er den Mörder doch reinkommen gehört haben. Man sieht die Tür sogar vom Bett aus.«

»Ja.«

Stirnrunzelnd verfolgte Helen den Weg von der Tür zum Bett, schien im Kopf alles genau durchzugehen und nachzuzeichnen. Schließlich meinte sie: »Er hat sich hier versteckt. Er ist reingekommen, vielleicht schon Stunden vorher, und hat sich hier irgendwo versteckt. Er muss mit wenigen Schritten und ganz plötzlich bei seinem Opfer gewesen sein.« Sie begann den Raum abzusuchen, während sich Knut sofort hinkniete und mit seiner Taschenlampe unters Bett leuchtete.

»Und?«, wollte sie wissen.

»Sieht nicht so aus. Hier ist nur Staub. Keine Spuren.«

Nachdem sie sich ein paar Taschentücher genommen hatte, griff Helen nach dem Knauf des Kleiderschranks und zog ihn auf. Er war leer. Drei Kleiderbügel baumelten trostlos vor sich hin. »Taschenlampe«, forderte sie Knut auf.

Die beiden streckten ihren Kopf in den Schrank, und Helen ließ den Lichtkegel über das Holz und den Boden gleiten.

»Könnten Sie mal?« Sie streckte ihm die Hand hin, damit er ihr half, sich auf die Knie hinunterzulassen. Im Schein der Lampe konnte sie eindeutig Sand erkennen, der auf die Bodenplatte gerieselt war. In ihm zeichneten sich Spuren ab. Sicher von Schuhen, wenngleich kein Profilabdruck zu erkennen war. Wahrscheinlich würde die Forensik den kompletten Schrank ins Labor bringen.

»Das war lange geplant«, stellte Helen fest.

»Versteh ich nicht. Er versteckt sich im Schrank?«

»Was kann man daran nicht verstehen? Er ist hier rein, hat sich versteckt, und dann hat er zugeschlagen. Gezielt. Er hat sich das ganz genau überlegt und sicher tagelang vorbereitet.«

»Nee. Kapier ich immer noch nich'.« Knut kratzte sich unter der Basecap. »Wenn es lang geplant war, warum hat er den Mann nicht gleich umgebracht, ich meine, als Robert Jäger noch allein war? Frau Roth wird kaum nur im Negligé hergefahren sein.«

Helen stutzte. »Was soll das heißen? Sie ist nicht in die Ferienwohnung gekommen und hat ihn tot aufgefunden? Sie war hier, als es passierte?«

»Denke ich doch. Sie hat sich hübsch gemacht für ihn. Er liegt im Bett, sie ist im Bad. Wir haben ihren Schmuck gefunden. Kondome. Sie zieht sich um, redet vielleicht noch mit ihm, dann kommt sie ins Zimmer. Und zack. Er ist tot. Der Mörder muss währenddessen …« Knut hielt inne, denn er konnte förmlich spüren, wie sich alles in Helen verkrampfte. Sie blickte ihn an, als habe er seinen Revolver auf sie gerichtet.

»Was?«, fragte er, aber sie stoppte ihn sofort mit einer Geste.

Mit einem Mal war alles ruhig. Da waren weder die Stimmen von Veith und Diehl noch das Knarzen ihrer

Schritte auf dem Dielenboden zu hören. Bloß das Knattern des Flatterbands zerhackte die Stille. »Aha. Das ist interessant«, sagte Helen plötzlich extra laut. »Wenn eine zweite Person vor Ort war, war die Tat vielleicht doch spontan und nicht geplant.«

Er hatte noch immer nicht begriffen, was los war. Sie bedeutete ihm, absolut still zu sein. Ihre Lippen formten einen Satz: »Er ist hier!«

Endlich fiel auch bei Knut der Groschen.

»Nicht geplant? Aha. Na, dass Sie sich mal nicht irren«, spielte er ihr Spielchen mit. »Obwohl … wenn's geplant gewesen wäre, hätte er gewusst, dass Jägers Geliebte jeden Moment kommt …«

»Meine Waffe ist im Wagen. Haben Sie Ihre?«, flüsterte sie, wobei sie so nah stand, dass er ihr Parfüm riechen konnte.

»Was ist mit der Leiche, Frau Henning?«, fragte er laut. »Wollen Sie die jetzt sehen?« Leise zog Knut seinen Revolver. »Sofort«, hauchte er und fingerte ein paar Patronen aus seiner Jeans. Behände lud er nach, während sie zum Schrank nickte.

»Ja. Gute Idee«, sagte sie, trat aber statt zum Toten möglichst leise erneut zum Schrank. Die Bodenplatte mit den Sandspuren maß 60 mal 80 Zentimeter. Knut ahnte, was kommen würde. Er spürte seinen Herzschlag in den Ohren, hörte das Knarzen der Bretter, das Knallen des Flatterbandes und das Rauschen des Sandes. Behutsam kniete er sich hin.

»Ich war nicht sofort am Tatort. Mein Vater war schneller«, sagte er laut, nur um irgendwas zu sagen. Langsam griff er nach der Bodenplatte. Als er sich umblickte, bemerkte er, dass Helen drauf und dran war, aus der Hütte zu schleichen. Sie hatten nur eine Waffe, und die hielt er.

»Ihr Vater?«, polterte sie.

»Bleiben Sie hier«, zischte er leise. »Sie sind unbewaffnet. Der sieht's doch sofort, wenn Sie die Treppe runtergehen …«

Sie hielt inne, nickte und stellte sich ans Fenster. Er sah, wie sie mit der Taschenlampe nach draußen blinkte, um Diehl und Veith auf sich aufmerksam zu machen. Gute Idee, dachte Knut. Sehr gute Idee.

»Ich habe nichts berührt, nur mit einem Kuli«, fuhr er laut fort. »… Also, da hab ich was von dem Blut hochgenommen.«

Das Überraschungsmoment ist auf unserer Seite, dachte Knut. Er hielt es nicht mehr aus, untätig zu bleiben. Je länger sie dieses Theater aufführten, desto wahrscheinlicher würde der Täter es durchschauen und fliehen. Er bedachte sie mit einem fragenden Blick.

»Die beiden kommen«, hauchte sie leise.

»Okay«, flüsterte er. »Auf drei.«

»Nein. Noch nicht.«

Aber er zählte schon. »Eins …« Die Platte gab nach. Er hob sie Millimeter für Millimeter an, darunter war Sand zu sehen. Der Sand unter der Hütte. Die Bodenbretter der Hütte waren durchsägt worden und …

»Zwei …« Noch einen Zentimeter, nachfassen, die Platte ganz wegreißen …

»Drei!«

Ein Schatten. Etwas raschelte, es ging blitzschnell. Eine Gestalt. Unter dem Haus!

»Polizei Valandsiel!« Knut versuchte zu zielen, aber der Schatten war bereits irgendwo unter ihnen, wenn nicht schon ein ganzes Stück weiter. Der Typ zwängte sich unter dem halben Meter durch, der unter der Hütte Platz war.

»Scheiße!« Fluchend schätzte Knut ab: Da runter? Dem Schatten nach? Oder außen rum? Er sprang auf, sah, dass Helen bereits die Haustür aufgerissen und die vier Verandastufen hinabgesprungen war. Veith und Diehl, die fragend aufs Haus zugekommen waren, starrten ihr hinterher.

Knut lief ihr nach draußen nach. »Ums Haus!«, rief er seinen Kollegen zu. »Flieht! Hinten!«

Bevor Veith und Diehl sich aus ihrer Starre lösten, war er bereits an den beiden vorbei, sah den tanzenden Kegel von Helens Taschenlampe vor sich, auf und ab. Sie hatte die Hinterseite erreicht.

»Stop! Lie down«, hörte er sie rufen. »OC PAC! LIE DOWN!«

Verdammte Scheiße, schoss es ihm durch den Kopf, als er die erste Düne erreichte. Sie hatte keine Waffe. »Helen!«, rief er ihr nach. »Heeeelen!«

Aber sie war bereits hinter dem ersten Dünenkamm verschwunden. Das Licht aus der Taschenlampe zerschnitt die Finsternis. Es sah nicht danach aus, als habe sie die Verfolgung abgebrochen. Sand stob ihm entgegen, stach in seine Wangen und Augen.

Hinter sich hörte er Veith und ein Stück weiter zurück Diehl. Sie riefen irgendwas, er erreichte die Kuppe und lief und stürzte und taumelte den Sand hinab. Beinahe wäre er gefallen.

Er wusste, dass hier, nördlich der Werften von Valandsiel, die Dünenreihen nicht sehr breit waren, drei, vier Sandberge, dann kam der Strand. Das Meer. Keine Fluchtmöglichkeit.

Endlich. Ein Trampelpfad. Dünengras. Besserer Halt. Mit einem Sprung war er drauf, rannte hinauf.

»Knut, was ist denn?« Veith war zwei Schritte hinter

ihm. Diehl hatten sie wahrscheinlich verloren. Veith, der eher wie ein Hering aussah, war sehr viel sportlicher. Er hatte seine Sig P6 gezogen.

»Flieht«, brachte Knut hervor. »Helen – Verfolgung.« Dann hatte er die nächste Dünenkuppe erreicht.

Abrupt blieb er stehen.

Vor ihm, keine zehn Meter den Sandhang hinab, lag Helen. Sie fluchte, leuchtete rechts und links mit der Taschenlampe. Das Dünengras und der aufgewirbelte Sand sahen gespenstisch aus.

Sofort stürzte Knut zu ihr, versuchte einzuschätzen, ob sie verletzt, ob sie angegriffen worden war. »Alles okay?«

»Da lang … Da!«, rief sie, anstatt zu antworten, und zeigte hektisch mit der Lampe in die Nacht.

Ihr rechtes Unterbein lag neben ihr im Sand. Knut lief dran vorbei, wissend, dass ihr nichts geschehen war. Es war bloß die Prothese, die ihr anscheinend vom Stumpf gerissen war.

Er erreichte gleichzeitig mit Veith die nächste Dünenkuppe. Mit einem Mal standen sie im absolut Freien. Ein ganzes Stück unter ihnen erstreckte sich der Strand, 50 Meter bis zum Meer, das im Sternenlicht glitzernd vor ihnen lag.

Nach Luft hechelnd blieben die beiden stehen und sahen sich um.

Mit stoischer Ruhe warf die See ihre Wellen an Land. Es hingen kaum Wolken am Himmel. Die Mondsichel erhellte die Dünen und ließ den Wellenschaum schimmern. Knut versuchte, irgendeine Bewegung zwischen den Hügeln oder auf dem Strand auszumachen.

»Wo? Wo ist er?« Kriechend kam Helen zu ihnen. Die Anstrengung stand ihr ins Gesicht geschrieben. Sie hatte sich nicht die Mühe gemacht, ihre Prothese anzuschnallen, sondern war einfach durch den Sand gerobbt.

Knut half ihr auf. »Weg«, stellte er ernüchtert fest. »Vom Sand verschluckt.«

Tatsächlich war niemand mehr zu sehen. Kein Schatten, kein Mann, kein Mörder. Weder im Süden noch Richtung Dänemark.

»Wir hätten nach Plan vorgehen sollen. Sie hätten die verfluchte Klappe nicht … Verdammt«, enttäuscht winkte Helen ab. Nach Luft ringend, stand sie da. Der Meerwind ließ ihre blonden Haare zittern.

»Der hat doch schon geahnt, dass wir ihn reinlegen«, meinte Knut. »Wenn ich noch länger gewartet hätte, wäre er ganz weg gewesen.«

Sie schwieg einen Moment und schluckte ihren Ärger hinunter. »Dann hat die Jagd jetzt begonnen«, stellte sie fest. Und ihr Blick über das Mondmeer wirkte entschlossen. Es ging etwas eigenartig Majestätisches von diesem Anblick aus, wie Knut fand. Er wollte etwas entgegnen, aber ihm fiel nichts Passendes ein. Schüchtern vor Liebe wandte er endlich den Blick von ihr ab und versuchte vergeblich, jemanden in der Nacht zu erkennen.

Aber da war niemand mehr.

Nur das Meer. Der Mond. Und der Sand.

6

Noch bevor das LKA eintraf, zog ein Polizeihubschrauber über ihren Köpfen hinweg. Er flog zweimal über den Küstenstreifen, suchte mit einer Wärmebildkamera die Dünen und Claas' Feriensiedlung ab, bevor er sich die Seitenstraßen vorknöpfte und schließlich Kurs auf die Randgebiete Valandsiels nahm. Vier Streifenwagen aus Niebüll waren ebenfalls eingetroffen. Die Beamten kontrollierten verdächtige Fahrzeuge, fuhren Gassen und Wege ab, fragten Nachtschwärmer und Touristen.

Knut hatte nicht gezögert und Johann Maas noch von der Düne aus unterrichtet. Der Mann vom LKA hatte eine Fahndung rausgegeben und den Hubschrauber aus Husum angefordert. Schon während des kurzen Telefonats hatte Knut Helens Prothese aufgeklaubt und ihr gebracht. Er hatte gedacht, sie würde sich zurückziehen wollen, sich zwischen die Dünen setzen, um sie unbeobachtet anzulegen, aber Helen ging mit ihrer Behinderung extrem offen um.

Es nagte an ihm, dass sie recht hatte mit ihrer Bemerkung, er habe zu forsch und vorschnell gehandelt. Andererseits glaubte er noch immer nicht, dass es ihnen geglückt wäre, den Mörder unbemerkt zu umzingeln. Der Täter war derart schnell von der Bildfläche verschwunden, dass er sicher einen guten Fluchtplan gehabt hatte.

Da ist er wieder, dachte Knut. Dein beschissener Minderwertigkeitskomplex. Unwillkürlich sah er auf seine

Schuhe. Seine Westernstiefel gaben ihm gewöhnlich immer ein bisschen Selbstvertrauen, doch an diesem Abend trug er Sneakers. Die Stiefel hatte er seit dem Sommer eingemottet, nachdem er dem Jungfrauenmacher begegnet war.

»Neues Image?«, stellte Johann Maas nicht ohne Ironie fest und sah ebenfalls auf Knuts bunte Schuhe.

»Sonderangebot«, entgegnete Knut mit einem entwaffnenden Lächeln. War ja klar, dachte er, dass Maas persönlich kommt. Hat dein Minderwertigkeitsgefühl auch gleich noch ein Gesicht.

»Bisschen gewöhnlich, hm?« Maas wandte sich ab und musterte die Spuren, die von den Dünen unter das Haus führten. »Habt ihr das hier alles?«, rief er in die Nacht und bekam prompt von einem der Forensiker Antwort.

»Ist alles fotografiert und dokumentiert.«

Ein anderer rief: »Freigegeben!«

Dennoch zögerte der LKA-Mann, einfach über die Spuren zu treten, und hielt lieber, wie Knut dann doch anerkennend registrierte, professionell Abstand. Und das, obwohl der Wind alles in weniger als einer Stunde zu einem Nichts verwehen würde.

Maas kratzte nachdenklich seine mit Sommersprossen übersäte Wange und ließ sich von Knut die Taschenlampe reichen. Er leuchtete die Holzlamellen ab, die rund ums Haus führten. Hier auf der Rückseite waren auf einem Meter einige Latten herausgelöst worden. Die Spurensicherung hatte sie bereits behutsam in Plastiktüten gesteckt, etikettiert und zum Abtransport bereitgelegt. Der Strahl der Taschenlampe strich über zwei Männer, die in ihren weiß leuchtenden Anzügen unter dem Haus hockten und die Schnittkante des Lochs großflächig abklebten, um Faserspuren und DNA fürs Labor zu nehmen. »Und er hielt sich unter dem Haus versteckt? Die ganze Zeit?«

»Ja«, meinte Knut erneut und versuchte, sich nicht von Maas' LKA-Gehabe nerven zu lassen.

»Helen, gut, dass du da bist. Was meinst du denn zu all dem?«, sagte Maas zu Helen, und Knut entging nicht, wie charmant der Kerl sie anlächelte.

Nach ihrem letzten gemeinsamen Fall hatte er Maas bei ihr zu Hause in der Rieke Reech gesehen – bei Kerzenschein. Seitdem war er jedoch niemals mehr Thema gewesen.

Wahrscheinlich sind sie nicht mehr zusammen, grübelte Knut. Immerhin ist sie ihm die letzten drei Minuten aus dem Weg gegangen und wirkt ziemlich reserviert.

Zu seiner Zufriedenheit zeigte Helen Maas auch jetzt die kalte Schulter und antwortete in professionellem Tonfall: »Er will nicht nur, dass man sein Werk sieht.«

Als Knut sich zu Helen umsah, schalteten die Forensiker gerade die Baustrahler ein, und Helens schlanke Gestalt bekam eine Aura. Die Illusion währte nur einen Lidschlag, dann war Helen an Knut vorbei zum Loch getreten.

»Er will außerdem zusehen, wie *wir* darauf reagieren«, meinte sie von Maas abgewandt. »Das ist ihm wichtig. Die Reaktionen der anderen auf seine Tat sind ihm enorm wichtig.«

»Er ist *absichtlich* die ganze Zeit hiergeblieben?«, hakte Knut nach. »Nicht, weil wir zu schnell waren?«

»Ja. Von Absicht gehe ich erst mal aus. Er ist hier unten geblieben und hat gewartet, hat zugesehen, wie Frau Roth in Panik die Polizei rief, wie die Feuerwehr kam … dann Herr Jansen und ich. Das ganze Programm.«

»Das ist nicht gut, oder?«, sagte Knut in dem Versuch, seinem Bauchgefühl Ausdruck zu verleihen.

Helen schüttelte den Kopf. Gar nicht gut, sagte ihr Blick.

Maas verneinte brummelnd. »Den kriegen wir schon.

Ein Tourist hier, ein Augenzeuge da. Ich hab veranlasst, dass meine Leute sich nach Kameras umsehen. Von Alarmanlagen, von Einfahrten und Läden. Jemand hat ihn bestimmt gesehen oder gefilmt.« Sein Lächeln, das er Helen schenkte, war überaus charmant.

Sie schien dennoch wenig überzeugt. »Er hat alles vorbereitet, Johann. Wahrscheinlich seit Wochen. Die Bretter rausgenommen, den Schrank präpariert. Und er hat gewartet, bis die Geliebte eintrifft.«

»Ja«, grübelte Knut. »Er hat sogar erst zugeschlagen, nachdem Melanie Roth im Haus war. Ich meine, er hätte ja auch 'ne Viertelstunde früher …«

»Dann wäre ihm die Reaktion von Roth aber entgangen«, stellte Helen fest.

»Richtig. Wer schießt schon gern 'n Tor, wenn keiner hinsieht.«

Im Gegensatz zu Maas, der über Knuts flapsige Anmerkung merklich die Augen verdrehte, schmunzelte Helen. »Das trifft's auf den Kopf, Herr Jansen.«

»Und du, Helen, du sagst uns sicher gleich, weswegen er hinsieht.« Maas zückte sein Tablet und ging, während er sich Notizen machte, voraus zur Veranda des Hauses.

»Witzig, Johann. Echt. Wenn ich's könnte, würd ich's tun. Er mag Publikum, und er geht extrem geplant vor. Das kann man sagen. Da fallen mir zwei Punkte ein.«

»Bitte.« Maas ließ Helen vor, und Knut entging nicht, wie er Helen an der Hüfte fasste und zärtlich durch die Tür bugsierte. Er registrierte auch amüsiert Helens säuerlichen Blick auf das Betatschen.

Augenblicklich schlug ihnen die Hitze der Strahler entgegen, die die Spurensicherung aufgestellt hatte. Sie war noch schlimmer als die schwüle Luft vorhin.

Der Leichnam des Dockarbeiters war mit Hunderten

von akribisch nummerierten Klebestreifen bedeckt. Sie würden jedes noch so winzige Fremdhaar und jede Hautschuppe festhalten. Der Gerichtsmediziner Dr. Friedrichs leitete ein dreiköpfiges Team an. Als er sie eintreten sah, zog er seine Mundmaske ab und kam ohne Umschweife zur Sache: »Sind Sie sicher, dass das hier der Tatort ist?«

»Was meinen Sie?« Für einen Moment wusste Knut nicht, was Friedrichs wollte. »Ja. Frau Roth war wohl da drin, als er umgebracht wurde.«

Friedrichs strich sich den Vollbart. »Hm, sehr eigentümlich … Ich muss das final prüfen, aber es gab wohl keinen Kampf.«

»Was? Er hat sich nicht gewehrt?« Ungläubig wollte Helen zur Leiche vortreten, wurde von Friedrichs jedoch gestoppt.

»Das ist nur augenscheinlich. Ich wollte lediglich wissen, ob die Leiche hierher verbracht wurde oder die Tat selbst vor Ort stattfand.«

»Hier«, antwortete Knut.

»Er lauert hier und bringt diesen Mann lautlos und ohne Gegenwehr um, während seine Freundin im Bad ist?« Maas schien einigermaßen verwirrt.

»Der hat ihn betäubt«, mischte sich Knut ein. »Drogen oder so. Knock out. Vielleicht hat er ihm was in den Sekt gekippt.« Er nickte zu einer der dreißig beschrifteten Plastiktüten, die in Reih und Glied an der Wand standen und in die Friedrichs' Männer sämtliche Gegenstände verschlossen hatten.

»Daran habe ich auch gedacht. Wenn ich die Leiche in Kiel habe«, entgegnete Friedrichs, »werde ich's Ihnen sagen können. Morgen gegen Mittag sind die ersten Bluttests erstellt.«

»Aber er ist am Sand erstickt?«, fragte Knut.

»Möchte ich noch nicht abschließend sagen. Der Sand kann auch erst postmortal in seinen Mund gelangt sein.«

»So oder so macht mir der Sand am meisten Sorge«, stellte Helen fest, woraufhin sich ihr alle neugierig zuwandten.

Mit einem Mal wirkt sie im harten Strahlerlicht überhaupt nicht mehr entschlossen, stellte Knut fest. Eher äußerst nachdenklich.

»Planen. Auflauern, blitzschnell zuschlagen ... Sein Opfer auszuschalten, es zu ersticken, den Sand einzufüllen ... Das setzt äußerste Nähe voraus, egal, ob derjenige sediert ist oder tot.«

»Was Persönliches«, stellte Maas fest.

»Ja.« Helen wischte sich den Schweiß von der Stirn. »Hass, Eifersucht oder Neid ... Auf jeden Fall hat sich hier ein sehr intimes, dunkles Gefühl ein Ventil verschafft.«

Maas sah von seinem Tablet auf und lächelte sie an. »Und das heißt?«

»Das ist nur eine erste Vermutung, aber es ist gut möglich, dass der Täter sein Opfer kannte. Vielleicht sogar sehr gut kannte.«

»Das ... das ist doch gut«, warf Knut ein. »Das grenzt den Kreis doch ein.«

Maas und Helen nickten und machten Friedrichs' Mitarbeitern Platz, die sämtliche Tüten zu einem der Einsatzfahrzeuge trugen.

»Und warum finden Sie den Sand beängstigend?«, hakte Knut nach, nachdem sie alle drei wieder auf die Veranda getreten waren.

Helen sah einen Moment auf die schmale Mondsichel. »*Beängstigend* habe ich nicht gesagt. Er bereitet mir Sorge.«

»Und warum?« Maas' Handy klingelte. Der erste Riff

von AC/DCs »Hells Bells« schepperte den Männern entgegen, die Beweismaterial zu den Autos brachten, Fotos schossen und Spuren mit Gips und Laservermessung nahmen.

Knut zog scharf die Luft ein und wandte ihm den Rücken zu. Wie konnte dieser LKA-Schnösel bloß seine Rocklegenden als Klingeltönchen missbrauchen?

»Weil der Sand eine *Nachricht* ist«, stellte Helen fest.

»Was 'n für 'ne Nachricht?« Knut beobachtete, wie Stockfleth vorfuhr. Der örtliche Bestatter würde Jägers Leiche nach Kiel ins Rechtsmedizinische Institut bringen.

»Nennen Sie es eine Botschaft. Das sieht mir wie ein Ritual aus. Und jedes Ritual hat eine Botschaft«, erklärte sie. »Jedes Ritual will etwas und wendet sich an jemanden.«

»An wen denn, Helen? Entschuldige.« Statt eine Antwort abzuwarten, nahm Maas endlich den Anruf entgegen. Er begann ungeniert zu sprechen, während er die Stufen zur Straße hinabging.

»Gute Frage, die Maas da gestellt hat. Oder? Frau Henning, für wen ist das eine Botschaft?«

»Das sollten wir schleunigst herausfinden. Denn angesichts einer so exakten Planung war das niemals sein erster Mord.«

»Und sein letzter sicher auch nicht.«

»Nein. Wenn Sie mich fragen, und das tun Sie ja: Dieser Mörder wird wieder töten.«

Ein kaum fingerdicker Schlauch steckte in der Düne. Etwas Blut klebte noch an der Öffnung. Das Schlauchstück zuckte eigentümlich, dann stachen Hände aus dem Sand. Er hatte sich vollständig damit bedeckt, schob nun behutsam seinen Körper frei. Er spuckte den Schlauch aus.

Penibel hatte er darauf geachtet, das richtige Ende in den Mund zu nehmen, nicht das Stück, das Jäger bereits geschluckt hatte.

Langsam richtete er sich auf und sah sich um. Er konnte weder das Meer noch den Hauke-Haien-Weg sehen. Die Kuhle hatte er vor ein paar Stunden ausgehoben, bevor Jäger – wie jeden Sonntag – für das Schäferstündchen die Straße heruntergefahren war.

Er zog die Isodecke beiseite, auf die er den Sand geschoben hatte. Die oberste Schicht war durch die Sonne noch immer mollig warm, darunter wurde es schnell kühler. Seine Wärmesignatur ging in der Umgebung unter. Sein Rücken schmerzte ein wenig, weil er sich auf den Klappspaten hatte legen müssen. Er hob ihn auf, band die Decke daran und stülpte eine dunkle Tüte über alles. Dann schlich er geduckt über die Dünen. Er hatte sich schon vor Tagen eine höher gelegene Mulde ausgesucht. Von hier aus hatte er einen guten Blick.

Er zog die Beine in den Schneidersitz und ließ die Finger durch das Dünengras streichen. Dann hob er etwas Sand an.

Es fühlte sich gut an, wie er zwischen seinen Fingern hindurchrieselte. Beruhigend. Unablässig nahm er eine Handvoll auf und spürte den Körnchen nach, während er auf das Ferienhaus und das gute Dutzend Beamter sah, die sich vor dem grell erleuchteten Haus unterhielten. Ein Leichenwagen war vorgefahren. Es störte ihn, dass sie Robert aufschneiden würden.

Der junge Polizist trat vor die Hütte. Wie hieß er noch? Jansen, Knut Jansen. Der Chef der örtlichen Polizei, wie er sich unter dem Haus zusammengereimt hatte. Jansen stand bei dieser Frau, die ihn fast hinters Licht geführt hätte. Die beiden sahen zu, wie der Bestatter gemeinsam mit drei Beamten Robert Jäger in den Leichenwagen schob. Es sah nach Aufbruch aus.

Er wollte seine Chance nicht verpassen, stand auf und huschte in die Nacht.

In einem sicheren Halbkreis lief er zu seinem rostigen Kombi, der zweihundert Meter vom Feriengelände in einer Stichstraße zum Hauke-Haien-Weg parkte. Er hatte sich möglichst weit an die Kreuzung gestellt, sodass er sehen konnte, wer von Claas' Platz fuhr.

Es dauerte keine zehn Minuten, dann zog Knuts Landrover an ihm vorbei. Er gab ihm bloß ein paar Meter Vorsprung, dann folgte er ihm, fuhr langsam hinter ihm her. Der Polizeichef Valandsiels wollte nicht nach Hause und nicht ins Revier, wie er nach ein paar Straßen feststellte, sondern geradewegs zu Robert Jäger. Nachdem sie in den Wendehammer mit Einfamilienhäusern eingebogen waren, parkte er, weil er wusste, dass Roberts Frau nicht zu Hause war und Knut sicher gleich wieder losfahren würde. Heute war Sonntag, Regina Jäger hatte bis ein Uhr Schicht.

Wie erwartet war das Gespräch an der Haustür extrem kurz, wahrscheinlich hatte ihm die Babysitterin geöffnet. Jedenfalls verfolgte er den Polizisten danach bis in die Innenstadt Valandsiels. Er fuhr am Revier vorbei und zur Promenade. Ziemlich frech bog der Beamte in die Fußgängerzone ab, scherte sich nicht um das Gemaule der Touristen und verschwand im Schritttempo in der Nacht.

Er hielt an und sah Knut Jansen noch einen Moment nach, bevor er lächelnd vor der Fußgängerzone wendete und sein nächstes Ziel ansteuerte.

7

»Was kann ich Ihnen Gutes tun? ’n Menü? Countryburger ist im Angebot.«

Regina Jäger war ihm zuvorgekommen, gerade als er ansetzen wollte, etwas zu sagen.

»Ich ... ich weiß nicht ...« Aus reiner Höflichkeit warf Knut einen Blick auf die Speisen, die hinter der Theke auf den Monitoren vorüberwischten. Der Fast-Food-Laden hatte erst im letzten Jahr eröffnet, und Knut hatte lange überlegt, ob er überhaupt in die Filiale auf der Promenade fahren sollte. Bei Regina Jäger hatte er lediglich eine Freundin angetroffen, die auf Jägers Kind aufpasste.

Wie er auch entschied, immer würde er falschliegen: Eine Todesnachricht auf der Arbeit überbringen? Oder bis morgen warten? Lose-Lose-Situation.

»Danke. Danke, nein ... Ich bin wegen, also ... Wegen was anderem hier ... Ich ...«

Die richtigen Worte beim Überbringen von Todesnachrichten hatten sie in der Polizeischule Eutin nicht gelernt. Eigentlich das Schwierigste, überlegte er, für einen ollen Dorfpolizisten wie mich.

Thor hatte das in seinen zweitausend Jahren Amtszeit sicher jedes Mal tadellos hinbekommen, ohne Wenn und Aber, ohne Zaudern und stets mit dem richtigen Tonfall. Scheiße.

Und was ist mit dir?, überlegte er. Du ertappst dich dabei, wie du auf deine verschmutzten Sneakers blickst, weil dir die richtigen Sätze nicht einfallen. »Ähm. Also es ist so. Ich … Entschuldigung, Frau Jäger, es ist wirklich wichtig, dass wir unter vier Augen …«

»Robert ist tot, richtig?«, unterbrach Regina Jäger sein Gestammel und überraschte ihn zum zweiten Mal. Unbeholfen stand Knut vor der Theke. Und noch perplexer registrierte er, dass sie sich ohne ein weiteres Wort abwandte, um sich ihren Burgern zu widmen. Ziemlich sinnlos sortierte sie im Wärmeregal herum. Es schien Knut fast, als habe sie vergessen, dass er da war. Oder sollte er nicht sehen, wie ihr die Tränen kamen?

Helen weiß bestimmt, was das für 'ne Reaktion ist, dachte er. Seit dem Dreivierteljahr, in dem er Revierleiter von Valandsiel war, hatte er erst vier Todesmeldungen überbringen müssen. Zwei davon waren – war das das richtige Wort?– *einfach* gewesen. Zwei Entschlafene im Altenheim. Anders bei Michaela Mertens, der verstümmelten Leiche vor drei Monaten … und einer Leiche, die Sand gegessen hatte …

Er ahnte, dass er wieder die ganze Nacht wach neben Birthe liegen und »den Hendrix machen« würde, sein Schönsprech für das stundenlange Anstarren des Hendrix-Plakats über seinem Bett und eine Nacht voller Gedanken.

Ich bin 29, dachte er, was tu ich hier? Was zum Geier mache ich als Revierleiter eines Vier-Mann-Betriebs in einem Kaff, aus dem ich seit meiner Geburt nicht rausgekommen bin? Was zum Teufel tue ich hier in Valandsiel?

Gerade wollte er ansetzen, als sie sich ihm wieder zuwandte. Überrascht stellte er fest, dass ihre Augen nicht mal im Ansatz feucht waren. Überhaupt wirkte die Vierzigjährige mit den French Nails und dem ausgezehrten Gesicht mehr als gefasst.

»Richtig? Er ist doch tot?«, hakte sie nach. »Deswegen der Hubschrauber … Haben Sie ihn gesehen?«

»Äh, was? Wen?«, fragte er in dem kläglichen Bemühen, ein paar Sekunden Zeit zu schinden. Natürlich hatte er die zwei Schulungsstunden mitgemacht, als ein Psychologe nach Eutin rausgefahren war und ihnen im Polizeiunterricht ein paar Verhaltensregeln für solche Anlässe an die Hand gegeben hatte. Eine Regel hieß: »Zuhören, nicht reden.« Und eine zweite: »Der Beamte, der den Toten sieht, darf die Nachricht nicht überbringen.«

Zählen wir mal durch, ätzte Knut innerlich. Magnussen im Krankenhaus. Bleiben noch Diehl, Veith und ich. Und wer von uns dreien hat die Leiche nicht gesehen?

»Nein. Ich habe Ihren Mann nicht gesehen«, log er.

»Sie lügen nicht sehr gut, Herr Jansen. Wissen Sie das?«

»Können wir irgendwo reden? Ich meine …« Knut sah sich noch einmal im Fast-Food-Lokal um, das rappelvoll mit Jugendlichen war. Obwohl draußen ein neonfarbenes Schild hing, dass sie ihre Surfbretter gefälligst nicht an die Scheibe lehnen sollten, war vor lauter Boards von drinnen die Promenade fast nicht zu erkennen.

Kaum waren die ersten Herbsttage angebrochen, krochen auch die letzten Surfer aus ihren Wohnmobilen, Zelten und Garagen und hofften auf geniale Wellen.

Ohne ihm zu antworten, klappte Regina Jäger die Theke für ihn hoch und ging zwischen den Fritteusen voraus. Knut folgte ihr durch die Küche. Ihre Chefin wollte etwas sagen, hielt sich aber zurück, als sie Knut erkannte.

Roberts Frau führte ihn durchs Lager und zur Warenannahme nach draußen. Hier fingerte sie nach ihren Zigaretten und lehnte sich an einen der vielen Stapel Getränkekisten. Zwischen dem Leergut, überquellenden Müllcontainern und mit Folie umwickelten Paletten, den Blick von einem Lieferwagen und einer morschen Terrassentrennwand verstellt, sollte er ihr nun also …

Knut bemühte sich um einen festen Ton. »Sie haben recht«, begann er. »Ihr Mann, Robert Jäger, ist heute verstorben. Wir sind noch dabei, die genauen Umstände ...«

»War sie bei ihm?«

»Was? Wer?«

»Diese Frau.« Sie blies Rauchschwaden in die warme Septemberluft. »Die haben sich doch wieder bei Claas getroffen.«

»Dazu kann ich Ihnen so weit nichts sagen.«

»Aha. Also ja ... Ich hab Quittungen gefunden. Von Claas und ihrer gemeinsamen Lieblingskneipe aus Wyk. Ich wusste es. Das mit der Affäre«, erklärte sie überflüssigerweise.

Knut schwieg. Er wollte, dass sie mehr verriet, und da hatte sich oft herausgestellt, dass Schweigen ein gutes Mittel war. Sein Gegenüber brachte manchmal Sätze hervor, die er in zweistündiger Befragung nicht zu hören bekommen hätte.

Tatsächlich funktionierte sein Plan und sie brach nach wenigen Sekunden die Stille. »Das ging schon seit Dezember. 'N ganzes Dreivierteljahr. Ständig die Fahrten ...« Sie lachte bitter auf. »Geschäftsfahrten, natürlich. Nach Wyk. Geschäftsfahrten für den Kundenkontakt. *Kundenkontakt.* Als hätte die Werft groß was auf der Insel zu tun. Wollen Sie auch?« Sie hielt Knut die Zigaretten hin.

»Nein, ich rauche nicht.«

Ein Lächeln zeichnete sich auf ihren spröden Lippen ab. »Was? Der Polizeichef raucht nicht?«

»Immerhin trink ich meinen Kaffee schwarz wie die Nacht.«

Sie nickte ernst. »Was'n mit den Stiefeln passiert?«

»Die Stiefel ...?«

»Die Westerndinger. Die war'n doch Ihr Markenzeichen. Irgendwie.« Regina Jäger sah sich kurz um, riss dann eine der Verpackungsfolien auf und zog ein Bier aus einem Gebinde. Sie schraubte die Plastikflasche auf, nahm einen Schluck und reichte sie ihm. Einen Moment war er überrascht, trank dann aber auch. Das Bier war definitiv zu kalt.

»Härteres gibt's hier nich'«, stellte sie fest. »Sie gucken so komisch.«

»Ich ...?« Er brach ab, denn er konnte ihr schlecht sagen, dass er ihre lockere Art ziemlich unpassend fand.

»Ich hab schon abgeschlossen. Mit der Beziehung. Mit Robert, mein ich. Wir ... wir haben uns irgendwie auseinandergelebt. Vielleicht bin ich deswegen da drin so ...« Sie meinte ihr Herz, denn ihre bunt lackierten Fingernägel strichen über ihr Namensschild auf der Brust.

»Sie sind wegen Ihrer Tochter bei ihm geblieben?«

»Schön blöd. Aber ich dachte, es wär besser für Reanna.« Grübelnd nippte sie am Bier und sah auf die Paletten voller Getränke. Die Transportfolie wippte sanft im Nachtwind.

»Das versteh ich ... Geben Sie mir auch eins. Ich zahl's nachher.«

»Is' egal.« Sie winkte ab und reichte ihm eine der Plastikflaschen. »Es ging einfach zu perfekt los, eigene Wohnung, er bei Nordic Ross. Konstruktionsmechaniker. Eine wunderbare Tochter. Sie ist drei, wissen Sie? Und dann fängt er was mit dieser ... dieser ...« Sie lachte verbittert. »Tja, kein Wunder, dass ihn das Asthma fertigmacht.«

»Asthma?«

»Vor ein paar Monaten, im Frühjahr, hat er wieder Schübe bekommen. Ziemlich heftige. Jahrelang war's weg, und dann kann er keinen Tag ohne das Zeug. Er war sogar in psychologischer Behandlung. Aber soll ich Ihnen was sagen: Kein Wunder, nachts liegt er wach, kann nicht schlafen. Und er säuft und vö… – na ja, mit dieser andern. Und bei Nordic Ross schmeißen sie ihn raus.«

»Ihr Mann hat den Job verloren?«

»Robert hat behauptet, die hätten ihn in den Einkauf gesteckt. Wegen der Dämpfe beim Schweißen, hat er gesagt. Deswegen musste er auch immer nach Wyk auf Föhr. Geschäftsreisen. Hab ich schon gesagt, oder?«

Knut nickte.

»Ich hab ihn aus dem Haus geworfen. Wissen Sie, das Problem an Geheimnissen ist, dass sie sich wie Cellulite vermehren. Je mehr du überdeckst, umso mehr kommt.« Sie trank noch einen Schluck. »Er hat sich immer mehr zurückgezogen. Das war einfach zu viel. Diese andere, mein ich. Das hat ihn zu sehr gestresst.« Sie lachte bitter.

»Zwei Leben zu führen muss ziemlich stressig sein.«

»Er hat sich's ja ausgesucht, oder?«, brummte sie, trank ihr Bier leer und zog sich ein neues aus dem Gebinde. »Und sie war also bei ihm, als er gestorben ist?«

»Ich … Hören Sie, darüber kann ich nicht sprechen. Ihr Mann verstarb wahrscheinlich kurz nach 19 Uhr. Seine Leiche wird nach Kiel in die Uniklinik überführt.«

»Kiel?«

»Es tut mir leid, wir …« Abermals suchte er kurz nach Worten. »Also, es ist besser, er wird untersucht. Wir können einen gewaltsamen Tod nicht ausschließen. Die Kripo will alle Möglichkeiten …«

»Er ist ermordet worden, richtig?«, unterbrach sie ihn.

Beinahe hätte Knut sich am Bier verschluckt. »Woher …?«

»Ich weiß, wer ihn getötet hat.«

8

Helen parkte den Mercedes neben Andrés Citroën Pallas. Gut ein Dutzend Wagen standen trotz der fortgeschrittenen Stunde auf dem Kiesparkplatz des Dünenkiekers. Leise Musik und Stimmen drangen aus dem Gasthaus, das ihr Vater, so lange sie denken konnte, geführt hatte.

Vor wenigen Wochen hatte das einsame Fachwerkhaus in den Dünen noch einen reichlich heruntergekommenen Eindruck gemacht, doch mittlerweile waren Fenster und Fassade neu gestrichen und die Schuttmulde verschwunden, in die Björn und André die Opfer des Junisturms geworfen hatten.

Helen hatte bisher nicht auf ihren Rechtsanwalt gehört, der ihr ständig riet, nichts am Restaurant ihres Vaters zu verändern, bevor nicht alle Erbschaftsfragen geklärt seien. Stattdessen hatte sie Björn unter der Hand bezahlt und zeitweise auch seine halbe Schulklasse für das Spachteln, Schrauben und Streichen.

Bislang hatte sie alle Umbauarbeiten mit der Pension, die sie vom FBI bezog, und dem wenigen Geld, das sie vor Chris Sawyer in Sicherheit hatte bringen können, selbst finanziert. Wenige Tage vor seiner Verhaftung hatte Chris seine Konten geräumt. Ihre 41 000 Dollar, die sie sich mühsam über die Jahre angespart hatte, hatten sich damit in Luft aufgelöst.

Vermutlich hatten die Behörden nur einen winzigen Bruchteil seines Vermögens sicherstellen können, zwar wesentlich mehr als ihr »Kleingeld«, aber Helen hatte zu viel Angst, ihn zu verklagen. Denn das würde bedeuten, mit ihm in Kontakt zu treten, auch wenn es bloß über einen Anwalt war. Und Kontakt – egal über wie viele Stationen – hieß, ihm zu verraten, wo sie war.

Das Teuerste, was sie angeschafft hatte, war das maßgefertigte Messingschild mit der stilvollen Handschrift »Dünenkieker«. Leider lehnte es noch im Vorratsraum zwischen den Regalen mit Salaten, den sündhaft leckeren geräucherten Fischen und Andrés anderen französischen Leckereien.

Bisher hatten Helen und die beiden Männer einfach keine Zeit gefunden, es anzuschrauben. Eigentlich hatte Helen es vor ein paar Tagen erledigen wollen, als sie einen Termin mit der örtlichen Presse zur Wiedereröffnung arrangiert hatte, aber dann war wieder irgendeine lästige Erbschaftsfrage dazwischengekommen.

Über der Eingangstür, die zwar bereits abgeschliffen war, aber noch nicht in ihrer endgültigen Farbe erstrahlte, mussten sich wohl noch ein paar weitere Wochen die Nachtfalter an einer nackten Glühbirne tot stoßen.

Helen wollte die Tür aufdrücken, aber André kam ihr zuvor. Der hagere Franzose überragte Helen mit seinen zwei Meter drei exakt um einen Kopf. Sie hatte André quasi mit dem Dünenkieker geerbt, denn ihr Vater hatte ihm zwanzig Jahre Wohnrecht in einem winzigen Zimmer über der Küche eingeräumt, von denen gerade einmal sechs herum waren.

»Salut«, begrüßte der Wahlvalandsieler sie, war dann aber einigermaßen verwirrt, sie mit Tasche und Koffer zu sehen. André kratzte seinen Lockenschopf. »Auf dem Weg zum Airport, oder ist es das Haus?«

»Weder noch.«

Er wusste, dass es noch immer Streitereien um das Haus gab und Helens Mutter seit ihrer Ankunft keinen Tag mit dem Versuch verstreichen ließ, ein größeres Stück vom Erbe an sich zu reißen.

Fragend musterte sie seine nussbraunen Augen, bevor er die Hände an der Schürze abwischte und ihr den Koffer abnahm. »Aha. Komm erst mal rein. Willst du hier übernachten?«

»Ist denn wieder ein Zimmer so weit?«

»Fast. Tapeziert ist schon. Wenn's dir nichts ausmacht, auf dem Boden zwischen den Farbeimern zu schlafen.« Er warf ihr einen entschuldigenden Blick zu, aber Helen wischte seine Bedenken beiseite.

»Kein Problem.« In Anbetracht ihres Jugendzimmers in der Rieke Reech hätte sie viel früher ein Zimmer für sich im Dünenkieker herrichten sollen. Stattdessen hatte sie Björn einen der vier Räume ausbauen lassen.

Die letzten Jahre war das Lokal unter der Führung ihres Vaters nicht sonderlich gut gelaufen. Obwohl die Lage außerordentlich und André als Koch recht gut war, hatten sich bloß wenige Touristen hierher verirrt. Wahrscheinlich, weil die Speisekarte noch aus den Achtzigern stammte und das Haus seit Jahrzehnten nicht renoviert worden war. Heute jedoch sah Helen bereits auf den ersten Blick, dass die meisten Tische besetzt waren. Eine junge Frau, die André auf Helens Wunsch hin ausgesucht hatte, unterstützte ihn in der Küche und regelte den Service. Sie war gehörig ins Schwitzen gekommen und konnte Helen bloß mit einem gehetzten Lächeln begrüßen, bevor sie die nächsten Essen servieren musste.

»Willst du was trinken?«

Etwas unschlüssig stand Helen neben dem Tresen. Sie fühlte sich abgekämpft von der Verfolgung durch die Dünen, aber viel zu aufgepeitscht, um auf irgendeiner Isomatte zwischen Malerutensilien einzuschlafen.

»Ich glaub, ich zieh mich erst mal um.« Ihr Hoody, die Jeans und ihre Finger waren vom Sand dreckig und trocken. Eine Dusche wäre sicher auch nicht verkehrt. Aber anstatt nach oben zu gehen, überkam sie das Bedürfnis nach Wärme und normalen Gesprächen.

»Hat der Pressetermin letzte Woche also wirklich genutzt.« Sie hatte die Lokalreporterin eingeladen, war selbst aber nicht zum Fototermin erschienen, sondern hatte André vorgeschickt.

»Du hast ja den Dienstag noch angerufen, da dacht ich, das war 'ne Ausnahme. So direkt nach dem Artikel.« André verschwand in der Küche, wo etwas in einer Pfanne zischte. »Aber bis heute hat's angehalten«, hörte sie ihn sagen. »Und morgen ist auch dreiviertel reserviert.«

»Toll.« Nachdem sie die Gäste betrachtet hatte, überkam sie ein Gefühl von Stolz. Sie entschied sich, noch ein wenig zu bleiben, und setzte sich an den Tresen. Kurz darauf bekam sie Lust, sich einen Weißwein aus dem Kühlschrank zu holen, wusch sich hinter dem Tresen die Hände und schenkte sich ein Glas ein.

Gerade wollte sie zurück zu ihrem Hocker, als ein Grollen vom Parkplatz drang und sie innehalten ließ. Es war das dumpfe Dröhnen von schweren Motorrädern. Das Geräusch ließ ihr Herz einen Schlag aussetzen. Sofort wurde ihr Hals trocken, und ihr Herz begann zu rasen. Sie lauschte reglos, versuchte durch das Klappern der Bestecke, durch die Stimmen und das Lachen der Gäste die Bedrohung abzuschätzen. Wie versteinert horchte sie auf die Motorräder …

»So mies der Wein?«, rissen sie Björns Worte ins Hier und Jetzt zurück. »André tut doch immer voll auf Feinschmecker.«

»Was?«

»Na, so bleich, wie Sie aussehen, muss das Gesöff doch grauenhaft sein.« Björn war in einem löchrigen T-Shirt und einer Jogginghose vor dem Tresen aufgetaucht. Mit einem schelmischen Grinsen musterte der Sechzehnjährige sie. Seine Zähne waren schlecht, aber sein Lächeln entwaffnend. »Wir müssen noch mal über das neue Windglas an der Terrasse reden. Ich brauch da 'ne Menge Geld, Frau Henning. Ich war im Baumarkt, die ham voll den Knall! Das wird kein Klacks.«

»Sssscht«, sie legte den Finger an die Lippen, hatte seine letzten Worte kaum mehr gehört, weil sie sich ganz auf das Geräusch der Motorräder konzentrierte. Ihr tiefes Brummen wurde lauter und lauter, und es kam ihr vor, als schlucke das Geräusch alle anderen Laute im Haus. Sie starrte auf die Eingangstür, lauschte und spürte das Brummen der Maschinen auf ihren Ohren. Und ein anderes Geräusch legte sich darüber, ohne dass sie sich dagegen wehren konnte. Ein Geräusch aus der Vergangenheit …

Helen justiert ihre Abhöranlage, peilt ein paar Zehntelgrad weiter links durchs Fenster. Eindeutig Motorräder, vielleicht drei Blocks entfernt. Eine recht große Anzahl.

»Hören Sie das?«

Riccardo García Fernández sieht auf seine Präzisionsuhr und verneint. Dann widmet er sich wieder seinem MEOSTAR-Fernrohr, das vom zweiten Stock ihres Motels auf die Baracke auf der anderen Seite der Aurora Avenue gerichtet ist.

Draußen graut die Nacht, zerfetzt und zerrissen von den Scheinwerfern der Blechlawine auf der Avenue und den Reklameschildern.

»Sagt der Einsatzplan nicht, heute kommen nur Fist und seine Kerngruppe?«

»Helen, jetzt reg dich ab. Wenn du so scheißparanoid bist, hättest du dich eben nicht für den Einsatz melden sollen! Ich und Peters sind seit 72, nein, lass mal rechnen, seit fucking 74 Stunden in Stellung.« Der bullige Beamte mit den spanischen Wurzeln beißt von einem Sandwich ab. Er hat heute keine gute Laune. Das hat Helen bereits vor einer Stunde zu spüren bekommen, als sie den Lagebericht mit kritischen Fragen unterbrach. »Nur Fist und zwei seiner Kumpel sind da drin. Punkt. Manchmal kommt ein Freak, manchmal geht ein Freak. Peters hat 'ne Liste!«

»Jepp. Hab ich.« Peters, ein androgyner Wuschelkopf, der mit einem Laptop auf dem Bett sitzt, hält gelangweilt einen flattrigen Block mit Bleistiftstrichen hoch. Das winzige Zimmer, welches das FBI vor sechs Wochen angemietet hat, sieht wie ein Fast-Food-Laden nach einem Raubüberfall aus.

»Plus und minus kriegen wir noch hin«, ätzt Riccardo. »Zugriff bleibt bei 0800.« Damit ist für ihn die Diskussion beendet, und er versenkt sich wieder in seine Beobachtungen.

Helen schluckt ihre Bedenken herunter, am liebsten würde sie nachsehen, ob die Motorräder auch wirklich an der Baracke des Motorradklubs vorbeifahren, aber sie weiß, dass sie sich nicht an der Scheibe zeigen soll. Außerdem kann Fernández jedes Nasenhaar eines Besuchers durch das Hightech-Fernrohr zählen und meldet selbstverständlich, wenn sich etwas ändert.

Dennoch weicht das flaue Gefühl in ihrem Magen nicht. Etwas ist anders als sonst.

Sie ist allein aufgewacht. Chris musste mitten in der Nacht aufgestanden und zu einem Kunden gefahren sein. Und anders als sonst hat er ihr keine Nachricht hinterlassen, kein Briefchen neben dem Müsli und auch keine Haftnotiz am Spiegel ihres sündteuren Badezimmers.

Sie hat ihre Waffe gereinigt und auf Seattle hinabgeblickt und untrüglich gespürt, dass etwas passieren würde.

»Wir sind alle nervös, Helen. Ist doch klar«, versucht Peters sie vom Bett aus zu beruhigen. »So ein Zugriff ist immer riskant. Okay?

»Ist nicht mein erster«, brummt sie ein bisschen eingeschnappt. »Keine Sorge.« Lächelnd streift sie sich den Kopfhörer wieder über, aber es ist ein gequältes Lächeln.

Das Dröhnen der Maschinen ist verstummt.

Sie haben vor dem Restaurant gehalten …

»Haben Sie mir überhaupt zugehört? Hallo?« Björn schnipste vor ihren Augen. Endlich fand sie zurück in die Gegenwart.

»Machen wir dann …«, entgegnete sie fahrig, ohne wirklich zu wissen, worauf sie antwortete. Sie wischte durch die Luft, als könnte sie damit nicht nur Björn zum Verstummen bringen, sondern ihre Angst wegwischen. Wie viele Maschinen hatten draußen geparkt? Drei, vier?

Sicher bloß irgendwelche Rentner auf dem Weg nach Dänemark, die noch etwas essen wollten …

Klar, Helen! Bloß zwei greise Hippiefrauen in wallenden Batikkleidern. Auf welchem Planeten lebst du? Du hast doch das Motorrad in der Rieke Reech gesehen.

»Hola. Ich komm mir absolut gar nicht überflüssig vor, überhaupt null.« Lässig zog Björn seine Zigaretten, die er auf der Schulter unter seinem T-Shirt trug, und wollte sich eine anzünden. »Verschwinde mal besser.«

Als er die Lokaltür aufzog, konnte sie einen Blick auf den mondbeschienenen Parkplatz werfen. Von Rentnern keine Spur. Es waren fünf Motorradfahrer. Die meisten hatten schwarze Sturmhelme auf und Tücher über Nase und Mund gezogen. Lederjacken, Jeans, Tarnhosen, Nieten.

Abrupt fiel ihr das Atmen schwer. Sie wollte schlucken, bekam aber keine Spucke zusammen, sondern starrte noch immer zur Tür, obwohl sie längst hinter Björn zugefallen war.

Es gibt Hunderte von Motorradklubs. Du weißt nicht, woher sie kommen. Sie müssen nicht von *ihm* kommen.

Das ist kein Zufall, Helen. Rede dir keinen Mist ein.

Wo ist meine Glock?

Im Auto, Schatz. Im Handschuhfach.

Sie spürte, wie ihr das Blut in den Kopf schoss. Sie schwitzte und konnte bloß kerzengrade dastehen und auf die Tür …

… beweg dich! Wenn du nicht glaubst, dass sie wegen Andrés vorzüglichem Hirschragout hier sind, dann schwing deinen Hintern hier raus.

Beruhig dich, ermahnte sie sich. Du sitzt in deinem eigenen Lokal und denkst an deine Pistole. Ich bitte dich, Helen.

In dem Moment wurde die Tür aufgedrückt.

Sie waren zu sechst. Ihre schweren Stiefel klackten auf den gewachsten Dielen. Alle trugen Ringe, ihre Fingerknöchel waren tätowiert. Der hagerste von ihnen hatte an seinem Gürtel neben Portemonnaie und Messer einen Schlagring baumeln.

Helen wollte die Männer nicht mustern, konnte aber nicht anders.

Lachend schickten sie einen von ihnen in den Gastraum vor, einen rothaarigen Kerl mit einem Nasenring, Wikingerbart und kahl geschorenem Kopf. Den Raum nach einem Tisch absuchend, blieb er direkt neben Helen stehen, und sie konnte ihn riechen, roch Leder, Schweiß, Benzin und etwas anderes, das sie noch nicht einordnen konnte.

Endlich fand sie ein wenig zu sich, es gelang ihr sogar, wenn auch zitternd, einen Schluck zu nehmen und möglichst beiläufig ihr Handy zu zücken.

Jeder Trottel erkennt, wie viel Angst du hast, schalt sie sich. Beruhig dich, Helen. Wieso sollte Chris die Typen schicken? Warum jetzt?

Du hast mit der Presse gesprochen. Sie haben deinen Namen erwähnt. Er muss nur eins und eins zusammenzählen. Selbst das King County Jail in Seattle hat Internet. Chris ist alles andere als dumm.

Reiß dich zusammen. Wenn sie wegen dir hier sind, wissen sie, wer du bist, und haben dich erkannt. Du musst mehr über sie in Erfahrung bringen.

Die junge Servicefrau wollte sich um den Wikinger kümmern, aber Helen war schneller. »Ich mach schon«, meinte sie und räusperte sich. »Kann ich Ihnen helfen?«, wandte sie sich möglichst charmant an den Hünen.

»Wir sind zu sechst und haben Hunger.« Er lächelte, und seine Mundwinkel gingen für eine Millisekunde Richtung Ohren, sodass sich Grübchen bildeten. Er versuchte, es echt aussehen zu lassen, aber einen Lidschlag lang war es ein abfälliges Grinsen. Ein klares Zeichen für extremen Mangel an Respekt. In ihrem Kopf rasten die Gedanken. Wie immer suchte sie Tells. Drei Tells – vier wären noch besser. So viele Tells, wie sie finden konnte, um abzuschätzen, was die Männer wollten.

Helen zwang sich zu einem Lächeln. »Hinten ist noch ein Tisch frei. Kommen Sie mit.«

Der Mann winkte seinen Kumpels, und alle folgten ihr artig. Einige Gäste drehten sich zu ihnen um, musterten die Rocker. Die Männer schienen es gewohnt zu sein, jedenfalls lächelten sie nett und nahmen schließlich an einem Tisch mit Blick auf die Dünen Platz.

»Was für ’n Verein seid ihr«, fragte sie absichtlich falsch.

»Du meinst Chapter«, korrigierte er sie.

Sie sah den Mann fragend an, konnte ihm aber keinen Namen entlocken.

»Steht das nicht immer auf euren ...«

»Kutten?«, warf er ein. »Wenn wir wollen, ja.«

Längst hatte Helen erkannt, dass die Männer entweder neutrale Jacken angezogen oder die Patches entfernt hatten. Der Hagere hatte sein Abzeichen einfach mit Panzerband überklebt.

»Unser Patch ist leider verboten.«

»Wirklich?« Helen war tatsächlich überrascht.

»Ja. Wir könnten schließlich ’ne kriminelle Vereinigung sein.« Seine Kumpels lachten leise.

»Ach, echt? Und woher kommst du nun?«, wollte Helen wissen, während sie Speisekarten verteilte.

»Sind wir schon beim Du?« Der Wikinger zwinkerte. »Erst du. Woher kommst du? Sicher aus den Staaten. Warte mal. Ich rate ... Irgendwas oben. Im Norden. Hm ... Pazifikküste? Oregon? Nein, bestimmt Washington.«

Helen verbot sich jede Reaktion, aber sie spürte, wie ihr das Blut wegsackte.

»Ist dein Akzent. Ich war öfter mal da oben. Ist übrigens ziemlich süß, dein Akzent.«

Die Hälfte der Männer lachte leise, während der Wikinger still seinen Bart zwirbelte und dabei Helen ausgiebig musterte. »Bist du bei der Polizei?«

»Wieso?«

»Du hast so einen komischen Blick drauf. Gefällt mir nicht besonders.«

Diesmal war das Lächeln von Helen echt. »Suchen Sie sich in Ruhe was aus, ich schick Ihnen gleich jemanden.«

»Hm, gut«, brummte der Fremde und wollte sich in seine Karte vertiefen, musste sich aber erst eine Lesebrille aufsetzen.

Helen ging zurück zum Tresen. Schon auf dem Weg checkte sie, ob die Fotos etwas geworden waren, die sie heimlich mit dem Smartphone geschossen hatte. Sie waren alle unscharf, aber sie hatte vier der sechs Gesichter drauf und die Jacke des Hageren.

Vielleicht konnte Björn mit seinem PC anhand der Fotos etwas herauskitzeln.

Nachdem Helen kurz mit der Servicekraft gesprochen hatte, trat sie zu Björn auf den Parkplatz und atmete die kühle Nachtluft ein. In einer Stunde würde das Lokal schließen. Ohne zu zögern, trat sie zu den Maschinen, die Björn sich rauchend ansah.

»Coole Bikes.«

Anstatt zu bejahen, fotografierte Helen alle Nummernschilder.

9

Es war Mitternacht. Der Mond stand in voller Pracht und franste die spärlichen Wolken brandweiß aus, als habe er sie aus dem Sternenhimmel gerissen. Knut folgte Regina Jäger, die mit schnellen Schritten einen schmalen Pflasterpfad um ihr Haus nahm und zwischen gestutzten Beeten und gepflegten Rosen die Garage ansteuerte.

»Und dieser Kerl, der ist einfach hier aufgekreuzt?«

»Ja. Das war schon ziemlich seltsam. Ich hab den vorher noch nie gesehen. Sie wollten doch wissen, ob er Feinde hatte.«

Tatsächlich hatte er das gefragt, als sie das Fast-Food-Lokal verlassen hatten.

»An dem Abend … so hab ich Robert noch nie erlebt. Er ist mit ’nem Messer auf den Typen los.«

»Was wollte denn dieser Mann? Haben Sie einen Namen oder so?«

Sie verneinte. »Das war irgendwann Anfang Juli, da stand der vor der Tür. Kam auf’m Moped. Der sah ziemlich verranzt aus. Sie wissen schon.«

Sie zog das Garagentor hoch.

»Nein.«

»Na, so ungewaschen. Schlechte Klamotten, strenger Geruch. Keine Ahnung, wie der hieß. Der hatte ’ne Plastiktüte unterm Arm. Unheimlich war der. Na ja, Robert hat sich geweigert, ihn reinzulassen. Sie sind in die Garage und haben sich angeschrien. Das wurde immer aggressiver.«

Das Tor öffnete sich auf dem letzten Meter furchtbar laut, und noch bevor Knut eingetreten war, hatte die Babysitterin neugierig das Fenster geöffnet. »Regina? Bist du das?«

»Ja, Elisabeth. Ich bin schon früher heim. Ich komm gleich.«

Die Freundin war zufrieden und verschwand. Von drinnen war der Fernseher zu hören.

»Um was ging's denn?«, wollte Knut wissen.

»Keine Ahnung. Aber an dem Abend musste ich 'n Notarzt rufen. So wütend habe ich Robert noch nie gesehen. Er war total sauer, wollte nichts sagen – wie immer. Er hat was von Therapie gefaselt und sich dann besoffen. Alkohol und Asthma sind keine gute Mischung. Ich hab den Notarzt rufen müssen.«

»Und wie kommen Sie drauf, dass ausgerechnet dieser Fremde Ihren Mann …«

»Weil er Robert was hiergelassen hat. Ich zeig's Ihnen.«

Frau Jäger schaltete das Licht ein. In der Garage war kein Platz für ein Auto, weil Robert hier sein Schlaflager aufgebaut hatte. Es sah nicht mal unbequem aus. Er hatte sich die letzten Monate sein eigenes Reich geschaffen. Ein aufblasbares Bett, ein Computer, ein Fernseher, ein paar Kisten Bier …

Was Reanna wohl dachte?

Selbst als Knuts Mutter noch gelebt hatte, hatte sein Vater nie den Wagen in die Garage gefahren, weil seine sechs Surfbretter und das Equipment allen Platz beanspruchten. Bis vor sieben Monaten, als Knut ausgezogen war, hatten auch sein Minimalibu und sein grellbuntes Gun ihren Stammplatz dort gehabt.

Beim Anblick von Robert Jägers Exil meinte sich Knut zu erinnern, dass seine Mutter Thor auch einmal aus dem

Haus geworfen hatte. Doch er wusste weder warum, noch wie alt er da gewesen war. Sechs? Sieben?

Regina Jäger steuerte die Werkbank an, doch anstatt einfach die Schublade aufzuziehen, wandte sie sich einer Kiste mit Sperrholz zu. Sie zog die Kiste von der Wand. Dahinter waren Backsteine locker. Zu Knuts Überraschung zog sie sie heraus und legte einen Hohlraum frei.

»Wenn Sie ständig Quittungen von Lokalen finden, in denen er angeblich nie war, da schaut Frau doch gern mal nach ... ›Zur alten Fähre‹, will nicht wissen, wie viele Abende die beiden ...« Sie schenkte ihm ein Lächeln, doch es war aufgesetzt. Endlich schien bei ihr anzukommen, was Knut ihr vor einer Dreiviertelstunde mitgeteilt hatte. Regina Jäger biss die Lippen zusammen, um nicht zu weinen.

»Da war mal 'ne Zeit, da gab's keine Verstecke. Da wussten wir alles voneinander.« Sie schluckte die Trauer herunter. »Ich hab nur gesehen, wie er ... Also er hat hier bei der Werkbank gehockt.«

»Gehockt?«

»Geweint.« Auf seinen fragenden Blick hin führte sie aus: »Seit der Typ da war und dieses abscheuliche Zeug gebracht hat. Da hat er die letzten Wochen oft hier so gesessen.«

»Und hat geweint ...«

»Und vor sich hingestarrt. Ich glaube, der Typ, der hat Robert das als Drohung gebracht. Ganz klar. Der wollte ihm Angst machen. Ich wette, der hat ihn umgebracht.«

Mit diesen Worten wollte sie in die Öffnung greifen, aber Knut hinderte sie daran.

»Warten Sie. Sekunde ... Hier.« Er löste seine Lederhandschuhe vom Gürtel und reichte sie ihr. Dann wurde ihm bewusst, dass er damit als Letztes den Leichnam ihres Mannes abgedeckt hatte. Sie bemerkte sein Zögern.

»Alles gut. Nehmen Sie sie.«

Neugierig beobachtete er, wie sie mit den Handschuhen hineingriff und ein Bündel herauszog.

Etwas war in ein dünnes schwarzes Tuch eingeschlagen worden. Sie hielt es Knut auffordernd hin, aber er wollte es ihr mit nackten Fingern nicht abnehmen. Zwar wusste er, dass Fingerabdrücke auf Stoff eher schwer bis gar nicht zu nehmen waren, doch auf eine Standpauke von Maas konnte er gut verzichten.

»Das ist wirklich abartig. Echt«, meinte sie angeekelt und stand unschlüssig mit dem Bündel da. »Ich mach das nicht noch mal auf.«

»Warten Sie kurz.«

Knut fand eine noch eingeschweißte Malerfolie, riss sie auf und breitete sie ein Stück auf der Werkbank aus. Dankbar legte Regina das Bündel ab und reichte ihm die Handschuhe.

Ihm entging nicht, dass sie einen Schritt zurücktrat und sich halb abwandte, bevor seine Finger den Stoff berührten. Langsam schlug er das Bündel auf. Der Stoff war grob zerschnitten worden, die Kanten teilweise ausgefranst. Ein weißer Strich, mit dicker Farbe aufgetragen, war der Schnippelei zum Opfer gefallen. Langsam wickelte Knut weiter.

Zum Vorschein kam ein Einweckglas mit Drahtbügelverschluss. Die oberen zwei Drittel waren mit einer trüben gelblichen Flüssigkeit gefüllt, das untere Drittel bräunlich, rostrot. Es sah aus, als habe sich schwere Farbe abgesetzt.

Aus diesem bräunlichen Kuchen stakste etwas heraus, das aussah wie eine Scherbe. Kaum hatte Knut es mit seiner Taschenlampe angestrahlt, wurde ihm klar, dass es keine Farbe war, die sich abgesetzt hatte.

Es war geronnenes Blut.

Als er die Lampe hinter das Glas hielt, glomm es geheimnisvoll schwarz-rot, und die Scherbe oder was immer es war, zeichnete sich als Schatten unscharf ab. Auf einer Seite klebten Fussel, Fäden wie Haare. Gewebefäden?

Knut wurde flau.

»Ich … ich hab das Glas nicht geöffnet. Aber … Also ich glaub, das is'n Knochen drin.«

Noch einmal beugte sich Knut vor.

Regina Jäger hatte recht. Ihr Mann hielt ein Glas voller Blut verborgen, in dem ein Knochen mit Fleischresten schwamm.

10

Das Bier war zu kalt. Knut steckte es in den Babyflaschenständer und programmierte die Mikrowelle auf fünfzehn Sekunden. Seine nachdenkliche Stimmung war blitzschnell in Frust umgesprungen, als er Birthes Wagen in der Auffahrt zu seinem Haus gesehen hatte.

Seit er Neujahr die Stelle des Revierleiters übernommen hatte, wohnte er in der Doppelhaushälfte. Es war sein erstes eigenes Heim, und sosehr er es genoss, von Birthe – oft leicht bekleidet – empfangen zu werden, bevorzugte er manchmal doch die stillen Abende, in denen er allein mit Butch dem Kaminfeuer zusah oder sie gemeinsam eine Platte hörten.

Auch jetzt tönte leise Musik aus dem Wohnzimmer. Obwohl es eines seiner Lieblingsalben war, munterte ihn heute »the river« vom Boss nicht auf.

»Alles gut, Schatz?«, rief Birthe aus dem Wohnzimmer, aber er antwortete nicht, sondern beobachtete den Countdown der Mikrowelle.

Regina hatte ihm nicht nur das Einweckglas ausgehändigt, sondern außerdem einen Schnappschuss gesendet. Welche Mopedmarke der Fremde fuhr, hatte sie nicht sagen können, aber sie hatte mit dem Handy ein Foto gemacht. Jedoch waren weder Mann noch Moped gut zu erkennen. Das meiste vom Motiv wurde durch Reflexionen im Küchenfenster und von einem Schmetterlingsstrauch verdeckt.

Immerhin schimmerte die Ahnung eines Nummernschilds durch die Blüten des Sommerflieders.

Für morgen hatte Knut Regina Jäger gebeten, ins Revier zu kommen. Er wollte, dass sie mit Diehl ein Phantombild von ihrem kuriosen Besuch erstellte.

Als sei es eine kostbare Reliquie, hatte er das Blutglas zusammen mit dem Stoffstück in die frische Malerfolie eingeschlagen und alles durch ein Handtuch geschützt in einen Karton gestellt. Im Schritttempo war er dann zum Revier gefahren.

Er hatte gedacht, seine Freundin Birthe vor dem Funkgerät vorzufinden, aber stattdessen hatte Veith die Stellung gehalten. Gemeinsam trugen sie die Kiste zum Umkleideraum. Knut schloss die vermeintlichen Beweise nicht in den Spind ein, sondern in seine Tresorbox, in der er eigentlich seine Dienstwaffe aufbewahren musste.

Nachdem er mehrmals versucht hatte, Maas zu erreichen, hatte er sich entschieden, Björn Katzmann um Hilfe zu bitten. Kurz entschlossen mailte er ihm das missratene Moped-Foto. Björn war ein Genie am Computer, und vielleicht würde ihm ein Kunststück gelingen, sodass sie einen Schritt schneller wären als der eingebildete Maas und seine Truppe vom LKA.

Zum Klingeln der Mikrowelle kam Butch wie auf Kommando angelaufen. Nachdem er seinen Labrador ein bisschen gekrault hatte, drehte Knut ihm den Wasserhahn auf und half ihm zum Spülbecken hoch. Seit ein paar Wochen fiel es seinem betagten Freund schwer, sich selbst hochzustellen.

Knut ließ ihn schlabbern, machte ihm sein Diätfutter und nippte nach kurzem Prüfen zufrieden an seinem zimmerwarmen Bier.

»Knut?«

»Ja. Alles gut«, meinte er fahrig und sah Butch beim Fressen zu.

Bevor er nach Hause gekommen war, war er durch das Wohngebiet gefahren, das an Claas' Siedlung grenzte. Im Schritttempo, wie sie es auf Streife taten. Dabei hatte er über Regina Jägers Anschuldigungen gegrübelt.

Am liebsten wäre er mit seinem Surfbrett ins Wasser gegangen, wäre raus in die wogende Schwärze gepaddelt und hätte sich die Sterne angesehen. Dann wäre da nur noch er gewesen. Das Board, die Sterne und seine Sehnsucht nach Helen.

Doch er hatte sich mit den Lichtern der Häuser und Straßenlaternen begnügen müssen, mit dem Flackern seines Plastik-Sheriffsterns, den er als Gag an seinen Rückspiegel gebunden hatte, nachdem er Revierleiter geworden war. Das Plastikding mit dem Zacken zu wenig.

Character, integrity, knowledge, honor, courtesy, loyalty and judgement ... Charakter, Integrität, Wissen, Ehre, Höflichkeit, Loyalität und Gerechtigkeit.

Welcher Zacken fehlt Ihnen?, hatte Helen ihn einmal gefragt.

Gute Frage.

Keine Antwort.

Bisher.

Er nippte und tätschelte Butch den Kopf. Dann fasste er einen Entschluss.

Noch einmal ging er in den Flur, streifte die Sneakers ab und öffnete den Kleiderschrank. Er schob die Schuhe hinein, griff ins Dunkel und zog kurzerhand seine ausgetretenen Westernstiefel heraus.

Die Dinger sahen furchtbar aus. Staubig und vom Lack, den Björn ihm drübergegossen hatte, ganz fleckig. Dennoch konnte er ein zufriedenes Lächeln nicht unterdrücken.

»Seit wann bist du hier?«, rief er in die dunkle Wohnung und ging mit den Stiefeln zurück in die Küche.

»Veith hat gesagt, er übernimmt die Schicht«, drang Birthes Stimme zu ihm. »Bin auch grad erst rein.«

Knut schloss das Küchenfenster, das speerangelweit offen stand. Auf der Fensterbank schimmerte Sand im Mondlicht. Das Brett war davon überzogen, als habe jemand absichtlich zwei Hände voll darauf verteilt. Knut nahm den Sand nicht wahr.

Er wollte eine Bürste, Sattelseife und Lederfett unter der Spüle hervorholen, kniete sich hin und bekam prompt von Butch das Gesicht abgeschleckt. Lachend drückte er ihn beiseite. Dann wärmte er sich noch ein zweites Bier, steckte es zum Tragen in einen der Stiefel, die Pflegesachen in den anderen, und ging ins Wohnzimmer.

Birthe saß, bloß mit BH, Slip und Hüfthalter samt Perlonstrümpfen bekleidet, auf der Couch und lackierte sich die Fußnägel. Die Fünfzigerjahre-Klamotten waren ziemlich verführerisch, das musste er schon zugeben. Er gab ihr einen intensiven Kuss und schmeckte ihren Kaugummi.

»Wie geht's Diehl?«, fragte sie und verpasste ihrem kleinen Zeh einen Tupfen tiefrote Farbe.

»Ganz gut. Er hat den Schock überstanden, glaub ich.« Knut überlegte einen Moment, wohin mit den Stiefeln, stellte sie dann kurzerhand auf die Ecke des Couchtisches und setzte sich zu ihr.

»Die Frau, diese Geliebte ...«

»Melanie Roth?«

»Am Telefon, da ... Ich hab nur ihren Atem gehört. Und dann hat sie plötzlich geschrien. Mehr nicht.«

»Du hast das absolut richtig gemacht, Birthe.«

»Ich hab noch mal in der Klinik angerufen. Der Seelsorger hat gesagt, sie hat 'n starkes Beruhigungsmittel bekommen. Sie war wohl nicht ansprechbar. Soll sich erst mal ausschlafen. Der meldet sich morgen, dann kann er auch sagen, ob ihr sie vernehmen könnt. Der will sich erst mit deiner Ex besprechen.«

Knut grummelte. War ja klar, dass Birthe nicht einfach sagen konnte: »mit der Ärztin im Krankenhaus«. Nein. Natürlich, mit seiner Ex. Wie konnte man nur so verdammt argwöhnisch sein.

»Is' gut.« Brummelnd stand er auf, obwohl er eigentlich erst das Bier trinken wollte. Nachdem er sich die Bürste und den ersten Stiefel geschnappt hatte, öffnete er die Terrassentür. Unkraut spross aus den Fugen, die Blumenbeete, um die er sich seit dem Einzug nicht gekümmert hatte, waren unter dem Gras kaum noch zu erkennen.

»Kanntest du ihn?«

»Robert Jäger?« Knut begann, den Staub vom Stiefel zu bürsten. »Eigentlich nicht. Nein. Ist ja auch zehn Jahre älter als ich. Sein kleiner Bruder ging in die Parallelklasse oder so. Jäger …« Er wischte sich mit der Basecap die Stirn und setzte sie wieder auf sein struppiges Haar. »Der Bruder ist gestorben. Hat sich vor'n Zug geworfen. Oder war's 'n Laster? Weiß nicht mehr.«

»Krass.« Er hörte, wie ihr Hüfthalter knisterte, als sie auf ihre Nägel pustete.

»Ist ewig her. Aber Robert Jäger, also der is' ja in Diehls Alter. Oder sagt man ›war‹?« Knut stutzte. »Shit. Wahrscheinlich ist Diehl deswegen so …«

»Oh. Stimmt. Hab ich auch nicht dran gedacht.«

»Wenn Diehl Jäger kannte, dann …«, seufzte Knut. Wahrscheinlich hätte Thor sofort nachgefragt, wäre mit Diehl ein Bier trinken gegangen und hätte mit ihm ganz behutsam und kumpelmäßig den Tod betrauert und das Leben gefeiert.

Du Idiot, dachte Knut. Wenn Diehl wirklich mit Jäger befreundet gewesen war … Und du fragst dämlich, ob er morgen Früh zur Schicht kommt. Sehr einfühlsam.

»Als guter Revierleiter hätte ich das überblicken müssen. Scheiße.«

»Du machst das doch bisher ganz gut, Knut … Außerdem müssen die sich ja nicht kennen.«

»Ich werd mit Diehl morgen sprechen. Ist sonst noch was passiert?«

Er hörte sie gähnen. »Reicht doch für 'n Abend.«

Knut strich sich die blonden Haare aus der Stirn und grübelte ein wenig, während er den zweiten Stiefel säuberte und beide mit dem Sattelfett einrieb.

Der Scheißlack wollte einfach nicht verschwinden. Prüfend hielt er die Stiefel ins Mondlicht und bekam Angst, die blöde Farbe jetzt endgültig reingerieben zu haben.

Er spürte, wie sich Birthes Hand um seine Hüfte legte. Ihre Brustwarze rieb sich an seinem Rücken. Es fühlte sich gut an. Während ihre Hand in seinen Schritt wanderte, flüsterte sie: »Ich finde, du bist der beste Revierleiter, den Valandsiel je hatte.«

»Spekulationen. Nichts als wilde Behauptungen«, meinte er, ließ die Stiefel fallen und packte sie am Kinn, wie sie es so gerne mochte. Er schob Birthe rücklings ins Wohnzimmer, ließ sie auf die Couch fallen und kümmerte sich um ihren Slip, indem er zärtlich in den Stoff biss. Er zog ihn mit den Zähnen runter und küsste ihr Schamhaar, wollte …

Ein Klopfen an der Tür unterbrach die beiden.

»Du wirst doch nicht …« Entsetzt sah Birthe ihn an.

Doch Knut erhob sich, wenn auch schweren Herzens, und ging zur Tür.

Es war Maas. Der LKA-Beamte hielt einen 6er-Träger Bier zur Begrüßung hoch. »Darf ich reinkommen?«

»Um zwei Uhr nachts?«

Wäre ich mal lieber bei Birthe geblieben, dachte Knut. Warum, um alles in der Welt, hatte er öffnen müssen?

»Ich war vor zwei Stunden schon hier, aber Ihr Wagen war nicht da.«

Knut nickte zum Bier. »Haben Sie sich gedacht, auf'm Dorfe macht man das so?«

Maas stutzte. »Wie bitte? Was macht man?«

»Na, die Herrenhandtasche. Sympathiepunkte für 'n pseudokumpelhaftes Gespräch sammeln? Lässig klopfen und schon mal 'n Bierchen mitbringen?« Was zum Henker wollte der Kerl? Ihn wieder degradieren? Den Platzhirsch raushängen lassen?

»Ich glaube, Sie haben zu viel mit Helen ... mit Frau Henning ... zu tun. Gesten deuten, Tells und dieser ganze Kinesik-Wahnsinn.« Maas lächelte mühsam, doch Knut sah ihn bloß ungerührt an. Auf Verbrüderung hatte er keine Lust. Eine peinliche Stille machte sich breit, die Knut durchaus auskostete. Er ließ Maas noch ein paar Sekunden zappeln.

»Ich ... ich dachte einfach, ich bring Bier mit. Sagen Sie nicht, Sie sind ein Weinkenner, Jansen.«

Die beiden Männer lächelten sich aufgesetzt an, aber schließlich öffnete Knut dem LKA-Mann und ging ohne ein »Herein« oder »Kommen Sie« einfach voraus ins Wohnzimmer. Butch wollte Maas freudig begrüßen, aber Knut pfiff ihn auf seinen Platz vor die Couch zurück. Dann ließ er sich eine Spur zu cool ins Sofa neben Birthe fallen, die ihn sauer anstarrte und sich eine Wolldecke übergeworfen hatte. Nur ihre nackten, frisch lackierten Zehen lugten heraus. Knut legte die Füße auf den Couchtisch und die Hand auf Birthes Knie. Angesichts der ziemlich prolligen Show taxierte ihn Birthe befremdet.

»Hi«, begrüßte sie Maas und streckte ihm die Hand hin. Dabei drohte ihr die Decke von der Schulter zu rutschen, und sie lächelte verlegen. »Birthe Tönnies. Wir kennen uns doch vom Revier, im Sommer haben Sie …«

»Was wollen Sie, Maas?«, unterbrach Knut seine Freundin. »Ich hab zu tun.«

Wie auf ein Stichwort zog sich Butch auf die Couch und quetschte sich zwischen Knut und die Armlehne. Als sei er der Chef, setzte sich der Labrador aufrecht, starrte Maas an und begann dann herzhaft zu gähnen.

Maas ließ amüsiert den Blick über die drei gleiten. »Ja, das sehe ich. Aber ich will Sie gar nicht stören«, meinte er, nahm aber trotzdem gegenüber Platz und schob den Träger Bier in die Mitte. »Sie haben versucht, mich anzurufen?«

»Ja.«

»Was gibt es denn?«

»Deswegen sind Sie hier? Weil ich versucht habe, Sie anzurufen?« Knut rieb sich die Augen. »Erst Sie.«

Was findet Helen nur an dem Typen?

Knut musterte ihn und schämte sich fast, wie feindselig er Maas gegenüber eingestellt war.

»Nun ja, wenn es wirklich stimmt, was Frau Henning sagte, und Robert Jäger kannte seinen Mörder persönlich, dann … Sie kennen sich doch in Valandsiel aus, sind hier aufgewachsen. Ich brauche jemand vor Ort. Jemand, der rumfährt, Jägers Freunde besucht, sie befragt, sich umhört …«

Ja klar. Jemand, der die Laufarbeit macht. Jemand, der zwei und zwei zusammenzählt, damit du Spießer dann das Ergebnis rumreichen kannst.

»Ich will mit Ihnen zusammenarbeiten, Jansen.«

Überrumpelt blinzelte Knut, fing sich aber sogleich wieder. Das war doch ein Trick. »Mit mir? Ach … Aber ich bin doch nicht bei der Kripo«, entgegnete er mit einem feisten Grinsen.

Maas seufzte. »Sie und Frau Henning, Sie beide haben letztes Mal … Sie natürlich auch, Frau Tönnies … einen wirklich guten Job gemacht. Warum sollte ich mir da nicht wieder Ihre Hilfe holen?«

Nachtigall, ich hör dir trapsen, dachte Knut. Daher weht also der Wind. Du willst Helen. Und ich soll das klarmachen. Deswegen bist du hier.

»Ich und Frau Henning?«, fragte er.

Maas' Blick wich ihm aus. »Ja. Vielleicht könnten Sie Helen Henning bitten. Ich meine, in meinem Namen.«

Sollte Knut jetzt schmunzeln, weil er richtiglag, oder Maas einfach rauswerfen?

»Machen Sie das doch selbst. Sie zwei, Sie sind doch ganz dicke.« Viel zu dicke für seinen Geschmack. »Haben Sie ihre Nummer verloren?« Er bemerkte zu spät, dass er die Hand von Birthes Knie genommen hatte.

Tatsächlich starrte Maas auf sein Handy. »Ich denke, es wäre besser, wenn Sie Frau Henning bitten würden.«

»Darf ich fragen, warum?«

Birthe räusperte sich und stand demonstrativ auf. »Ich geh ins Bett«, brummte sie. Knut fiel nicht ein, ihr eine Gute Nacht zu wünschen, seine Gedanken waren zu sehr bei Helen. Und diesem Maas.

»Das LKA kann sie nicht offiziell hinzuziehen. Sie ist bei uns keine bestellte Gutachterin.«

Verdammt! Fast hätte Knut gelacht. Helen ließ Maas also zappeln. Immerhin. Kluges Mädchen.

»Sie nimmt nicht ab, was? Sendepause?«

Maas schwieg.

»Hab schon verstanden«, brummte er. »Der Soko-Chef

will sich keinen Verfahrensfehler leisten. Also soll's der Dorfbulle richten.«

»Jetzt fangen Sie doch nicht wieder damit an.« Anscheinend war Maas' Geduld erschöpft. »Fragen Sie sie oder nicht?«

»Also gut. Ich werde Helen Henning bitten, mir zu helfen.« Knut lehnte sich zurück und breitete die Arme über die Rückenlehne des Sofas. »Wohlgemerkt mir, Maas. Ich bin mit dabei. Und damit meine ich, ich will nicht Ihre Ermittlungsergebnisse per E-Mail bekommen oder nur Klinken putzen. Ich will dabei sein, wenn Sie verhören, wenn Sie befragen oder irgendwas tun. Verstanden, Maas? Sie wollen Frau Henning? Sie bekommen Helen – und mich.«

Maas legte die Stirn in Falten.

»Keine Spielchen. Bevor ich hier alle Freunde von Jäger aufmische – und sehen Sie Maas, im Gegensatz zu Ihnen lebe ich in dem Kaff hier –, will ich ein klares Ja, dass ich in der Soko bin. Sonst kann ich Ihnen mit Frau Henning nicht helfen.« Knut zog den Träger Bier zu sich, riss lässig zwei Flaschen aus dem Gebinde und öffnete eine mit der anderen. Statt Maas die offene anzubieten, trank er einfach.

Stumm musterte Maas erst Knuts beachtliche Plattensammlung, dann ihn selbst, der von Butch das Ohr geleckt bekam.

Maas entfuhr ein Seufzen. »Sie hängen sich weit aus dem Fenster, so als ...«

»Dorfbulle, ich sag's ja.«

»... als Revierleiter einer überschaubaren Gemeinde.«

Er schenkte Birthe ein charmantes Lächeln, die im Türrahmen zum Schlafzimmer stand. Sie hatte sich ein Shirt übergeworfen und die Decke um die Hüfte gebunden. Argwöhnisch hatte sie das Gespräch verfolgt.

»Ziemlich forsch, Ihr junger Freund.«

»Ja, das kann er«, seufzte sie.

»Also gut«, stimmte Maas schließlich zu. »Werd ich mit der Staatsanwältin wohl ein paar Greens mehr spielen müssen. Ich versuche, das durchzuboxen, Jansen. Sie sind dabei. So, und jetzt Sie. Wieso rufen ausgerechnet Sie mich an?«

Knut lächelte triumphierend. »Ich hab 'n Glas voll Blut und einen Verdächtigen.«

Maas' Blick hätte nicht erstaunter sein können.

11

Sie spürte ihn.

Er rieselte auf ihre Wangen. Nur wenig davon, Korn um Korn. Dennoch nahm sie das leichte Prasseln auf der Haut, auf den Lippen, auf ihren Lidern wahr.

Der Sand war real.

»Ich bin Viola Wilbrand«, flüsterte sie mit geschlossenen Augen. »Ich bin Viola Wilbrand. Ich bin Viola Wilbrand ... Vergiss deinen Namen nicht ...«

Der Wind trug sein Jammern zu ihr.

Blinzelnd öffnete sie die Lider.

Das Erste, was sie sah, war die gerissene Tapete an der Decke. Eines der Holzbretter war dort oben geborsten, und Sand rieselte durch einen feinen Spalt. Ein paar Körner fielen in ihren Mund. Angewidert spuckte sie aus.

Widerlicher, verfluchter Sand.

Erst jetzt realisierte sie, dass sie überhaupt etwas sehen konnte. Es war nicht stockfinster wie sonst, wenn sie erwachte.

Er hatte ihr eine Kerze hingestellt.

Wie lange hast du hier gelegen? Wie lange bist du überhaupt schon hier?

»Ich bin Viola Wilbrand.«

Sie wusste es nicht. Ihr Zeitgefühl war dahin, rieselte durch ihren Verstand wie der Sand durch die Decke.

Seit Wochen erwachte sie in diesem Raum, orientierungslos, stets den Lichtspalt unter der Tür fixierend, immer hoffend, etwas im Schummerlicht zu erkennen, und doch bloß Schatten über Schatten zu sehen.

Tag um Tag, in denen die Erinnerung an ihr Leben, an sich selbst mehr und mehr verblasste.

Ihren Peiniger hatte sie bisher noch nie gesehen. Da waren immer bloß Schatten, Stimmen und das Gefühl, er wisse alles über sie.

Wann brachte er ihr Essen? Wo pinkelte sie und verrichtete ihr Geschäft?

Sie wusste es nicht.

Alles war hinweggespült worden.

Ich bin Viola Wilbrand.

In ihrem Mund schmeckte sie Eisen. Blut? Sie wollte nach ihren Lippen tasten, aber ihre rechte Hand war ans Bett gekettet. Er hatte ihr eine Handschelle umgelegt, die Eisenkette war kaum einen Meter lang. Gerade genug, dass sie sich im Bettgestell herumdrehen konnte. Es gab keine Matratze und auch keinen Lattenrost. Stattdessen hatte er eine Schranktür auf das Eisengestell gepackt und sie drauf festgekettet.

Das Atmen fiel ihr schwer, weil ihre Kehle ausgetrocknet war. Vergeblich versuchte sie zu schlucken, bekam aber nicht genug Spucke zusammen. Ihre ganze Haut fühlte sich trocken und erhitzt an. Ihr Kopf juckte entsetzlich.

Stöhnend kam sie hoch. Auf einen Schlag setzten die Kopfschmerzen ein. Sie hatte das Gefühl, jemand zertrümmere von innen ihren Schädel. Immerhin war die Kette so lang, dass sie ihren Kopf halten konnte. Sand rieselte ihr aus den Haaren.

Ihre Haare … Der Mann hatte sie ihr kurz geschnitten.

Verwirrt tastete sie danach, aber von ihrer einst wallenden Haarpracht war nichts mehr übrig. Und den Lack an ihren Fingernägeln hatte er auch entfernt.

Sie blickte sich um. Der Raum maß bloß ein paar Quadratmeter, war kleiner als ihr Schlafzimmer daheim.

Daheim ... Sie wusste schon gar nicht mehr, wie es dort roch, konnte nicht mehr sagen, wie es sich anfühlte, zu Hause zu sein.

Im flackernden Kerzenlicht erkannte sie eine Kommode, deren Laden sie im Dunkeln oft aufgezogen hatte. Es war so ziemlich das Einzige, was sich in ihrer Reichweite befand. Jetzt konnte sie mehr erkennen. Jemand hatte irgendwann, vor Jahren oder Jahrzehnten, Clowns und Schiffe darauf gemalt. Die Kinderzeichnungen waren längst mit dem Holz verwittert. Auf dem Boden lag ein Teppich mit Stadtmuster. Straßen, Tankstellen, Formel-1-Strecke. Er war halb verschüttet vom Sand. Genau wie die niedrigen Kinderstühle, das löchrige und bunte Zelt und ein paar Kuscheltiere, die sie aus einer Ecke anglotzten. Eine mit Aufklebern übersäte Holztür, deren Lack durch die Jahre abgeblättert war, führte in Bereiche, die Viola nur vom Hören kannte. Ihr gegenüber, nur einige Schritte von ihrem Bett entfernt, war einst ein Fenster gewesen. Nun war der Ausblick vernagelt.

Viola stockte. Das Fenster. Sie hatte gehofft, dass es eines gab, hatte im Dunkel stets gemeint, den Wind zu spüren, einen hauchfeinen Luftzug, der über ihre Arme ...

Das Fenster!

Im Dunkeln hatte sie es nie sehen können.

Sie horchte in die Stille. Genauso wenig, wie sie ihren Peiniger gesehen hatte, hörte sie ihn. Ab und an war ein Knarzen aus dem Nachbarraum zu vernehmen, ganz leise Schritte vielleicht.

Jetzt war jedoch alles gespenstisch still. Wahrscheinlich war er fortgegangen.

Er hat seine Kerze vergessen.

Ich kann sehen, wo ich bin.

Du hast einen Fehler gemacht.

Behutsam – zu behutsam – begann sie, am Eisengestell herumzureißen. Immer wieder versuchte sie, die Strebe des Kopfteils einzudrücken, um die Handschelle abzustreifen.

Als sich nach unendlichen Minuten nichts tat, wurde sie rabiater …

Komm doch her, wenn du da bist. Schlimmer, als unendliche Tage hier aufzuwachen, kann der Tod bestimmt nicht sein.

Ich bin Viola Wilbrand.

Mit aller Kraft warf sie sich mit der Schulter gegen das Kopfteil und spürte, wie die Verschraubung der Stäbe langsam ausriss.

Ihr Durst war lähmend. Sie sehnte sich so sehr nach einem Schluck Wasser.

Gib nicht auf.

Viola wollte sich ein weiteres Mal gegen die Streben …

Ein Husten.

Da war ein Husten.

Oder hatte sie es sich nur eingebildet? Mit pochendem Herzen lauschte sie in das Heulen des Windes.

Alles war still …

Nein! Da. Jemand hustete. Es drang gedämpft durch die Tür.

Sie erstarrte, jetzt doch voller Angst, was geschehen würde, wenn er sie erwischte. Wenn sie ihn wieder riechen musste. Denn das war das Einzige, was sie bisher von ihm kannte. Seinen Geruch. Ein strenger Gestank, der sie an feuchten Sand, an brackiges Wasser und vor allem Fisch erinnerte.

Sollte sie sich schlafend stellen oder weiterrütteln?

Viola lauschte. Da war bloß der Wind. Kein Klimpern, Klappern oder Schaben. Es war niemand hinter der Tür.

Es dauerte, bis sie akzeptierte, wohl doch allein zu sein. Abermals ließ sie sich gegen das Bett fallen. Diesmal mit voller Wucht.

Zwei der Stangen rissen aus der Verstrebung. Sofort zog sie die Handschelle ab und kam hoch.

Sie stand.

Du stehst.

Er hat einen Fehler begangen.

Hat er. Ja! Der erste. Ich bin Viola Wilbrand.

Sie taumelte über den Sand, spürte den Kinderteppich, die Fasern und das Kribbeln der Körnchen, spürte die Luft an ihren nackten Füßen. Frische Luft.

Es zog unter der Tür hindurch.

Die Handschelle mit der Kette an ihrem Handgelenk klirrte. Mit vier Schritten, sie zählte sie stumm ab, war sie am vernagelten Fenster. Die Bretter waren massiv und trocken, die Nägel rostig.

Hektisch tasteten ihre Finger nach einer Ritze. Nach Freiheit zwischen den Hölzern. Sie hörte das Blut in ihren Ohren rauschen, die Wangen glühten fiebrig.

Gleich bist du frei.

Komm schon … Wo ist der Halt? Pack zu. Wieso ist da kein Vorsprung? Da muss doch eine Ritze … Komm schon! Du musst dich festklammern! Du musst ZIEHEN!

Mit einem Mal fuhr sie herum.

Schritte? Waren das Schritte?

Sie hatte etwas gehört. Im zuckenden Licht der Kerze fixierte sie die massive Tür, als könnten ihre Gedanken ihn daran hindern, sie zu öffnen.

Lass ihn nicht rein. Wer immer er ist.

Da. Erneut das Husten. Diesmal lauter, diesmal klar zu hören. Ein Wimmern. Eine Frau. Es klang wie eine Frau.

Mein Gott, schoss es ihr durch den Kopf. Er hält noch jemanden hier gefangen!

»Hallo?«, flüsterte sie. »Hallo? Ist da wer? Hallo?«

Sie bekam keine Antwort. Sie lauschte und lauschte, aber die Welt wurde abermals still. Horchend stand sie da, reglos, spürte ihre ausgetrocknete Kehle und hörte ihrem Atem zu. Nichts. Der Spuk war vorbei.

Verzweifelt wandte sich Viola wieder den Brettern zu. Ihre Finger fuhren sie ab, zerrten, flehten um Halt … Eine schmale Ritze, sie griff zu, um das Holz wegzureißen und … Ihr Fingernagel brach.

Sie schrie vor Schmerz, Tränen schossen ihr in die Augen. Wimmernd biss sie die Zähne zusammen, packte erneut zu. Es war zwecklos.

Die Bettstrebe, durchfuhr es sie. Auch wenn es ihr zuwider war, zurück zum Bett zu gehen und damit in die Nähe der Tür …

Abermals zerrte sie am Bettgitter. Diesmal ging es einfacher. Mit einem lauten Knarzen riss einer der Stäbe am Kopfteil aus.

Ansetzen. Zwischen die Bretter. Als Brecheisen.

Du hast noch Kraft, Viola. Ich komme hier raus.

Mit aller Kraft rammte sie die Eisenstange zwischen zwei Bretter und hebelte, fasste nach, hebelte und drückte und hörte, wie das Brett langsam nachgab, hörte die rostigen Eisennägel durchs Holz ziehen und fiel mit einem Satz zurück, als das Brett brach.

Stöhnend kam sie hoch, die Strebe noch in der Hand, und starrte fassungslos auf das Fenster.

Sie hatte tatsächlich eins der Bretter weggerissen.

Aber dahinter war kein Himmel, keine Sonne, kein Entkommen …

Sand floss wie Wasser aus der Bretterlücke, rieselte aus dem Fenster, benetzte ihre Füße, begrub ihre nackten Knöchel. Panisch strampelnd wich sie zurück. Da war kein Licht, keine Freiheit.

Bloß der Sand.

Makellos weißer Sand flutete trocken und fein in ihr Gefängnis.

Viola Wilbrand begann voller Verzweiflung zu weinen.

12

Der Morgen war mild und schmeckte beinahe nach Sommer.

Knut hielt mit seinem Wagen artig vor den Dünen und nahm mit Butch einen der Trampelpfade zum Strand. Helen war noch nicht da, wie er feststellte. Als das erste Licht des Tages ins Schlafzimmer gefallen war, hatte er ihr eine SMS geschickt und sich mit seinem Labrador leise davongeschlichen.

Noch in der Nacht hatte er Maas das Glas ausgehändigt und war erst kurz vor vier zu Birthe unter die Decke geschlüpft. Sie hatte bereits tief und fest geschlafen.

Der Strand lag einsam da. Es war noch zu früh für Touristen. Während er den Wellen zusah und sich zurechtlegte, wie er Helen fragen sollte, vermisste er sein Minimalibu. Vor Wochen hatte Thor versprochen, ein paar Macken am Surfboard auszubessern, es aber bisher nicht zurückgebracht. Die Sommerabende bei knisterndem Radio, das konzentrierte Arbeiten mit dem Fiberglas, die Finger rau vom Schleifpapier und den Kopf voller Wellen, diese Abende mit Thor waren die schönsten seines Lebens.

Thor, dachte er frustriert. Warum kann er mich nicht einfach arbeiten lassen? Sind alle Väter so? Wenn er sich für so schlau hält, warum hat er mich überhaupt in den Posten gehievt?

Um keine schlechte Laune zu bekommen, zwang er sich,

an den Fall zu denken, und warf für Butch ein Treibholzstück ins seichte Wasser.

Da sah er Helen die letzten Schritte auf ihn zukommen. Sie blieb neben ihm stehen, und als er nach dem Holzstück für Butch griff, erblickte er neben sich im morgenkühlen Sand ihren Metallfuß, das Fußpassteil, an dem er sich bei ihrem Kennenlernen beinahe den Zeh gebrochen hatte. Sie hatte ihrer Prothese Nägel aufgemalt. Freche kleine Dinger in Dunkelblau.

»Was sagt das Meer?«, fragte sie ohne Begrüßung und ließ den Blick über die Wellen schweifen.

»Keine Ahnung.«

»Es spricht doch zu Ihnen.«

Knut sah auf die Gischt, dann auf Butch, der im Wasser nach dem Holz schnappte. Die Zeit verstrich, während er den Duft des Meeres einatmete und nachdachte. »Nein«, meinte er schließlich. »Nicht zu mir. Zu mir spricht es nicht. Wahrscheinlich redet es eher mit meinem Vater. Der ist ständig draußen.«

»Verstehe. Schauen Sie deswegen so grübelnd?«

»Auch.«

»Sie sollten sich mal wieder die Zeit nehmen. Früher, da bin ich auch oft zum Strand gekommen, frühmorgens. Immer, wenn es zu Hause Zoff gab.«

»Sind Sie deswegen abgehauen damals? Von zu Hause?«

»Auch.«

Knut musste schmunzeln. »Unentschieden ... Wieder mal surfen wäre gut. Stimmt. Aber seit ich die Revierleitung ... Na ja, da bleibt echt keine Zeit für die Wellen. Was macht denn Ihr Container? Immer noch sauer?«

»Der ist gerade mein geringstes Problem.«

»Was? Gibt's noch größere? Wieder die Erbschaft?«

Sie schüttelte den Kopf. »Gestern im Lokal, da ...« Sie

winkte ab, aber Knut hatte längst bemerkt, dass ihr etwas auf der Seele lag.

»Was war gestern?« Er sah ihr in die Augen, wollte eine Antwort finden, bekam aber bloß feuchte Hände. Es fiel ihm schwer, ihrem Blick standzuhalten, und einen Moment hatte er Angst, wie ein Schuljunge rot zu werden. Er spürte, wie sie mit sich kämpfte. Irgendetwas belastete sie, und er war sich sicher, dass es mit Richard »Fist« Hollow und ihrem Verlobten zu tun hatte. Die letzten drei Monate hatten sie sich ein paarmal getroffen, unverbindliche Mittagessen, ein paar Telefonate – meist wegen Kleinigkeiten in der Ermittlung. Er hatte ihr ein bisschen Starthilfe in Valandsiel gegeben, ihr den Autohändler empfohlen, einen Rechtsanwalt nahegelegt. Solche Sachen, nichts Intimes. Immerhin war sie zu seinen letzten vier Jam-Sessions ins Dock-5 gekommen und hatte sich nach seinem Gitarrengeschrammel zu einem Wein einladen lassen. Warum sie solche Angst vor ihrem Verlobten hatte und wie dieser mit Richard »Fist« Hollow zusammenhing, wusste Knut nicht. Er hatte öfter nachgefragt, aber sie hatte beharrlich geschwiegen.

Im Internet hatte er recherchiert, dass ihr Ex-Verlobter wegen Geldwäsche und kurioser Immobiliendeals in Untersuchungshaft war und ihm die Kaution wegen Verdunklungs- und Fluchtgefahr verwehrt worden war.

»Was war gestern? Es hat was mit Ihrem Verlobten zu tun, Chris, oder?«, hakte er noch einmal nach, aber sie wandte sich ab und sah aufs Meer hinaus.

»Kommen Sie, mir können Sie's verraten. Und hey, vielleicht kann ich helfen?«

Stumm blickte Helen auf die Wellen, dann schüttelte sie den Kopf. »Ist nichts. Alles okay«, antwortete sie, doch ihr Lächeln wirkte gezwungen.

»Gut«, seufzte Knut. Wenn sie nicht drüber reden wollte, würde er sie bestimmt nicht zwingen. Mit einem unguten Gefühl beließ er es dabei, nahm sich aber vor, auf jeden Fall Björn zu fragen. Vielleicht wusste der Junge mehr, was gestern im Lokal passiert war, immerhin wohnte er im Dünenkieker. »Vielleicht sollten Sie sich etwas ablenken«, sagte er, um das Thema zu wechseln.

»Keine schlechte Idee. Deswegen haben Sie ja angerufen.«

Knut nickte. »Dieser Typ vom LKA, der – also der bezieht uns voll ein, wenn Sie mitmachen.«

»Johann? Johann ist zu Ihnen gekommen?«

»Höchstpersönlich. Hat um Hilfe gebettelt.«

Seine ironische Art ließ sie schmunzeln. »Und jetzt sollen Sie mich fragen? Klingt ein bisschen nach Schulhof.«

Am liebsten hätte Knut sie gefragt, was zwischen ihr und Maas vorgefallen war. »Find ich auch. Aber so dumm ist seine Idee nicht, uns als Unterstützung der Soko zu holen«, führte er stattdessen aus. »Immerhin hatten wir den Täter ja beinahe. Also wenn ich nicht … Ich mein …«

»Das nervt Sie, hm?«

»Äh …?«

»Wenn Sie was nervt, bekommen Sie immer so einen komischen verbissenen Gesichtsausdruck. Zwei, drei Fältchen rechts an Ihrem Mundwinkel.«

»Echt?« Das war Knut noch nie aufgefallen. Weil sie wieder aufs Meer blickte, traute er sich, sie genauer anzusehen, fuhr mit seinem Blick ihre Wangen ab, ihre Lippen, ihr Haar, das aufgeregt im Wind wippte. »Sie schauen immer verflixt genau hin.«

Ihn faszinierte, dass Helen mit sechzehn von zu Hause abgehauen war. Weswegen, hatte sie ihm nicht verraten, aber sehr wohl, wie sie erst in Paris untergekommen und schließlich in die Staaten gegangen war. Und es beeindruckte ihn sehr, wie es Helen geschafft hatte, nicht nur eine Greencard zu ergattern, sondern sich zielstrebig und sehr professionell eine Karriere beim FBI aufzubauen.

Dagegen war seine Ausbildung in Eutin und die Karriere vom Streifendienst zum Revierleiter ein Treppenwitz.

Am liebsten hätte er ihre Hand gehalten, hätte einen Moment einfach so dagestanden und sie gespürt. »Na ja, ich meine, hey! Wir waren so dicht dran, und der Trottelsheriff von Valandsiel öffnet die Klappe.«

Sie winkte ab. »Tut mir leid, was ich am Strand gesagt habe. Sie haben keine Schuld. Das war einfach Pech.«

»Ach.«

»Ja. Und wissen Sie was? Es nervt Sie nicht so sehr, eventuell einen Fehler gemacht zu haben, sondern was Ihr Vater darüber denkt.« Butch warf sein Holz vor Helens Füße und strich um sie herum. Sie erbarmte sich und schleuderte das Stück weit ins Meer.

Ein paar Wellen lang schwieg Knut und überlegte, ob er persönlicher werden sollte. Im Gegensatz zu ihr konnte er schwer damit leben, wenn ihm etwas auf der Seele lag. »Ganz im Ernst. Ich find's ziemlich hart, wenn der eigene Vater einen als Fehler sieht.«

»Als Fehler? Tut er das denn?«

Knut nickte. »Glaub schon, ja. Seit unserem Sommer, also, als wir den Jungfrauenmacher gejagt haben … Ich glaube, er hat's nicht verwunden, nicht selbst mitgemischt zu haben.«

»Eifersüchtig?«

»Ich glaube, er bereut einfach seine Entscheidung, in den Ruhestand gegangen zu sein. Die Hummeln in seinem Hintern stechen jeden Tag mehr, und sein Sohn löst so einen Fall …«

»Ab und an übergeben Chefs ihre Firma an die Kinder, bereuen es und klagen sich wieder ein.«

»So weit kommt's hoffentlich nicht, obwohl ich seit dem Sommer manchmal schon glaube, er sieht das Revier als Familienbetrieb.« Knut seufzte. »Aber nun bin ich mal hier. Er hat mich zum Chef gemacht, und ich bleibe. Egal, was Thor unserem lieben Bürgermeister einflüstert oder ob er Terz in der Polizeidirektion Husum macht oder … oder Schlimmeres.« Mit einem Mal war Knuts Stimme extrem entschieden geworden. »Ich bleibe. Und ich behalte meine Stiefel.«

Entschlossen pflanzte er seinen rechten Fuß neben ihre Prothese. Sein Bürsten und Ölen hatte nichts gebracht, die Stiefel sahen noch immer ziemlich schäbig und dreckig aus.

Seine Nachdrücklichkeit jedoch entlockte ihr ein Lächeln.

»Egal, was andere darüber sagen: Meine Stiefel, meine Morde, mein Kaff.«

»Richtig so. Sie sind der Sheriff.«

»Richtig. Ich bin der Sheriff. Punkt. Der Mann mit dem Zacken zu wenig.«

Lachend klopfte sie ihm auf die Schulter, die plötzliche Berührung überraschte ihn und tat gut. »Dann kommen Sie mal, Sheriff. Lassen Sie uns ins Krankenhaus fahren. Frau Roth hat sicher eine interessante Aussage zu machen.«

Sein Lächeln hätte nicht glücklicher sein können.

13

»Ich muss das entschieden ablehnen.«

»Kommen Sie, nur ’ne halbe Stunde.«

»Tut mir leid, Herr Jansen.«

»Ein paar Fragen bloß … Zwei, drei. Mehr nich’.«

»Selbst drei Minuten mit Frau Roth sind für unsere Patientin im Moment zu viel.« Von Grimme unterzeichnete Papiere und reichte sie über den Tresen der Station, wo eine Schwester sie lächelnd in Empfang nahm.

»Von Grimme, bitte. Es ist echt wichtig.«

Mit seinem Gehstock und dem gestreiften Hemd sah der Mann eher wie ein sturer, in die Jahre gekommener Kapitän aus denn wie der Chefarzt eines Krankenhauses. Der Sechzigjährige war tatsächlich Schiffsarzt gewesen, bevor er vor angeblich 20 Jahren mit einem Team die Leitung des Klinikums übernommen hatte. Er bedankte sich höflich, nahm seinen Kaffee und den Gehstock.

»Sie entschuldigen«, verabschiedete er sich, doch weder Knut noch Helen ließen sich so schnell abwimmeln und folgten dem Mann durch die Klinik.

»Es eilt. Wir brauchen asap eine Aussage von Frau Roth«, versuchte es nun auch Helen.

»Das kann ich mir denken … Nein.«

»Kommen Sie«, sagte Knut. »Zehn Minuten, und wir sind wieder weg.«

»Tut mir leid. Der Seelsorger, Herr …« Von Grimme suchte nach dem Namen.

»Christian Jørgensen.«

»Ja, richtig. Er hat gestern Nacht Frau Roth an Frau Doktor Berg übergeben müssen. Ihr Zustand ist kritisch.«

Knut war perplex. »Er sollte sich doch um Frau Roth … Sekunde, Emilie betreut Roth?«

Von Grimme nippte an seinem Kaffee. »Ihre ehemalige Freundin, das ist korrekt.« Zu Knuts Überraschung zwinkerte der Alte Helen zu. »Aber schlagen Sie sich irgendwelche Beziehungsgefälligkeiten aus dem Kopf, Herr Jansen. Offen gesagt ist es, zumindest was unsere Einrichtung anbelangt, völlig gleich, wer Frau Roth betreut.«

Nun sah auch Helen von Grimme fragend an.

»Ihre Zeugin ist nicht vernehmungsfähig. Sie ist mit einem dissoziativen Stupor eingeliefert worden.«

»Stupor?«

»Lateinisch: Erstarrung. Sie war völlig reglos, Herr Jansen. Hat kein Wort gesagt.«

»Sie starrt bloß vor sich hin?«, fragte Helen. »Sie ist nicht ansprechbar?«

»Nicht ansprechbar gewesen. Bis heute Morgen«, erklärte Grimme.

»Ach! Na, dann können wir sie ja fragen«, warf Knut ein, wurde jedoch sofort von dem Chefarzt ausgebremst: »Um halb sechs ist sie aufgewacht. Herr Jansen, ich kann das nicht beurteilen, das ist nun wirklich nicht mein Fachgebiet, aber bei meiner Visite vor zwanzig Minuten kam sie mir vor wie ein Kind.«

»Kind?«

»Sie hat nach Karlson gefragt. Anscheinend ihr Stoffkater. Ihr Kuscheltier.«

»Aber …?« Noch immer verstanden die beiden nicht. Knut hatte damit gerechnet, eine weinende Geliebte vorzufinden, eine Frau, die unter Beruhigungsmitteln stand, sicher unter Albträumen litt, Angst hatte – aber mit der man dennoch ein paar Worte wechseln konnte.

»Sie ist in einen regressiven Zustand gefallen.« Auf Knuts fragenden Blick hin führte von Grimme aus: »Sie denkt, sie ist ein Kind.«

»Wenn sie Ihnen nichts vormacht«, wandte Helen ein.

»Richtig, Frau Henning. Mehr kann ich Ihnen darüber auch nicht sagen. Wir sind hier keine ... keine psychiatrische Einrichtung. Das ist ein kleines, aber feines Krankenhaus. Wir haben uns heute früh bereits besprochen, Frau Melanie Roth muss verlegt werden.«

»Echt? Sie muss in die Klapse?«

»Herr Jansen.« Von Grimmes Blick hätte nicht tadelnder sein können. »Sie muss in eine Akut-Psychiatrie. Wir können sie hier nicht betreuen. Als ich noch zur See gefahren bin, da gab's vor Borneo mal eine Haiattacke. Der arme Kerl, Frederico Rodriguez Díaz hieß er, ja, so hieß er. Der arme Mann hat den Angriff überlebt. Hat ganz klar und durchdacht gehandelt, da im Wasser. Aber als er dann wieder in Sicherheit war, bei uns an Deck ... Da war er bloß noch ein Wrack.« Von Grimme tippte sich mit dem Gehstock an die Stirn. »Körperlich vollkommen intakt, aber seine Psyche ...«

»Ich möchte sie sehen«, meinte Knut. »Bloß sehen, nicht sprechen oder so.«

Von Grimme überlegte einen Moment. Seine nikotingelben Finger umschlossen seinen Kaffeebecher.

»Hätten Sie Thor so eine Bitte ausgeschlagen?«

Von Grimmes Augen musterten den jungen Polizisten. Statt einer Antwort meinte er: »Sie sollten mal mit Ihrem Vater reden. Thor macht sein Ruhestand wahrhaftig zu schaffen. Beim letzten Rommé-Abend hat er ...« Der Arzt brach ab, weil zwei Schwestern an ihnen vorbeiliefen und im selben Moment sein Diensthandy zu klingeln begann. Eilig sah sich von Grimme nach einem Platz für seine Tasse um, fand keine und drückte sie kurzerhand Knut vor die Brust. Dann zückte er sein Handy, spurtete aber bereits los, noch bevor er den Anruf entgegengenommen hatte.

Knut warf Helen einen fragenden Blick zu, dann setzten sie von Grimme nach.

Wenige Sekunden später hatten die drei die Kinderstation im Erdgeschoss erreicht.

Stimmen und Kinderweinen drangen über den mit bunten Zeichnungen geschmückten Flur zu ihnen. Die meisten der jungen Patienten waren auf Reha hier an der Nordsee. Knut und Helen folgten Grimme durch bunte Luftballons und krumm ausgeschnittene Buchstabengirlanden, die von der Decke baumelten. Sie steuerten den Bewegungsraum an, an dessen Riffelglasfront sich ein paar Kinder und zwei Eltern die Nase platt drückten.

Drei Mädchen weinten, während eine Schwester vergeblich versuchte, sie zu trösten.

»Was ist hier los?«, wollte von Grimme wissen.

»Frau Roth …«, bekam er prompt Antwort von Emilie Berg. Die Stationsärztin zog an einem Rollwagen eine Spritze auf. Schnell stellte Knut den albernen Kaffee ab, bedachte seine Ex mit einem Nicken und huschte hinter Helen und von Grimme her, der bereits die Tür zum Spielzimmer aufriss.

Das Erste, was Knut sah, war die nackte Frau. Melanie Roths blaues Einheitskittelchen hing zerrissen über ihren Füßen. Sie saß in der Mitte eines Plastiksandkastens, direkt unter einem Mobile aus bemalten Pappherzen, und drückte einen Teddy an ihre Brust. Ihr Gesicht war vom Weinen gerötet, die Augen geschwollen. Aber das Schlimmste an ihrem Gesicht war das Blut, das ihr Kinn hinabgelaufen war. Ein Pfleger und eine Schwester redeten auf sie ein, versuchten, die Frau dazu zu bringen aufzustehen. Eine dritte Angestellte hielt sich den Arm, von dem Blut auf das Linoleum tropfte.

Erst jetzt fiel Knut auf, dass sich Melanie Roth anscheinend gewehrt hatte. Wie es aussah, hatte sie der Frau kräftig in den Arm gebissen. Wahrscheinlich kamen daher das Blut und der zerrissene Kittel.

Emilie eilte herbei, die Spritze bereit. »Diazepam«, informierte sie von Grimme, der mit einem Nicken sein Okay gab.

Doch noch bevor Emilie den Sandkasten erreicht hatte, begann Roth, sich mit Sand einzureiben. Sie steckte ihre schlanken Hände tief hinein, schmierte ihn wie Sonnencreme auf ihre Arme, ihre Beine, ihre Brüste. Sprachlos sahen Knut und Helen dem Schauspiel zu.

Sie nuschelte Worte, aber selbst als Knut näher herantrat, konnte er nichts verstehen.

Behutsam begann von Grimme auf die Patientin einzureden, doch die interessierte bloß der Sand.

Alles wirkte auf Knut extrem irreal. Wie inszeniert.

Plötzlich schrie Melanie Roth auf, so schrill und laut, dass selbst von Grimme zusammenzuckte. Im nächsten Moment hatte Roth sich bereits eine Handvoll Sand in den blutverschmierten Mund gestopft. Hektisch begann sie, eine zweite Ladung in sich zu schaufeln, dann eine dritte. Sie spuckte und würgte, griff noch einmal zu.

Knut sprang als Erstes vor, packte die nackte Frau. Melanie Roth schlug um sich, aber er drückte sie nach vorne in den Sand, bekam nur einen Arm unter Kontrolle und wischte gleichzeitig so viel Sand aus ihrem Gesicht, wie er konnte.

Er traute sich nicht, in ihren Mund zu fassen.

»Scheiße!«, keuchte er. »Emilie. Die Spritze. Sie schluckt das ganze Zeug.«

Endlich spürte er Emilie neben sich, sie setzte die Spritze. Helen packte zu, hielt Melanie Roths zweiten Arm, damit sie nicht noch mehr Sand in sich hineinstopfen konnte. Es brauchte Knuts und Helens ganze Kraft, die Frau zu bändigen. Gute zwei Minuten kämpften sie gegen sie an, bevor sie sicher spürten, dass die Spritze wirkte.

Knut war schweißüberströmt. Als er die Frau auf die Seite legte, damit sich Emilie und ihr Personal um sie kümmern konnten, meinte er, Melanie Roth flüstern zu hören.

»Holt Wasser«, brummte von Grimme und fluchte etwas von »verlegen« und »abstrus« und »falsche Klinik«.

Knut beugte sich vor, um besser zu verstehen, was Roth sagte.

Es hörte sich nach einem Namen an. Tom oder Thomas, er konnte es nicht genau verstehen, aber er fing ihren Blick auf. Und dieser Blick ließ ihn erschaudern. Melanie Roth, der nackte Körper glitzernd vom Sand, die Wange von Spucke, Blut und Sand verschmiert, die Wimpern voll davon ... doch ihr Blick starrte durch alles und jeden hindurch.

Melanie Roth blickte hinter diese Welt.

14

Demonstrativ pflanzte Knut seinen rechten Westernstiefel auf das Holzbänkchen. Er konnte sich noch gut daran erinnern, wie er im Juni ewig gebraucht hatte, um die Scheißplastiküberzieher drüberzukriegen und wie Maas ihm höhnisch grinsend dabei zugesehen hatte.

»Alles klar?«, unterbrach Helen ihn. Sie standen in der Umkleide des Instituts für Rechtsmedizin Kiel zwischen Metallspinden. Der Raum des UKSH war für Knut so etwas wie die Vorhölle zum eigentlichen Saal der Prüfungen.

Was sollte er darauf antworten? Schweigend waren sie in seinem Wagen nach dem Vorfall mit Roth nach Kiel gefahren. Und noch immer war ihm nicht nach Reden zumute.

Er versuchte, ihr einen entschlossenen Blick zu schenken. »Sicher. Alles prima. Wenn man davon absieht, dass meine einzige Zeugin eine Vorliebe für Sand hat.«

»Ich meinte die Überzieher.«

»Ach so. Hm. Sie brauchen bei mir nicht Händchen halten.« Mit beherztem Schwung zog er die Plastiktüte über. Sie riss an der metallbeschlagenen Stiefelspitze. Knut strich die Hose glatt und ließ die Stiefel herausragen. Sollte es eben so sein, Hygiene-Vorschrift hin oder her.

»Stylish.«

»Das Beste kommt noch«, entgegnete er und fingerte in seiner Jeans nach einem Taschentuch. Nachdem ihn Friedrichs aufgeklärt hatte, dass die Geruchssalben bloß ein paar Minuten gegen den Verwesungsgestank nutzten, wollte er lieber auf Nummer sicher gehen.

»Bei mir ist alles klar, Frau Henning«, sagte er und begann, ein Taschentuch in Streifen zu reißen. »Bei Ihnen auch?«

»Ja, warum? Warum fragen Sie?«

Gute Frage, dachte er. Gute Frage, warum ich frage. Ausgerechnet jetzt. Aber nun ist es raus.

Er nickte zu Maas, der mit Friedrichs ein Stück abseits stand und sich nicht die Mühe machen würde, in einen der Einwegoveralls zu schlüpfen. Er hatte seinen Papieranzug und seine Stoffatemschutzmaske lax über den Arm geworfen.

»Was soll mit Maas sein?«, wollte Helen wissen.

Knut steckte sich das Taschentuch rechts und links in die Nase. »Nichts, ich frag nur mal so. Wegen dem Schulhof, mein ich.«

Ihre Augen fixierten seine.

Sofort schoss ihm das Blut in die Wangen. Mit einem Mal spürte er, wie sein Herz raste.

Verdammt, Knut, schimpfte er mit sich. Das war jetzt selbst für dich zu plump. Sie nimmt jede Regung in sich auf, checkt mich ab und hat sicher schon einen ganzen Aktenordner über meine Körpersprache abgespeichert … Ganzheitlichkeit, dachte er verbittert. Was legst du dich mit einer Expertin für Körpersprache an? Es ist ihr verfluchter Job, Gesten zu deuten … Und du sagst geradeheraus, dass du es nicht erträgst, sie wieder mit Maas zu sehen? Kleb dir beim nächsten Mal einfach einen Zettel auf die Stirn: *Komplett in Helen Henning verknallt!* Du bist echt der allerletzte Hornochse, Knut. Ganzheitlichkeit? Klar: ganzheitlich voll blamiert.

»Sind Sie jetzt wieder eifersüchtig, Herr Jansen?«

Er zwang sich, ihr fest in die blauen Augen zu sehen. »Bei Ihnen, Frau Henning, ausnahmslos immer. Aber das wissen Sie doch.« Dann hielt er der Hitze und ihrem Blick nicht mehr stand. Schnell zog er seine Schutzmaske über – in der Hoffnung, sie würde nicht bemerken, wie sehr er errötet war – und schloss seinen Schutzanzug. So schnell es ging, trat er zu Maas.

»Von mir aus können wir.«

Bevor sie sich Robert Jäger widmeten, stellte Friedrichs das Einweckglas auf eine der leeren Edelstahlbahren und nahm sein Gutachten zur Hand.

»Meine Kollegen haben den Inhalt heute in der Früh analysiert.«

Knut ging in die Hocke, um das Ding besser zu sehen. Die Gerichtsmediziner hatten das Knochenstück – oder was immer es war – aus dem dunklen Blutkuchen gezogen, um es zu begutachten. Es schwamm jetzt in der blassgoldenen Flüssigkeit.

»Jansen, Sie haben recht. Es ist tatsächlich mit Blut gefüllt.«

»Ja. Schweineblut«, warf Maas ein.

»Schweineblut, korrekt«, bestätigte Friedrichs.

»Und das Ding?«, wollte Knut wissen.

»Bei dem Objekt handelt es sich um das Fragment eines Oberarmbeins von Ovis orientalis aries.«

»Hausschaf.« Diesmal konnte Maas ein abfälliges Lächeln nicht unterdrücken.

»Gott sei Dank! Auch nicht menschlich«, entfuhr es Knut.

»Der Knochen ist gebrochen. Das Fragment wurde stark bearbeitet. Wir haben Spuren von mehreren Werkzeugen gefunden. Messer mit glatter Klinge, Holzbohrer, Feinsäge.«

»Und was klebt an dem Knochen dran?« Helen beugte sich neben Knut hinab. Noch bevor Friedrichs antworten konnte, ergriff Maas das Wort. »Das ist Draht. Feiner Basteldraht und gefärbte Marabufedern.« Er ließ es sich nicht nehmen, sich ebenfalls hinabzubeugen, und Knut entging nicht, wie er unauffällig die Nähe zu Helen suchte.

»Irgendwie kunstvoll«, stellte Knut fest.

»Das eine Ende des Knochens wurde mit besagten Werkzeugen bearbeitet, dann hat man am anderen Ende die Federn mit dem Draht darangewickelt«, erklärte Friedrichs. »Das Fragment wurde anschließend in das Glas voll Schweineblut verbracht. Der Knochen ist sicher schon eine geraume Zeit im Blut. Letzteres hat sich abgesetzt, hat sich getrennt, und der Knochen ist im geronnenen Blut verblieben.«

»Draht, Marabufedern – das kriegt man in jedem Basteladen.« Maas richtete sich auf und nickte zu einer Aluschüssel, in welcher der schwarze Stofffetzen lag, mit dem das Glas eingeschlagen gewesen war. »Der Stoff wurde mit handelsüblicher Wandfarbe bemalt. Alpina Weiß.«

»Schon eine Theorie, warum jemand so was herstellt?«, wollte Knut wissen.

Friedrichs und Maas schüttelten den Kopf.

»Schon eine Theorie, wieso Jäger das versteckt hat?«

Abermals Kopfschütteln.

»Wir können ihn leider nicht mehr fragen«, sagte Friedrichs, wie um das Thema überzuleiten, und schritt voraus. Routiniert ging er durch den Sektionssaal. Während Maas und Helen ihm folgten, blieb Knut einen Moment zurück.

Er ahnte, was kommen würde, und musste erst mal Mut fassen.

Durch die Scheiben fiel die Vormittagssonne, ließ jede Edelstahlecke funkeln und warf harte Schatten.

Eigentlich das perfekte Wetter zum Surfen, versuchte er sich abzulenken. Der Wind war sicher auch gut.

An der Wand standen drei Edelstahltische. Auf dem hintersten lag der nackte Leichnam von Robert Jäger. Friedrichs hatte dem Toten mit einem typischen Y-Schnitt den Brustkorb geöffnet. Anscheinend hatte er ein paar Organe entnommen.

Knut zwang sich, den Toten anzusehen. Obwohl der Saal klimatisiert war, schwitzte er schon jetzt hinter der Maske und meinte, trotz des Taschentuchs Desinfektionsmittel zu riechen und dazu einen wesentlich unangenehmeren Geruch. Friedrichs hob einen Plastikbeutel mit einem Inhalator hoch. Die Kartuschen dafür waren austauschbar.

»Den haben wir bei Robert Jägers Sachen gefunden«, meinte Friedrichs.

»Ja. Er war Asthmatiker«, warf Knut ein.

Maas nahm Friedrichs den Inhalator ab. »Wir haben uns gefragt, wie der Mörder Robert Jäger töten konnte, während sich fünf Meter weiter seine Geliebte aufhübscht.«

»Er wurde damit sediert?« Helen nickte zum Beutel. »Mit einem Inhalator?«

»Richtig«, stellte Friedrichs fest. »Jemand hat Ketamin in die Kartusche gespritzt. Als Aerosol wirkt das Sedativum sehr effizient. Der Körper nimmt es über die Zunge extrem schnell auf.«

»Es hat nur ein paar Sekunden gebraucht, und er konnte sich nicht mehr bewegen.« Maas nickte zum aufgeschnittenen Leichnam.

»So schnell schläft man ein?«, wollte Knut wissen.

»Nein. Er ist nicht eingeschlafen. Er konnte sich nur nicht mehr bewegen.« Friedrichs wandte sich der Bahre mit Jäger zu. »Er war bei vollem Bewusstsein. Unter Ketamin wirkt alles intensiver, Gerüche, Geräusche …«

»Er hat zusehen müssen, wie er stirbt?« Helen betrachtete den Inhalator.

Angewidert schüttelte Knut den Kopf. »Wie krank ist der Typ denn? Er lässt sein Opfer zusehen, und außerdem will er Zeugen haben.«

»Ja. Es ist ihm wichtig zu sehen, wie die anderen seine Taten wahrnehmen, wie sie reagieren …«, murmelnd nahm sich Helen den Beutel mit dem Inhalator. »Aber das kann auch mit der Zeit entstanden sein. Die meisten Mörder finden erst Schritt für Schritt ihren Modus Operandi.«

Maas seufzte. »Ach komm schon. Glaubst du wirklich, das war nicht sein erstes Opfer? Wir haben einen Serientäter?«

Helen nickte. Sie ließ den Blick über Robert Jägers Leiche gleiten. »Es ist etwas früh, bei einer Leiche, aber ich schließe einen Serien-Sexualmörder oder -Raubmörder aus. Gut ist, dass er anscheinend etwas bekommt: Thrill.«

»Warum ist das gut?«

»Weil er dann vielleicht kein Gesinnungsmörder ist. Das sind Täter, die wahnhaft religiös sind oder aus ethischen Gründen morden. Die sind schwer zu entlarven. Ich gehe eher von einem Beziehungsserientäter aus.«

»Beziehungsserientäter?«, fragte Maas kritisch.

»Es ist eine Hypothese, aber ich würde sagen, wir haben es hier mit einem Serientäter zu tun, der aus purer Lebensgier mordet. Er will sich befreien. Und das Schlimme daran ist, er ist gewitzt. Er spielt gern mit dem Feuer. Meiner Meinung nach kennt er sein Opfer. Ich meine, er wählt es gezielt aus, geht planvoll vor. Er ist absolut skrupellos.«

»Und was will er?« Knut fixierte die Wanduhr, um nicht weiter auf den ausgeweideten Toten starren zu müssen.

»Wenn er sich nicht bereichert – Lebensversicherungen, Haus, Boot –, dann wäre Rache ein gutes Motiv.«

»Rache?«

»Das war eine sehr persönliche Tat, und deswegen kennen sich Opfer und Täter.«

»Und er reagiert hoch emotional, wenn die Rache in ihm brennt«, versuchte Knut anzuknüpfen.

»Nein. Nicht unbedingt«, wandte Maas ein. »Rache wird am besten kalt serviert. Stimmt's, Helen? Und jemanden zu sedieren, um ihn dann zu töten – jemanden, den man kennt –, da muss man schon sehr abgestumpft sein und kaltblütig vorgehen.«

Helen stimmte zu. »Er will für irgendetwas Vergeltung. Er kennt keine Reue. Und er wird erst aufhören, wenn sein Rachefeldzug vorbei ist. Er handelt wie eine Maschine, und wir sollen Teil seiner Inszenierung werden.«

Vorsichtig legte Maas den Beutel neben eine Schüssel mit schlammigem Wasser. »Wir werden den Inhalator von vorn bis hinten analysieren. Und wenn unser Mörder das Ding auch nur falsch angesehen hat, finden wir seine DNA.«

Knut schnaufte. »Da halt ich gegen. Ich glaube, dass sie nichts finden. Um 'n Kasten Bier. Sie haben es doch gern so provinziell.«

Die beiden Männer warfen sich einen vernichtenden Blick zu. Friedrichs stellte indessen eine Edelstahlschüssel mit schlickigem Sand neben die Beine des Toten und unterbrach damit den Hahnenkampf. »Eins Komma drei acht Liter«, stellte er nüchtern fest.

Helen beugte sich über die Schüssel. »So viel?«

»Ja. Wir haben den Sand analysiert. Wahrscheinlich ist er aus Valandsiel.«

»Von hier?« Knut musste schlucken. Sein Hals fühlte

sich furchtbar trocken an. Immerhin war es besser, den Sand anzustarren als die Innereien des Opfers.

»Ja. Er ist nicht gewaschen, kein Sand aus dem Baumarkt. Es ist Quarzsand. Dünensand. Den genauen Strandabschnitt werden wir wahrscheinlich auch noch bestimmen können, aber die Aufgabe ist nicht gerade profan.«

»Wieso?«, wollte Helen wissen. »Sie können doch nach Samen, Sporen und Schwebteilchen sehen.«

»Schon.« Maas stellte sich zu ihr. »Aber der Sand wurde sehr fein gesiebt.«

»Er hat nicht einfach eine Handvoll Dünensand genommen und …?«

»Nein«, beantwortete Maas Knuts Frage. »Er hat den Sand penibel durchgesiebt.«

Es war einfach zu warm hier. Knut lüpfte seine Maske, dann entschloss er sich, die Tücher aus der Nase zu ziehen. »Nur den schönsten Pulversand«, stellte er fest. »Makelloser Sand vom schönsten Strand des Landes. Aus Valandsiel.«

»Und das Wasser?«, fragte Helen.

»Salzwasser«, erklärte Friedrichs. »Eindeutig aus dem Meer. Er hat Dünensand gesiebt und mit Meerwasser gemischt.«

»Und das musste das Opfer trinken?« Obwohl er nicht wollte, musste er es sich vorstellen. Schnell wandte er sich ab und holte durch die nassgeschwitzte Maske Luft.

»Nein. Nicht trinken. Er musste es nicht mal schlucken. Sehen Sie das?« Friedrichs nahm Jägers Kopf. »Helfen Sie mir mal? Den Keil da bitte.«

Helen schob einen Schaumstoffkeil unter Jägers Genick, sodass der Gerichtsmediziner dessen Hals überstrecken konnte. Er nahm sich eine LED-Lampe, zog Jäger den

Mund auf und leuchtete in seinen Rachen. »Nehmen Sie mal die Fernbedienung. Hier links.«

Mit einem flauen Gefühl im Magen schaltete Knut damit einen Monitor ein. Wenig später führte Friedrichs eine Kamera in Jägers Rachen, und die Liveaufnahme erschien.

»Sehen Sie die Verletzung im Rachenbereich? Hier, der Larynx. Der Kehlkopf ist wund gescheuert.«

»Er hat ihm einen Schlauch in den Rachen gesteckt und dann die Mischung aus Sand und Meerwasser hineingegossen?« Interessiert trat Helen näher an die Bahre, um ebenfalls einen Blick in den Mund des Toten zu werfen.

»Davon gehe ich aus. Er hat anscheinend absichtlich die Luftröhre intubiert. Und dann das Sandgemisch in Lunge, Trachea und Mund verfüllt.«

»Er musste bei vollem Bewusstsein erleben, wie er erstickt«, stellte Knut fest. Da klingelte mit einem Mal sein Handy und ließ ihn zusammenfahren. »Shit. 'tschuldigung.« Er ging ran. »Ja?«

Es war Björn. »Ich hab dir 'n Bildausschnitt gemailt.«

»Und?«

»Na ja. Alles von dem Nummernschild konnt ich echt nicht rauskitzeln, aber ich denk ma', das müsste für euch reichen.«

»Spitze, Björn«, entfuhr es ihm triumphierend. »Maas! Ich hab 'ne Spur.«

15

Vorsichtig überstreckte er Anneke Goldmanns Hals und führte den Laryngoskopspatel ein. Die Lampe am Fuß des Metalllöffels flackerte, als er mit dem Gerät an ihrem Zäpfchen vorbeifuhr. Die LED würde es nicht mehr lange machen, aber für Anneke würde es noch reichen, und er hatte im Internet für einen Spottpreis gleich mehrere Spatel bestellt. Mittlerweile schabte das Metall kaum noch im Rachen. Er wurde immer besser. Mit einem geradezu gefühlvollen Schwung hatte er die Kehlkopfklappe weggeschoben und drang vollends in ihren Rachen ein.

Sie starrte ihn dabei an. Er konnte nicht umhin zu lächeln, als er ihren verstörten Blick sah und das kaum wahrnehmbare Beben ihres Körpers spürte, obwohl sie da drinnen Höllenqualen litt und wahrscheinlich stärker kämpfte als jemals zuvor in ihrem Leben.

Er träufelte ihr einen Tropfen Wasser in die Augen, damit sie nicht austrockneten, denn Anneke Goldmann konnte nicht einmal blinzeln, sie konnte nicht wegsehen und die Augen einfach nicht vor ihm verschließen. Herrlich! Es war herrlich anzusehen, wie ihre Seele zersprang.

»Man sieht den Wahnsinn in deinen Augen. Er ist dabei zu gewinnen … Bald ist nichts mehr übrig von dir. Deine Seele soll zersplittern, bevor du stirbst.«

Blind griff er hinter sich und zog den Intubierschlauch vom morschen Küchentisch. Wie auf Schleifpapier rieb er über das mintgrüne Resopal der Platte, weil alles von Sand bedeckt war. Der weiße Puder hatte sich wie liebkosend auf den Tisch gelegt, wie eine warme Decke die Tischbeine umschlungen und sich auf dem Küchenboden verteilt. Selbst in den Hängeregalen lag er. So rein, so warm und doch so tödlich.

Sie starrte. War da ein leises Wimmern zu hören? Ganz tief da drin?

Gut so.

Ganz sachte führte er den fingerdicken Schlauch in Annekes Mund und weiter in den Rachen, dann griff er sich vom Tisch einen Plastiktrichter und steckte ihn auf.

»Ich mache ganz langsam. Wir haben ja Zeit.«

Es konnte losgehen. Doch er musste die 1,5-Liter-Fanta-Flasche erst gründlich schütteln, damit seine besondere Mixtur wieder flüssig wurde.

Dann begann er äußerst behutsam, Anneke Goldmann die Lösung einzuflößen. Schluck für Schluck.

Er konnte in ihren grauen Augen sehen, wie sie noch panischer wurde. Da drinnen, in ihrem Körper, in ihrem Kopf. Sie versuchte zu schlucken, aber das war sinnlos.

Er kippte nach.

Zwei Tage hatte er Sand gesiebt, hatte immer feinere Filter benutzt, um nur den samtigsten zu erhalten. Wenn man ihn berührte, fühlte er sich wie eine Liebkosung an. Als streiche man über warme Haut.

Schon nach drei weiteren Hieben spürte er, wie Anneke schwächer wurde. Beinahe zart schob er seine Wange über ihren Mund und ihre Nase und versuchte zu spüren, ob sie noch atmete.

Seine Hand fuhr unter ihre Businessbluse, die vom Kampf im Auto zerrissen war, schob sich ihre Brust entlang und legte sich auf ihr Herz.

Es schlug noch. Gut so.

Abermals setzte er die Flasche an, wollte ihre Lunge vollkippen, ihre Luftröhre, ihren Mund …

… und sah schon vor sich, wie sein wunderbarer Sand ihr aus der Nase und aus dem Mundwinkel über die geschminkten Lippen und die dezent gepuderten Wangen lief. Er sah es vor sich, spürte, wie sie verzweifelt nach Luft rang. Ausweglos.

Jäh hielt er inne.

Ihre Augen blickten irgendwie … entschlossen. Seltsam. Die Panik war noch da, aber ihre Seele ungebrochen. Er musterte sie eindringlich.

Sie würde hier friedlich ersticken – und dann? Sie würde nicht mal zucken können. Sie würde alles mit ansehen, das ja, aber sie würde einfach keine Luft mehr bekommen, dann bewusstlos werden und schließlich tot sein. Tot sein. Einfach so.

Tot sein.

Das war nicht richtig. Sie sollte zerschmettert sterben. Es war nicht befriedigend, wenn sie einfach nur Angst hatte und starb, das war nicht genug. Das war nicht sein Plan …

Ein Bild flammte vor seinem inneren Auge auf. Jetzt wusste er, was er mit ihr anstellen musste.

»Nein, nein … du kannst mir helfen«, flüsterte er und stellte die Flasche zurück. »Du wirst mir helfen.«

Anneke Goldmann bekam kaum Luft. Er sah es, weil ihr Gesicht blau wurde. Er wischte ihr den Lippenstift einfach über die Wange und sah, dass auch ihre Lippen bereits dunkelblau waren.

»Nein. Nicht so schnell. Nicht so schnell. Du sollst Teil des Wahnsinns werden.«

Er überschlug, wie lange er brauchen würde … Sicher bis zum Morgen. Zu lang.

Einen Moment sah er sie an, sah ihren Körper auf der Küchenanrichte, die Fanta-Flasche neben ihrem Kopf.

Fluchend griff er nach dem Intubationsschlauch, umschloss ihn mit seinen Lippen und saugte, saugte und saugte und spuckte, spuckte alles in die Flasche zurück. So viel er aus ihren verfluchten Lungen bekommen konnte.

Nach ein paar Mundvoll rang er nach Luft. Er wollte ein weiteres Mal ansetzen, da spürte er etwas Warmes sein linkes Bein hinabrinnen. Eine Schrecksekunde war er verwirrt, dachte, er habe gepinkelt, ohne es zu merken. Er trat von der jahrzehntealten Küchenzeile zurück, auf die er Anneke Goldmann gelegt hatte, und streifte die sandige Jeans ab.

Blut lief über seinen Oberschenkel.

Wahrscheinlich das scharfe Dünengras oder eine wilde Rose, dachte er. Er hatte es bisher gar nicht bemerkt.

Grimmig wischte er durch das Blut und roch kurz daran. Was soll's, sagte er sich. Ein paar Schnitte, er hatte Wichtigeres zu tun.

Entschlossen packte er erneut den Schlauch, sog Anneke Goldmann den Sand aus der Lunge und spuckte alles zurück in die Flasche.

16

Der Hafen von Dagebüll wurde zu einem dunkelblauen Strich über dem Wasser. Kaum merklich drehte die Fähre bei und nahm Kurs auf Föhr. In einer Dreiviertelstunde würden sie an der Insel anlegen. Die meisten Fahrgäste waren aufs Sonnendeck gegangen. Knut, Helen und Maas hatten sich ans Heck des Autodecks zurückgezogen.

Während das Schiff den Anleger hinter sich ließ, atmete Knut die Salzluft ein und spürte, wie ihn das Stampfen des Dieselmotors zusätzlich aufputschte. Nach Björns Anruf im UKSH fühlte er sich angespannt, da half es auch nicht, dem vollgeparkten Autodeck mit seinen verlassenen Wagen beim Glitzern in der Sonne zuzusehen. Die Anspannung wurde langsam zu Frust, denn Maas hatte den Staatsanwalt nicht überzeugen können, aufgrund eines Glases voller Schweineblut die ganze Maschinerie in Gang zu setzen. Statt mit einer Sondereinheit waren sie letztlich zu dritt aufgebrochen, als seien sie auf dem Weg zu einer verflucht normalen Verkehrskontrolle.

Knut hasste es, zwischen den Aktendeckeln irgendwelcher Bürokraten eingesperrt zu sein und ständig von Paragrafen umstellt zu werden.

Seit Birthes Anruf auf dem Schrottplatz hatte er das Gefühl, von einem Termin zum nächsten zu wetzen. Ständig klingelte sein Handy. Seit drei Stunden nervte Bürgermeister Warendorp, aber Knut hatte ihn immer weggedrückt.

Er zog den leeren Hundenapf unter seiner Kevlarweste

auf dem Sitz hervor, ging um den Rover und füllte etwas Wasser ab. Dann schob er Butch den Napf auf die Ladefläche seines Landrovers. Der Labrador trank gierig.

Während er mit Helen und Maas bei Friedrichs gewesen war, hatte Björn das Mopedfoto durch irgendwelche Algorithmen gejagt – so hatte er sich jedenfalls ausgedrückt. Knut hatte nichts davon verstanden. Er hatte nicht viel für den neumodischen Schnack übrig, der sich eh alle zwei Jahre änderte.

Dank Björns Computertrickserei blieben lediglich vier Mopedhalter übrig. Nur einer wohnte auf Föhr. Die Spur war schwach, aber immerhin hatte Regina Jäger von Föhr und Wyk gesprochen. Knut hatte beim hiesigen Revier angerufen, die wiederum alle Hebel in Bewegung gesetzt und ein Foto des Halters aufgetrieben hatten.

Es deckte sich grob mit dem Phantombild, das Regina Jäger heute früh mit Diehl angefertigt hatte.

Der fremde Mopedfahrer hieß Piet Mohn.

Sein Vorstrafenregister umfasste Diebstahl, Betrug und Erpressung.

Knut sah sich zu Helen um, die an der Reling stand, ihre Prothese auf die Eisenkante gestellt. Sie kratzte sich ihren Liner. Auch sie war angespannt, sah nicht aufs Meer, sondern ließ den Blick immerzu über die Autos gleiten. Ihm entging nicht, dass sie vor allem die Motorräder musterte und drei Biker mit Blicken verfolgte.

Maas brachte ihr einen Kaffee.

»Was ist mit dir? So still?«, wehten die Worte des LKA-Beamten zu ihm.

»Pard'n?«

»Du siehst so nachdenklich aus.«

Sie gab ihm mit einem Wink zu verstehen, dass sie nicht drüber reden wollte. Still nippte sie an ihrem Kaffee.

Knut tat, als sei er bloß mit seinem Hund beschäftigt und höre nicht, was der Wind ihm zutrug. Er ahnte, weswegen Helen so in sich gekehrt war und aufs Wasser starrte – auf die zwei Dutzend Windsurfer, die ihr Glück versuchten.

»Es ist nichts.«

Maas nickte, schmeckte schweigend seinem Kaffee nach. Mit einem Mal zog er einen Umschlag aus der Sakkotasche und reichte ihn ihr.

»Was ist das?«

»Der Versuch, es ordentlich zu erklären.«

Sie öffnete den Umschlag. »›Der Sturm‹? Shakespeare?«

»Theater, essen gehen, ein netter Abend in Hamburg. Ich kenn da einen fantastischen Inder.«

»Ich dachte, wir sind damit durch.«

»Die letzten Wochen hatte ich genug Zeit, drüber nachzudenken. Und ich finde, ich habe das Recht, dir zu erklären, wer da in Kiel auf mich gewartet hat.«

»Sicher nicht deine Tochter.«

»Nein … trotzdem lässt mich der Gedanke nicht los, dass ich viel zu leichtfertig gegangen bin. Im Sommer, nach unserem Essen.«

Statt zu antworten, sah sie schweigend aufs Wasser. »Alles ist verloren! Betet, betet; alles ist verloren«, murmelte sie leise einen Satz aus dem Theaterstück.

Einen langen Moment sah er sie an. Knut beobachtete, wie er zögernd die Hand nach ihr ausstreckte, aber sie ihre zurückzog. »Überleg's dir, Helen. Gib mir 'ne Chance. Das ist alles, worum ich dich bitte.« Er sah, wie Maas auf ein Nicken wartete, ein Ja, aber Helen eisern schwieg.

»Überleg's dir«, setzte er enttäuscht nach. »Manchmal ist das Leben komplizierter, als man will.«

»Komplizierter? Na ja, wenn man's einfacher haben

will, sollte man vielleicht keine Frauen in Dienstwohnungen flachlegen, wenn da noch die Ehefrau wartet.«

Er räusperte sich. »Ich will's dir ja erklären, aber nicht hier. Nicht so.«

Sie musterte ihn streng.

»Ich merk schon, kein guter Start.«

Zufrieden stellte Knut fest, wie Maas die Aktion abbrach. Ohne weitere Worte zückte der Mann sein Handy und schritt, ziemlich lässig, mit dem Ding am Ohr zwischen den bunten Autos davon.

Gereizt sah Helen ihm nach.

Knut wischte sich die Hände an der Jeans ab, stellte sich zu ihr und schenkte ihr ein Lächeln. »Wenn er Sie belästigt, fordere ich ihn zum Duell.«

Amüsiert schüttelte Helen den Kopf. »Duellieren? Ich glaub, das steht seit ein paar Tagen unter Strafe.«

»Werd ich eben kriminell. Würd ich für Sie riskieren.«

Jetzt musste sie doch grinsen. »Ich weiß.«

Knut spürte, wie er wieder mal rot anlief, aber er hatte nicht vor, jetzt klein beizugeben. Diesmal nicht, immerhin war er in einer Sache ein paar Schritte weiter als Maas. »Björn meint, unter dem Panzerband, das der Hagere auf seinen Rücken geklebt hat, is'n Totenschädel zu sehen.«

Sie stöhnte. »O nein. Björn hat …?«

»Was glauben Sie denn?« Björn hatte ihm erzählt, dass Helen Stillschweigen verlangt hatte. Sie hatte nicht gewollt, dass Knut etwas von den Bikern im Dünenkieker erfuhr.

»Dieser Junge macht mich fertig. Ich hatte Björn extra …« Sie winkte ab.

»Aus dem rechten Auge vom Schädel windet sich eine Schlange.«

»Wieso ruft der Bengel Sie an und spricht nicht vorher mit mir?«

»Ich hab mit ihm wegen dem Moped und Piet Mohn telefoniert. Er macht sich nur Sorgen. Genau wie ich.«

Sie brummte etwas Unverständliches.

»Die Schlange könnte die Midgard-Schlange sein. Dann sind die Jungs vom MC ›Brüder Asgards‹.«

»Asgard?«

»Ja, das sagenumwobene Weltreich der nordischen Götter.« Knut lachte. »Hier.« Er riss zwei Seiten aus seinem Notizbuch und hielt sie Helen hin. Sein Handy begann zu klingeln. »Recht übles Pack, wenn Sie mich fragen ...« Einen Atemzug überlegte er, ob er wirklich fragen sollte. »Haben diese Freaks irgendwas mit Chris Sawyer zu tun?«

Die Frage traf sie unerwartet. »Woher ...? Das ... Ich weiß nicht ... Sie sind ziemlich schnell.«

Er wischte sich den Schweiß unter der Basecap fort. »Braucht man ja wohl kein Abitur für. Die Kennzeichen gehören zu schweren Motorrädern, alles Jungs, die schon mal im Rotlichtmilieu aufgefallen sind. Drohung, Erpressung, kleinere Schlägereien, einmal war wohl ein Messer im Spiel ... Alles noch nicht so schlimm. Kein Totschlag, kein Mord.« Er nickte zu ihrer Unterschenkelprothese. »Ihr Einsatz in Seattle, der Klub da. Und jetzt kreuzen ein paar Jungs aus Bremen im Dünenkieker auf.«

»Die Welt ist klein.«

»Ja, ist sie. Und Sie scannen hier das Deck, als hätten zwei Dutzend Scharfschützen auf Sie angelegt.«

Das erste Mal sah er, wie sie verlegen wurde. »Wirklich? Das haben Sie bemerkt? Wahrscheinlich ist alles bloß ...«

»Einbildung?«

»Paranoia.«

Er nickte. »Wahrscheinlich.« Rasch blickte er sich zu den Autos um. Die drei Biker waren aufs Sonnendeck gegangen, zumindest konnte er sie nirgends sehen. »Trotzdem. Geben Sie die Infos an Maas.«

»Danke«, sagte sie, und ihre Haare wehten ihr ins Gesicht, und er konnte den Blick nicht von ihr lassen, von ihren Augen, ihren Lippen, ihrem verlegenen Lächeln. Helen war die durchsetzungsstärkste Frau, die ihm bisher in seinen 29 Jahren untergekommen war. Und nun lächelte sie, als sei ihr Lächeln aus Gischt, die sich in der Sonne auflöst.

»Glauben Sie, dass mein Verlobter ... dass er sie geschickt hat?«

Knut schüttelte den Kopf. »Das macht keinen Sinn, oder? Aber eins weiß ich, diese Jungs fangen grad erst an. Noch surfen die im Weißwasser. Aber die haben das Grün vor Augen. Die sind scharf drauf.« Abermals begann sein Handy zu klingeln.

»Was? Worauf? Aufs Grün? Was heißt das? Weißwasser?«

»Tut mir leid. Sekunde«, entschuldigte er sich, wandte sich dann aber doch noch mal an Helen: »Wenn die wirklich was mit Chris Sawyer zu tun haben, find ich's raus. Und Sie sagen mir, wenn Sie eine Info brauchen oder die noch mal aufkreuzen.«

Sie antwortete nicht.

»Versprechen Sie mir das!«

Das Dröhnen des Schiffsmotors füllte die Stille. Endlich nickte sie.

»Gut.« Knut wandte sich ab, nahm den Anruf entgegen.

»Na, endlich!« Bürgermeister Warendorp hatte von einer »Unbekannt«-Nummer angerufen.

»Ach, Rainer, du.«

»Haha, Knut. Ja, ich. Und? Habt ihr sie? Irgendeine Spur?«

Knut war einen Moment sprachlos. »Was? Wen? Wir sind dran … Wieso ›sie‹? Welche Spur?« Er warf Helen einen fragenden Blick zu.

»Hat Birthe das nicht weitergegeben?«

»Was genau?«

»Dass Frau Goldmann vermisst wird.«

Knut stutzte. Wer verflucht noch mal war Frau Goldmann? »Doch«, log er. »Natürlich. Sie wird vermisst. Doch. Hat Birthe gesagt. Natürlich.«

Warendorp raschelte mit irgendwelchen Papieren. »Sie wollte gestern zu mir. Gestern Morgen. Wir hatten einen Termin im Rathaus wegen dem Oceanum.«

»Oceanum?«

»Ja. Wegen der Touristen. Du weißt doch, das haben wir vor anderthalb Jahren doch im Rat beschlossen.«

»Und?«

»Sie ist nicht erschienen.«

»Und?«

»Und ich kann sie nicht erreichen.«

»Und?«

»Herrgott, Knut, Junge!« Er hörte, wie Warendorp auf seine Schreibtischplatte hieb. »Sie ist weg. Was weiß ich. Zu Hause geht keiner ran, auf dem Handy ist nichts. Keine SMS, kein WhatsApp von ihr. Ich hab in ihrem Büro angerufen, Fehlanzeige.«

»Gestern Morgen? Also, Rainer, jetzt schon eine Vermisstenanzeige aufzugeben …«

»Knut, jetzt hör endlich auf, hier den Harten zu spielen. Anneke Goldmann hatte einen Termin – bei *mir!* – und hat nicht abgesagt, ist nicht erschienen, und keiner weiß, wo sie steckt.«

Knut atmete durch. »Reg dich nicht auf. Birthe hat mich schon in Kenntnis gesetzt.« Er spürte, wie die Wut auf Birthe in ihm aufstieg. Hatte er nicht extra gefragt, ob noch irgendetwas anderes vorgefallen sei?

Diese durchgeknallte Rockabillybraut hatte es vergessen. Einfach verschlampt.

Er versuchte, nicht zu verlogen zu klingen, aber er war wohl zu gereizt: »Ich bin dran, Rainer. Okay? Wir suchen sie, und ich rede mit ihren … ihren … ihren Eltern?«

»Knut! Willst du mich ver…? Eltern?« Jetzt wurde der Bürgermeister von Valandsiel wirklich laut. »Eltern?! Knut! Anneke Goldmann ist eine angesagte Architektin. Die verdient zwanzigmal so viel wie du. Eltern? Die Goldmann ist Ende dreißig und … Ach, vergiss es. Frag deinen Vater.«

»Was?«

»Frag deinen Vater. Der hat jedenfalls schon angefangen. Ich leg jetzt auf.«

»Angefangen?«

»Thor ist dran.«

Knuts Stimme überschlug sich. »Wie? Was? Sekunde mal, Rainer. Du kannst doch nicht Thor einfach … Der ist nicht mehr im Dienst! Und jetzt lässt du ihn nach dieser Goldmann fahnden.«

»›Fahnden‹? … Komm schon, Junge, dein Vater schaut sich um, sagen wir es so. Muss jetzt auflegen.«

Nach einem wütenden Brummeln eilte Knut zum Landrover zurück. Diesmal setzte er sich in die Kabine. Er knallte die Tür zu, obwohl er ahnte, dass Helen mit ihrer bescheuerten Begabung haargenau sehen konnte, wen er anrief und zusammenstauchte. Andererseits, er war derart sauer und enttäuscht, dass es ihm sogar sehr recht war, wenn sie mitbekam, wie er Birthe ungespitzt in den Boden rammte.

17

Das Haus starrte Helen an.

Die beiden Fenster zum Dachboden waren nur notdürftig mit Holzplatten und Bauschaum abgedichtet worden. Auf seltsame Weise wirkten sie wie die stumpfen Augen eines Blinden. Die hundertfach übertünchte Eingangstür aus grobem Holz riss ihren Mund zu einem Wehklagen auf.

Der Resthof lag einen halben Kilometer abseits der L214 nach Oldsum. Von der Straße aus konnte man das Wohnhaus und die Scheune nicht sehen, weil der Mais zu hoch stand. Helen löste sich vom Wagen und folgte Knut und Johann, die bereits vorausgegangen waren.

Ein merkwürdiges Gefühl beschlich sie. Sicherheitshalber rückte sie die Glock in ihrem Hosenbund zurecht. Sie blickte zum stahlblauen Himmel über Föhr. Wilde Birken zitterten im leichten Wind. Sie wuchsen in Piet Mohns Dachrinne, auf der eingefallenen Mauer des einstigen Gartens, hier und da zwischen dem Kies. Auf der Fassade, deren Fugen versandeten, zogen sich dunkle Linien entlang, die im schneidklaren Insellicht wie ein pervers großes Spinnennetz aussahen. Irgendwer hatte sich irgendwann einmal die Mühe gemacht und den Efeu abgerissen, der einst wohl die ganze Front bedeckt hatte. All das musste Jahre her sein.

Sie blinzelte gegen die Sonne und spürte den Kies der Auffahrt …

Ein Ziehen durchfuhr ihren Magen wie Fingernägel, die

über eine Tafel kratzen. Schlagartig wurde ihr kalt, alles um sie herum begann sich zu drehen.

Nein, schoss es ihr durch den Kopf. Nicht jetzt.

Der Kies knirschte unangenehm laut. Sie fühlte ihn unter ihren Füßen, aber die Wärme der Sonne versiegte schlagartig, und ein Schatten zog über ihre Welt …

Und Helen hört den Kies. Er ist kalt und schwer und …

Nein, schick mich nicht dorthin zurück … Warum jetzt?

… ist kalt und schwer, und der Frost auf den Steinen schmilzt. Sie spürt ihren Puls, das Sonnenlicht auf ihren Wangen, spürt den Helm gegen ihre Haut drücken. Ihre Kevlarweste scheuert, und im Augenwinkel huschen bewaffnete Schatten auf die einstöckige Baracke mit den blinden Augen zu. Ihr Atem gefriert zu Wölkchen. Es ist ein strenger November, dort, zwölftausend Kilometer und fast ein Jahr entfernt.

Die schwarze, mit Aufklebern übersäte Stahltür ist ein einziges Wehklagen. Autos rasen auf der Aurora Avenue vorüber, ein stetes Treiben. Ein Pick-up mit grölenden Jugendlichen, einer von ihnen schmeißt eine Flasche, dann verschwinden sie in einer Seitenstraße. Sie hat Mühe, sich auf das Haus und Riccardo García Fernández' SWAT-Team zu konzentrieren. Es ist früher Morgen.

Vor siebenundvierzig Minuten ist ein weißer Coronado Freightliner auf den Kiesplatz vor der Baracke gefahren. Der Sattelschlepper steht noch immer dort. Peters hat ihn gecheckt. »Sauber. Nicht gelistet. Ich überprüfe ihn weiter …« Das heißt, er wurde nicht von den »Seattle Skulls« oder anderen Rockern zum Schmuggeln von Drogen und Mädchen benutzt. Tatsächlich ist der Fahrer ausgestiegen und einige Meter weiter zum Essen gegangen. Wahrscheinlich hat er den Sattelschlepper nur zufällig vor die Baracke gestellt, weil der Parkplatz schön groß ist.

Shit, denkt sie, während sie weiter auf die Baracke zuläuft. Warum hast du, Riccardo, den Einsatz nicht abgeblasen? Der Freightliner steht viel zu nah am Haus. Ein strategischer Albtraum!

Aber Helen weiß, Riccardo braucht dringend einen Erfolg. Also hält er am Einsatzplan fest. Jetzt gibt er Peters und ihr Zeichen, sich weiter anzuschleichen, den Sattelschlepper als Deckung zu nutzen.

Im Augenwinkel sieht Helen sechs weitere FBI-Beamten auf das Gebäude zustürmen.

Neun Mann gegen Richard »Fist« Hollow und zwei seiner Chaptermitglieder. Eigentlich eine sichere Sache.

Sie blickt über den Kies zu ihren Kollegen, sie spürt die schusssichere Weste und hört das Beben ihres Atems, verstärkt durch den Helm.

Stoßhaft, zu schnell.

Die Jungs vom SWAT treten an die Tür, ein farbiger Kollege trägt den mobilen Rammbock. Sie muss sich zwingen, ihnen zu folgen, am Sattelschlepper vorbei und über den frostgefrorenen Parkplatz.

Ein Kribbeln legt sich auf ihre Arme. Das Klubhaus der »Seattle Skulls« liegt wie ein lauerndes Tier vor ihr.

Der Mann holt mit dem Rammbock aus. Die Tür kracht aus den Angeln, blitzschnell stürmen die Männer, dringen ins Haus. Helen rennt, atmet flach, hört aufgeregte Befehle im Funk.

Und genau in dem Moment, als sie in das Maul dieses Tieres läuft, öffnet sich die Ladeluke des Freightliners.

»Hinterhalt!«, ist das Einzige, was sie noch brüllen kann.

Schüsse peitschen, fetzen durch die Holzwände der Baracke. Keine Chance auf Deckung, sie läuft ins Dunkel, in den nächstbesten Raum …

Some say the world will end in fire.

Die Sonne blendete, und wie vor knapp elf Monaten in Seattle legte sich dieses Kribbeln auf ihre Arme. Helen war von der Intensität des Flashes selbst überrascht, zwang sich zur Ruhe, zwang sich, sich auf das Hier und Jetzt zu konzentrieren, in das sie wie eine Betrunkene zurückgekippt war.

Gleiche Bilder und Töne hatten sich übereinandergeschoben, und sie war ihnen hilflos ausgeliefert gewesen. Ihr Hals war trocken und ihre Hände feucht. Sie hasste dieses Nachhallen der Erinnerungen. In letzter Zeit kamen sie häufiger und mit mehr Wucht. Vielleicht weil sie im Sommer mit Knut begonnen hatte, wieder auf Jagd zu gehen. Seattle und Valandsiel waren so unterschiedlich, aber seitdem sie den Jungfrauenmacher gesucht hatte, kreisten ihre Gedanken aufs Neue um die Polizeiarbeit.

Ich will nicht dran denken, was passieren könnte, wenn ein Flash mich im falschen Moment …

Sie wollte den Gedanken abschütteln, aber das schlechte Bauchgefühl blieb. Kam es vom Echo der Erinnerung, oder war es ihr Instinkt? Diese schwarze Tür …

»Wartet mal«, rief sie Johann und Knut zu. »Wartet!« Doch die Männer huschten unbeirrt weiter auf das Haus zu.

Sie beeilte sich aufzuschließen, lief über den Kies und spürte die Steinchen unter ihren Sneakers, unter beiden, denn am Stumpf war das Gefühl, wenn sie mit der Prothese auftrat, zwar anders, aber nicht minder intensiv.

Bloß wenn sie barfuß ging, brauchte Helen immer ein paar Schritte, bis sie kaltes Holz, Kies, Sand, flauschigen Teppich auch rechts spürte. Unter ihrem rechten Fuß, der nicht mehr da war.

Erstaunlich, wozu unser Geist fähig ist, dachte sie. Phantomschmerzen an Phantomgliedmaßen, Sinnesreize, wo nichts mehr gereizt werden kann.

Ein beeindruckender Schwarm Möwen stieß mit lautem Geflatter auf und raste über ihre Köpfe hinweg. Knut fluchte, aber Helen war nicht entgangen, wie sein Körper in Schockstarre gefallen war. Sein limbisches System hatte seine Bewegung drastisch gedrosselt, denn jede Bewegung konnte ihn vor einem Raubtier verraten – bloß dass die vermeintliche Gefahr ein Schwarm harmloser Möwen war.

»Was haben Sie denn gegen Vögel?« Johann sah Knut belustigt an.

»Nichts. Hab mich nur erschreckt«, log Knut, und Helen beschloss, ihn irgendwann nach seiner Angst zu fragen.

Sie wollte die letzten Meter zu ihnen aufschließen, zu dieser Tür, diesem farbblätternden Mund, der aussah, als hauche er allen Besuchern seinen letzten Atemzug ein, als ihr das Moped auffiel. Es stand hinter der Gartenmauer, halb im Gebüsch, als sei es dort versteckt worden.

»Hier stimmt was nicht.« Helen zog ihre Glock 22. Die Maschine war mit Blättern und Samen übersät, stand sicher schon seit Wochen dort.

Knut begriff als Erster, was Helen meinte, und zog seinen Revolver. Er nickte Johann zu, der eine bessere Stellung an der Tür suchte und dann mit erhobener Waffe anklopfte.

»Herr Mohn?« Johann erhielt keine Antwort.

»Piet Mohn«, rief Knut. Nichts. Behutsam griff er nach dem Türknauf. Zu ihrer aller Überraschung war sie nicht verschlossen. Mohn hatte sechs Schlösser angebracht. Einfache Ösen, die mit Vorhängeschlössern gesichert werden konnten. Sie waren alle weggebrochen worden.

Die drei starrten in ein dunkles Loch. Selbst nachdem Helen ihre Sonnenbrille abgenommen hatte und an die Tür getreten war, fiel es ihr schwer, etwas im Innern des Hauses zu erkennen.

»Mohn!?« Johann schob sich, rechts und links sichernd, als Erster durch die Haustür und winkte den beiden, ihm zu folgen.

Helens Augen gewöhnten sich nur träge an das spärliche Licht. Sie standen in einer breiten, fensterlosen Diele. Für Helens Geschmack gingen zu viele Türen vom Raum ab. Zwei rechts, eine links. Alle geschlossen. Alte Fotos vom Meer. Einige Aufnahmen von einem Jungen und einer Frau, wahrscheinlich Piet und seine Mutter. Dieselbe Frau mit Kolleginnen in einer Fabrik.

An der Stirnseite der Diele führte eine Treppe in den ersten Stock. Die Wände waren mit Kalk gestrichen und rau, weil der Putz an vielen Stellen vor Jahrzehnten abgebröckelt war. Die brusthohe Holzvertäfelung verströmte einen moderigen Geruch. Plastiktüten voller Krimskrams, alte Autoreifen und ausgelesene Zeitschriften stapelten sich zwischen den Türen auf der linken Seite. Vor der Treppe wartete ein zweites Moped umgedreht auf den Zusammenbau. Jemand hatte einen leeren Bierkasten als Hocker benutzt, die metallene Werkzeugkiste stand aufgeklappt daneben. Ein paar Schraubenschlüssel lagen griffbereit auf den Bodenfliesen, so als habe Mohn seine Arbeit erst vor wenigen Minuten unterbrochen. Der Staub sprach eine andere Sprache.

Langsam gingen sie weiter. Die Kühle des Resthofes bereitete Helen abermals Gänsehaut. »Wir sollten Verstärkung holen«, flüsterte sie, doch die Männer antworteten nicht, sondern lauschten angestrengt in die Stille.

Kaum hörbar drang eine Männerstimme zu ihnen.

Helen konnte die Worte nicht verstehen, konnte noch nicht einmal sagen, aus welcher Richtung die Stimme kam.

»Telefoniert der?«, fragte Knut.

»Mohn?« Johanns lauter Ruf hallte durchs Haus. Tatsächlich hörte der Mann einen Moment auf zu reden, dann konnten sie die Stimme wieder hören. Sie klang aufgebracht.

Während sich Johann um die erste Tür kümmerte, klopfte und rief, wandte sich Knut der nächsten zu. Helen gab den beiden Deckung. Als sie sich mit dem Rücken zur Wand postierte, knirschten ihre Sneakers auf den dunkelbraunen Dielenfliesen. Etwas Sand lag auf dem Boden verstreut.

Helen fuhr mit gehetztem Blick die Türen und die Diele ab.

Der weiße Coronado Freightliner parkt zu nah an der Baracke und nimmt ihnen einen Großteil der Sicht. Ein strategischer Albtraum.

Zu viele Türen, Gerümpel, spärliches Licht. Ein strategischer Albtraum.

»Das gefällt mir nicht, wartet!«, wollte Helen die beiden bremsen, doch Johann hatte seine Tür bereits aufgezogen. Dahinter lag ein Badezimmer, die Fliesen stumpf, einige angeschlagen. Alles im Schick der Sechzigerjahre.

Helen eilte zu Knut, um ihm Deckung zu geben, aber Knut trat schon ein.

Gemeinsam sahen sie sich um. Sie waren in den Durchgang zur Scheune vorgedrungen. Rechts und links des schmalen Ganges befanden sich, wohl seit Jahrzehnten unbenutzt, die Ställe für die Schweine und Kühe. Eine verbogene Hollywoodschaukel und ein paar Umzugskisten waren das Einzige, was Knut und Helen entdecken konnten.

»Ich habe den Mann gefunden!« Johanns Ruf ließ die beiden zurück in die Diele eilen.

Johann hatte die Tür auf der rechten Dielenseite geöffnet und hielt sich seine Krawatte vor den Mund. Fauliger Gestank drang zu Helen, als sie mit Knut eintrat. Das Erste, was sie sah, war ein beiges Ungetüm von einem Ohrensessel. Er stand mit dem Rücken zur Tür. Dahinter flackerte ein Fernseher.

Helen griff die Glock fester.

Vor ihrem inneren Auge konnte sie Mohn dort sitzen sehen, die Fernbedienung in der Hand, das Programm mit offenem Mund anstarrend, während Sand …

Sie spürte, wie der Pistolengriff glitschig wurde. Sie atmete durch den Mund, um möglichst wenig zu riechen, dann trat Johann einen Schritt beiseite, und sie konnte einen Blick auf den Flachbildschirm werfen, der wie ein Monolith aus der Zukunft in der dunklen, jahrzehntealten Schrankwand gelandet war. Irgendein Schauspieler monologisierte vor sich hin, und in der Spiegelung des Fernsehers sah sie nun auch den Sessel: Er war leer.

Das verlassene Ding stand vor einem gekachelten Wohnzimmertisch, auf dem ein überquellender Ascher und ein Becher Kaffee auf ihren Besitzer warteten.

»Schon verschimmelt.« Johann nickte zum Kaffee. Auf dem Becher fraß ein blauer Comicfisch eine Kette von F.

Er schaltete den Fernseher ab. Schlagartig senkte sich gespenstische Stille über das Haus.

Der Kaffee war vertrocknet und selbst der Schimmel staubig, allerdings ging der Gestank niemals vom Kaffee aus.

»Stopp!«, fuhr Helen Johann an. »Geh beiseite.«

»Was?«

»Geh mal rüber.«

»Was? … Was ist?«

»Der Teppich … Da.« Ein dunkler Fleck in der Größe eines Pizzatellers hatte sich auf der abgetretenen Auslegeware gebildet.

»Blut?«, wollte Knut wissen.

»Zu hell.« Helen ahnte bereits, was es war. Entweder war jemand hier vor dem Fernseher verstorben, oder ... Ihre Augen wanderten hoch zur Decke. Ein runder, gelbbrauner Fleck hatte sich gebildet, Nasen einer fett schimmernden Substanz hingen erstarrt herab.

Fluchend trat Johann beiseite, zückte angewidert seine Dienstwaffe und eilte hinaus.

Die Stufen zum ersten Stock knarrten, das grässliche Geräusch hallte in der Diele wider. Knut spürte, wie bei jedem Schritt die ausgetretenen Stufen nachgaben, während er hinter Maas herrannte. Unter dem Dach war es stickig. Die Treppe endete an einer schlichten Zimmertür. Ein süßlicher Geruch wie von verdorbenen Früchten ließ ihn kurz innehalten. Der Geruch war nicht sehr aufdringlich, schien aber in die Holzvertäfelung und die Auslegeware eingezogen zu sein.

Kaum hatte er das Ende der Treppe erreicht, kam ihm Maas entgegen. Der Beamte hatte sein Telefon am Ohr.

»Alles okay?«, wollte Knut wissen, erhielt aber keine Antwort. Maas gab ihm und Helen lediglich den Weg frei und zischte: »Nicht reingehen! Nicht, bevor die Spurensicherung da ist.«

Knut beäugte argwöhnisch die Tür, aus der Maas getreten war. Sie stand einen Spalt offen. Sonnenlicht schrägte heraus, ließ Staub in der Luft flimmern. Behutsam drückte er sie auf.

Der einstige Heuboden erstreckte sich über die ganze Länge des Hauses. Er war nicht ausgebaut, die Dachschindeln mit Mörtel verstrichen. An den Sparren zogen sich rechts und links Zettel und Fotos dahin. Mohn hatte sie fein säuberlich an die Dachlatten gepinnt.

Ans andere Ende des Raumes vor den mit Bauschaum und Spanplatte verschlossenen Fenstern, gute zwanzig Schritt entfernt, hatte er einen Sekretär, zwei billige Regale und einen Stuhl geschoben.

Auf dem Stuhl saß Piet Mohn.

Zumindest das, was von ihm übrig geblieben war. Der Körper war eingesunken. Der Unterkiefer bizarr verrutscht. Die Haut in seinem Gesicht war aufgebrochen, aufgefressen von Maden oder Mäusen oder Spinnen oder … Knut wollte es nicht so genau wissen und vermied es, sich den Körper anzusehen. Die Körperflüssigkeiten bildeten unter dem Stuhl, auf dem er verrenkt hockte, einen längst getrockneten Fleck. Die Mischung aus Urin, Fett und Blut war bis hinab ins Wohnzimmer getropft.

Doch der Anblick der Leiche war nicht das Bizarrste.

»Was ist das?«, hauchte er, aber Helen war genauso überrascht wie er. Sie schob sich an Knut vorbei, der in der Tür stehen geblieben war, hielt dann jedoch ebenfalls inne.

»Interessant«, war ihr einziger Kommentar.

»Das … das sieht aus wie eine … eine Kirche?« Knut nickte zu den Schindeln, den Blättern und dem Fußboden. Durch jedes noch so winzige Loch, durch jede Ritze in den Dachpfannen stach das Sonnenlicht. Säulen aus Licht brannten helle Flecken auf die staubigen Bodenbretter.

Es sah bezaubernd aus, zumal die Lichtkreise etwas äußerst Filigranes und Vergängliches auf dem Boden beschienen.

»Ist das aus … Sand?« Helen streckte Knut die Hand hin, damit sie sich einfacher hinknien konnte. Er tat es ihr gleich. Aus dieser Perspektive waren die eigentümlichen Gebilde noch besser zu erkennen. Knut versuchte, sie zu zählen, gab aber bei 53 auf. Sie standen zu unübersichtlich, wuchsen nicht nur aus dem Boden, sondern saßen in den Regalen, auf Büchern und Zeitschriften, ragten aus dem Sekretär.

Stalagmiten. Einen Moment dachte Knut tatsächlich bei den Gebilden an Tropfsteine.

Doch diese Stalagmiten wurden gewöhnlich von Kinderhänden geformt.

»Ja. Aus Sand«, flüsterte er.

Es waren Türmchen. Tropftürmchen, wie sie die Kinder gerne am Strand kleckerten. Der Sand rann durch die Finger und erstarrte, Schicht um Schicht wuchs der Stalagmit.

Einige der Türme waren bloß so hoch wie ein Becher, andere reichten ihnen bis zum Knie. Wie oft hatte Knut mit seinem Vater großartige Burgen mit solchen Türmen verschönert, unten an der Nisse-Bucht, wo der Wind die besten Wellen an die Küste warf?

Als er Helen wieder aufhalf, stieß er aus Versehen mit seiner Stiefelspitze gegen eines der filigranen Werke.

»Mann!«, fuhr Maas ihn gereizt an. »Ich hab gesagt, Sie sollen da nicht reingehen!«

Der Turm war zu aberfeinstem Sand zerfallen.

18

Die zerbeulte Erbsendose schlug an, das Drähtchen zitterte aufgeregt, und ihr Scheppern übertönte den Gettoblaster.

»Was zum …«, brummte Capt'n Finn und schmiss den zerfledderten und hundertfach gelesenen Band »Clever & Smart« beiseite. Er zückte seine klobige Steinschloss-Pistole, die wohlverzierte Handfeuerwaffe, mit der er jedem Eindringling das Hirn wegschießen würde.

Mit einem entschiedenen Nicken bedeutete er Seafox und Säbelmary, sich am Eingang ihres Seeräubernests zu verstecken. Wer immer dabei war, ihre Ruhe zu stören, würde es bitter bereuen.

Während Capt'n Finn vom verschlissenen Sofa hochkam, den Eingang mit seiner Pistole in Schach hielt und dann hinter einer Schatztruhe Deckung suchte, wurden Flüche und ein atemloses Schnaufen lauter.

Fünf Sekunden später erschien Zitterzunge. Der dicke Junge war verschwitzt, seine Augenklappe und sein schwarzer Dreispitz verrutscht. Sein Bauch schwappte bei jedem Meter unter seinem T-Shirt hervor wie die übergroße Zunge eines Wals.

Capt'n Finn senkte die Waffe, als er den Smutje seines Schiffs erkannte, und pfiff die beiden kampfbereiten und lauernden Frauen zurück.

»Zitterzunge. Du Idiot hast den Alarm ausgelöst!«

»Sch-Sch-Scha-Schatz«, brachte Zitterzunge völlig aus

der Puste hervor. »F-F-F-F-Frachter.« Nach Luft ringend, fiel er in die Kapitänskajüte, klatschte ein Pergament auf die mit Kerzen übersäte Schatzkiste und wischte sich keuchend die Stirn trocken. Seine Wangen leuchteten rot.

»Wo ist Finger?«

»B-b-b-bei den F-F-F-Fa-Fahrräd...« Er brach ab, um sich keuchend zu berichtigen: »D-d-den B-B-Bei-Beibooten.«

»Bist du den ganzen Weg durch den Dschungel gerannt?«

Zitterzunge nickte, trat zu einem rostigen Kühlschrank, der das letzte Mal vor einem Jahrzehnt seinem Namen alle Ehre gemacht hatte, und zog sich eine Limo heraus. Er trank gierig, während sich die anderen um das Pergament versammelten.

Capt'n Finn betrachtete es von allen Seiten. Es war der Ausriss einer Zeitungsmeldung. Ein Frachter war unweit der Küste auf Grund gelaufen und hatte sieben Container verloren.

Strahlend lüpfte der Capt'n seine Augenmaske. »Cool! Sieht aus, als würde reiche Beute auf uns warten!«

»D-d-die hatten auch M-M-Motor-r-räder geladen und eine K-K-K-Kiste mit D-D-Dings.« Zitterzunge nahm seinem Kapitän den Artikel aus der Hand. »Computern! H-Hat m-meine M-M-M-Mutter mir g-g-g-g-g-g-g...«

»Gegeben. Den Artikel?«

Zitterzunge nickte.

»Männer! Ab in die Schiffe! Wir gehen auf Schatzjagd!« Sofort war der Kapitän zu einer Kiste gesprungen, wischte ihre Comichefte herunter und klappte sie auf. Darin lagerten Säbel und Musketen. Unter dem aufgeregten Jubel seiner Crew verteilte er die Waffen. »Das wird der beste Tag diesen Sommer. Ich rieche ...«

Und alle stimmten im Chor an: »... fetteeeeee Beeeeeuuuuteeee!«

Dann stürmten Capt'n Finn, Seafox und Säbelmary hinaus in den Dschungel. Ihr Kampfgeschrei hallte im Piratennest wider, in dem Zitterzunge noch die Limo austrank.

»He!«, rief er und rannte seinen Freunden nach. »W-w-w-wartete d-d-doch mal! Heee!«

Dann hatte auch ihn der Dschungel geschluckt.

19

Absprachen drangen aus dem Haus, wisperten über die Einfahrt, Generatoren summten, Anzüge raschelten wie ferner Wind. Jeder wusste genau, was er zu tun hatte. Die fünfzehn Frauen und Männer der Spurensicherung bewegten sich lautlos durch das Haus. Beinahe schwebend huschten sie von Raum zu Raum, weiße Geistwesen aus einer anderen Welt. In ihren Straßenkleidern kam Helen sich dreckig vor, nutzlos, denn seit die Spurensicherung eingetroffen war, waren sie zu Statisten degradiert.

Seit geschlagenen vier Stunden standen sie sich mit Friedrichs und seinem Team sowie den Föhrer Feuerwehrleuten, die für Licht und Absperrungen sorgten, die Füße in den Bauch. Die Experten in ihren Ganzkörperanzügen, mit ihren schuhsohlennummerierten Schuhen, ihren reinweißen Atemmasken, schienen wie aus der Zeit gefallen. Mit all ihren Spezialkoffern, Tinkturen und Messinstrumenten kamen sie aus der Zukunft und suchten in der Vergangenheit.

Durch ihre Magie, grübelte Helen, versuchen sie, verblasste Momente wieder sichtbar zu machen. Leben nachzuzeichnen, das längst nicht mehr ist.

Sie musste an ihre zwölf Schneekugeln denken. An die zu Glas gefrorenen Fälle, die sie um ihre Matratze herum aufgestellt hatte. Alles Beweise ihrer eigenen Reisen. Beweise ihrer eigenen Existenz.

Deswegen hast du sofort zugesagt, als Knut fragte, ob du ihm und Johann helfen kannst. Du hast Angst.

Bullshit.

Du willst nicht nur reagieren, du willst agieren, Helen. Dein Leben ist zu Glas erstarrt, und du glotzt starr wie ein Reh. Und überall lauert die Gefahr. Die Angst, hier in Valandsiel anzukommen – und die Angst, nicht anzukommen. Du willst eine Heimat und hast Angst vor ihr. Paradox. Und Angst vor *ihm,* Angst vor irgendwelchen Rockern, die in dein zerbrechliches neues Leben …

»Helen«, riss Johann sie aus den Gedanken.

»Ja?«

»Wir sind so weit, Helen.« Er winkte Friedrichs. Der Gerichtsmediziner hatte sich mit seiner Crew ein Stück von der Einfahrt zurückgezogen, um zu rauchen. Sofort kamen die Männer herüber und folgten Johann ins Gebäude. Helen und Knut schlossen sich an.

Auf der Treppe mussten sie dann aber doch noch einmal warten. Die Spurensicherung hatte eine 3-D-Kamera auf dem Dachboden installiert. Ihr helles Streifenmuster zuckte über den Boden und die grotesken Türmchen. Die Kamera tastete den Tatort millimetergenau ab und erzeugte ein räumliches Modell, in das sie später per PC eintauchen und so den Ort aus allen Winkeln noch einmal genau ansehen konnten. Johann hatte darauf bestanden, die aufwendige Technik einfliegen zu lassen. Die Sandtürme waren einfach zu fragil. Jeder Tritt auf die Bodenbretter konnte sie zum Einsturz bringen.

Nach wenigen Minuten war der letzte Scan geschafft. Zufrieden schraubten die Männer die Kamera ab, griffen das Stativ und schlichen auf Zehenspitzen zur Tür.

»Ist die Kamera fotorealistisch?«, wollte Helen wissen, als sie an ihr vorbeikamen.

»Ja. Vollsphärische Aufnahmen in HD«, antwortete einer der Beamten. »Wir setzen sie aus den ganzen Scans nachher zusammen.«

»Legen Sie das Ergebnis auf den Server, und schicken Sie mir eine Mail«, bestimmte Johann streng.

»Sicher.« Der Mann verabschiedete sich lächelnd und folgte seinen Kollegen in die Diele.

Helen wandte sich an Johann. »Wir brauchen die exakte Position von jedem Turm. Und außerdem die Höhen von allen.«

»Ich weiß. Ich denke auch, dass er uns damit etwas sagen will.«

»Klar. Nur was?«, brummte Knut.

Die drei betraten mit Friedrichs den Dachboden. Behutsam näherten sie sich der Leiche. Piet Mohns Körper war bereits zum Großteil skelettiert.

»Wie lange sitzt der hier schon?«, fragte Knut, der gebührend Abstand und ein Taschentuch vor Mund und Nase hielt.

»Grob geschätzt? Einige Wochen«, antwortete Friedrichs. »Ich warte auf unseren forensischen Entomologen.«

»Das ist ein Messer da, oder?« Er musste sich überwinden, genauer hinzusehen. Obwohl der Unterkiefer grotesk verrutscht war, klebte an den letzten Resten schwarzen Fleisches ein Messer mit Holzgriff. »Hatte er das im Mund?«

»Na, im Hintern bestimmt nicht«, knurrte Johann.

»Meine ja nur. Für jemanden, der am Schreibtisch hockt«, keuchte Knut, »hockt der irgendwie total krumm da.«

»Das haben Sie richtig elegant ausgedrückt, Herr Jansen«, frotzelte Johann. Die beiden Männer duellierten sich mit Blicken.

»Könnt ihr euer Balzgehabe vielleicht für zwei Minuten einstellen?«, warf Helen ein. »Sieht tatsächlich aus, als habe er ein Messer zwischen den Zähnen gehalten. Und er sitzt so krumm, weil der Leichnam einfach eingesackt ist.«

»Selbstverständlich ist er das«, bestätigte Friedrichs. »Er ist im Endstadium der Verwesung. Sehen Sie? Nur ein paar Hautreste und ein bisschen Fettgewebe sind noch übrig. Hier am Kopf ein bisschen Haut. Und am Oberschenkel sind noch Reste zu erkennen. Wir haben hier alles. Bakterien, Fliegen, Mäuse- und Rattenfraß.«

Anscheinend hatten die Hitze unter dem Dach und die Abwesenheit eines Windzugs dafür gesorgt, dass die Bakterien und Tiere ihre Arbeit perfekt verrichten konnten. Das Opfer trug Sandalen, eine kurze Jeans und ein T-Shirt. Der Aufdruck war nicht mehr zu lesen, zu sehr hatten die Zersetzungssäfte alles besudelt. Ein Teil der Kleidung war mit den Knochen regelrecht verbacken, weil die Stoffe vor Wochen in das von Leichenfett triefende Gewebe eingesunken und dann mit den Fleischresten verklebt waren. Seine Haare, allesamt weiß, hatte er zu einem Pferdeschwanz zusammengebunden, der jedoch von seinem eigenen Gewicht bis auf die Schulter gerutscht war und dabei einen Teil der Kopfhaut mitgezogen hatte.

»Ich wollte auch nur wissen …«, angewidert wandte sich Knut ab. »Ist das der Tatort, oder wurde er hierhergebracht?«

»Schwer zu sagen.« Friedrichs nahm ein paar Abstriche des spärlich vorhandenen Gewebes. »Sieht mir jedenfalls nicht nach großer Gegenwehr aus. Bisher habe ich keine Stich- oder Schnittverletzungen an den Knochen entdeckt. Aber um die Rippen zu untersuchen, muss er ins Labor. Der Schädel wurde ihm jedenfalls nicht eingeschlagen.«

»Wahrscheinlich wurde er sediert, so wie Jäger«, meinte Helen. »Seht ihr das?« Sie nickte zum Stuhl. Auf der Jeans, die von Mohns Zersetzung schwarz und braun gefärbt war, klebte Sand. Und auch unter dem Stuhl war Sand zu sehen, vermengt mit den eingetrockneten Körperflüssigkeiten.

»Ich nehme an, der Sand ist aus ihm herausgeflossen, als sein Körper sich zersetzte«, stellte Friedrichs nüchtern fest und deutete auf eine Spur, die vom Schenkel unter das Shirt reichte. »Robert Jägers Lunge war voll davon.«

Helen bemerkte, dass es Knut nicht gut ging. »Wollen Sie rausgehen?«

Knut war kreidebleich, aber er schüttelte tapfer den Kopf, fixierte seine Stiefelspitzen.

»Die Lunge?«, hakte Helen nach.

»Ja«, warf Johann ein. »Wir analysieren den Sand noch.«

»Irgendwas stimmt nicht. Irgendwas passt nicht.«

Helens Grübelei ließ Knut ein kleines Stück aufblicken. »Wie meinst du ... meinen Sie das?«

»Kann ich noch nicht sagen. Nur so ein Gefühl ...«

»Er sitzt schief«, fing Knut erneut an. »Wenn er sediert wurde, dann hat der Mörder ihn ...«

»... hat er ihn hier hingesetzt«, vollendete Johann. »Sie haben recht.«

»Sag ich ja.«

Mit der Pinzette zog Friedrichs das Shirt hoch. Ein schmaler Gürtel lag um seine Hüften. Wahrscheinlich war er von seinem Bauch gerutscht, als alles verweste. Der Gürtel führte um die Lehne des Stuhls.

»Er sediert ihn. Er bindet ihn auf dem Stuhl fest. Hm ...« Mit sich selbst redend, trat Helen näher an die Leiche. »Wenn er ihn sediert hat, warum bindet er ihn fest? Damit er nicht runterrutscht, damit er genau so sitzen bleibt ...« Sie versuchte sich vorzustellen, was Piet Mohn als Letztes angesehen haben könnte.

Oder von dem der Mörder wollte, dass er es ansieht.

Sein Kopf zeigte zum Sekretär, vor dem er saß. Mit etwas Fantasie starrte er auf das rechte Fach. Helen öffnete es wachsam. Eine Sackgasse, das Fach war leer.

Auf der Schreibfläche stand eine Vase mit staubtrockenen Blumen. Fotos lagen verteilt herum. Eines zeigte die Mauer vor dem Haus. Eine sommerliche Aufnahme mit Datumsstempel. Sie war im Juli gemacht worden. Einer der Sandtürme war auf die Steinmauer gekleckert. Helen inspizierte den Schreibtisch weiter. Ein Federhalter mit offener Kappe, aber kein Brief oder Notizbuch. Instinktiv sah sie sich nach der Leiche um.

»Was ist?«, wollte Johann wissen, der wie Knut völlig fasziniert Helens analytischen Blicken folgte.

Sie hielt sich den Finger an die Lippen. »Sssscht!«, machte sie und grübelte: »Federhalter … Kein Dokument. Entfernt worden? … Seine Hände … Hm, seltsam.«

Mohn hielt sie gefaltet im Schoß.

»Hat er was in der Hand?«, fragte Knut.

Erst ließ Friedrichs weitere Fotos schießen, dann sprach er in sein Diktiergerät: »Ich bewege die Leiche. Hände sind gefaltet. Löse die Finger … nichts.«

Helen ließ alle stehen, trat behutsam durch die Sandkörnchen und beäugte Piet Mohn von der anderen Seite.

»Was stimmt denn nun nicht?«, wollte Knut wissen.

»Ja, genau, Helen. Was ist deine Theorie?«

»Wenn ihr mich mal zehn Sekunden lang überlegen lassen könntet, würde ich vielleicht … Wartet mal …« Sie beugte sich über das, was einst das Gesicht des Toten gewesen war. Obwohl die Fliegenlarven beinahe das ganze Fleisch weggefressen hatten, waren Teile der Lider noch zu erahnen. »Waren sie geschlossen? Die Lider?«

»Schwer zu sagen.« Friedrichs nahm eine LED-Taschenlampe und seine Pinzette. Vorsichtig griff er nach dem

Lid von Mohns linkem Auge und schob den getrockneten Hautfetzen ein wenig hoch. »Ja, das ist wohl noch etwas von der Palpebra.«

»Post mortem?«, fragte Helen knapp.

»Frau Henning, ich bin gut und gründlich – aber kein Hexer. Ich muss ihn erst mal im Uniklinikum haben. Und selbst dann wird es wahrscheinlich sehr schwer nachzuweisen sein, ob ihm die Augenlider nach dem Tod geschlossen wurden oder ob er mit geschlossenen Augen verstarb.«

Helen seufzte. Genau das hatte sie erfahren wollen.

Knut und Johann warfen sich einen Blick zu.

»Ihr wollt eine schnelle, einfache Antwort, hm?«

»Also ich schon«, meinte Knut lächelnd.

»Die gibt es aber nicht … War Robert Jägers Leichnam bedeckt, als man ihn fand?«

»Ich …« Knut warf Johann einen entschuldigenden Blick zu. »Kann ich nicht genau sagen. Die Feuerwehr war bereits am Tatort.«

Johann seufzte, was Knut unwillkürlich die Fäuste ballen ließ. Helen registrierte dies alles im Bruchteil einer Sekunde. Und sie wusste nicht, ob sie die beiden Männer erneut tadeln oder sich darüber amüsieren sollte, wie sehr sie um ihre Anerkennung buhlten.

Von Knut war sie ein gewisses Balzgehabe ja gewohnt; neu war, dass sich Johann so massiv auf das Spielchen einließ.

»Checken Sie das, Jansen. Das ist wichtig«, stellte Helen klar. »Fragen Sie nach. Wir müssen wissen, ob unser Mörder auch bei Robert Jäger einen Akt der Reue gezeigt hat.«

»Reue?«, fragten Knut und Johann gleichzeitig.

»Nehmen wir an, die Augen waren geöffnet, was ich für wahrscheinlich halte. Dann hat der Mörder sie post mortem geschlossen. Und die Hände. Das passt auch nicht. Sie lagen so friedlich da. Gefaltet. Bei einem Mann mit Messer im Mund?«

»Ich denke, er ist auf einem Rachefeldzug. Das haben Sie doch gesagt«, meinte Knut.

»Ja, das war deine These: planvoll, kalkulierend, kühl und auf Rache aus«, stellte Johann fest. »Wie passt da Reue?«

»Gar nicht. Das ist ja das Problem«, gab Helen zu.

20

Der Sand war minutenlang aus der Bretterlücke herausgeflossen und hatte einen makellosen Berg gebildet.

Einen Moment hatte Viola gedacht, er liefe einfach immer weiter und würde den ganzen Raum fluten, doch irgendwann hatte das Schauspiel innegehalten.

Die halbe Nacht hatte sie vergeblich versucht, die Tür aufzuhebeln, aber sie war zu stabil.

Es gab nur einen Weg aus dieser Zelle heraus.

Mit einem Ruck zog sie das Bettgestell in den Raum und lehnte es an die Wand. Nach drei Versuchen gelang es ihr, sich an den Metallstreben hinaufzuziehen. Wacklig, an die Wand gestützt, stand sie auf dem Metallgitter und streckte die Hände aus. Die Handschelle an der Kette schlug ihr ins Gesicht. Sie drehte die Kette um ihren Arm und versuchte noch einmal, die Decke zu erreichen.

Es klappte. Aufgeregt tastete sie nach dem Riss in der Deckenplatte, ließ die Finger darübergleiten.

Sand rieselte ihr entgegen, aber sie konnte frische Luft spüren.

Mit der Kraft völliger Verzweiflung begann sie, mit dem Fingernagel in dem Riss zu kratzen, brach mehr und mehr Fasern von der Spanplatte heraus, bis sie zwei Finger durch das Loch stecken konnte.

Sie zog, dann stemmte sie sich gegen die Platte und hängte sich schließlich daran.

Auf anderthalb Meter Länge krachte die Decke auseinander. Viola schlug auf den Boden, eine Ladung Sand traf sie, dann kippte das Bettgestell um. Eine der Stangen prallte gegen ihren Kopf. Die Schmerzen ließen sie aufschreien.

Blut sickerte aus ihrer Stirn, lief ihr die Wange herab und vermischte sich mit dem verdammten Sand. Voll zorniger Willenskraft stemmte sie sich hoch, packte das Gestell und kletterte abermals hinauf.

Du kommst hier raus!

Sie packte das Brett, brach es vollends heraus und warf es hinab in ihr Gefängnis. Dann streckte sie den Kopf in das Loch.

Dunkelheit umgab sie.

Der leichte Wind wehte Sand zu ihr.

Eigentlich hatte Viola vorgehabt, nach oben in ein anderes Stockwerk zu klettern, doch ein Stück weit über ihr waren wieder Bretter. Diesmal aus massivem Holz. Sie versuchte, sie aufzustemmen, aber sie saßen zu fest. Es würde Wochen dauern, sie zu lösen.

Die Decke war wie ein Sandwich aufgebaut. Holz, Luft, Holz.

Der Hohlraum zwischen Decke und Brettern, in den sie ihren Kopf steckte, war vielleicht dreißig Zentimeter hoch, und als sie sich umwandte, sah sie einen Lichtschein.

Ein Schimmern strahlte von unten durch die Deckenplatten. Wahrscheinlich durch Löcher für Kabel. Sie tastete den Hohlraum vor sich ab und bekam eine der Leitungen zu fassen.

Wie weit konnte sie sehen? Sie versuchte, die Entfernung abzuschätzen. Zwei Meter? Drei Meter?

Nachdem sie den Kopf wieder herausgezogen hatte, wurde ihr klar, dass es bis zur Tür höchstens zwei waren. Das konnte nur eines heißen: Das Leuchten kam nicht aus diesem Raum.

Fieberhaft überlegte sie. Sie könnte durch die Zwischendecke bis über das angrenzende Zimmer kriechen, einfach über der Tür hinweg …

Wenn es ihr gelang, sich hinaufzuziehen, würde sie mit vier, fünf Zügen über der Tür sein.

Viola zögerte.

Es war so dunkel da drin.

So verdammt eng.

Wenn sie stecken blieb … war da kaum Platz zum Atmen.

Ich bin Viola Wilbrand! Ich komme hier raus!

Beherzt griff sie das Kabel, es bot ihr Halt. Sie stieß sich vom Bettgestell ab und zog sich hoch, wand sich wie ein Aal, stemmte sich mit den Füßen gegen die Wand. Endlich war sie drin. Am liebsten hätte sie vor Freude gejuchzt, aber sie hatte zu wenig Raum, um dafür Luft zu holen.

Weil sie die Arme in der Enge kaum bewegen konnte, war es fast unmöglich, sich vorwärtszuziehen. Fast.

Sie brauchte nicht fünf oder sechs, sie brauchte 27 Züge, dann war sie über der Tür. Nach weiteren zehn hoffte sie, weit genug über dem anderen Raum zu sein.

Viola drehte sich auf den Rücken, stemmte die Knie und Hände gegen die oberen Bohlen und drückte. Egal wo und wie sie landen würde … Alles war besser, als in ihrem Gefängnis auszuharren.

Die Deckenplatte brach. Mit einem Aufschrei stürzte Viola in die Tiefe.

Ein stechender Schmerz durchzuckte ihren linken Fuß. Egal. Sie kam auf die Beine, schluckte alle Qualen herunter. Aber anstatt loszurennen, blieb sie erstarrt stehen …

Was, um Himmels willen …?

Sie war zwischen die Sitzgruppe eines Wohnzimmers gefallen, zwischen Möbel, die aussahen, als stammten sie aus den Neunzigern. Der Rest des Raumes war einfach nur bizarr …

Der Sand hatte die Fenster eingedrückt, war über den Teppich gekrochen, am Sofa, den Sesseln und dem Tisch hochgekrochen. Wer immer hier gewohnt hatte, er hatte sich nicht die Mühe gemacht, irgendetwas vor der trockenen Flut zu retten. Selbst die Bilder, allesamt billige Baumarktdinger, hingen noch, steckten halb im hochgeschwappten Sand, der Meter um Meter hereingeweht war.

Möglichst lautlos sah sie sich um. Gestern hatte sie gemeint, ein Husten zu hören – von einer Frau. Vielleicht ein weiteres Opfer. Oder hatte sie sich das nur eingebildet? Es war absolut still.

Die Fenster waren komplett verschüttet, wahrscheinlich würde sie begraben werden, wenn sie versuchte, sich dort hindurchzuwühlen. Sie trat um das Sofa und die Stehlampe, um die der Sand verweht war. Ein paar Schritte weiter begann die offene Küche.

Viola hielt abermals inne.

Obwohl die Küche ebenfalls voller Sand war, schien sie noch benutzt zu werden. In den verwitterten Hängeschränken standen Plastik- und Edelstahlgefäße. Auf einem Beistellwagen entdeckte sie medizinisches Gerät: mehrere Scheren und Klemmen, Metalltrichter, Laryngoskopspatel, einige Transfusionsbestecke und ein Set aus fünf Sägen. Das meiste Equipment kannte sie, weil sie als Rettungssanitäter arbeitete. Bevor sie in ihrer Zelle in diesem schaurigen Haus aufgewacht war, war sie von der Nachtschicht gekommen. Sie hatte ihr Reihenhaus in Kiel aufgeschlossen, fix und alle von einer Siebzehn-Stunden-Schicht, die sie wegen eines Fabrikbrands im Handels- und Industriepark im Dauereinsatz gewesen waren.

Viola hatte – wie viele Wochen war das her? – Milch aus dem Kühlschrank geholt und getrunken. Es war das Letzte, woran sie sich erinnerte. Sie hatte einen Schluck genommen, und dann … Dieses träge Gefühl in den Beinen. Nur mit Mühe hatte sie es ins Bett geschafft.

Erwacht war sie hier.

Nüchtern registrierte sie den vor gebrauchten Mullbinden und Papiertüchern überquellenden Eimer. Der mit Blut vermischte Sand am Boden sah relativ frisch aus. Nach sechs Jahren Dienst war sie so einiges gewohnt, trotzdem wurde ihr flau im Magen, als sie die Schnüre zum Fesseln und den Abdruck eines Leibs auf der sandigen Oberfläche der Küchenzeile sah.

Das hat er auch mit dir vor, schoss es ihr durch den Kopf.

Was immer dieses Arschloch mit der Frau angestellt hatte, wo auch immer sie jetzt waren: Sein Opfer würde sterben, da war Viola sich sicher. Aber er, er würde wiederkommen. Hierher ins Sandhaus.

Du musst hier raus. Er kommt und geht, also kannst du das auch. Es muss einfach einen Ausgang geben.

Ihre Blicke glitten suchend über den Boden. Da! Fußabdrücke.

Humpelnd folgte sie den Spuren, gelangte in einen kurzen Flur. Blümchentapete, ein Sideboard mit einem Telefon. Es hatte eine Wählscheibe, war von Sand benetzt. Sie stürzte hin, hob den Hörer ab. Tot.

Weiter. Nur raus hier. Sie lief den Flur herunter zur Haustür, wollte sie aufziehen. Verschlossen. Schlimmer noch, denn als sie am Knauf zog, spürte sie nicht den Hauch einer Bewegung. Es war, als drücke ein Riese von der anderen Seite gegen das Blatt. Sie ahnte, dass es der Sand war.

Wohin? Wie rauskommen? Wo war Licht, wo die Freiheit?

Ihr Blick fiel durch eine offene Tür in den Rest eines Schlafzimmers. Der Sand hatte den halben Raum geschluckt, keine Fenster, nichts. Nicht einmal Fußspuren.

Es widerstrebte ihr, doch sie musste zurück in Richtung Wohnzimmer. Sie huschte zum Telefon und wollte weiter zur Küche, als sie einen Lichtschein unter einer Tür erkannte. Das einzige Zimmer des Hauses, das sie noch nicht betreten hatte.

Wenn er da drin ist …

Sie horchte, legte das Ohr an die Tür. Wenn das Licht die Freiheit bedeutet, dann …

Viola drückte die Klinke, öffnete …

… und blieb wie angewurzelt stehen.

Auch ein Kinderzimmer.

Es stank nach Essen, Schweiß, Benzin und verfaultem Kadaver.

Sich die Hand vor den Mund haltend, trat sie ein, doch sie wurde enttäuscht: Das Licht stammte nicht von draußen, sondern von Dutzenden Kerzen. Das Fenster war eingedrückt und ebenfalls von Sand überflutet. Eine Wanne mit teils von Schimmel überzogenem Geschirr stand auf dem Boden neben einem Kinderbett, das vom Sand halb begraben war.

Viola sah sich um und spürte, wie die Panik sie übermannte. Es gab einfach keinen Ausgang. Der Albtraum nahm kein Ende.

Sie starrte in das flackernde Licht und spürte, wie sie der Mut verließ. Dann kamen die Tränen.

Ich bleibe für immer hier.

Die Hoffnungslosigkeit war erdrückend. Am liebsten hätte sie sich hingesetzt, hätte geweint und geschrien, aber der letzte Funken Überlebenswille zwang sie, etwas zu unternehmen.

Wenn du hier nicht rauskommst, willst du jedenfalls wissen, wer dich quält. Wer ist er? Wer, und warum tut er dir das an?

Sie blickte sich um. In einer Ecke lagen drei Koffer, in denen sie Jeans, Männerhemden und Unterwäsche erkennen konnte. Daneben standen ein handlicher verrosteter Dieselgenerator und mehrere Kanister. Auf einer uralten Waschmaschine wartete ein Gaskocher samt Stiltopf mit angetrocknetem Essen.

Die meisten Kerzen brannten auf einem Kindertisch. Sie waren im Kreis um ein Foto aufgestellt worden, und ihre Flammen erleuchteten eine Handvoll Kinderzeichnungen und Kuscheltiere, die wie Opfergaben darum herum drapiert waren.

Unsicher näherte sich Viola diesem Schrein.

Die Flammen ließen das Gesicht eines sechsjährigen Jungen golden erstrahlen. Frech grinsend hielt er ein Spielzeugschiff in die Kamera und blinzelte aus seinem Sommersprossengesicht gegen die Sonne.

Irgendwoher kannte sie diesen Jungen. Diese Sommersprossen, das rote Haar …

Sie war sich so sicher. Sie hatte diesen Jungen schon einmal gesehen, sie kannte ihn. Gut sogar. Aber ihr wollte nicht einfallen, woher.

Dieses Lächeln. Diese Augen. Dieser Junge schlug etwas in ihr an.

Kam dieses Gesicht aus ihrer Kindheit?

Konzentrier dich!

Die Erinnerungen waren wie ein weit entferntes Bild. Sie hatte einmal mit einem Jungen gespielt, der ganz ähnlich ausgesehen hatte. Oder?

War er ihr Peiniger?

Sosehr sie auch grübelte, ihr wollte nicht einfallen, woher sie das Kind kannte.

Es hat keinen Zweck, schalt sie sich, so schnell wirst du nicht herausfinden, warum dieser Mörder gerade dich entführt hat und wieso er einen Altar für den Jungen errichtet hat.

Sie fuhr herum. Im flackernden Licht der Kerzen schimmerten Poster von Zeichentrickhelden aus den Neunzigerjahren an den Wänden. Nur an einer Wand hingen keine.

Über einer speckigen Matratze und einem löchrigen Schlafsack hatte ihr Peiniger Hunderte Fotos aufgehängt. Sie waren in Form einer Spirale an die Wand gespinnt. Der äußerste Bogen reichte vom Boden bis zur Decke. Die Windungen der Spirale zogen sich immer enger zusammen. Es sah wie eine ganz persönliche Zielscheibe aus.

Eine Zielscheibe aus Erinnerungen.

Viola lief es kalt den Rücken herunter. Obwohl es so viele Aufnahmen waren, zeigten sie bloß eine Handvoll Menschen.

Und sie meinte, diese Fremden zu kennen. Sie meinte, sie schon einmal gesehen zu haben.

Konnte das sein?

Zwei, drei Namen fielen ihr auf Anhieb ein. Piet, Anneke, Erik. Es waren Freunde aus ihrer Zeit in Valandsiel, als sie noch dort gewohnt hatte … Menschen, die sie seit Jahren nicht gesehen hatte. Erwachsene, die sie nur als Kinder kannte …

Die Bilder im Zentrum der Spirale ließen sie erschaudern. Denn der Mittelpunkt dieser Zielscheibe war niemand Geringerer als sie selbst.

Unzählige Schnappschüsse von ihr. Bilder, die etliche

Jahre alt waren, aber auch Fotos, die sie niemals jemandem gezeigt hatte.

Er musste ihre Fotoschachtel gefunden haben, auch die mit den zehn Jahre alten erotischen Aufnahmen. Alle ihre privaten Bilder, die sie hinter dem Wäschekorb in ihrem Kieler Schlafzimmer …

Ihre Kehle war völlig trocken. Nervös kratzte sie sich die Haut unter der Handschelle. Sie war wundgescheuert.

»Wieso hast du mich ausgewählt«, entfuhr es ihr. »Wieso mich?«

Waren das alles seine Opfer? Oder würden sie es werden? Und wenn ja … Warum bin ich im Zentrum? Wieso bin ich ihm so wichtig? Bin ich die Letzte oder die Erste?

Sie konnte es nicht sagen. Sie konnte gar nichts mehr sagen, konnte kaum noch denken. Abermals drohte die Hilflosigkeit sie davonzuspülen.

Ich bin Viola Wilbrand. Du hast es hierhergeschafft – du kannst gegen ihn kämpfen. Wenn er zurückkommt, kannst du ihm auflauern und …

Da fiel ihr Blick wieder auf die Kerzen.

Sie brennen noch, durchfuhr es sie. Er ist nur kurz weg!

Aber wenn er weg ist, muss es einen Weg hinaus geben! Es muss! Such endlich! Überleg dir was. Irgendwie ist er aus diesem Sandhaus rausgekommen.

Grübelnd sah sie zum Schrein, dann auf den Boden. Fußspuren. Seine Fußspuren. Sie war ihnen bis zum Telefon …

Viola trat zurück in den Blümchentapetenflur. Weil die Tür nun offen stand und das Kerzenlicht hinausfiel, konnte sie viel mehr erkennen.

Hektisch suchte sie mit Blicken den Boden ab. Alles voller Sand – da waren seine Spuren. Und ihre. Ihre Tapsen führten am Telefon vorbei und zur Haustür und seine … seine … seine …

Was zum Teufel? Sie hörten einfach auf. Zwei Schritte vor der Haustür. Einfach so. Er war auf der Stelle getreten. Das war's.

Ihr Blick glitt zur Decke. Und das erste Mal seit Wochen musste sie lächeln.

Da war eine Klappe zum Dachboden.

21

Die Nacht brachte Kühle. Sie senkte sich zwischen die Fichten, kroch die Klippstraat hinauf und flutete wie ein unsichtbarer, eiskalter Nebel den Kiesplatz vor Goldmanns Bürobau. Es war kurz vor Mitternacht, als Knut vorfuhr, das Licht seines Landrovers über den Glasbau hinwegzog und die Reflektoren ihres einzigen Streifenwagens erstrahlen ließ. Diehl lehnte am Kotflügel, starrte in die Sterne, die sich glasklar am Himmel abzeichneten, und stieß Wölkchen in die Septemberluft. Diehl und Veith hatten den ganzen Nachmittag Anwohner im Villenviertel von Valandsiel befragt, wo Anneke Goldmann seit neun Jahren ein stattliches Anwesen ihr Eigen nannte. Die beiden Beamten hatten in London mit ihrem Kompagnon telefoniert und versucht, einen Hinweis auf ihren BMW zu finden. Bisher waren ihre Bemühungen jedoch ins Leere gelaufen. Anneke Goldmann blieb spurlos verschwunden, und in Anbetracht des langen Tages und eines vollkommen verwesten Leichnams sehnte sich Knut nur nach zweierlei: nach seiner Gitarre und etwas Entspannung bei einem warmen Bierchen.

Gähnend stieg er aus und rieb sich die vor Müdigkeit tränenden Augen. Eigentlich war es noch viel zu früh, ernsthaft nach der Architektin zu suchen, aber erstens hatte er den Bürgermeister im Nacken und zweitens seinen Vater.

Nachdem sie sich knapp begrüßt hatten, meinte Diehl: »Thor hat die alle verrückt gemacht.«

»Was? Was meinst du?«

»Der war bei jedem Nachbarn von der Goldmann.« Knuts Kollege rieb sich die Arme. »Der hat überall geklingelt. Ist von Haus zu Haus. Anscheinend hat er den meisten gar nicht erzählt, dass er nicht mehr Revierleiter ist.«

Seufzend versuchte Knut, einen Blick zwischen den Bäumen und hinab aufs Wasser zu erhaschen. Hinter den Fichten fiel das Gelände auf dieser Seite steil ab. Die Felsen waren nicht besonders hoch, aber es war dennoch imposant anzusehen, wie sich dort unten die Wellen zwischen den schroffen Felsen im Mondlicht brachen.

Seitdem er seinen Sohn auf den Chefposten gehievt hatte, hatte Thor kalte Füße bekommen. Erst war er über Bord gesprungen, dann hatte er festgestellt, dass kein Land in Sicht war. Und nun klammerte er sich an sein altes Schiff und mischte sich in jede Entscheidung ein, obwohl er nicht mehr Teil der Crew war.

»Ich schätz deinen Vater, keine Frage.« Diehl blickte ebenfalls aufs Meer hinab. »Aber trotzdem. Wenn man 'n Schnitt macht, dann sollte man es dabei belassen. Auch wenn die Entscheidung falsch war.«

»Danke«, presste Knut hervor.

»Das, also …«, beeilte sich der Kollege richtigzustellen, »das war nicht so gemeint, Knut. Echt. Ich … ich meine …«

»Ich weiß.«

»Im Ernst. Das … Nichts gegen dich, ich mein nur, wenn er – also dein Vater – denkt, dass er einen Fehler …«

»Mach's nicht noch schlimmer.« Aufmunternd klopfte Knut auf Diehls Schulter. »Ich seh's auch so. Wenn Thor anfängt, unsere Ermittlungen zu blockieren, geht er zu weit.«

»Ja, mein ich ja.« Diehl kratzte sein schütteres Haar. In seinem bunten Hawaiihemd wirkte der dickliche Beamte merkwürdig eingefallen. Knut konnte nicht sagen, ob es vom Mondlicht kam, dass er so überaus bleich aussah. »Die Nachbarn waren alle genervt, weil sie mir und Veith noch mal das Gleiche erzählen mussten wie ›dem Polizeichef‹. Die meisten haben nur kurz geöffnet.«

»Shit.«

Was stell ich nur mit diesem Sack an? Ich kann ja wohl kaum meinen eigenen Vater einsperren oder anzeigen.

»Und das ist eure letzte Spur?«, wechselte Knut das Thema und nickte zum Glasbungalow, dem schwarzen Würfel vor den Kiefern. Ein Standaschenbecher lag vor dem Eingang.

»Sie war gestern Morgen wohl noch hier. Ein Anwohner hat sie in aller Herrgottsfrühe bei ihrer Villa wegfahren sehen. Dann hat sie die Sicherheitsfirma angerufen, weil die Tür geklemmt hat oder so. Ich hab vor zwei Stunden auch da angerufen, die schicken einen Techniker raus. Ich dachte, ich zieh dich besser hinzu.«

»Ist gut«, stimmte Knut zu, der wusste, dass sie wahrscheinlich 25 Gesetze brachen, wenn sie sich im Haus umsahen. Sollte es doch der Bürgermeister ausbaden. »Kanntest du ihn?«

»Wen?«

»Robert Jäger. Ich hab dich das gestern gar nicht gefragt«, setzte Knut an. »Ihr dürftet ungefähr gleich alt sein.«

Diehl rieb sich abermals fröstelnd die Arme. »Wir sind in dieselbe Schule gegangen, das ja.« Mehr sagte er nicht, sondern griff sich aus dem Polizeiwagen seine Uniformjacke. Er streifte sie über, während sie einen Wagen auf der Zufahrt hörten.

Knut gab Diehl einen Moment, noch etwas zu Jägers Tod zu sagen, aber der Kollege schwieg. »Es tut mir leid, dass du ihn gefunden hast«, versuchte er es erneut.

»Nicht so schlimm. Ich kannte ihn nicht gut.« Diehl seufzte. Die Kiefern schwankten im sanften Wind. Ihr Rauschen vermischte sich mit den gischtenden Klippen. »Es … es … es ist nur …«

»Ja?«

»Ach nichts, alles gut.«

»Nein, ist es anscheinend nicht. Komm, sag schon, Diehl.«

»Es ist so, dass … Also … ich bekomme dieses Bild nicht aus dem Kopf, ich bin da rein … und dieser Mann liegt auf dem Bett. Er hatte die Decke über dem Kopf. Und die Frau sitzt nur da, starrt gegen die Wand, wippt nicht mal, weint nicht, starrt nur. Diese Roth hockt auf der Bettkante und glotzt blöd an die Wand. Als hätte sie's getan, verstehste? Und ich, ich geh zu ihr, und ich schlag die Decke beiseite, und da liegt er. Die Augen zu, der Mund aufgerissen. Ich glaube, ich hab wie ein Kind geschrien.«

»Vielleicht solltest du ein paar Tage Pause machen«, sagte Knut, dachte jedoch eher an ein Gespräch mit einem Psychologen.

Diehl schüttelte den Kopf. »Ich bin doch nicht Matsch da oben.«

»Manchmal kommt man von solchen Bildern nicht los. Da wär 'ne Beratung nicht schlecht.«

»Quatsch. Aber weißt du, wie kann die so ruhig bleiben? Ich meine, wie kann die so starr dasitzen? Die ist nicht mal zusammengezuckt, als ich geschrien hab. Die haben die rausgetragen, Knut, rausgetragen. Die Sanis.«

»Was willst du damit sagen?«

»Überleg mal. Irgendwer hat uns doch angerufen, oder? Sie hat Birthe alarmiert, stimmt doch, oder? Und dann hockt sie da und macht einen auf irre. Die hat kein Sterbenswörtchen gesagt, egal, wer die angesprochen hat.«

Das musste Knut einen Moment sacken lassen. »Du denkst, Roth spielt uns was vor?«

Diehl ließ seinen Blick über die Einfahrt gleiten. Der Bulli der Sicherheitsfirma fuhr auf den Kiesplatz. »Wär doch möglich«, sagte er nach kurzem Überlegen. »Das wär doch möglich.«

Ein drahtiger Kerl in einem Kittel stieg aus und ging auf sie zu. Knut erklärte ihm die Lage.

Zu dritt traten sie an die Tür. Das Innere des Gebäudes lag im Dunkeln, lediglich ein paar Tische und Stühle zeichneten sich im Schummerlicht ab.

Der Mann zog eine Spezialkarte durch.

Die LED blieb auf Rot.

»Eigenartig.« Er versuchte es noch ein paarmal, bevor er seinen Aktenkoffer und einen Laptop holte und eine drahtlose Verbindung mit dem Sicherheitssystem herstellte. Nach einigen Tests war die Sache für ihn klar. »Der Lesekopf ist dejustiert. Nichts Schlimmes. Da hat jemand mit ziemlicher Gewalt seine Karte mehrmals durchgezogen.«

»Weil sie defekt war?«

»Ja – oder eine schlechte Kopie. Das passiert manchmal, wenn man die Karten am PC selbst kopiert und schlechte Blankokarten kauft.«

»Ihre Kunden können sich Kopien anlegen?«

»Wenn sie das wünschen. Für Mitarbeiter. Manchmal nehmen sie schlechte Träger, da ist der Magnetstreifen schwach oder vom Werk aus beschädigt.«

»Und deswegen hat jemand das Schloss … äh, abgenutzt?«, wollte Diehl wissen.

»Könnte man so sagen. Ich kann das nicht auf die Schnelle justieren. Da müssen wir noch mal kommen. Aber ich kann die Tür per Software öffnen. Sekunde.« Er gab ein paar Befehle ein. Diesmal sprang die LED auf

Grün. Kaum war die Tür aufgeglitten, ging die Hausbeleuchtung an. »Sesam öffne dich.«

»Danke. Warten Sie bitte draußen«, wies Knut den Techniker an und betrat mit Diehl den Bungalow.

Im Gebäude herrschte gespenstische Stille. Knut konnte noch nicht einmal das Summen einer Klimaanlage oder eines Computermonitors hören.

»Wenn das wirklich der letzte Ort ist, an dem sie war, finden wir vielleicht 'n Hinweis«, meinte Diehl. »Warendorp hat mir schon die Hölle heißgemacht.«

»Ach, dir auch?« Knut betrat das Büro. Ihm fiel auf, dass auf dem Konferenztisch eine Blaupause ausgebreitet worden war, als wäre jemand mitten bei der Arbeit. Selbst die Transportrolle für die Zeichnung lag noch auf dem Stuhl, und ein Jäckchen hing über der Lehne. Instinktiv sah sich Knut um und suchte mit dem Blick alles ab. Einige Schritte entfernt entdeckte er eine Kaffeemaschine, die seltsamerweise noch eingeschaltet war. Auf dem Boden lagen Splitter.

Diehl hob die Reste einer Kaffeekanne an. »Sie kommt hier rein, packt die Zeichnung da hin … Und beim Kaffeemachen fällt ihr die Kanne runter?«

»Und sie fegt die Scherben nicht auf?«

»Nach einem Kampf sieht es nicht aus.«

Knut nickte. »Trotzdem. Das gefällt mir nicht.« Er bemerkte den Laptop. Ein Bildschirmschoner zeichnete eintönig seine Farben. Knut wollte gerade zum Schreibtisch hinübergehen, nachsehen, woran Anneke Goldmann gearbeitet hatte, als sich seine Nackenhaare aufrichteten. Schaudernd wandte er sich zur Küche um, denn er hatte im Augenwinkel etwas entdeckt. Der Anblick erschütterte Knut bis ins Mark.

Es wuchs auf dem Teeregal.

Ein Sandturm.

»Beweg dich nicht«, flüsterte Knut.

»Was?«

»Beweg dich nicht, Diehl. Sie ist entführt worden. Nichts anfassen.« Kaum ausgesprochen, zückte er sein Handy und rief Maas an. Vorsichtig wichen die beiden zum Eingang zurück.

»Maas? Jansen hier. Tut mir leid, die Nacht ist noch nicht vorbei.« Mit wenigen Worten erklärte Knut die Lage. Maas versprach, sofort zu kommen und keine Zeit zu verlieren. Knut legte auf.

»Habt ihr hier eingebrochen?«, ließ Thors sonore Stimme die beiden herumfahren.

Knuts Vater stand im Windfang und sah amüsiert den beiden rückwärts schleichenden Männern zu. Das harte Licht ließ seine Falten wie geschnitten erscheinen. Im Gegensatz zu Knut und Diehl hatte er keine Augenringe, sondern schien vor Stärke zu strotzen.

»Was machst du hier?«, wollte Knut sofort wissen.

»Dasselbe wie du. Nachforschen. Du hast doch mit Rainer gesprochen.«

»Warendorp«, stieß Knut verächtlich aus. »Das ist nicht dein Fall«, entgegnete er patzig. »Thor, das weißt du.«

»Wir ziehen beide am gleichen Strang, mein Sohn. Kannst mir schon sagen, was ihr gefunden habt.« Neugierig wollte Thor ins Gebäude gehen, doch Knut stellte sich ihm in den Weg. »Komm schon, mein Junge.«

»Nichts da. Ich sag's jetzt zum letzten Mal. Das ist nicht dein Fall«, entgegnete Knut bestimmt. »Er war es nie, und jetzt ist er es erst recht nicht mehr. Ich möchte, dass du gehst.«

»Jetzt erst recht nicht mehr? Wie? Was soll das denn heißen?«

»Du steigst jetzt in deinen Scheißwagen und lässt uns ermitteln. Diesmal mein ich's ernst!«

»Du kannst mich doch nicht rumkommandieren wie 'n Kind, Knut.«

»Doch. Kann ich. Ich kann dir auch 'ne Anzeige schreiben.«

»Knut, Mensch! Ich will dir ja nur helfen.«

»Auf deine Hilfe kann ich gut verzichten! Du willst mir nicht helfen, du willst nur allen zeigen, wie toll du bist.«

»So ein Quatsch! Was soll ich denn machen, wenn Rainer mich bittet?«

»Ablehnen, verflucht noch mal.« Jetzt wurde Knut laut. »Es einfach ablehnen, Papa! Es ist nicht mehr dein Job. Kapier das endlich!«

Für einen Moment musterte Thor seinen Sohn.

Lächelst du etwa? Lachst du mich aus?

Knut kam sich vor, als sei er wieder fünfzehn und habe beim Transport des Surfbretts die Finne abgebrochen.

»Alleine schaffst du es ja anscheinend nicht«, meinte Thor mit einem Mal leise.

Knut stockte. »Was?« Er wünschte sich, das eben nicht gehört zu haben. »Sag das noch mal.«

»Ich mein ja nur. Du hättest deinen Mörder gestern haben können, aber du musstest ja diese Klappe öffnen.«

»Wer hat …?«

»Und zack – verschwindet er einfach in den Dünen. Dann lässt du dir ewig Zeit, Goldmanns Verschwinden zu untersu…«

Plötzlich schnellte Knut vor, packte seinen Vater mit aller Kraft am Hemdkragen, presste ihn gegen das Glas des Windfangs.

»Hey! Sachte! Knut!« Überrascht von der plötzlichen Attacke, packte Thor Knuts Arme. »Lass los, komm, Junge.«

Knut bebte vor Wut, musste sich anstrengen, seinen Frust runterzuschlucken. Zitternd lockerte er den Griff.

»Ich helf dir doch bloß. Immerhin hab ich dich zum Leiter gemacht, da kann ich dir ja wohl mal unter die Arme greifen.« Fluchend schob Thor seinen Sohnes beiseite, richtete seinen Windbreaker und brummelte leise: »Ohne mich würdest du immer noch unter Diehl Knöllchen verteilen.«

Knut wusste nicht, ob Thor gewollt hatte, dass er es hörte. Egal, er hatte es gehört. Er stand da, mit geballter Faust, und zwang sich zur Ruhe, zwang sich und spürte die Welle aus Zorn in seinem Innern. Du Arsch!

Mit äußerster Anstrengung zauberte Knut ein Lächeln auf seine Lippen. »Du bist pensioniert. Ich bin Revierleiter. Du überlässt die Nachforschung mir. Basta. Du übergibst sofort alle Informationen, die du gesammelt hast. Und du rufst Rainer an. Sag ihm, du bist raus.« Knut drückte Thor ruppig sein Handy vor die Brust. »Jetzt! Das war's. Haben wir uns verstanden?!«

Thor lächelte, drehte das Telefon in seinen Händen und legte es schließlich wortlos auf einen der Blumenkübel im Windfang. »Tut mir leid. Du bist noch nicht in der Position, mir was zu befehlen, mein Sohn. Macht, was ihr wollt, aber ich finde Anneke Goldmann.« Mit diesen Worten wandte sich Knuts Vater um und trat festen Schrittes hinaus auf den Kies.

Fassungslos starrte Knut ihm nach, atmete ein Mal ein, exakt ein Mal, und dann zerbrach etwas.

»Knut, lass ihn«, sagte Diehl, um die Situation zu entschärfen, doch es kam zu spät. Unter seinen Rufen eilte Knut los, rannte seinem Vater hinterher und riss ihn zu Boden. Die beiden fielen vor dem Polizeiwagen in den Kies.

»Du Arschloch«, schrie Knut. »Du hast überhaupt keine

Ahnung, was ich mache! Bist du eifersüchtig? Ist es das? Ja?!« Er versuchte, Thors Arm zu packen, doch sein Vater war trainiert. Mit Leichtigkeit drehte er sich herum und presste seinen Sohn neben sich zu Boden.

Bevor Diehl und der Servicetechniker sie packen konnten, fingen die beiden Jansens an, sich zu prügeln.

22

Viola stieg die Klapptreppe hinauf. Sie konnte kaum stehen, weil der First nicht sehr hoch und der Boden teils knietief mit Sand bedeckt war. Er hatte auch den Dachboden erobert.

Frische Luft wehte ihr entgegen. Während das Kerzenlicht spärlich die Treppe herauffiel, meinte sie, am Ende des Dachs fahles Mondlicht zu erkennen.

Gebückt schlich sie voran, musste auf alle vieren zwischen First und Sand hindurchkriechen und befand sich schließlich auf der anderen Seite der Verwehung.

Der Sand hatte einen Teil des Dachs eingedrückt. Fassungslos verharrte sie an dem Loch und starrte durch die zerstörten Schindeln in die Freiheit.

Sterne.

Wie lange hatte sie keine mehr gesehen?

Sie atmete die frische Nachtluft ein, dann stieg sie auf eine Kiste, die ihr Mörder dorthingeschoben hatte, und war mit einem langen Schritt draußen. Eigentlich hätte sie auf dem Dach stehen müssen, aber der Sand reichte bis hinauf. Unter ihr konnte sie keine Wand erkennen. Da war bloß diese riesige Düne. Ein Sandberg unter vielen. Einige hundert Meter entfernt lag ein Kiefernhain. Kaum hörbar drang das Rauschen einer Straße zu ihr.

Viola lief die Düne hinab, geriet ins Straucheln und kam am Fuß der Sandverwehung zum Liegen. Ihr Handgelenk schmerzte von der Handschelle. Schwindelig zog sie sich auf die Beine, versuchte sich zu orientieren. Da war bloß Sand, rechts, links, vor und hinter ihr. Sie nahm den nächsten Hügel in Angriff, rutschte jedoch immer wieder zurück. Der Sand gab ständig nach. Sie ging auf die Knie, krabbelte, außer Atem, zog und wühlte sich hinauf.

Taumelnd blickte sie sich zum Mond um, zum Haus. Bloß ein Stück des Dachs war im weißen Licht zu erahnen, ansonsten war ihr Gefängnis in diesem trockenen Meer untergegangen.

Ihr Herz raste, und sie bekam kaum Luft. Noch immer war ihr schwindelig. Ihr wurde schlecht – egal! Sie musste weiter, musste es zur Straße schaffen.

In ihrem Kopf begann es bei jedem Herzschlag zu hämmern. Ein pochender Schmerz drohte ihr den Schädel von innen zu zerschlagen.

Ich bin Viola Wilbrand. Ich werde nicht im Sand zurückbleiben. Ich komme hier raus.

Sie lief weiter, stürzte sich den Berg hinunter, dann die nächste Düne hinauf und wieder hinunter. Sie strauchelte. Ermattet blieb sie liegen. Alles drehte sich. Die Schmerzen waren so stark, dass sie sich nicht mehr konzentrieren konnte.

Viola übergab sich. Taub vor Schmerz und hechelnd nach Luft fixierte sie den nächsten Sandberg.

Da hörte sie direkt hinter sich eine tiefe Männerstimme. »Lass es bleiben, Viola. Du machst es auch immer komplizierter, als es ist.«

Sie fuhr herum.

Da fiel der Schatten über sie, raubte ihr Atem und Verstand.

23

Obwohl Helen bereits die Nacht zuvor kaum geschlafen hatte, konnte sie auch jetzt keine Ruhe finden.

Sie lag auf einer Luftmatratze zwischen Tapeziertisch und Farbeimern in dem halb fertigen Zimmer im ersten Stock und war sich das erste Mal nicht sicher, ob sie das Richtige getan hatte, als sie nach Valandsiel zurückgekehrt war.

Irgendwie war es ihr absolut richtig vorgekommen, das Andenken ihres Vaters zu wahren und nicht ihrer Mutter das Haus in der Rieke Reech zu überlassen – und schon gar nicht das Restaurant. Martha würde die Häuser an den Erstbesten verscherbeln, um sie so schnell wie möglich zu Geld zu machen.

Aber um Geld ging es nicht.

Joost hatte jede Minute seines Lebens in den Dünenkieker investiert, und es hatte ihr damals das Herz gebrochen, ihn zurückzulassen. Doch sie hatte sich entschlossen, Valandsiel den Rücken zu kehren. Also hatte sie es durchgezogen. Wenn schon, denn schon.

Was hatte Martha vor drei Monaten noch gesagt? »Wenn du schon abhaust, dann richtig«? Daumen hoch und weg. Und nicht mehr umdrehen. Wenn schon, denn schon …

Martha hatte recht. Sie war einfach nicht der Typ Frau, der seine Meinung änderte, auch wenn es vernünftiger war.

Sie tastete unter die Luftmatratze und fühlte die Glock. Seit sie im April aus dem Harborview Medical Center entlassen worden war, hatte sie keine Nacht ohne die Waffe in Griffweite geschlafen.

Kaum von Föhr zurück, hatte sie mit der Reederei wegen ihres Containers in Seattle geskypt. Es war vor allem um Papiere gegangen, die angeblich fehlten, aber sie war sich sicher, alle Formulare korrekt ausgefüllt und beim Zoll eingereicht zu haben. Langsam wuchs ihr Verdacht, *er* könne irgendjemanden dort bezahlt haben, um das Verschiffen ihrer Habseligkeiten zu sabotieren. Genug Beziehungen und Einfluss – vor allem zum Zoll – hatte ihr Ex-Verlobter schließlich. Aber würde Chris sich die Mühe machen und vom County Jail aus irgendwelche Zollbeamten, Hafenarbeiter oder jemand von der U.S. Coast Guard bestechen lassen, damit sie ihre Sachen nicht rausrückten und Papiere verschlampten? Wurde sie langsam wirklich paranoid?

Oder war sie es gar schon?

Über den Container konnte Chris auf jeden Fall sehr einfach an ihren neuen Aufenthaltsort gelangen. Aber wieso sollte er Männer aus Deutschland anheuern, damit sie ihr Angst machten?

Das ergab keinen Sinn. Wenn es um Rache ging, waren ihr Ex und der Täter nicht sehr verschieden: Auch Chris wollte sich sicher an seiner Rache ergötzen. Irgendetwas über sieben Ecken aus Deutschland am Knasttelefon zu hören war bestimmt nicht sehr befriedigend.

Die sechs Motorradfahrer waren ohne Aufsehen wieder gefahren. Sie hatten sich ordentlich benommen, gutes Trinkgeld gegeben und sie nicht weiter belästigt. Trotzdem ging ihr die Sache nicht aus dem Kopf. Die Brüder Asgards. Grübelnd starrte sie zur Tür. Aus dem Nachbarzimmer hörte sie eine Metalband und Björns Finger auf die Tastatur hämmern.

Eigentlich hätten sie die Geräusche einlullen sollen, doch zu den Gedanken an die Motorradfahrer und den Bildern von Piet Mohns Leiche mischten sich die Erinnerungen an ihr altes Valandsiel und die Angst vor Chris. Die Bilder vollführten einen wilden Tanz.

Das Küstenstädtchen Valandsiel war ihr binnen weniger Wochen erdrückend vertraut geworden. Die nach Peach Melba duftende Vertrautheit eines vergessenen Lebens – ihrer Jahre hier am Meer, Jahre, die Kindheit und Jugend hießen – hatte sich binnen der wenigen Wochen zu einem Gestank aus Missgunst, Streit und Angst gewandelt.

War Valandsiel eine einzige dunkle Sackgasse? Oder war dieses Dreitausend-Seelen-Nest, in dem sie zwar nicht geborgen, aber bisher verborgen hauste, eine Basis für ihr neues Leben?

Konnte sie überhaupt noch einmal ein neues Leben beginnen? Ein drittes, nach der Valandsieler Jugend und all den Jahren in den USA?

Aber was willst du sonst tun, Helen? Willst du zurück in die Staaten? Oder ganz woanders hin? Dich in einem unbekannten Land vor ihm verkriechen?

Nein. Ich gebe mein Leben nicht noch mal wegen diesem Scheißkerl auf. Nein.

Du hast auch gar nicht mehr die Kraft dazu, Helen.

Sie stand auf, um eine Flasche Wasser von unten zu holen. Auf einem Bein hüpfte sie zu einem Stuhl und streifte sich routinert die Prothese über. Dann knipste sie das Flurlicht an und tappte nach unten. Nach ein paar Schritten war sie in der Restaurantküche. Neben dem Edelstahlkühlschrank stand ein Kasten Wasser. Sie bückte sich und griff nach einer Flasche. Als sie hochkam, fiel ihr Blick durch das Fenster auf den Parkplatz des Lokals.

Helen stutzte. Der Mond tauchte den Platz und die angrenzenden Dünen in ein kaltes, schattenloses Licht. Es war nicht besonders hell, jedoch meinte sie einen Schemen zwischen den Sandhügeln zu erkennen. Ein Mann stand dort, breitbeinig, starr, wie angewurzelt, und fixierte das Haus.

Konnte das wirklich sein, oder spielten ihre Nerven und das schummrige Licht dort draußen ihr Streiche?

Sie suchte einen besseren Winkel, wollte den Schatten genauer erkennen. Aber auf die Entfernung? War es nicht doch eher ein Busch? Ein Straßenschild? Ein Bäumchen?

Trotzdem bekam sie Gänsehaut.

Du bildest dir das nur ein, Schatz.

Weiß nicht.

Vielleicht solltest du mal professionelle Hilfe …

Shut up!

Kaum zurück im Flur, löschte sie das Licht, dann trat sie noch einmal in die Küche und hoffte ohne Reflexionen besser sehen zu können.

Es lief ihr eiskalt den Rücken runter.

Der merkwürdige Schatten zwischen den Hügeln war verschwunden.

24

Es war 5:45 Uhr morgens, die Sonne noch nicht aufgegangen. Trotzdem erstrahlte der Himmel über der Nissebucht in einem milden Weiß und tauchte die Wellen, den Strand und die Dünen in ein magisches Licht.

Mit kräftigen Zügen verteilte Knut das Wachs auf seinem Minimalibu. Illegalerweise war er mit dem Landrover bis auf den Strand gefahren und hatte bereits ein paar Runden gedreht. Der Swell war gut, die Wellen kamen schön gleichmäßig.

Als er um Mitternacht heimgekommen war, hatte er sein Haus leer vorgefunden. Birthe war nach ihrer Schicht nicht zu ihm gefahren. Wahrscheinlich hatte er sie verärgert, und sie hockte eingeschnappt zwischen ihren Devotionalien aus den Fünfzigerjahren und verfluchte ihn. Ein wenig tat es ihm leid, sie so schroff wegen ihres Fehlers angefahren zu haben.

Thor hatte ihm letztlich bloß zwei Schläge verpasst, aber die hatten leider gesessen. Zwanzig Minuten nachdem Diehl ihn fluchend in den Landrover bugsiert und angeschrien hatte, er solle endlich runterkommen, waren sein linkes Auge und seine Unterlippe angeschwollen.

Einen Plastikbeutel voller Eiswürfel ins Gesicht gedrückt, war er zu Butch ins Bett gekrochen und hatte den Hendrix gemacht, hatte reglos auf das Plakat des berühmten Gitarristen über seinem Bett gestarrt und versucht, sich auf das Pochen seines Auges zu konzentrieren. Vergeblich, denn seine Gedanken surften in einem unkontrollierten Hot Spot aus Monsterwellen. Er hatte das Gefühl, gar nicht mehr aufs Brett zu kommen, gar keinen klaren Gedanken fassen zu können, sondern ständig durchs Wasser gerollt und gezogen zu werden.

Immerhin war die Wut auf seinen Vater mittlerweile verflogen und zu einem melancholischen Grundgrollen verebbt.

Ohne ein Auge zugetan zu haben, war er dann mitten in der Nacht aufgestanden und hatte sich unter den skeptischen Blicken seines Labradors die Gitarre geschnappt.

Siebenmal hatte er sich bei »Sultans of Swing« von Dire Straits verhauen, bevor er beschlossen hatte, sein Surfbrett zu holen. An Schlaf war in dieser Nacht eh nicht mehr zu denken.

Er fuhr mit Butch zu seinem Vater, parkte den Wagen auf der Straße und schlich wie ein Dieb über die beleuchtete Garageneinfahrt. Wie immer war nichts abgeschlossen, sodass er – wie er es als Jugendlicher oft getan hatte – die Garage aufziehen und sein Lieblingsboard herausholen konnte.

Knut wusste genau, dass sein Vater ihm zusah. Wahrscheinlich saß er mit einem Kühlpack am Kinn hinterm Fenster und beobachtete alles. Sicher würde er sich mit ihm noch einmal vernünftig hinhocken und alles besprechen müssen, aber daran war in dieser Nacht nicht zu denken.

Kurz nach fünf war er auf den Strand gefahren und hatte im letzten Mondlicht seine Sachen ausgepackt. Er hatte sich ein paar Wellen rausgepickt, war mehrmals aufs Brett, dann hatte er entschieden, noch einmal nachzuwachsen.

»Was ist denn mit Ihrem Gesicht passiert?«

Helen tätschelte Butch und ließ den Blick über das Brett und die Wellen gleiten.

»Sie sind aber früh wach«, begrüßte er sie.

»Immer noch wach … Haben Sie sich geschlagen?«

»Kleine Unstimmigkeiten bei der Firmenübergabe. Sie erinnern sich?«

»Sagen Sie nicht, Sie haben sich mit Ihrem Vater …«

Knut warf den Lappen aufs Brett und seufzte aus tiefstem Herzen. »Ganz ehrlich? Ich hab's schon beim Zuschlagen bereut. Echt. Doch passiert ist passiert.«

Amüsiert schüttelte Helen den Kopf. »Sie gehen voll auf in Ihrer Cowboy-Rolle, was? Werden Sie auch mal erwachsen?«

Gespielt verständnislos sah er sie an und fragte ganz ernst: »Wieso sollte ich?«

Helen musste lachen. »Gute Frage.«

»Find ich auch.« Grinsend tätschelte er sein Board. »Bisschen Kind bleiben sollten wir alle. Und Sie sollten das auch mal ausprobieren.«

»Was? Kindisch sein?«

»Ja, genau. Das heißt nein, mit rauskommen, mein ich.« Er nickte zu den Wellen. »Die sind heute nicht schlecht. Und bevor ich ins Revier muss … Das macht den Kopf frei.«

»Surfen? Ich? Nein, das … also das ist nichts für mich.«

»Zu viel Fun, was?«

Sie sah ihn mit ihren blauen Augen abschätzend an. In ihrem Kapuzenpulli, den Jeans und ihren Sneakers, die ihrer Prothese geschuldet waren, sah sie auch nicht gerade sehr erwachsen aus. Dafür umso hinreißender.

»Bin ich wirklich so ein ernstes Biest?«

»Bing! Fangfrage, Frau Henning. Keine Antwort. Nicht mal mit Anwalt.«

Sie lachte erneut ihr schönes Lachen, das ihn wie immer verzauberte.

»Warten Sie, ich hab was für Sie.« Er ging zum Landrover hinüber und holte sein Notizbuch, riss eine Seite raus und gab sie ihr.

»Was ist das?« Sie versuchte, seine Handschrift und die ganzen Pfeile und Verbindungslinien zu entziffern.

»Sie haben mir gesagt, ich soll nicht nachforschen. Also habe ich die Sache Veith gegeben. Der war ganz heiß drauf, mal rumzutelefonieren. Die Jungs, die da bei Ihnen waren. Diese Brüder Asgards, die haben ihren Sitz nördlich bei Bremen. Ist ein kleiner Klub, nur so um die zehn, fünfzehn Mitglieder.«

»Aha. Und weiter?«

»Na ja. Also, Magenschmerzen bereitet mir vor allem, dass ihr Klub als ›Prospect Chapter‹ eingestuft wird.«

»Als ›Anwärter-Club‹? Wem wollen die sich denn anschließen? Jetzt sagen Sie nicht, den Hells Angels.«

»Nein.«

Sie atmete erleichtert aus.

»Freuen Sie sich nicht zu früh. Veith meint, die Asgards spielen die Handlanger für die Red Devils.« Knut konnte spüren, wie die gute Laune mit einem Schlag von ihr wich. Plötzlich wirkte sie nur noch verletzlich.

Helen rieb sich seufzend die Augen.

Sie wussten beide, wer und was die Red Devils waren.

»Ja, genau. Die Red Devils«, sagte Knut. »Der Supporter-Klub der Hells Angels. Die Asgards wollen bei den Red Devils rein, und die unterstützen die Hells Angels. Und damit schließt sich der Kreis …«

»… zu Chris Sawyer.«

Ihre Hände wirkten bläulich. Am liebsten hätte er sie in seine genommen und gewärmt. Nachdem sie tief Luft geholt hatte, wandte sie sich zum Meer und sah hinaus auf den Horizont.

Er tat es ihr gleich und dachte: Sie schaut, als könne sie

Seattle erkennen, als könne sie den Ort sehen, an den ihre Gedanken gerade fliegen. Es wäre wirklich viel besser, sie würde nicht alles in sich einschließen. Wie kriege ich sie nur dazu, endlich darüber zu reden?

»Sie sollten darüber sprechen, Helen. Ich meine, Frau Henning. Über das, was damals passiert ist.«

Statt zu antworten, murmelte sie wiederholend: »Damit schließt sich der Kreis zu Chris Sawyer … zur Aurora Avenue.« Und als könne sie ihre Ängste und Gedanken einfach abwerfen, schüttelte sie den Kopf.

Sie atmete ein, biss die Zähne zusammen und setzte eine undurchdringliche Miene auf. Das war's.

Verblüffend, stellte Knut fest. In der einen Sekunde wirkt sie wie ein zerbrechliches Wesen aus dünnem Glas, und im nächsten Moment ist dieses Glas kalt und hart.

»Und wenn nicht mit mir, dann mit Maas«, meinte er. »Sprechen Sie doch einfach mit ihm drüber.«

»Was? Was haben Sie gesagt?«

Knut stöhnte auf. »Ich? Nichts. Vergessen Sie's. Was ist mit diesen Asgard-Jungs? Haben die Sie noch mal belästigt?«

»Nein«, sagte sie eine Spur zu bestimmt.

»Sie lügen.«

Sie ging nicht darauf ein, sondern zog aus ihrer Handtasche ein paar Ausdrucke. »Ich hab auch nicht geschlafen, wenn Sie's wissen wollen.« Sie wollte die Zettel auf das Surfbrett legen.

»Vorsicht, klebt.« Ihre Hände berührten sich, als er sie davon abhielt und die Seiten an sich nahm. Ihre schlanken Finger waren eiskalt.

»Johann hat Sie vermisst«, sagte sie. »Bei Goldmann.«

»Maas? Waren Sie heute Nacht etwa noch oben in der Klippstraat?«

Sie schüttelte den Kopf. »Nein, aber ich hab noch mit Johann gesprochen. Heute Nacht.«

»Hm.« Das saß. Er ahnte, was das hieß. Maas war sicher bei ihr gewesen. Der Vorschlag, sie solle mit ihm reden, war ernst gemeint gewesen – sich die beiden jetzt jedoch gemeinsam vorzustellen war wie ein Stich ins Herz. Um sich seine Eifersucht nicht anmerken zu lassen, kümmerte er sich schnell um ihre Ausdrucke.

Es handelte sich um die 3-D-Aufnahmen. Jemand hatte mit digitalen Linien etwas hervorgehoben.

»Ist das der Dachboden von Mohn?«

Sie nickte. »Ich habe bis um zwei noch mit dem Techniker gesprochen, dem mit dem 3-D-Scanner.«

»Und?«

»Können Sie sich an die Blumen erinnern?«

»Blumen?«

Als Helen sich vorbeugte, um sie ihm auf den Scans zu zeigen, konnte er ihre Haare riechen. Ihr Duft vermischte sich mit dem des Meeres.

Auf dem Sekretär stand eine Vase, doch er verstand nicht, worauf sie hinauswollte. Sie zeigte es ihm anhand der anderen Scans. Den LKA-Beamten war es gelungen, den Tatort nicht nur millimetergenau abzulichten, sondern auch die Ergebnisse der Spurensucher mit einzubeziehen. Ein kompliziertes Muster aus Fußspuren zog sich über den Boden. Einige waren grellgelb, andere rot eingefärbt.

»Simple Herrenschuhe, Größe 43. Die Spuren sind hier gelb eingefärbt, während die roten von Socken stammen.«

»Socken. Das Opfer hatte Schuhe an.«

»Ja, aber die haben ein anderes Profil als die Herrenschuhe. Sockenspuren und Herrenschuhe passen nicht wirklich zusammen. Die Sockenspuren sind Größe 41. Aber damit habe ich auch nicht gerechnet.«

»Sondern?«

»Die Sockenspuren liegen auf den Herrenschuhspuren.«

»Die Socken waren später da?«

Helen nickte. »Nach den Spuren zu urteilen ist es wahrscheinlich, dass jemand in Socken die Blumen brachte.«

»Ich ... wie? Worauf wollen Sie hinaus?«

»Reuegesten. Das Schließen der Augen. Das Falten der Hände. Blumen.«

»Diehl hat übrigens gesagt, dass Robert Jäger zugedeckt war. Und die Augen hat der Mörder ihm wohl auch geschlossen. Hm ... Also wovon gehen Sie aus?«

»Zwei Täter«, stellte sie trocken fest.

»Zwei?« Grübelnd sah sich Knut noch einmal die Scans an. »Er plant seinen Mord Wochen im Voraus, vielleicht Monate. Er ist kalt und berechnend. Er giert darauf, eine Reaktion Dritter auf seine Tat zu bekommen, von der Geliebten des Opfers, von der Polizei. Er will, dass man seine Rache bemerkt. Und der zweite Täter bringt Blumen?«

»Er hat sie wahrscheinlich aus dem Wohnzimmer. Zumindest haben Johanns Leute neben dem Fernseher ebenfalls Blütenblätter von Gerbera gefunden.«

»Sekunde mal. Der Typ in Herrenschuhen tötet den Mann, indem er Sand in ihn reinkippt, dann kommt einer auf Socken, holt die Blumen, schließt ihm die Augen und faltet die Hände?«

»Exakt. Ich glaube, es sind eine Frau und ein Mann.«

Knut wusste nicht, ob er lachen oder den Kopf schütteln sollte. »Gut. Okay. Wieso? Wegen der Blumen? Der Mann tötet, und die Frau holt Blumen? Bisschen arg klassisches Rollenbild, hm?«

»Das ist meine Theorie. Sie ist simpel. Ich denke, sie steht unter ihm. Das kommt bei Killercouples oft vor. Frederick und Rosemary West oder Gerald und Charlene

Gallego zum Beispiel. Da haben Sie immer den dominanten und den devoten Part.«

»Ein Ehepaar?«

»Ehepaar, Liebespaar. Wobei die Wests und Gallegos eindeutig sexuell gestört waren. Hier geht es meiner Ansicht nach aber …«

»… immer noch um Rache. Also rächt sich ein Ehepaar. Und sie zieht die Schuhe aus.«

»Vielleicht rächt er sich, und sie muss zusehen. Aber devot heißt in diesem Fall nicht, dass er sie zwingt. Sie hilft ihm, sie deckt ihn. Sie kann durchaus schlauer als ihr Partner sein, aber das Töten überlässt sie ihm. Vielleicht lockt sie die Opfer an.«

»Verstehe.«

»Sie will ebenfalls Rache, aber da ist ein Funken Reue in ihr. Ganz tief drinnen begreift sie die Opfer noch als Menschen. Nicht als Objekte, die man zerstören muss. Sie zieht sogar die Schuhe aus, um ihr Haus nicht zu beschmutzen.«

Unwillkürlich musste Knut an Melanie Roth denken. Sie hatte barfuß neben dem Toten gesessen.

Überleg mal. Irgendwer hat uns doch angerufen, oder? Sie hat doch Birthe alarmiert, stimmt doch? Und dann hockt sie da und macht einen auf irre. Die hat kein Sterbenswörtchen gesagt, egal, wer die angesprochen hat.

Du denkst, Roth spielt uns was vor?

Noch einmal fiel sein Blick auf die Fotoausdrucke.

»Was ist? Was grübeln Sie?«

Knut winkte ab und schraubte das Döschen mit dem SexWax zu. »Also Sie gehen von einem Pärchen aus. Gut. Und jetzt haben die beiden Anneke Goldmann in ihrer Gewalt. Und ich habe, ehrlich gesagt, noch keine Verbindung zwischen ihr und Piet Mohn und Robert Jäger entdeckt.«

Während er auf passende Wellen gewartet hatte, beim

Auf und Ab im Meer, hatte er sich vor einer halben Stunde eine Liste zurechtgelegt. Als Erstes wollte er Roberts Frau anrufen, ob sie ihren Mann und die Architektin in irgendeine Beziehung setzen konnte. Danach wollte er ins Dock fahren, zu Roberts Arbeitsstelle, um dort nachzufragen, und dann all seine Freunde besuchen.

»Es kann sein, dass wir keine direkte Verbindung zwischen den Opfern finden. Könnte sein, dass sie sich nicht kannten«, warf Helen ein.

»Aber alle drei kannten unser Mörderpärchen, wenn Ihre Rachetheorie stimmt.«

In diesem Moment klingelte Knuts Handy. »Ja? Jansen.«

Niemand meldete sich.

»Hallo?«, versuchte er es erneut. »Jansen hier. Polizei Valand…«

hallo herr jansen gut sie zu sprechen ich hätte gerne persönlich mit ihnen geredet doch leider ist das nicht möglich erst müssen alle hunde sterben …

Die Stimme war nicht menschlich.

»Was ist?«

Er zischte Helen zu, still zu sein, und suchte fieberhaft nach seinem Notizbuch, nach seinem Stift.

… aber wir werden reden wir werden reden Jansen wir reden und dann ist es vorbei sie haben Mohn gefunden endlich nach all den wochen wieso dauert das so lange ich helfe ihnen jetzt auf die sprünge herr jansen …

Die Stimme verstummte. Es war die monotone Frauenstimme eines Smartphone-Sprachassistenten, die ungerührt ihre Nachricht vorlas.

Knut meinte, Wasser zu hören, leises Klatschen gegen eine Kaimauer. Ein paar Glöckchen.

»Wer ist da? … Hallo? Hören Sie, so einen Mist kann doch jedes Kind in sein Handy tippen.« Mit einem Mal rannte Knut los. »Tut mir leid, ich hör mir das nicht länger an. Ich leg jetzt auf.«

Helen blieb eine Schrecksekunde sprachlos stehen, bevor sie versuchte, ihm hinterherzueilen.

das werden sie nicht herr jansen nur ich weiß wo sie ist und sie haben nicht mehr viel zeit.

»Was … was meinen Sie?«

alle hunde sterben und sie haben so schrecklich lange gebraucht sie haben meine nachricht noch immer nicht gefunden.

Kläffend rannte Butch neben Knut her, sprang noch vor ihm in den Landrover. Ohne zu zögern, startete Knut, während sich Helen in die Kabine zog. Noch ehe sie sich gesetzt hatte, drückte er das Gaspedal durch und ließ den Geländewagen Richtung Dünen schießen.

Endlich gelang es ihm, das Handy auf Lautsprecher zu stellen.

finden sie meine nachricht sonst stirbt der hund die zeit verrinnt es ist nicht mehr viel sand übrig.

Helen zog ihre Glock aus dem Hosenbund und checkte, ob das Magazin saß. Knut nickte zum Handschuhfach, in dem sie seinen Revolver fand.

»Aha. Verstehe. Sie haben Anneke Goldmann in Ihrer

Gewalt und werden sie umbringen. Aber welche Nachricht denn bitte?«, fragte er möglichst langsam, um ein paar Sekunden zu gewinnen. »Sie meinen doch wohl nicht Ihre albernen Sandtürmchen?«

Es dauerte, wahrscheinlich, weil der Mörder erst tippen musste, bevor das Smartphone alles vorlesen konnte.

herr jansen ich denke sie sind der richtige dem ich alles verraten sollte sie werden meinen plan sicher verstehen.

»Was verstehen? Dass Sie sich rächen? Wofür eigentlich?«

Wieder eine Pause. Die Häuser Valandsiels schossen vorbei, Knut nahm zwei Einbahnstraßen verkehrt herum und raste in die Fußgängerzone. Um kurz nach sechs Uhr war hier noch kein Betrieb. Er ließ den Motor aufheulen, peitschte den alten Landrover auf hundertfünfzig.

rache das wissen sie also finden sie meine nachricht sonst ist sie tot enttäuschen sie mich nicht.

»Wie lange haben wir noch?«, rief Helen zum Handy.

Wieder vergingen ein paar Sekunden.

frau henning – hallo – ich schätze sechs stunden.

»Lassen Sie Anneke Goldmann frei.« Knut hatte sich das Handy gegriffen. »Lassen Sie die Frau gehen!«

Wieder eine Pause.

mit stumpfen messern schneidet man sich nur ins fleisch.

»Was? Was meinen Sie damit?« Knut verstand kein Wort, klammerte sich ans Lenkrad, als er viel zu schnell zwischen zwei historischen Hafengebäuden hindurchschoss und mit einem Satz auf dem Kopfsteinpflaster vor dem Hafenbecken landete. Er riss das Steuer herum, brachte schleudernd den Landrover vor der Kaimauer zum Stehen. Sofort sprangen die beiden raus. Im Laufen warf Helen ihm den Revolver zu. Während er bereits das erste Fischerboot passierte, fiel sie wegen ihrer Prothese etwas zurück.

haben sie verstanden haben sie mich verstanden?

»Nein. Hab ich nicht. Absolut nicht. Was für ein Messer?«

heben alle gitarrespieler ihre gerissenen saiten auf ich muss jetzt schluss machen.

»Warten Sie. Wieso Saiten? …« Ein Beep, und die Stimme war verstummt. »Hinten«, rief er Helen zu und deutete vage auf das hellblaue Gebäude am Ende des Stegs. »Markthalle.«

Er war sich sicher, das filigrane Glockenspiel des historischen Gebäudes gehört zu haben. Der Platz war nahezu verwaist. Bloß ein Fischverkäufer richtete seinen Verkaufswagen her, drei Angler standen bei einem Kaffee zusammen, zwei weitere saßen auf Pollern und hofften auf einen Fang. Das gelbe Warnlicht eines Müllwagens durchschnitt den Morgen. Die Touristen schliefen noch. Bloß ein junges Pärchen schoss Fotos. Keine Selfies, kein Handy. Nach Luft ringend sah Knut sich um … Jemand mit Smartphone? Jemand, der es gerade in die Tasche …? Jemand, der …? Wo?

Da. Ein Schatten. Er tauchte hinter die Markthalle ab.

Helen schloss auf, gemeinsam eilten sie hinüber, traten mit erhobener Waffe um das Gebäude. Links Paletten und bunte Stapelkörbe, rechts die Kaimauer. Keine Chance zu entkommen. Der Fremde trug eine speckige Jeans, ein löchriger Mantel lugte unter seinem Friesennerz hervor. Er hatte ihnen den Rücken zugewandt, die Kapuze übergestreift.

»Stehen bleiben, Polizei«, rief Knut. »Eine Waffe ist auf Sie gerichtet. Hände hinter den Kopf. Drehen Sie sich langsam um. Langsam.«

Er stand vielleicht zehn, zwölf Meter entfernt.

»Stopp«, rief Helen. »Er soll sich hinlegen.«

»Was? … Legen Sie sich hin!«, rief Knut.

»Auf den Bauch«, befahl Helen. »Beine ausstrecken. Nicht umdrehen. Ich will Ihre Hände sehen. Auf den Bauch.«

Knut nickte ihr zu. Langsam näherten sie sich. Behutsam, den Rücken zu ihnen, kniete sich der Mann erst hin, dann legte er sich auf den Bauch. Seine linke Hand wanderte hinter seinen Kopf. Er machte eine Faust, war nicht bereit, sie zu öffnen. Seine Finger steckten in abgeschnittenen Handschuhen.

Als sie auf zwei Meter herangekommen waren, streckte der Fremde auch seine rechte Hand hinter den Kopf.

Ein Messer.

»Fallen lassen! Weg damit.« Es war ein Brotmesser. Knut konnte die geriffelte Klinge erkennen. »Lassen Sie es fallen!«

Weil der Mann seiner Aufforderung nicht sofort nachkam, sprang Knut vor, er trat ihm auf den Arm und bemerkte erst jetzt, dass er noch barfuß und verletzlich war.

Gott sei Dank öffnete der Mann die Hand, und das Messer fiel klirrend auf die Steine. Ohne zu zögern, trat Helen es beiseite.

Der Fremde lachte.

»Sie sind vorläufig verhaftet.« Knut kniete sich auf den Mann, wollte ihm Handschellen anlegen, aber er steckte noch in seinen Surferklamotten. »Aufstehen. Los.« Er drehte dem Typen den Arm auf den Rücken. Der Geruch von Urin und Alkohol schlug Knut entgegen, als er den Fremden auf die Beine zog. Der Gestank war kaum auszuhalten, dennoch tastete er den Mann ab, während Helen ihn weiter in Schach hielt.

Knut suchte nach dem Handy, aber er fand keins. Auch keine weitere Waffe.

Da fiel sein Blick auf das Messer am Boden.

Knut stutzte. »Scheiße«, entfuhr es ihm. »Das ist meins.«

»Was?« Helen verstand nicht.

»Das Messer.«

»Er hat mir fünfzig gegeben«, meinte der Landstreicher kichernd. »Ich sollt's Ihnen geben.«

Fassungslos starrte Knut das Brotmesser mit dem wackligen Griff an.

25

Capt'n Finn grinste. Er hätte am liebsten laut losgelacht, aber er musste sich auf das Rennen konzentrieren. Der Kapitän hatte die Beine in die Hand genommen, sprintete durch den Sand, an den bunten Werbebanden des Strandvolleyballfelds und an den Fahnen, den Getränke- und Fressbuden vorbei, direkt in die Zuschauer. Schwatzende Spielerinnen sprangen beiseite, er prallte mit einem Jungen zusammen, strauchelte, fing sich und lief und lief.

Er rannte, als ginge es um Leben und Tod – was tatsächlich so war. Zumindest ging es um eine gehörige Tracht Prügel, denn die grelle Handtasche unter seinem Arm war nicht seine.

Es war die Tasche seiner großen Schwester – und er hatte sie erbeuten können, weil Zitterzunge ihr in den Hintern gepikt und Seafox und Säbelmary gleichzeitig ihre bescheuerten Freundinnen abgelenkt hatten.

Großartiger Coup.

Staunend hatten sie vor zwei Stunden auf der letzten Düne mit ihren Fahrrädern gehalten und auf die ein Dutzend Volleyballfelder, die Tribünen und Zelte am Strand geblickt. Mit dem Strandvolleyball-Turnier hatten sie alle nicht gerechnet. Vor lauter Aufregung schmissen sie ihre Räder einfach in den Sand und stürmten los.

Die Schatzsuche und Beintoms Frachter hatten zu warten.

Nachdem Finger ihnen ein paar Limos gemopst hatte,

war der Hunger gekommen – und der Plan, Finns Schwester zu ärgern. Diese verlogene Braut der Rotröcke.

Rufend rannten die drei Mädchen hinter Capt'n Finn her, aber der schlug Haken zwischen den Zuschauern und Spielern.

Nur noch an einem stämmigen Typen mit Surfbrett und zwei knapp bekleideten Schönheiten vorbei, dann schoss er aus dem Tumult, konnte seine Crew schon sehen. Sie waren andersherum zu den Rädern gelaufen. Seafox, Zitterzunge, Säbelmary und Finger. Die vier warteten startbereit auf dem Schotterweg, der in die Dünen führte. Der dicke Zitterzunge hatte Finns BMX-Rad mitgebracht.

Die Crew startete, alle legten sich in die Riemen. Capt'n Finn lief parallel, sprang im Laufen auf. Noch bevor die Mädchen schnaufend den Weg erreichten, waren die Kinder grölend und jubelnd in den Dünen verschwunden.

Sie beschlossen, ihren Fang am alten Strandspielplatz zu untersuchen. Wegen des Turniers lag die Bucht ziemlich verlassen da.

»Zeig mal her«, forderte Seafox den Kapitän auf, nachdem sie sich alle im Turm des rostigen Klettergerüsts versteckt hatten.

Kaum hatte Seafox den Reißverschluss der Handtasche aufgezogen, musste Finger reinlangen.

»Finger! Weg!«, riefen alle lachend. Der hagere Junge, der zu ihren Abenteuern jeden Tag extra mit einem Schiff der Rotröcke von Wyk aus anreiste, hatte vor zwei Monaten Säbelmary unters Shirt greifen wollen. Seitdem hatte er seinen Spitznamen weg.

Säbelmary und Capt'n Finn – die beiden waren ein Paar, zumindest behauptete Seafox, sie schon mal beim Küssen erwischt zu haben – hatten sich für Finger eine ziemlich ekelige Strafe ausgedacht, die er jedoch mit der Zahlung von sieben Comicheften abwenden konnte.

Seafox zog eine Packung Tampons aus der Handtasche, und die Jungs, allen voran Zitterzunge, würgten lautstark. Dann griff Säbelmary hinein und beförderte einen Stapel Sammelkarten hervor.

»M-M-M-Master of the U-U-Universe. C-c-c-cool«, meinte Zitterzunge und sah sich die Figuren aus der Zeichentrickserie an.

»Ja, auf so was steht die«, stellte Capt'n Finn angesichts der halb nackten Krieger fest, was Seafox und Säbelmary giggeln ließ.

»Was'n noch drin?« Fingers Sätze klangen immer wie aus einem Wort. »Wasnochdrin?« Er war als Nächstes dran und zog eine Packung Zigaretten und einen Schlüsselbund mit abgegriffenen Teddybären heraus.

»Okay, wer macht mit?« Grinsend hielt Finn die Zigaretten hoch.

Finger und Seafox nickten. Die Zigaretten waren schnell verteilt, und nachdem sie auch ein Feuerzeug in der Tasche fanden, hockten die fünf paffend auf dem Turm. Die meiste Zeit husteten sie, rauchten aber tapfer weiter.

Zitterzunge nahm einen so tiefen Zug, dass er laut husten musste und kaum Luft bekam. Die anderen lachten sich schlapp. Verschämt widmete er sich wieder der Tasche. Er beförderte gleich eine ganze Handvoll Lippenstifte und Parfümpröbchen heraus. Dann wanderte der Schatz zum Kapitän, der vergeblich versuchte, Rauchringe zu blasen.

Finn griff sich das Portemonnaie seiner Schwester, und alle sahen gebannt zu, wie er es öffnete. Sie zählten 34 Mark und 52 Pfennige, aber als Finger den 20-Mark-Schein schnappen wollte, hieb ihm Finn auf die Hand.

»Spinnst du! Steck das bloß wieder rein. Die köpft mich. Wir können die Karten mopsen und jeder 'ne Mark. Für nachher.«

»P-P-P-Pommes.«

»Ja, oder 'ne Bratwurst. Holen wir uns nachher. Für den Rest und für ihre olle Tasche muss sie uns dreimal nach Sylt mitnehmen!«

Alles grölte.

»Das nenn ich eine ...«

»Fetteeeeee Beeuuuuuuteeeee!«, riefen alle.

Übermütig hieb Zitterzunge mit seinem Säbel Finger auf den Kopf, und in wenigen Sekunden war das schönste Gefecht im Gange.

»Können wir mitmachen?«, ertönte da eine Stimme.

Die fünf hielten inne und blickten auf den blassen Jungen, der halb auf der Leiter stand und zu ihnen hochsah. Er war jünger, erst acht Jahre alt. Unten im Sandkasten stand ein Mädchen und blinzelte zu ihnen herauf.

»HautabihrKekse«, meinte Finger.

»G-g-genau«, knurrte Zitterzunge.

Die Piraten hatten die beiden noch nie gesehen. Wahrscheinlich waren die zwei Touristen oder frisch hergezogen. Auf jeden Fall waren sie zu jung für ordentliche Piraten. So viel war klar.

26

»Schön, dass es so schnell geklappt hat.« Doktor Emilie Berg nahm die beiden Krankenwagenfahrer und den Psychologen der Psychiatrie »Linde Nord« in Empfang und führte die Männer durch die Teleportalklinik. »Wir sind hier auf so einen Fall wie den von Frau Roth einfach nicht eingerichtet.«

»Nun ja, was Sie uns am Telefon erzählt haben, klingt schon nach einer intensiven Störung«, pflichtete ihr der Arzt bei. »Es ist sicher besser, wenn wir Frau Roth in die Akutpsychiatrie aufnehmen. Dort können wir sie optimal betreuen.«

»Für Sie ist das wahrscheinlich normal, aber wir haben hier so etwas noch nicht gesehen. Ich glaube, sie hält sich für eine Fünfjährige.«

»Ja. Ich hab schon mit Doktor von Grimme gesprochen. Klingt, als würde sie sich in eine Regression flüchten.«

»Regression?«

»Es ist selten, aber wenn jemand zu große Schuld empfindet, kann es sein, dass er diese Schuld abwehrt, indem er sich in seine Vergangenheit flüchtet. Der Geist schützt sich einfach. Sie ist in sich zurückgegangen, jetzt ist sie fünf Jahre alt, da kann die Schuld sie nicht mehr zerstören. Was die Schuld anscheinend bei ihr als Erwachsene getan hat.«

»Das heißt, Frau Roth weiß nicht, dass sie erwachsen ist?«

Der Arzt nickte. »Wenn es sich tatsächlich um eine klinische Regression handelt, ist das durchaus möglich.«

»Und der Sand? Ich meine, sie hat ihn in sich reingestopft.«

»Ja, das erwähnte von Grimme ebenfalls. Wahrscheinlich eine parasuizidale, wenn nicht sogar eine echte suizidale Handlung.«

»Sie will sich umbringen?«

»Ich will hier keine Vermutung anstellen. Wir nehmen sie in unsere Obhut und untersuchen sie gründlich.«

Routiniert öffnete Emilie die Glastür zum Kindertrakt. »Ist sie drin?«, fragte sie einen der Pfleger, der gerade dabei war, einen Essenswagen zu bestücken, und erhielt ein Nicken zur Antwort. »Irgendetwas vorgefallen?«

»Nein. Alles ruhig.«

Emilie klopfte, nur um kurz darauf die Tür aufzudrücken, wie sie es bei ihren Patienten gewohnt war. »Melanie, hier sind …«

Das Bett war leer. Die Decke war zurückgeschlagen, auf dem Boden lagen zwei Puppen. Ihre Augen waren mit einem Stück vom Identifikationsarmband zugeklebt, das jeder Patient bei seiner Einlieferung bekam. Mit offenen Kussmündern starrten die Puppen zur Decke.

»Wo ist sie?« Der Arzt hatte bereits die Toilettentür geöffnet. Emilies Blick streifte die Kleiderhaken; die Jacke war fort, keine Schuhe.

»Aber …?« Ratlos sah sie sich um. Da bemerkte sie das Fenster. Es war lediglich angelehnt. Sie öffnete es.

Das Zimmer lag im Erdgeschoss, und die Abteilung war für kleine Rehapatienten vorgesehen, Kinder mit Atemproblemen oder Allergien. Es gab keinen Grund, die Griffe abzunehmen oder die Fenster gar zu vergittern.

Für eine erwachsene Frau, egal ob sie sich für ein Kind

hielt oder nicht, war es bloß ein läppischer Sprung hinaus. Emilie suchte die Hecken und Bäume, dann den Parkplatz, der sich hinter der Grünfläche anschloss, mit Blicken ab.

Von der Frau war keine Spur zu sehen.

Melanie Roth hatte sich selbst entlassen.

27

»Geht das nicht schneller?«

Knuts Küche hatte sich in der letzten Stunde in ein Schlachtfeld verwandelt. Sechs Beamte der Spurensicherung pinselten, klebten und fotografierten jedes Haar, jeden Fussel und jede angeschlagene Stelle. Sie hatten seine Küchenschränke und den Kühlschrank ausgeräumt und alles häppchenweise in Plastiktüten verpackt, jedes noch so winzige Staubkorn auf Klebeband fixiert und hitzig vor allem über eins gestritten: die oberste Schublade direkt neben der Spüle, in der Knut seine Küchenmesser aufbewahrte und eben auch das Brotmesser mit dem wackligen Griff. Er packte die Messer nach dem Abwaschen einfach alle zusammen in ein schmales Fach, Klinge auf Klinge.

Mit stumpfen messern schneidet man sich nur ins fleisch.

Wahrscheinlich wurden sie dadurch tatsächlich schneller stumpf als in einem Messerblock. In der Schublade lag außerdem noch jede Menge Krimskrams – unter anderem auch ein paar gerissene Gitarrensaiten.

Nervös sah Knut zu, wie zwei Mann mit einem Akkuschrauber in seine Küchenschublade ein Loch bohrten, um ein Kamera-Stethoskop einzuführen.

»Sieht gut aus. Keine Kabel. Keine Sprengvorrichtung.« Der Beamte zog das Stethoskop wieder raus und rief: »Freigegeben.«

»Na endlich«, ärgerte sich Knut. Wenn das Ultimatum

ernst gemeint war, wovon alle ausgingen, blieben ihnen nur noch 4 Stunden und 42 Minuten.

Die Kombination aus dem Gefühl von Ohnmacht, dass ein Serientäterpärchen ins Haus eingebrochen war, mischte sich hervorragend mit der Demütigung, hundert Finger von zig Forensikern in seinen privatesten Dingen stecken zu haben. Maas' Männer hatten tatsächlich in allen Räumen nach Spuren gefahndet, seine Plattensammlung, seine Gitarren, seine Musikhefte, die Stiefelsammlung und seinen Kleiderschrank mit den knittrigen Hemden und heiligen Basecaps, eben seine ganzen Schätze durchgewühlt. Und irgendwie hatten sie damit alles entweiht. Es war zum Kotzen.

»Gut. Dann alle raus da. Und aufziehen. Videodokumentation? Zweite Kamera?«, hörte Knut Maas aus seinem Wohnzimmer rufen, wo er mit Helen hinter einem Monitor Platz genommen hatte und die Aktion koordinierte.

»Läuft«, schrie der Beamte und knipste seine ActionCam an.

»Bild ist da. Dann los«, befahl Maas. »Aber schön ruhig.«

Alle waren gegangen, bloß Knut sah dem Mann zu. »Sekunde«, mischte er sich plötzlich ein. »Ich mach das. Meine Küche, mein Einsatz.«

Er erntete einen überheblichen Blick der Profis. Maas rief aus seiner Komfortzone: »Das geht nicht, Himmel, Jansen!«

»Und ob das geht. Hätt ich Sie mal gar nicht erst gerufen. So 'ne Scheißschublade. Wir haben über 'ne Stunde verloren.«

»Jansen«, meldete sich Helen zu Wort. »Vielleicht wollen die Killer das! Dass wir übereilt handeln und Sie sich in die Luft jagen.«

»Ja«, meldete sich Maas. »Und damit wäre Frau Goldmann ja wohl überhaupt nicht geholfen.«

Knut brummte einen Fluch. »Egal, ich tu's! Los, machen Sie Platz.«

Der Beamte war nicht auf Streit aus; er drückte Knut die Kamera, seine Kevlarweste und den Helm in die Hand. »Viel Vergnügen.«

Nachdem er mit den anderen die Küche verlassen hatte, packte Knut den Kram auf den Küchentisch.

Scheiß drauf, dachte er. Wenn ich in die Luft fliege, will ich gleich sterben und nicht wie Magnussen enden.

Er konzentrierte sich auf die Schublade. »Gut. Ich öffne jetzt.« Er fasste den Griff, zögerte jedoch. Sein Herz schlug ihm bis zum Hals. »Es passiert schon nichts. Alles okay«, sprach er sich selbst Mut zu.

Die Schublade glitt wie gewohnt auf …

Keine Explosion, kein Schuss.

Aber schon auf den ersten Blick konnte Knut erkennen, was nicht hineingehörte: ein DIN-A4 großes Blatt mit angekokelten Rändern. Sonnenlicht hatte das Papier ausgeblichen, speckige Hände hatten ihre Abdrücke hinterlassen. Auf Knut wirkte es, als sei es einige Jahre alt. Die Brandstellen sahen aus, als wären sie Absicht.

Mit seinen Einweghandschuhen griff er danach. Sorgsam darauf achtend, nicht doch noch irgendeine Sprengfalle auszulösen.

»Scheint mir alles in Ordnung zu sein. Ich zieh's raus.« Behutsam und gleichmäßig zog er das Blatt Zentimeter um Zentimeter aus der Schublade.

»Ziemlich dünn das Papier, nicht von 'nem Malblock oder so …«

Endlich hielt er es ganz in den Händen und drehte es um.

Mit allem hatte er gerechnet, mit einer Geheimschrift in Blut, mit kryptischen Zeichen, satanischen Symbolen oder einem schlichten Computerausdruck.

Aber nicht damit.

Es war eine farbenfrohe Kinderzeichnung. Ein naives Bild, mit Filzstiften gemalt. Es zeigte ein Piratenschiff mit feuernden Kanonen. Ein Pirat, das Messer zwischen den Zähnen, saß grimmig vor dem übergroßen Steuerrad. Ein zweiter schlief im Krähennest und sah mit einem monströs großen Fernrohr in die Weite, während eine Piratenbraut in einem Fass gefangen war und versuchte, mit dem Mund ein paar Pommes aus der Luft zu schnappen. Im Bauch des Schiffes waren Schätze gestapelt, und ein Pirat mit einem roten Pulverfässchen hockte vor einer riesigen Schatzkiste. Das Schiff trug einen mit ausladenden und schnörkeligen Buchstaben gepinselten Namen: *Black Dogs*.

»Schwarze Hunde.« Grübelnd besah sich Knut die Zeichnung. Was zum Henker wollte der Mörder ihm damit sagen?

»Am Telefon hat er von Hunden gesprochen, die alle sterben müssen.« Knut schob das Bild in eine Plastikhülle. In der Spurensicherung würden sie jeden Millimeter nach Abdrücken untersuchen. Da registrierte er mit einem Mal etwas auf der Rückseite. Das Papier war bedruckt worden. Blaue Fische schwammen, kaum sichtbar, in haarfeiner Outline über die Rückseite.

»Was ist los?« Maas war in der Tür erschienen. »Sie schauen so fragend.«

»Haben Sie das schon mal gesehen?« Knut hielt Maas das Papier hin. Im nächsten Moment begann sein Handy zu klingeln.

»Von einem Essensstand? Ein Fischhändler? Sieht aus wie von einer Papierrolle aus einem Laden«, meinte Maas. »Ich werd's zur Auswertung mitnehmen.«

»Okay. Aber Maas ... Sie haben was versprochen.«

»Sie bekommen vollen Zugriff auf alle Dateien, alles Material.«

»Danke.«

Während Maas sich mit Helen besprach, nahm Knut den Anruf entgegen. »Ja, Knut Jansen.«

Emilies Stimme klang aufgeregt. Sie erklärte ihm, dass Frau Roth aus der Klinik verschwunden war. »Ich habe unsere beiden vom Freiwilligen Jahr rausgeschickt. Die suchen nach ihr.«

»Gut.« Er deckte das Mikro ab. »Helen?« Er winkte sie zu sich, sodass sie mithören konnte.

»Ich ruf gleich im Revier an«, meinte er zu Emilie. »Diehl wird rausfahren und Melanie Roth suchen.«

Seiner Exfreundin war anzuhören, wie leid ihr der Vorfall tat. Sie konnte sich auch nicht erklären, warum ihre Patientin einfach so aus dem Gebäude verschwunden war. Emilie wollte auflegen, doch Knut stoppte sie. »Warte mal. Kann sie vorher schon mal weg und unbemerkt zurückgekommen sein?«

»Was meinst du?«

»Na, ob sie einfach abgehauen sein kann. Eine Stunde oder zwei?«

»Ich … ich weiß nicht. Natürlich, ich meine … Wir kontrollieren ja nicht dauernd unsere Patienten.«

Knut bedankte sich. Sein Blick suchte Helens. Er musste nichts sagen.

»Wir sollten uns aufteilen«, stellte sie fest. »Ich versuche, etwas über Roth rauszukriegen, und fahr zur Klinik. Sie suchen die Verbindung zwischen Piet Mohn und den beiden anderen.«

»Und ich werte aus, was wir haben«, warf Maas ein.

Die drei nickten sich zu.

28

Maas hatte angeboten, Knut zwei Beamte zum Schutz dazulassen, doch er hatte abgelehnt. Die Vorstellung, den lieben langen Tag mit Polizisten im Nacken durch Valandsiel zu fahren, kam ihm absurd vor.

Rastlos tigerte er hin und her, ließ sich das Telefonat hundertmal durch den Kopf gehen. Die mechanische Stimme hatte gesagt, er sei zu langsam. Sie wolle ihm helfen.

Aber wie, verflucht noch mal, sollte ein Kinderbild ihm helfen, Anneke Goldmann zu finden und diesen Wahnsinn zu beenden?

Er hatte das Gefühl, einfach nichts tun zu können. Und dieses Gefühl machte ihn ruhelos. Obwohl er sich nach ein, zwei Stunden Schlaf sehnte, wählte er sich in das LKA-Netzwerk ein. Maas' Team hatte noch vor Ort etliche Fotos hochgeladen.

Sein Blick fiel auf das von der Kinderzeichnung. Die »Black Dogs« und ihre Crew.

Sie haben meine nachricht nicht gefunden – sonst hätten sie den nächsten hund längst.

Ratlos klickte Knut ein weiteres Jpeg an. Es zeigte das Fischmuster auf der Rückseite. Grübelnd horchte er in sich hinein. Irgendwo hatte er das Muster schon mal gesehen. Er zückte sein Handy, überlegte, Birthe anzurufen, entschied sich wegen des Streits für Veith und brach diesen Anruf ebenfalls ab.

»Shit.« Fluchend wählte er Birthes Nummer. Es war einfach zu lächerlich für ihn als Revierleiter, nicht mehr mit ihr zu sprechen.

»Knut?«

»Ja«, meinte er knapp. »Ich mail dir 'n Foto. Schau bitte mal, ob du irgendwas findest, 'n Imbissstand oder 'n Fischverkäufer, der so 'n Logo hat. Vielleicht auf Föhr. Ich bin gleich bei euch.«

Birthe nickte ihm lediglich zu, als er durch den Empfangsraum mit dem hundert Jahre alten Tresen spurtete.

Das Revier war in einer Villa aus der Gründerzeit unweit der Promenade untergebracht und hatte einen Gemüseladen beerbt. Hinter dem Tresen hatten Diehl und Veith ihre Schreibtische aneinandergeschoben, während Birthe sich ein kleines Reich aus Drucker, Kopierer, Fax- und Funkgerät geschaffen hatte. Sie sammelte so ziemlich alles aus den Fünfzigern.

Knut hasste dicke Luft, und die in seinem Revier war zum Schneiden. Sofort zog er sich in sein Büro zurück, um nachzudenken.

Auf seinem Schreibtisch im Revier wartete ein Paket der Kieler Rechtsmedizin auf ihn. Durch die geschlossene Tür konnte er Birthe hören, die Veith ihren Kummer klagte. Beinahe wäre er nach vorne gegangen, um sie zu beschwichtigen. Wahrscheinlich hatte er sich tatsächlich gestern gehörig im Ton vergriffen, als er sie am Telefon angebrüllt hatte.

Jeder macht mal 'n Fehler, blöder Spruch, dachte Knut. Zumal Birthe wirklich selten welche unterliefen. Bisher war seine Freundin immer so etwas wie die gute Seele des Reviers gewesen, und auch wenn er daran dachte, sich von ihr zu trennen, im Büro hätte er sie gern behalten. Eine Sache der Unmöglichkeit, das war Knut sehr wohl klar.

Wie war das mit Veiths Tabula rasa? Wenn ich Schluss mache, überlegte er, dann muss ich sie auch aus dem Revier werfen. Bett und Revier.

Der Gedanke ließ ihn seufzen. Er war einfach so verdammt schlecht im Schlussmachen. Egal ob privat oder beruflich.

Er schnitt das Paket auf. Perfekt stoßsicher verpackt lag das Blutglas samt Expertise darin. Friedrichs hatte es freigegeben.

Piraten auf ihrem Schiff, der »Black Dog«, und ein geheimnisvolles Blutglas mit einem Knochenkunstwerk.

Nachdenklich sah sich Knut das Glas an und stellte es schließlich ratlos auf den Schreibtisch. Dann nahm er sich einen der abgegriffenen Tennisbälle seines Labradors und warf ihn ein paarmal gegen die Wand. Die Villa war relativ hellhörig, aber Veith, Diehl und Birthe hatten sich bisher nie beschwert. Irgendwie fiel es Knut leichter, sich zu konzentrieren, wenn er mit dem Ball spielte. Entweder so, oder er holte seine Gitarre heraus und stöpselte sie an den Vypyr-Verstärker.

Ein paar Minuten lang sah er zwischen Uhr und Ball hin und her, beobachtete, wie der Ball zwischen die Polizeibilder seines Vaters sprang. Ein Einweckglas mit Tierblut, ein merkwürdig bearbeiteter Knochen. Alles von Robert Jäger heimlich weggesperrt, verborgen gelagert. Warum sollte niemand das Glas sehen? Wieso war Robert Jäger so verärgert, als Piet Mohn es ihm brachte?

Sein Blick fiel noch einmal auf den Karton. Der Rechtsmediziner hatte das schwarze Tuch zurückgeschickt, in dem das Glas eingewickelt gewesen war.

Nachdem Knut das Stoffstück auf dem Schreibtisch ausgebreitet hatte, war ihm klar, weswegen ein weißer Strich drauf zu sehen war. Es war ein Teil einer Piratenflagge.

»Eine Verbindung haben wir.« Birthe, die ihm vorhin noch nicht einmal Guten Tag gesagt hatte, eilte an seinen Tisch und klatschte ihm ein Fax hin. Es war ein altes Klassenfoto. Grundschule Valandsiel, 4B.

»Was soll das?«

»So viel zu ›macht ihre Arbeit nicht richtig‹!«

»Hab ich das gesagt? Echt?«

»Ja, hast du.«

Knut biss sich auf die Lippe. Sie hatte recht. Und er hatte noch ganz andere Sachen gesagt. Brummelnd griff er sich das Fax. »Tut mir leid«, nuschelte er.

»Wie bitte?«

Sie hatte ihn sehr wohl verstanden.

»Es! Tut! Mir! Leid!«, meinte er bestimmter und rieb sich die Augen. »O.k.? Es tut mir leid, es ist nur ... Ich meine, wenn du rechtzeitig wegen Anneke Goldmann ...«

»... dann hättet ihr früher nach ihr suchen können. Ich weiß schon. Meinst du, ich bin glücklich, dass ich das verschludert habe?«

»Schwamm drüber, o.k.?«

»Hm, leg noch 'n nettes Essen auf der Seebrücke drauf und 'n schönen Abend. Nur wir beide ...«

»Klingt gut.« Er kam um den Schreibtisch herum, nahm sie jedoch recht zögerlich in den Arm.

Sie gab ihm einen Kuss. Ihr Kaugummi schmeckte fantastisch. »Hast du Thor auch ein paar verbrüht?«

Beinahe hätte Knut gelacht, es war alles so bitter. »Ich weiß nicht, was da über mich gekommen ist. Scheiße, ich meine, ich hätte den Mörder beinahe gehabt. Zweimal. Und Thor, der ... der ...«

»Der ist seit letzten Sommer wirklich 'ne Plage, find ich auch. Der is' einfach eifersüchtig auf deinen Erfolg. Stolz und eifersüchtig … Na ja, und seit drei Wochen, da fällt dem eh die Decke auf den Kopf.«

»Was? Wieso?« Knut löste sich von ihr.

»Na, seine Freundin. Diese Surflehrerin aus Dänemark.«

»Ja?« Knut hatte die Frau nie gesehen, aber von Diehl erfahren, dass sein Vater jemanden bei einem Surfwettbewerb kennengelernt hatte. Laut Diehl ein »echt heißer Feger«.

»Wie heißt die noch?«

»Keine Ahnung, Birthe. Was ist mit ihr?«

»Na, Schluss ist mit der.«

»Ach.«

»Seit drei Wochen. Hat mir Diehl erzählt. Die hat Thor wohl sitzenlassen. Wegen irgend so 'nem jungen Schweden oder Norweger oder so.«

»Fuck.«

»Nee, für deinen Dad wohl nich' mehr. Na, erst löst du den Fall deines Lebens, und er muss zusehen, jetzt ist seine Eroberung weg …«

Seufzend setzte Knut sich wieder hinter den Schreibtisch, jenen Tisch, hinter dem sein Vater gut fünfundzwanzig Jahre seines Lebens verbracht hatte. Auch wenn er es absolut verwerflich fand, was Thor abzog, langsam verstand er immerhin, warum.

Während er das Klassenfoto ansah, meinte er: »Ich glaub, er hat sogar recht. Ich hab's zweimal verbockt. Wir hätten ihn längst haben können.«

»Deine Chance kommt noch, Schatz.«

Ihre aufmunternden Worte taten gut, auch wenn er nicht so recht daran glaubte. Noch immer tappten sie im Dunkeln, und Helens neueste Zwei-Täter-Theorie machte die Jagd nicht gerade einfacher.

Entmutigt klärte er sie über Helens Überlegungen auf,

dass sie sogar von einem Ehepaar ausging. Birthe hörte aufmerksam zu und unterbrach Knuts Ausführung bloß, indem sie ein paarmal eine perfekte Kaugummiblase aufpustete und platzen ließ.

»Du hast mich doch gebeten, Verbindungen zu suchen. Zwischen den Opfern, mein ich. Ich hab in der Schule angerufen, Anneke Goldmann ging in dieselbe Klasse wie Robert Jäger.« Sie tippte auf ein blondes Mädchen in der ersten Reihe und einen schwarzhaarigen Jungen ganz hinten.

»Gute Arbeit … Und Piet Mohn?«

Birthe schüttelte den Kopf. »Der ist hier nicht zur Schule gegangen. So wie es aussieht, hat der auch nie in unserer Gemeinde gewohnt. Keine Ahnung, wie der zu Jäger und Goldmann passt.«

»Und das Papier? Diese Fische?«

»Da bin ich noch dran.«

»Danke.«

Sie zwinkerte ihm zu und schlenderte mit gekonntem Hüftschwung durch den Flur zurück in den Vorraum.

Noch einmal loggte sich Knut in den LKA-Computer und rief die Foto-Datenbank ab. Diesmal jedoch die Aufnahmen, die die Spurensicherung bei Piet Mohn geschossen hatte. Die Beamten waren fleißig gewesen, Knut fand über 3762 Fotos.

Lustlos begann er, sie durchzuklicken. Sie waren nach Räumen sortiert. Jpeg um Jpeg öffnete und schloss sich wieder.

Erst im Wohnzimmer stockte er.

Die Kaffeetasse. Blaue Fische, die lauter F fraßen. Nein, sie knabberten an einer Dreierkette »F-F-F«. Knut ging noch einmal zurück, in den Ordner vom Flur, und sichtete das Material. Er brauchte bloß sieben Dateien zu öffnen, dann sprang er auf, schnappte seine Basecap und eilte in den Vorraum. Knut trat zu Birthes Drucker und sah sich die Hot-Rod-Modelle an, die sie so liebevoll drapiert hatten, während er ungeduldig auf einen Ausdruck wartete.

»Sagt euch ›F-F-F‹ was?«

»Ficken, fressen, fernsehen«, brummte Diehl und bekam prompt von Birthe ein Papierknöllchen an den Kopf. »Was denn«, beschwerte er sich.

»Veith?«, forderte Knut seinen Freund auf.

»Warte mal. Da gab's 'ne Fabrik, oder?«

In dem Moment begann der Drucker zu surren und spuckte das letzte Foto aus, das Knut sich angesehen hatte. Triumphierend zog er es heraus und hielt es hoch.

»Hier. Piet Mohns Mutter. Mit ihren Kolleginnen in Valandsiel. An einem Edelstahltisch. Und der Tisch ist voller …«

»Fische! Friedjof Fisch Fabrik«, entfuhr es Veith. »Klar. F-F-F und die blauen Fische.«

»Die gibt's doch seit fünfzehn Jahren nicht mehr«, warf Diehl ein.

»Ich weiß.« Knut war bereits im Begriff rauszustürmen. »Die sind geschluckt worden von Baltic Alpha Fisk. Veith, kommst du?«

29

»Ich weiß gar nicht, ob ich Ihnen das alles zeigen darf.« Doktor Emilie Berg hielt Helen die Tür zum Kindertrakt auf.

Sie folgte der Ärztin den mit Kinderzeichnungen geschmückten Flur hinunter. »Hören Sie, ich würde ja auch gerne mit allen nötigen Papieren vom LKA wiederkommen, aber uns läuft die Zeit davon. Wir wissen, dass der Mörder von Robert Jäger eine Frau in seiner Gewalt hat. Und er droht, sie in wenigen Stunden umzubringen.«

Emilie seufzte. »Die ganze Sache ist ein einziger Albtraum. Ich weiß schon, warum ich mich von Knut getrennt habe.«

»Er hat sich mit seinem Vater geschlagen.«

»Was? Wirklich? Nein! Unser John Wayne!«

Die beiden Frauen lachten leise.

»Danke, dass Sie Zeit für mich haben«, sagte Helen. »Sie müssen keine Angst haben, ich glaube nicht, dass mein Besuch für die Klinik in irgendeiner Weise ein Nachspiel haben wird.«

»Ich habe auch keine Angst um die Klinik, sondern um meine Patientin. Sie läuft irgendwo da draußen herum. Mein Gott, sie denkt, sie ist fünf Jahre alt. Immerhin hat sie ihre Jacke mitgenommen und ihre Schuhe. Es wird schon empfindlich kühl.«

»Sie hat sich angezogen? Sie ist nicht einfach so in ihrem Kliniknachthemd fortgelaufen?«

»Ist das wichtig?« Emilie öffnete die Tür zu Roths Zimmer.

»Ich glaube, hier kann alles wichtig werden.« Helen trat ein und ließ den Raum einen Moment auf sich wirken. »Sah das Zimmer so aus, nachdem sie weg war?«

»Ja, wir haben extra nichts verändert. Wegen der Ermittlungen.«

»Sehr gut.« Helens Blick fiel auf die beiden Puppen und die zugeklebten Augen.

»Klebt sie ihnen die Augen zu, damit sie sie nicht ansehen?«

»Ja. Sehr wahrscheinlich aus Scham. Für eine frühere Tat.«

Helen trat ans Fenster. Über den kleinen Park und den angrenzenden Parkplatz hatte sich warme Mittagsluft gesenkt. Auf der Hinfahrt hatte sie noch überlegt, ob Roth vielleicht einfach zurückkehren würde. Wenn sie tatsächlich schon ein paarmal fortgegangen war, wäre es gut möglich gewesen, dass sie erneut in die Klinik kam und die verwirrte Patientin spielte.

Du bist doch nicht einfach aus dem Fenster geklettert, weil du es kannst, grübelte Helen. Weil du ein süßes Kätzchen im Park gesehen hast. Nein, du hast den Puppen die Augen verklebt, dich angezogen und dich davongeschlichen. Aber wozu?

»Ich glaube, sie kommt nicht wieder«, stellte Helen fest.

»Warum denken Sie das?«

»Sie hat ihre Jacke genommen, die Schuhe angezogen und ist zum Fenster raus, anstatt einfach so zu gehen. Das klingt nach ziemlich überlegtem Handeln. Passt das zu einer Fünfjährigen?«

Emilie stutzte. »Moment! Sie denken, meine Patientin spielt uns was vor?«

Helen nickte, war sich aber nicht absolut sicher. »Ich müsste sie sehen. Ich müsste mit ihr in Ruhe reden, um herauszufinden, ob sie lügt. Hat sie denn mit niemandem gesprochen? Sie hat doch wieder geredet, oder?«

»Ja, mit dieser Kinderstimme. Unheimlich war das. Ich habe versucht, ihr klarzumachen, dass jemand kommt und sie abholt, aber sie hat nur nach ihrer Mutter gefragt. Ich habe mich informiert, die ist vor einem Jahr gestorben. Sie hat mit Frau Roth zusammen in Goldelund gelebt, 30 Minuten von hier. Als ich ihr mitgeteilt habe, dass sie in eine psychiatrische Klinik überstellt wird, hat sie zu schreien angefangen und um sich geschlagen.«

»Und dann?«

»Ich habe sie mit in den Essensraum genommen. Zu den anderen Kindern. Da hat sie sich ein bisschen beruhigt.«

»Ey! Die war voll ätzend.« Eine Mädchenstimme ließ die beiden Frauen herumfahren. Eine junge Patientin stand im Türrahmen. Helen schätzte sie auf sieben oder acht Jahre. Sie hatte ihre langen schwarzen Haare zu Zöpfchen gebunden, die ihr rechts und links auf die Schultern fielen. Sie umrahmten ihr blasses, leicht eingefallenes Gesicht. Eine reichlich unmodische Latzhose sollte wohl ihre hagere Gestalt kaschieren. Obwohl das Mädchen krank aussah, lächelte es verschmitzt. »Die war voll alt und tut, als wärse 'n Kind.«

Helen ging zu dem Mädchen hinüber. »Hat sie mit dir gesprochen?«

»Hatse was Böses gemacht?«

»Nein, wir hoffen es zumindest nicht«, antwortete Helen ehrlich. »Wir wollen sie nur finden.«

»Und wenn ihr sie habt, wirdse dann bestraft?«

Helen ging in die Hocke, um auf einer Augenhöhe mit dem Mädchen zu sein. »Es kommt drauf an, was sie angestellt hat. Ich will dich nicht belügen. Wenn sie etwas Schlimmes getan hat …«

Das Mädchen nickte. »Davor hatte sie nämlich Angst.«

»Bestraft zu werden?«, fragte Emilie. »Was hat sie denn zu dir gesagt, Kerstin?«

Das Mädchen zuckte mit den Achseln. »Keine Ahnung.«

»Na«, stellte Helen fest. »Ich glaub schon, dass du Ahnung hast.«

»Hä? Wieso?«

»Das verraten mir deine Beine. Du stehst da, als könnt dich kein Sturm umhauen. Und du hast die Hände in die Latzhose gesteckt und hältst sie schützend vor deinen Körper. Ich denke, wir sind dir ein bisschen unheimlich, hm?«

Kerstin zog ihre Hände aus der Hose. »Was die gesagt hat, das war voll wirr. Irgendwas von so 'ner Stelle am Strand. Wo sie sich immer treffen. Und dass die ihren Bruder umbringen wollen. Und sie wird ihn dann rächen. Alle Hot Dogs sollen sterben oder so. Aber wenn sie alle umbringt, dann wird sie bestraft. Und das wär voll ungerecht.«

»Umbringen, ihren Bruder?« Emilies Blick hätte nicht fragender sein können.

»Was für einen Bruder? Weißt du, wie der heißt?«, wollte Helen wissen.

»Keine Ahnung.« Kerstin zuckte mit den Achseln. »Ich wollt nur gucken, obse hier ist. Sie hat sich Catty-Cat und Monsieur ausgeliehen.« Das Mädchen drängte sich an den beiden Frauen vorbei und schnappte sich ihre Lieblinge. »Was hat die denn mit euch angestellt? Igitt!«, echauffierte sie sich und riss den beiden den Streifen von den Augen.

»Wir müssen rausfinden, wer diese Melanie Roth wirklich ist. Hat sich ein Bekannter gemeldet? Ein Freund? Ihr

Vater?« Helen eilte bereits hinaus. »Wir brauchen mehr Informationen.«

»Bisher war niemand hier.« Emilie hatte Mühe, mit ihr Schritt zu halten. »Die Krankenkasse haben wir und ihre Adresse in Goldelund.«

30

Knut bog zackig auf das Firmengelände ein, einen Schlagbaum gab es nicht, und rauschte am Verwaltungsgebäude vorbei. Sie hatten noch knappe drei Stunden.

Der Geruch der toten Fische wehte Hunderte Meter weit und waberte über die Zufahrt und die angrenzende Straße. Die Baltic Alpha Fisk hatte nicht den besten Ruf. Die Fabrik war ein grauer Komplex mit zwei Werkhallen und einem Backsteinbau, in dem die Verwaltung untergebracht war. Vor fünfzehn Jahren hatte sich der Junior mit dem Bau der zweiten Werkhalle verspekuliert und die Fabrik für einen Spottpreis verkaufen müssen. Die Übernahme der Friedjof-Fisch-Fabrik war in Valandsiel einem Sakrileg gleichgekommen, aber letztlich übernahmen die Nachfolger beinahe alle Mitarbeiter, und sämtliche Vorbehalte waren vom Tisch.

Außerdem brachte die letzte Fischfabrik Valandsiels gute Steuern in die Stadtkasse und gab eben mehr als vierzig Mitarbeitern Arbeit. Knut war sich allerdings sicher, dass die meisten auf 450-Euro-Basis beschäftigt waren und ihr restliches Geld schwarz aufstockten.

Er fuhr direkt hinter die Hallen. Kaum hatte er seinen Wagen abgestellt, als ein schmierbäuchiger Mann in weißem Kittel auf ihn und Veith zukam. Der Arbeiter hielt einen Wasserschlauch in der Hand und war dabei, die Verladerampe abzuspülen. Seine hohen gelben Gummistiefel und die Schutzhose waren von Dreck besudelt. Unter seiner Haube lugten fettige Strähnen hervor. Er sah nicht sehr amüsiert aus, die beiden Fremden auf dem Werksgelände zu sehen.

»Hier ist nur für Mitarbeiter.«

Knut stellte sie höflich vor und merkte sofort, dass der Mann nervös wurde. »Keine Sorge, ich komme nicht vom Zoll. Ich möchte bloß den Schichtleiter sprechen.«

»Tun Sie schon.«

»Aha. Und Sie sind …?«

»Ich? Karsten Orth.«

Knut und Veith traten zu ihm an die Rampe.

»Arbeiten Sie schon lange hier? Kannten Sie noch die alte Fischfabrik?«, wollte Knut wissen.

»Ja. Wieso? Was ist mit der?«

Knut erklärte dem Mann die Angelegenheit und zeigte ihm auf seinem Smartphone ein Foto vom Papier.

»Ja, das ist das alte Einwickelpapier. Von Friedjof. Aber Mohn? Das ist 20 Jahre her.« Orth strich sich über die Haube. »Wahrscheinlich noch länger.«

»Na, immerhin erinnern Sie sich noch an Frau Mohn. Hat sie lange hier gearbeitet? Hatte sie ihren Sohn hier?« Die Plastiklamellen zur Halle waren an die Seite gebunden. Im Innern konnte Knut einige Frauen an Edelstahltischen sehen, die routiniert Fisch filetierten. Von irgendwo war das leise Dudeln eines Radios zu hören, dann das Piepen eines Gabelstaplers.

»Hören Sie, ich will hier keinen Ärger.«

»Von mir haben Sie nichts zu befürchten. Ich meine, die Frauen arbeiten doch alle zum Mindestlohn, oder? Und sozialversichert sind sie sicher auch.«

»Selbstverständlich.« Verlegen kratzte sich der Schichtleiter am Hals und nahm sich eine andere Ecke der Rampe vor. Während er sie abspritzte, nuschelte er: »Es ist nur so … Wegen der Globalisierung. Ist nicht so einfach heutzutage.«

Knut drückte seine Basecap zurecht. »Ich verstehe schon. Ich sage ja, von mir haben Sie nichts zu befürchten. Was war denn mit Frau Mohn?«

Nervös blickte sich der Mann zu den Frauen um. »Na ja, es gab damals Probleme. Frau Mohn war … Wie soll ich sagen …? Ein wenig asozial.«

»Asozial?«, mischte sich Veith ein.

»Ja, sie hat sich nicht gut eingegliedert. Der Schichtleiter hat sie damals ständig ermahnen müssen.« Endlich kniff Orth den Schlauch ab und schenkte ihnen seine ungeteilte Aufmerksamkeit. »Sie war oft betrunken, hatte 'ne Fahne, wenn sie zur Schicht erschien. Und den Bengel hatte sie auch immer mit dabei. Hat ihn nach der Schule hierhergebracht. Sie hatte ja nur die Spätschicht. Obwohl die verboten sind. Kinder, meine ich.«

»Und was hat der Junge hier gemacht? Ich meine, hatten Sie eine Spielecke für ihn oder so?«

»Was? Hier?« Der Vorarbeiter winkte ab und schlappte zum Wasserhahn. Nachdem er ihn abgedreht hatte, brummte er: »Der is' hier rumgestreunert. Meist is' der erst nach Schichtende wiedergekommen. Ein paarmal hat sie hier gehockt und gewartet.«

»Wo is'n der hingegangen?«, wollte Knut wissen.

»Woher soll ich das wissen?« Vage zeigte er zum Ende des Geländes, an dem vor einem Maschendrahtzaun Dutzende Plastikcontainer und Holzpaletten gestapelt worden waren. Die meisten Paletten waren verwittert, die Plastikcontainer für Lebensmittel wahrscheinlich längst unbrauchbar. Der Drahtzaun hatte auch schon bessere Tage gesehen. Er war vielerorts eingedrückt und aufgerissen, ein paar letzte Malven wiegten sich im Wind.

Hinter dem Zaun erstreckte sich ein Wäldchen.

»Wo kommt man dahin?« Knut war bereits vorgegangen.

»Keine Ahnung«, rief der Mann ihm nach. »Der Bengel war auf jeden Fall immer stundenlang weg. Da is 'n Wald. Und die Landstraße.«

Knut bedankte sich mit einer Handbewegung und kümmerte sich nicht mehr um den Typen.

»Was ist los?« Veith schloss zu Knut auf.

»Wir schauen uns ein bisschen um. Hilf mir mal.«

Unschlüssig blieb Veith stehen.

»Was ist los? Schiss vorm Wald?«

»Nein, aber vor einem Psychopathen im Wald. Der hat dir 'n Bild in die Schublade geschoben und uns hierhergelockt.«

Knut hielt inne, der Gedanke war ihm auch schon bitter aufgestoßen. »Was soll ich tun? Maas 'ne Hundertschaft schicken lassen? Wir müssen diese Architektin finden!«

»Da bin ich mit dir komplett d'accord.« Veith griff eine der Paletten. »Was mir nur missfällt, ist die Tatsache, dass wir hier die ganze Zeit reagieren.«

»Ich weiß, was du meinst. Meinst du, mir gefällt es, dass er ständig einen Schritt voraus is'?«

»Der tanzt uns von Anfang an auf der Nase herum.«

»Wem sagst du das.«

Gemeinsam schoben sie die Paletten so, dass sie über eine der heruntergedrückten Stellen des Maschendrahtzaunes springen konnten.

Nachdem sie sich durch ein Wacholdergestrüpp gedrückt hatten, führte sie ein Trampelpfad in das Wäldchen. Leider endete er nach wenigen Schritten. Knut versank mit seinen Stiefeln im nassweichen Boden, der von Blättern übersät war. Obwohl die Eschen und Buchen schon bald kahl in den Himmel ragten, drang kaum Licht zu ihnen, denn zwischen den Bäumen versperrten Büsche und niedriges Gehölz die Sicht.

Aus weiter Ferne konnte Knut die Landstraße hören. Das leise Rauschen der Autos klang beinahe wie das Meer. Ansonsten war es beunruhigend still.

Knut sprang über einen umgestürzten Baumstamm und versuchte, irgendeinen Anhaltspunkt zu finden, etwas, das ihnen die Stimme als Hinweis hinterlassen haben könnte.

Nachdem er nichts Ungewöhnliches entdecken konnte, schlug er sich tiefer ins Gestrüpp, drückte für Veith Äste beiseite und begann zu zweifeln.

War es vielleicht doch ein kapitaler Fehler, sich überhaupt auf alles einzulassen? Sein Spiel mitzuspielen?

Immerhin hatten sie jetzt eine Verbindung. Robert Jäger und Anneke Goldmann hatten vor Jahren dieselbe Grundschule in Valandsiel besucht, während auch Piet ständig hier herumlief. Zumindest hielt er sich wahrscheinlich jeden Tag nach der Schule irgendwo zwischen den Bäumen, der Fabrik und der Landstraße auf.

Zwanzig Minuten vergingen, aber sie fanden nichts. Mittlerweile war sich Knut nicht mehr sicher, ob er den Hinweis in seiner Schublade richtig gedeutet hatte.

»Vielleicht ist sie gar nicht bei der Fischfabrik. Vielleicht hab ich da was falsch verstanden.«

»Deine Selbstzweifel lassen tief blicken.« Veith nahm seine John-Lennon-Brille ab, sie war von der feuchten Luft beschlagen. Er wischte sie trocken. »Aber du hast recht, das Waldstück ist einfach zu groß. Zu zweit haben wir keine Chance. Wir brauchen Verstärkung.«

Enttäuscht über sich selbst zückte Knut sein Handy. Er wollte Birthe anrufen und ihr sagen, sie solle die Freiwillige Feuerwehr informieren und Maas Bescheid geben – da drang sein Blick durch das Gebüsch.

Er erstarrte. Im Braun und Grün der Blätter meinte er, eine Frau zu sehen. Ein Schatten, der sie – verdeckt von Bäumen und Büschen – beobachtete.

Sofort gab er Veith ein Zeichen.

»Was ist?«

»Leise«, ermahnte er ihn und deutete vorsichtig in die Richtung, wo er den Schatten gesehen hatte.

»Ist das eine Frau?«, flüsterte Veith.

Knut zückte sicherheitshalber seinen Revolver. Mit einer schnellen Geste bedeutete er Veith, sich von zwei Seiten anzupirschen. Der Schatten hatte sich noch immer nicht bewegt, aber jetzt war sich Knut sicher, einen Mantel zu erkennen, ein fahles Gesicht und blonde Haare.

So starr und halb versteckt, wie sie dastand, sah sie nicht gerade wie eine Spaziergängerin aus.

Sie lauert, schoss es Knut durch den Kopf.

Er sah sich nach Veith um, der sich in einem weiten Halbkreis durch das Unterholz schlug.

Als Knut sich wieder der Fremden zuwandte, war der Schatten mit einem Mal verschwunden.

»Shit!« Augenblicklich sprang Knut vor, drückte sich durch die Dornen, die Zweige, stolperte halb, rannte. Aus dem Augenwinkel sah er, dass Veith es ihm gleichtat. Auch er hatte seine Dienstwaffe gezogen.

Die Büsche wurden lichter. Sie spurteten zwischen den Eschen hindurch, kamen keuchend dort an, wo die Erscheinung gestanden hatte.

Und sahen sich um.

Niemand.

Es war niemand zu sehen.

Sie horchten, aber da war bloß das Zischen ihres Atems.

Durch das Laub war es unmöglich, Spuren zu erkennen.

Knut rieb sich angefressen die Augen. »Verdammte Scheiße.« Da fiel sein Blick auf den Boden hinter dem Baum. Wegen der Blätter war der Trampelpfad kaum auszumachen. »Warte mal.« Tatsächlich konnte er unter dem Laub so etwas wie einen schmalen Weg erahnen, aber er brauchte einen Moment, um sich zu orientieren, in welcher Himmelsrichtung die Fabrik lag. Knut entschied, noch weiter in den Wald hineinzugehen und damit wahrscheinlich näher an den Strand zu kommen.

Sich nach dem Schatten umblickend und gegenseitig Deckung gebend, gingen sie weiter. Ihre Schritte ließen das Laub rascheln.

Tiefer und tiefer führte der Pfad sie in den Wald.

»Hier ist jemand vorbeigekommen.« Knut deutete auf einen Ast, der frisch abgebrochen war. »Da! Noch einer.«

Zehn Meter weiter war ein dritter Ast abgeknickt worden. Ohne es zu merken, bewegten sich die beiden jetzt noch bedachtsamer.

»Absichtlich hinterlassen wie Gretels Brosamen«, vermutete Veith.

»Ja. Die Frage ist bloß: Wo ist die Hexe hin?« Abermals tastete Knuts Blick die Büsche, Bäume, das Unterholz ab. Nichts. Hatte er sich den Schatten bloß eingebildet? »Du hast sie doch auch gesehen, oder?«

Veith nickte. »Meine ja. Doch.«

»Kein Empfang«, stellte Knut fest, nachdem er einen kurzen Blick auf sein Handy geworfen hatte. Er zückte sein Funkgerät. »Birthe?«

»Ja.«

Knut gab ihr einen kurzen Lagebericht, dann drangen die beiden noch tiefer in den Wald vor.

Mit einem Mal hielt Knut an.

»Was ist das?« In Veiths Stimme schwang Angst mit.

Hinter dem Gebüsch zeichneten sich mannshohe neongrüne und roten Flecken ab.

»Keine Ahnung.«

Vorsichtig näherten sie sich. Erst als die beiden sich durch das nächste Gebüsch gedrückt hatten, erkannten sie, dass es ein schrillbuntes Graffiti war. Schichten aus Farbe waren übereinandergesprüht worden. Kunstvolle Totenköpfe und schreiende Gestalten waren durch aufwendigen Tags verunziert und von immer neuen Zeichnungen überdeckt worden.

»Das ist ein Bunker.« Instinktiv sah sich Knut nach dem Meer um. Wenn es sich wirklich um eine Flakstellung oder einen Bunker des Nordatlantikwalls handelte, konnte die Nordsee nicht weit sein. Tatsächlich meinte er, die Brandung zu hören.

Den Revolver im Anschlag, pirschte er weiter zu dem Betonmonster vor. Über die Jahrzehnte war das Ungetüm halb verschüttet worden. Es ragte aus dem Boden, als hätte ein Riese zwischen den Bäumen einen übergroßen Würfel fallen gelassen. Hinter sich konnte Knut seinen Freund hören, der das Funkgerät gezückt hatte und Birthe leise Meldung machte.

Sie mussten den Bunker halb umrunden, bevor sie einen Einstieg fanden.

Aus seiner Kindheit wusste Knut, dass viele Bunker von außen klein wirkten, unterirdisch aber oft aus mehreren Anlagen bestanden. Verzweigte Gänge und eingestürzte Stollen verbanden die Räume über Hunderte Meter miteinander. In Valandsiel hatte es mal einen Verein gegeben, der sich auf die Fahnen geschrieben hatte, die Bunkeranlagen zu erforschen. Offiziell hatten sie sich jedoch aufgelöst, nachdem zwei Männer verschüttet worden waren.

Der Eingang war verschweißt worden, doch das Gitter hing aufgebogen in den Angeln. Mit einem kurzen Blick gaben sich die beiden Männer das Okay, dann zwängte sich Knut zwischen Gitter und Mauer hinein in den Schatten.

Veith wollte folgen, doch Knut stoppte ihn. »Bleib hier. Am Eingang«, befahl er. »Nicht, dass unsere Freundin da rumschleicht und uns noch einschließt.«

»Ja, hast recht.« Während Veith am Einlass Schutz suchte, ließ Knut seine Waffe durch die modrige Dunkelheit streichen. Schließlich verschwand er in der Finsternis der Anlage.

31

Viola Wilbrands Schädel dröhnte. Auf halbem Weg zwischen Schlaf und Wachsein dämmerte sie dahin und meinte, die frische Luft noch zu spüren, den Sand unter ihren Füßen, als sie aus dem Spitzboden hinaus ins Freie geklettert war. Der Sternenhimmel war so unfassbar weit gewesen, die Freiheit so unglaublich.

Sie hatte es geschafft! Sie war ihm entkommen und …

Nein.

Die Kopfschmerzen waren mörderisch. Sie konnte kaum denken und erst recht nicht sich erinnern.

Hatte er sie niedergeschlagen? Oder betäubt?

Sie hatte seine Stimme gehört. Da draußen im Sand, ganz nah. Danach war sie, wie so oft, in die Dunkelheit gestürzt.

Wo war sie?

Wo bin ich?

Noch bevor sie die Augen aufschlug, wusste sie es, denn sie spürte ihn wieder.

Den Sand.

»Ich bin Viola Wilbrand«, flüsterte sie in das leise Heulen des Windes. »Ich bin Viola. Ich vergesse meinen Namen nicht … Ich werde nicht verrückt. Er bekommt mich nicht.«

Eine Sekunde übermannte sie die Angst, wieder die Decke ihrer Zelle zu sehen, wenn sie die Augen aufschlug, das vernagelte Fenster, die Tür und die Kommode. Sie hätte es nicht überlebt, wieder an dieses Bett gekettet zu sein.

Doch Gott sei Dank lag sie nicht in ihrem Raum.

Er hatte sie auf seine Matratze geworfen, direkt unter die Fotospirale. Stöhnend kam sie hoch und bemerkte, dass ihre Hände nicht gefesselt waren.

Im Licht Dutzender Kerzen sprang sie zur Tür, riss daran. Verschlossen.

Viola sah sich nach etwas zum Hebeln um. Ein Stück Metall? ... Nein ... Das Bein vom Kindertisch!

Sie stürzte hin. Im Kreis der Kerzen, inmitten der Kuscheltiere und Kinderzeichnungen lächelte der Junge.

Ohne auf das Foto oder die Kerzen zu achten, wischte sie alles beiseite und bereute es sofort. Die Kerzen fielen zu Boden und verloschen bis auf eine. In ihrem neuen Gefängnis wurde es schummrig.

Fluchend las sie mehrere Kerzen auf, entzündete sie an der brennenden und steckte sie in den Sand. Mit einem Ruck riss sie eines der Beine vom Kindertisch, eilte zur Tür und hieb mit dem Ding auf das Türblatt ein.

Das Bein war bloß aus dünnem Sperrholz. Es brach sofort, während die Tür lediglich ein paar Schrammen abbekam. Mit einem Aufschrei warf Viola das Tischbein weg und begann auf und ab zu tigern.

Er wird dich nicht kriegen, sagte sie sich immer wieder. Du kommst hier raus. Du hast es einmal geschafft, du schaffst es ein zweites ...

Ihr Blick blieb an dem Foto zwischen den Kuscheltieren haften. Der Junge lächelte sie an.

Und mit einem Mal wusste sie, dass er ertrunken war.

Sie konnte sich an einen schneidend hellen Tag erinnern, an die Sonne auf ihrer Haut. Sie tritt aus dem Schatten des Leuchtturms. Ihre Füße stecken im Sand des Strands. Ein reifer Sommer vor fündundzwanzig Jahren. Sie sieht Boote und sorgenvolle Erwachsene. Sie wird zur Seite geschoben, Männer und Frauen treten vor sie. Die Schultern und Köpfe rauben ihr die Sicht auf das Meer.

Und sie hört die Rufe, und die Antworten der Männer wehen von den Schlauchbooten.

Viola versucht, einen Blick auf die Feuerwehrleute und Polizisten zu erhaschen, die dort draußen zu Dutzenden ihre Kreise ziehen. Ihre Boote, Punkte auf der See, leuchtende und glitzernde Flecken bis hinaus zu den Sandbänken …

Sie riss sich vom Anblick los. Konnte es sein? War dies wirklich der Junge von damals?

Sie blickte auf das zugeschüttete Fenster. Gerade wollte sie beginnen, mit bloßen Händen zu graben, als sie die Koffer sah. Vielleicht war das die Lösung.

Sie schnappte sich den stabilsten. Als sie ihn hochnahm, kippte er aus. Hemden, eine Outdoorjacke, ein Paar Herrenschuhe und ein Haarteil fielen ihr entgegen. Viola schloss den Koffer, fixierte die Tür und rannte los. Mehrmals ließ sie die Ecke gegen das Türblatt knallen, benutzte den Alukoffer als Rammbock.

Nichts.

Es tat sich nichts.

Zehn, zwölf, zwanzig Mal, dann sank sie erschöpft vor der Tür auf den sandigen Teppich.

Viola Wilbrand weinte leise.

32

Im Inneren der Anlage war es stockdunkel. Die nassklamme Luft roch muffig.

»Frau Goldmann«, rief Knut, aber er hatte nicht wirklich erwartet, eine Antwort zu bekommen. Schnell löste er seine Stabtaschenlampe vom Ledergürtel.

Er war in einen quadratischen Raum vorgedrungen, nicht größer als die Garage seines Vaters. Die Wände waren komplett mit Graffiti übersät. Der Strahl seiner Lampe leckte über glotzende Gesichter, Hakenkreuze und obszöne Darstellungen. Kaum strich er über den Boden, hielt Knut erschrocken inne.

»Was ist?«, hörte er Veith vom Eingang rufen.

»Unser Paar«, lautete Knuts knappe Antwort.

Auf dem mit Blättern und Betonstücken übersäten Boden ragten Dutzende Sandtürmchen empor. Es sah seltsam schön aus, wie sie im Kegel des Lichts golden schimmerten.

»Sei vorsichtig, okay?«, rief Veith Knut zu.

»Ja. Was denkst du denn.« Um für die Spurensicherung nichts zu zerstören, bewegte er sich wie in Zeitlupe vorwärts. An einer Seite stand eine Stahltür einen Spalt weit offen. Knut steuerte sie an, zielte auf die Dunkelheit dahinter. Der Strahl seiner Taschenlampe sickerte hinein, leckte in den nächsten Raum …

Und mit einem Mal drehte sich ihm der Magen um.

Im Lichtkegel war Anneke Goldmann erschienen.

»Scheiße!«, keuchte er vor Abscheu und stürzte dennoch vor. Die Türme waren vergessen. Nach Veith rufend, trat er einfach drauf, sprang zur Tür und stemmte sie ein paar Zentimeter weiter auf. *»Veith!«*

Er zwängte sich in den Raum.

Dann stand er Anneke Goldmann gegenüber.

Ihr Körper steckte in einem Fass. Nur ihr Kopf ragte aus einem Loch in der Deckplatte. Er war extrem nach hinten gekippt, sodass ihr Hinterkopf aufs Holz stieß. Sie starrte zur Decke. Nein, korrigierte Knut sich, ihre Augen waren geschlossen worden.

Reuezeichen, schoss es ihm durch den Kopf, und er folgte ihrem Blick.

Die Betonschichten oben an der Decke waren aufgeplatzt, der rostige Stahl der Armierung lugte heraus. An einer der Metallstreben hing etwas. Es war eine PET-Flasche. Von ihr führte ein Schlauch hinab. Direkt in Anneke Goldmanns …

Knut erbrach sich auf seine Westernstiefel.

Veith kam angerannt und blieb fluchend stehen. Auch er konnte nicht glauben, was er sah.

Angewidert zwang Knut sich vorzutreten, genauer hinzusehen.

Das Killerpaar hatte der Frau einen metallenen Mundspreizer umgebunden. Die Riemen schnitten in Anneke Goldmanns Wangen, und die Metallgreifer rissen ihre Lippen und den Kiefer grotesk weit auf. Dann hatten sie der wehrlosen Frau einen Metallspatel tief in den Hals geschoben. Das Instrument sah aus wie ein Schuhlöffel. Es ragte aus ihrem Mund heraus, während der dünne Schlauch der Flasche an ihm befestigt war.

»Komm! Komm schon!« Knut sprang zu ihr.

Das Ganze sah aus wie eine grobschlächtige Infusion in

den Mund. Der Schlauch besaß sogar einen Hahn zur Regulierung. Die PET-Flasche war noch halb voll. Kurzerhand packte er den Schlauch ...

Sie zuckte nicht.

... wollte ihn schon schnellstens rausziehen, besann sich ...

Sie bewegte die Augenlider nicht.

... aber eines Besseren und ging behutsamer vor. Veith schnappte sich seine Taschenlampe und leuchtete, keuchend und stöhnend, während Knut Zentimeter um Zentimeter vom Schlauch aus Anneke Goldmanns Hals zog ...

Sie schluckte nicht.

... Kaum war er draußen, quoll der Sand heraus, flutete aus dem Innern ihres Körpers und füllte ihren Mund, rann über die Metallgreifer des Spreizers, über ihre Wangen und ergoss sich auf dem Fass zwischen einige bunte Blütenblätter.

Anneke Goldmann zeigte keine Regung.

Auch nicht, als er nach dem Laryngoskopspatel im Sand ihres Mundes griff und ihn langsam aus ihrem Rachen zog.

Die Architektin war tot.

Knut spürte, wie ihn eine Welle aus Hilflosigkeit und Wut überrollte. Sie brach genau vor ihm, ihre gischtende Lippe traf ihn hart und warf ihn ins eiskalte Wasser. Wie ein Faustschlag erwischte ihn der Zorn. Ohne zu überlegen, schrie er laut, trat einen der Betonbrocken durch den Raum und eilte nach draußen. Veith, der reglos die Tote anstarrte und erst realisieren musste, was geschehen war, blieb allein zurück.

Die frische Waldluft tat gut. Nachdem Knut ein paarmal laut geschrien hatte, versuchte er durchzuatmen. Er schmeckte seine Kotze und zückte sein Funkgerät.

Spuckend und fluchend erzählte er Birthe von ihrem Fund und bat sie, sofort die Soko und die Feuerwehr zu rufen.

»Veith?«, rief Knut in den Bunker. »Alles okay bei dir?« Sein Kollege taumelte ans Tageslicht. Der hagere Mann war noch bleicher als sonst. Staub und Spinnweben hatten sich in seinem lockigen Haar verfangen.

»Hast du schon?«, fragte er mit zittriger Stimme und Blick auf die Funke.

»Ja, die sind sicher gleich hier. Setz dich, setz dich lieber mal hin.« Er half Veith, sich auf einem Baumstumpf niederzulassen.

Wahrscheinlich, überlegte Knut, stehen die beiden irgendwo in den Bäumen, diese Frau und der Mörder. Die sehen uns zu. Geilen sich an unserem Anblick auf.

»Wir ... wir hatten doch noch ... wir hatten doch noch Zeit ...« Sein Freund atmete schwer. »Wir hatten doch noch mindestens 'ne Stunde.«

Knut wusste keine Antwort.

»Das ... Wer macht so was? ... Ich ... Das ist wie auf diesem Bild«, stammelte Veith. »Wie auf dem Bild. Er hat sie ...«

»Ja.« Veith hatte recht. Anneke Goldmann steckte genauso im Fass wie die Piratenbraut auf der Kinderzeichnung.

»Alle Hunde müssen sterben«, murmelte Knut und versuchte, das Dickicht mit seinen Blicken zu durchdringen. »Alle von der ›Black Dogs‹ müssen sterben.«

33

»Sie glauben, er hat sie über den Strand hierhergebracht?« Maas hielt schützend die Hand hoch, damit die Sonne nicht blendete. Er wartete am Rande des Wäldchens mit Knut auf die Freigabe der Spurensicherung und sah über die angrenzende Wiese bis zum Wasser. Während es von der Fischfabrik hierher ein guter Kilometer war, verlief die Küste bloß einen Steinwurf vom Bunker entfernt. Flatterband sperrte den Strand bis zu den Wellen ab. Eine Hundertschaft Bereitschaftspolizisten war dabei, alles in Planquadrate aufzuteilen und jedes Stückchen Müll aufzusammeln.

»Warum nicht? Es ist sehr viel einfacher, mit einem Auto oder einem Bollerwagen den Strand runterzukommen, als sich wie wir durch die Büsche zu schlagen.«

»Und die abgeknickten Äste?«

»Er hat uns eine Spur gelegt, Maas. Auf dem Pfad ist er niemals entlanggelaufen. Das Schwein wusste, dass wir von der Fischfabrik kommen.«

Der LKA-Beamte nickte. »Er hat Sie ja quasi dahingeschickt. Genau wie zu diesem Obdachlosen. Karl Renner heißt er. Wir haben ihn gründlich vernommen.«

»Und?«

»Der ist sauber. Er konnte unseren Täter aber nicht wirklich beschreiben. Er meinte, es sei ein schlanker Mann gewesen, recht groß. Hatte eine rote Mütze auf, schwarze Handschuhe, langer schwarzer Mantel. Er hat ihm das

Messer gegeben und ihm gesagt, er soll gut drauf aufpassen. Sie, Jansen, würden kommen und es sich in ein paar Minuten abholen.«

»Und das Handy?«

»Prepaid-Karte. Es gehört zum Kieler Amt für Brandschutz. Eins von zwanzig Diensthandys. Wir nehmen an, die haben es jemandem entwendet. Wir sind dran, ermitteln, wer es als Letzter bei sich hatte.«

»Die spielen mit uns. Die ganze Zeit.«

»Wenn es wirklich ein Pärchen ist, Jansen, dann ... Sie wissen, was das heißt?«

»Ja, ich ahne es.«

»Zwei zu fassen ist nicht zweimal schwerer, nicht viermal ... Das ist zwanzigmal komplizierter als einen.« Maas knüpfte sein Sakko zu. Hier, ungeschützt von den Bäumen, war es empfindlich kalt. »Das ist das erste Mal, dass ich hoffe, Helen liegt falsch.«

Knut erwiderte nichts, obwohl er es genauso sah. Die Wellen warfen ihr beruhigendes Rauschen zu ihnen. Hinter den zahlreichen Beamten in ihren dunklen Uniformen leuchtete die Gischt. Der Bunker hinter ihnen war ebenfalls weiträumig abgesperrt worden. Die Freiwillige Feuerwehr war mit den Fahrzeugen nicht durch den Wald herangekommen und hatte das ganze Equipment mühsam herschleppen müssen. Einige Männer hatten mit Presseleuten zu kämpfen, die die Absperrungen übertraten, andere waren dabei, einen Powermoon für die Nacht aufzubauen. Die Techniker vom 3-D-Scanner waren vor einer halben Stunde im Bunker verschwunden.

Knut hatte mit Helen telefoniert, doch sie wollte erst später zu ihnen stoßen, weil sie unbedingt noch etwas in Melanie Roths Lebenslauf überprüfen wollte.

»Es geht mich nichts an«, sagte Knut und versuchte,

seine Frage gleich im Vorhinein zu relativieren: »Aber Sie und Frau Henning, also Helen …«

»Ja?«

»Läuft da wieder was?«

Maas musterte Knut abschätzig, dann lächelte er nett. »Also, es ist so. Ich und Helen …«, begann er ausholend.

»Ja?«

»… das geht Sie nichts an, Jansen.« Das war's. Maas ließ ihn einfach auflaufen.

Anstatt nachzuhaken, akzeptierte Knut die Antwort. »Hat sie mit Ihnen über diese Rocker gesprochen? Die ›Brüder Asgards‹?«

»Was?« Maas nickte. »Ja, sicher.«

Er lügt, dachte Knut. Und das schlecht.

»Glauben Sie, dass ihr Exverlobter dahintersteckt?«

Die Frage kam für Maas überraschend, jedenfalls merkte Knut, dass der LKA-Beamte offenbar nicht sehr tief in Helens Biografie gebohrt hatte. Einen Moment lang grämte er sich, dem Mann etwas verraten zu haben, und im nächsten Augenblick überkam ihn das schlechte Gewissen, Maas zu Helens Wohl nicht alles offen mitzuteilen.

»Ich dachte, dieser Hollows hat auf sie geschossen.«

»Ja.« Knut winkte ab. Schlechtes Gewissen hin oder her, er hatte keine Lust, Maas alles auf dem Silbertablett zu präsentieren, was er über Helen und die Schießerei in Seattle herausgefunden hatte. »Hollows hat geschossen. Aber …«

»Ihre Stiefel sind vollgekotzt«, unterbrach Maas ihn unvermittelt.

»Ja. Ich weiß. Das gehört so.«

Maas schüttelte den Kopf. »Sie sind so was von fertig.«

Knut versuchte zu grinsen, aber sein zugeschwollenes Auge schmerzte zu sehr. In dem Moment trat Veith aus dem Bunker. »Die sind soweit fertig. Wir können wieder rein.«

Zu Knuts Verdruss hatte Friedrichs die Leiche noch nicht fortgeschafft. Seine Leute hatten sie lediglich mit einer blickdichten Plane abgedeckt.

»Wieso hat er sie hierhergebracht?«, fragte Maas. »Wenn ich das richtig sehe, dann kannten sich Robert Jäger und das Opfer von der Schule. Und Piet war mit seiner Mutter immer in der Fischfabrik.«

»Ja«, ergänzte Knut. »Er war also jeden Nachmittag in Valandsiel. Und sie waren ungefähr gleich alt.«

»›Von allen Geschenken, die uns das Schicksal gewährt, gibt es kein größeres Gut als die Freundschaft – keinen größeren Reichtum, keine größere Freude‹«, rezitierte Veith.

»Ich glaube auch, dass sie alle befreundet waren«, bestätigte Knut. »Das Papier, auf das jemand das Schiff gemalt hat. Das stammt drüben aus der Fabrik. Von da, wo Piet jeden Tag mit seiner Mutter hinmusste. Und er hat hier im Wald gespielt.«

»Sie meinen«, unterbrach Maas Knuts Ausführungen, »die Opfer kannten sich alle aus Kindertagen. Welche Klasse?«

»Vierte.« Knut hielt plötzlich inne. »Moment mal! Alle Hunde müssen sterben, hat die Stimme gesagt. Was, wenn ... Haben Sie das Bild dabei?«

Maas zückte seinen Tablet PC, rief das Bild auf und reichte ihn Knut.

»Es ist nur eine ... eine Theorie«, murmelte er nachdenklich. Er vergrößerte den Ausschnitt mit dem Piraten vor dem Steuer. Der Mann saß grinsend auf dem höchsten Deck am Schiffsheck. »So ähnlich saß Piet Mohn da, wie der Typ vor dem Lenkrad.«

»Steuerrad«, verbesserte Veith.

»Steuerrad … Und zwar oben, im ersten Stock seines Hauses. So wie der Pirat hier auf dem … Dings.«

»Achterdeck«, warf Veith ein.

»Du sagst es. Anneke Goldmann steckt im Fass, genau wie die Piratenbraut. Hier.« Er tippte auf die gemalte Gefangene. Das Fass mit der Bemitleidenswerten stand direkt über dem Gitter zum Frachtraum. Langsam ließ er die Finger über den Monitor gleiten. Da unten im Frachtraum glitzerte und funkelte es. Die Kammer war voller Schätze – Gold, Bücher, Fahrräder, Schwerter, Fernseher, Autos. Die Beute der Piraten. Knut brauchte kein weiteres Wort zu verlieren, alle hatten verstanden und fixierten den Boden unter dem Fass.

»Du meinst …?«, durchbrach Veith die Stille.

»Maas, vielleicht können Ihre Männer Frau Goldmann endlich hinausbringen. Wäre das möglich?« Er scheute sich, einen genaueren Blick auf die abgedeckte Leiche zu werfen.

Sofort gab Maas Befehl. Fünfzehn Minuten später trat Knut an die Stelle, an der das Fass gestanden hatte. Er ließ die Stiefelspitzen durch die Erde fahren, schob ein paar der Betonbruchstücke beiseite. Unvermittelt trat er hart auf. Ein dumpfes Geräusch hallte durch die Anlage. Der Boden unter ihm wippte leicht.

»Jungs«, rief Knut durch den Bunker. »Wir brauchen ’ne Schaufel.« Er bedeutete Veith, jemanden von der freiwilligen Feuerwehr zu holen.

Die Erdschicht, die sie wenig später abkratzten, war nicht sehr tief, bloß ein paar Zentimeter. Darunter kamen eine Zimmertür und ein paar Bretter zum Vorschein.

Erwartungsvoll streifte Knut seine Lederhandschuhe über, bückte sich und griff nach der Tür.

»Warten Sie«, stoppte Maas ihn besorgt.

»Was?« Knut hielt inne. »Wollen Sie wieder Ihre Stethoskop-Jungs holen? Eine Sprengfalle ist nicht der Stil von unserem Pärchen, Maas.«

Einen Atemzug lang beäugte der LKA-Beamte skeptisch die Bretter. »Wahrscheinlich haben Sie recht«, meinte er schließlich.

Knut dachte, der Mann packe zu, aber Maas rief nach der Spurensicherung, die erst einmal grünes Licht geben sollten. Dann hoben sie gemeinsam die Tür an.

Abgestandene Luft hauchte ihnen entgegen. Die Strahler erhellten einen nicht sehr tiefen Einstieg aus Beton, der bereits nach anderthalb Metern endete. Knut wollte als Erster auf die aus Ästen zusammengeschraubte Leiter treten, aber Maas hielt ihn zurück.

»Sache des LKA.«

»Kommen Sie!«

Diesmal wich Maas nicht zurück, sondern drängte sich an Knut vorbei zur Leiter. Grummelnd gab Knut ihm den Vortritt.

Das Unbekannte bestand aus lautloser Kühle und roch jahrzehntealt. Vom Einstieg führte ein Gang abwärts, der eindeutig zur Anlage gehörte, denn er bestand wie der Bunker aus Beton. Seine Wände waren jedoch im Gegensatz zu oben bloß von Moos, Schimmel und Rost bedeckt. Hier unten gab es keine Graffiti.

Maas ging voraus, Knut und Veith folgten. Die Männer mussten die Köpfe einziehen. Feuchte legte sich auf Knuts Arme und ließ sein Holzfällerhemd klamm auf der Haut kleben. Er fröstelte.

»Ein Versorgungsschacht«, stellte er fest und versuchte, an Maas vorbeizuschauen, das Ende zu erkennen.

»Wahrscheinlich für Munition oder ein Schacht zu einem anderen Bunker. Warten Sie, da kommt 'ne Tür.«

34

Feiner Nieselregen hatte eingesetzt, und Helen fröstelte in ihrem Mercedes. Sie bog von der Westerstraße auf eine von tiefen Schlaglöchern übersäte Einfahrt und hielt vor dem Einfamilienhaus, dessen Putz seit Jahrzehnten keine frische Farbe mehr gesehen hatte.

Goldelund war eine Ansammlung von Gehöften und drei, vier Querstraßen mit neuen Einfamilienhäusern. Die Landflucht schien einigermaßen an dem winzigen Flecken vorbeigegangen zu sein. Nur wenige der Häuser waren verlassen oder machten einen verwahrlosten Eindruck.

Ausgerechnet Melanie Roths Haus war eines von ihnen.

Helen blieb einen Moment im Wagen sitzen und sah sich das Haus an. Im Gegensatz zu Piet Mohns Resthof wirkte es geradezu winzig. Es war ein typischer Fünfzigerjahrebau, der von einem überwachsenen Waschbetonweg umrundet wurde. Kahle Büsche säumten das, was einst ein Garten gewesen war, nun aber als verwahrloster Lagerplatz für morsche Balken, Pflastersteine und ausrangierte Vogeltränken diente.

Helen nahm Magazin und Pistole aus dem Handschuhfach. Auch wenn sie die Glock hasste, so gab ihr die Waffe ein Mindestmaß an Sicherheit.

Das ist Wahnsinn. Wem willst du was beweisen, Schätzchen? Was, wenn du mit Melanie recht hast, und ihr Partner ist da drin?

Sie führte das Magazin ein, drückte den Schlittenfang

nach unten und brachte so die erste Patrone schussbereit in die Kammer.

Sie wohnt hier nur, redete sie sich gut zu. Eigentlich müsste das Haus verlassen sein.

Auf der Adresse war Melanie Roth mit ihrer Mutter registriert, die jedoch vor knapp einem Jahr verstorben war, wie Diehl ihr am Telefon bestätigt hatte.

Helen steckte die Pistole in ihren Hosenbund und zog den Kapuzenpulli darüber. Nach einem kurzen Blick auf ihre Notizen und die Hausnummer entschied sie sich, ganz schlicht zu klingeln.

Sie stieg aus. Der Nieselregen war so fein, dass er sofort alles benetzte. Binnen Sekunden liefen ihr Tropfen über die Wangen. Auf halbem Weg zum Haus blieb sie noch einmal stehen, um den Sitz ihrer Prothese zu prüfen. Normalerweise bereitete das Autofahren keine Probleme, aber die letzte halbe Stunde hatte der Liner am Stumpf gescheuert. Sie hatte zwar vorgestern penibel darauf geachtet, alles vom Dünensand zu reinigen, aber anscheinend hatte sie ein paar Körnchen übersehen. Nach ein bisschen Ruckeln und Feinjustieren des Ventils, das mit Unterdruck die Prothese am Stumpf hielt, fühlte es sich besser an.

Sie ging zur Haustür. Durch die Milchglasscheiben würde sie eine Bewegung erst wahrnehmen, wenn jemand direkt hinter der Tür auftauchen sollte. Deswegen näherte sie sich schräg von der Seite, blieb im Schussschatten, zog die Pistole und klingelte.

Als auch nach dem vierten Mal niemand öffnete, entschied sie sich, ums Haus zu gehen und nach einem Einstieg zu suchen. Sie war sich bewusst, dass sie drauf und dran war, eine Straftat zu begehen. Sie hatte versucht, Knut auf dem Handy zu erreichen, jedoch jedes Mal dieselbe monotone Ansage bekommen. *Der Teilnehmer ist nicht erreichbar.* Bei Johann dasselbe Spiel. Kurz hatte sie überlegt, vom Krankenhaus ins Revier zu fahren und auf die beiden zu warten, sich jedoch dagegen entschieden.

Der Waschbetonweg endete hinter dem Haus auf einer Art Terrasse, die eher wie ein liebloser Parkplatz aussah. Der angrenzende Rasen war zu einer Wiese verkommen, die Büsche seit Jahren nicht geschnitten worden, alle Stockrosen waren vom Wind abgeknickt und vertrocknet.

Helen spähte durch die Hintertür und konnte einen unaufgeräumten Wäscheraum erkennen. Eine Wanne voller Kleider stand vor der Waschmaschine.

Die Tür war verschlossen, sah jedoch nicht sehr stabil aus. Sie wusste, wie man solche Türen binnen Sekunden aufhebeln konnte, entschied sich jedoch für den Keller. Ein paar Stufen führten direkt neben ihr hinab. Ohne groß zu überlegen, schritt sie die nassen, von Algen grün überzogenen Stufen runter und drehte am Knauf. Zu ihrer Überraschung glitt die Kellertür auf.

Die abgestandene Luft war unangenehm kühl, der Keller komplett vertäfelt. Ein Albtraum aus dunkelbraunen Brettern, die jedes Licht schluckten.

Ich brauche mehr Informationen, wer diese Frau ist. Abrechnungen, Briefe, am besten ein Tagebuch. Melanie spielt uns was vor. Sie steht unter dem Bann eines Mörders. Und gemeinsam befriedigen sie seine Rachegelüste.

Ja. Und weil du das so genau weißt, du ach so abgebrühte FBI-Agentin, dringst du in fremde Häuser ein und brichst das Gesetz?

Sie drohen, eine Frau umzubringen.

Tu, was du musst, Schätzchen. So bist du eben: Wenn schon, denn schon.

Du bist ’n Arsch.

Ich bin du. Du bestimmst den Weg.

Ja. Ich bestimme den Weg.

In den Jahren beim FBI hatte sie einige Dutzend Hausdurchsuchungen mitgemacht und wusste, wie sie ein Gebäude systematisch auf den Kopf stellen konnte.

Das Problem war jedoch, dass sie nicht legal hier war. Sie musste strategisch, aber gezielt vorgehen, nicht mit dem Vorschlaghammer. Wenn sie etwas fand, würde sie sicher mit Knut und Maas einen Deal aushandeln können. Sie würden endlos Formulare ausfüllen und ihren Fund einfach einer späteren offiziellen Begehung zuordnen.

Sie schob sich vorsichtig in den schmalen Flur. Einen Moment horchte sie in die Stille, schwer zu sagen, ob jemand da war. Weder Schritte noch ein Radio oder Fernseher waren zu hören. Sie griff die Pistole fester und checkte den ersten Raum.

Bloß ein Kartoffelkeller. Mauern trennten mehrere Gefache ab. Farbeimer stapelten sich darin.

Ihre nassen Sneakers hinterließen Spuren auf den staubigen Fliesen. Sie ging weiter, um den zweiten und letzten Raum in Augenschein zu nehmen.

Ein paar Fahrräder, seit Jahren nicht benutzt, und von Spinnen bewohnte Gartenmöbel – nichts, was sich zu durchsuchen lohnte. Sie folgte dem vertäfelten Kellergang zu einer Treppe und betrat ein paar Atemzüge später die Diele. Helen hatte kaum den Treppenabsatz hinter sich gelassen, als eine Katze maunzend auf sie zulief und sich um ihre Prothese schmiegte.

In der Küche herrschte Chaos. Die Katze hatte Müsli auf dem Boden verteilt und alle möglichen Packungen und Dosen von der Ablage gefegt. Ein einsamer Frühstücksteller nebst Joghurtbecher schimmelte in der Spüle. Helen beschloss, die Katze rauszulassen. Auf dem Weg zur Haustür ging sie an einigen gerahmten Fotos vorbei. Roth mit ihrer Mutter, die beiden zu ihrem sechzehnten Geburtstag, wenn man der Torte glauben durfte. Auf einem der Bilder stand Roth – vier, fünf Jahre alt – vor einem niedrigen Holzhaus, das bunt und fröhlich gestrichen war. Neben ihr saß in der Sonne ein älterer Junge. Der vielleicht Achtjährige hatte seine Sonnenbrille ins Haar gesteckt und grinste feist.

Helen ließ die Katze zur Haustür raus, trat zurück in den Flur und schoss mit ihrem Smartphone ein paar Aufnahmen der Fotografien.

Dann nahm sie sich den ersten Stock vor.

Eine schmale, steile Treppe führte hinauf. Das Geländer wackelte, als sie fester zugriff.

Oben erwartete sie nichts Ungewöhnliches. Auch hier keine Folterkammer, kein Gefängnis, kein Zimmer mit Millionen Fotos, wie sie es aus amerikanischen Filmen kannte. Alles sah normal aus, abgenutzte Spießigkeit.

Vom Flur gingen ein Bad, ein Arbeitszimmer und zwei Schlafzimmer ab.

Das eine davon sah unbenutzt aus. Glasfigürchen und Tischdeckchen auf dem Nachttisch, austauschbare Kunstdrucke an der Wand. Vor dem Bett ein Fußmassagegerät. Alles sah nach Melanies Mutter aus. Helen wandte sich dem anderen Schlafzimmer zu. Hier war die Bettdecke zerwühlt, als sei Roth gerade aufgestanden.

Sie trat ein. Wegen ihrer Prothese ließ sie sich etwas kompliziert auf dem Boden nieder und spähte unter das Bett. Sie wurde enttäuscht. Dort war nicht mal ein Kasten für die Bettwäsche. Viele Verstecke gab es in dem Raum nicht. Helen zog die Schublade des Nachttisches auf, fand aber bloß Taschentücher und Blister mit Kopfschmerztabletten.

Also nahm sie sich den Kleiderschrank vor. Anstatt

ihn komplett zu durchwühlen, schnappte sie sich einen Hocker und durchsuchte die oberen Ablagen, tastete sich bis nach hinten zur Rückwand vor. Nichts. Sie nahm sich die untersten Fächer vor, zog ein paar Stapel mit Jeans und ausrangierten Blusen heraus – und stieß auf einen Schuhkarton.

»Bingo.«

Erwartungsvoll hob sie den Deckel ab, hoffte Tagebücher oder Notizhefte zu finden. Viele Serientäter horteten Andenken – Haare, Fingernägel, Fotos –, doch in der Schachtel verbargen sich lediglich ein Vibrator und ein uralter Walkman.

Enttäuscht nahm sie sich die restlichen Schrankfächer vor. Erfolglos. Als Nächstes knöpfte sie sich das Büro vor. Es war mit Handarbeitszeug und Papieren übersät – Rechnungen, Mahnungen und Postwurfsendungen, der übliche, nicht abgeheftete Behördenkram. Nachdem Helen den Schreibtisch gründlich durchsucht hatte, inspizierte sie die Regale mit Ordnern. Es waren nicht viele, die meisten trugen den Namen von Melanies Mutter. »Abrechnungen«, »Telefon«, »Kur«. Sie wollte schon zurück in den Flur gehen, als sie bemerkte, dass einige der Aktenordner ein gutes Stück weiter vorstanden.

Jemand hatte eine Mappe dahintergeschoben. Der Umschlag war bereits vergilbt, die Pappe verzogen. »Melanie Arzt – 1991-1993« hatte eine Frau in Schönschrift darauf geschrieben.

Helen legte die Mappe auf den Schreibtisch und sah hinein. Es waren beinahe 25 Jahre alte Quittungen über Medikamente, außerdem einige Korrespondenzen mit der Krankenkasse und Briefe von Ärzten. Neugierig überflog sie die ersten Seiten, versenkte sich ins Lesen, doch nach den ersten sieben Korrespondenzen stutzte sie.

»… bin ich bereits nach der ersten Kennenlernsitzung mit Ihrer Tochter Melanie der Überzeugung, dringend eine Psychotherapie einzuleiten. Diesbezüglich werde ich mit ihrem Kinderarzt …«

Helen setzte sich, blätterte noch einmal zurück und las Wort für Wort.

35

Sie mussten zu zweit anpacken. Vor die Eisentür war jede Menge Kram geworfen worden. Steine, ein Stuhl, ein Fahrrad.

»Sieht aus, als hätte sich jemand verbarrikadiert«, stellte Maas fest und reichte mit Knuts Hilfe ein Stück Beton nach hinten zu den Beamten durch.

Ein paar Minuten später hatten sie den Eingang freigelegt, aber die Tür war derart stark verrostet, dass sie sich kaum bewegen ließ. Knut und Maas zogen gemeinsam daran. Mehrere Male mussten sie ansetzen, bevor die Tür sich mit einem ohrenbetäubenden Kreischen aufschieben ließ.

Das Licht ihrer Taschenlampen glitt über ein paar Holzkisten und über einen menschlichen Schädel. Umringt von halb abgebrannten Kerzen, starrte er von einer Holztruhe die Eindringlinge an.

»Was zum … Was ist das hier?«, wollte Maas wissen, schob sich vor Knut und trat als Erster in den Raum. »Jansen, bloß nichts anfassen!«, befahl er und rief nach der Spurensicherung.

Knut ersparte sich einen Kommentar und trat behutsam ein, stieß jedoch prompt mit dem Kopf gegen eine Blechdose, die von der Decke hing. Ein verbeultes Ding für Erbsen.

»Vorsicht, hab ich gesagt.«

»Ja ja.« Knut sah sich um. Der Raum war kaum größer als eine Garage, dafür genauso niedrig wie der Gang. Wahrscheinlich hatte er einst als Munitionslager gedient. Die Wände waren mit Bildern behangen, die wie von Kinderhand gemalt wirkten. Kanonenfeuer, brennende Schiffe, Seeungeheuer. Eine fleckige Matratze und Dutzende Sofakissen bildeten in einer Ecke ein Lager. Stapel von Comicheften lehnten an der Wand. Ein klappriges Fahrrad war als Ständer für zahlreiche Kerzen umfunktioniert worden. Auf einem niedrigen Tisch lagen ein Taschenmesser, ein paar Zwillen, Holzschwerter und Stöcke. Es sah aus, als habe gestern noch jemand daran geschnitzt.

»Ich glaube, wir haben das Piratennest der Black Dogs gefunden«, sagte Knut.

Maas hatte sich einen der Comics geschnappt, blätterte ihn durch. »Scheint mir auch fast so. Hier war seit Jahrzehnten niemand.«

Knut nahm die Holztruhe genauer in Augenschein. Sie wirkte wie der sakrale Mittelpunkt des Verstecks. Zahlreiche Kerzen mussten auf ihr gebrannt haben, denn das Wachs bedeckte die Truhe zentimeterdick und hatte sie zu einer Art Kunstwerk gemacht. Dutzende Wachstränen liefen über die Zeichnungen an den Seiten, und der Schädel war mit Holzperlenketten geschmückt.

Nur mit Mühe widerstand Knut dem Drang, ihn hochzuheben. Er trug zwar Handschuhe, wollte aber nichts verändern, bis die Spurensicherung mit allem durch war.

Er ging in die Hocke und ließ das Licht drübergleiten. »Ist aus Plastik«, stellte er fest. »Warum führen die uns hierher?«

»Sie meinen unser Killerpärchen?«

»Ja.« Neugierig griff er den Deckel, wollte sehen, ob die Truhe sich öffnen ließ. Doch sie war abgeschlossen. »Kann ich noch mal das Schiff sehen?«

Maas reichte ihm das Tablet. Auch auf der Zeichnung gab es die Schatzkiste. Sie bildete das leuchtende Zentrum im Rumpf des Schiffes. Es war das Ungetüm im Frachtraum, vor dem der Pirat mit dem Pulverfass kniete. Knut betrachtete das Schlüsselloch. Es sah eigentümlich aus, schief und rau, wie selbst hineingesägt. Die Ränder waren mit bunten Kunstfedern geschmückt.

Sein Blick wanderte abermals über die Zeichnung, zu dem Piraten vor der Kiste. Konnte es sein, dass das rote Pulverfass gar kein Fässchen …

»Veith«, forderte Knut seinen Freund auf. »Funk Birthe an. Diehl soll das Glas herbringen.«

»Dieses Blutding?«

Knut nickte. Er ahnte, wofür der Knochen im Einweckglas gut war.

Und er fürchtete sich davor, was sie in der Truhe entdecken würden.

36

Fünfundzwanzig Minuten später übergab Diehl ihm das Glas. Maas hatte eingewilligt, dass Knut seine Theorie in der Praxis überprüfte, und nun sahen ihm alle zu, protokollierten und machten Fotos, wie er sich vor die abgeräumte Truhe kniete und von Friedrichs Einweghandschuhe gereicht bekam.

»Danke.« Knut fingerte den Knochen aus dem Glas. Das Ende mit den Federn war rund geschliffen, während die andere Seite tatsächlich wie ein Schlüsselbart eingekerbt war. Zumindest mit viel Fantasie.

Vorsichtig führte Knut den Knochen in das Loch, bis er einen Widerstand spürte. Er passte perfekt. Sehr behutsam begann er, den Knochen zu drehen, immer in der Angst, er könne ihn abbrechen.

Es gab keinen Klack, kein Geräusch.

»Ist was passiert?«, wollte Veith wissen.

»Lassen Sie uns sehen, ob das Ding aufgeht. Wenn nicht, soll die Spurensicherung es öffnen. Der Staatsanwalt ist schon unterwegs. Los, versuchen Sie's«, gab Maas Knut grünes Licht.

Der ließ den Knochenschlüssel stecken, packte ein zweites Mal den Deckel und drückte ihn hoch. Er klappte ganz einfach nach hinten und war leichter, als Knut vermutet hatte.

Lass es keinen Sarg sein, richtete Knut ein Stoßgebet gen Himmel. Bloß keine vierte Leiche.

Er sah hinein.

Die Kiste war so gut wie leer. Eine zerrissene Totenkopfflagge deckte den Boden ab. Knut war sich sicher, dass der Stofffetzen, der das Glas umhüllt hatte, von dieser Flagge stammte. Nachdem Messlatten positioniert, Nummernkarten ausgerichtet und unendlich viele Foto geschossen worden waren, durfte Knut das Tuch beiseitenehmen.

Beinahe andachtsvoll nahm er es fort und überreichte es einem Beamten von der Forensik, der es in einen durchsichtigen Beutel steckte. Unter dem Tuch lag eine Kiste verborgen, nein, es war ein angemalter Schuhkarton. Er war mit goldenen Sternen und Girlanden beklebt. Beinahe hätte Knut vor Anspannung gelacht. Das Ganze erinnerte an die Gagverpackung von Kindergeburtstagen, in dem ein Geschenk im Geschenk im Geschenk steckte ... Und ein halbes Dutzend Polizisten beugte sich über den Gabentisch.

Alle machten Platz, damit Knut den Schuhkarton herausholen und für weitere Fotos auf eine Plane stellen konnte.

»Ich öffne das jetzt.«

Der Deckel ließ sich einfach abnehmen. In der Kiste lagen fünf Karten, die allesamt halb nackte muskulöse Krieger zeigten. Knut kannte die Figuren aus seiner Kindheit, auch wenn er nicht mehr alle Namen wusste.

»Masters of the Universe«, meinte er grübelnd. »He-Man. Das sind Sammelkarten ... Skeletor, Man-E-Faces ...«

Sie waren durch Wollfäden und Siegelwachs an einem Blatt Papier befestigt. Glänzendes blutrotes Wachs, in das ein Totenkopf geprägt war. Knut ließ die Finger über das Papier fahren, es fühlte sich rau an. Wie die Schiffszeichnung war es absichtlich angeschmort worden.

Er zog das Dokument mit den angebrachten Sammelkarten ganz heraus. In bemühter Schönschrift, weit ausholend und mit breiter Feder geschrieben, verkündete es: »Dokument! Hiermit besiegeln wir ewige Freundschaft und ewige Treue. Aller Welt Feind. Wir schweigen für immer. Wir sind die Black Dogs!«

»Und die Karten?«, wollte Maas wissen, woraufhin Knut eine umdrehte.

»Ich glaube, das ist Blut.« In roter Farbe und ein wenig verschmiert stand dort »Piet«. Daneben sein Daumenabdruck. Knut drehte alle Karten um. Piet, Robert, Anneke, Erik, Viola.

»Fünf Karten, fünf Piraten«, stellte Maas fest. »Fünf Black Dogs.«

»Ja, fünf Opfer. Unser Killerpärchen hat uns hierhergeführt, damit wir erfahren, wen sie noch auf der Liste haben.«

»Erik und Viola … Ich lasse die Abdrücke sofort analysieren.«

»Das muss verdammt schnell gehen, Maas. Wir müssen sie warnen.«

»Ja. Wir scannen hier alles in den Laptop und gleichen die Fingerabdrücke ab.« Weil er keinen Handy-Empfang hatte, eilte Maas nach draußen. Da fiel Knuts Blick auf die Piratenflagge, die in einem durchsichtigen Beutel bei dem anderen Beweismaterial lag. Er stutzte, denn die Rückseite war bemalt.

»Was ist das?« Er legte sie auf die Kiste und strich den Beutel glatt.

»Eine Schatzkarte«, meinte Veith. »Eindeutig. Und zwar eine ziemlich klassische. Hier ist die Windrose und da der Start, würd ich sagen.«

Von einem Haufen Steine, die wie eine Pyramide gestapelt waren, führte eine gestrichelte Linie zu einer abgeknickten Palme. »Hundertzwanzig«, las Knut vor und verfolgte die Linie mit dem Finger. »Und hier zweihundertdrei bis zur Hängebrücke, dann siebzig. Hm, was bedeutet das? Meter, Schritte, Fuß? Und die Linie? Ist das da das Meer oder ein Waldrand? Und was ist das hier?«

Die gestrichelte Linie endete an vier senkrechten krakeligen Linien, über denen das klassische Piratensymbol prangte: der Totenkopf mit den gekreuzten Knochen.

»Palmen? Hängebrücke?« Veith wischte seine Brille. »Es ist ein Kinderspiel, Knut. Sammelkarten, ein Schatz. Kinderspiele.«

»Hast recht«, stellte Knut ernüchtert fest. »Kümmern wir uns lieber um die Nächsten auf der Liste.«

37

»… unter anderem leidet Melanie Roth unter schweren Einschlafstörungen. Das Kind wacht nachts schreiend auf … Die Patientin ist nicht in der Lage, Trauminhalte wiederzugeben. Laut ihrer Mutter, mit der ich mehrfach eine Fremdanamnese durchführte, ist Melanie permanent schreckhaft. Sie versinkt in Nachhallerinnerung und ist nicht ansprechbar.«

Flashbacks. Kommt dir das bekannt vor, Helen …?

Helen starrte auf den Brief des Therapeuten, aber sie sah hindurch auf die schwarze Tür der Baracke.

Und wie Konfetti fliegen die Papiere und Glassplitter durch die Bar, als er die Pumpgun auf sie abfeuert. Bitch.

Am liebsten hätte sie sich unter die Decke verkrochen, in ihr Bett, in ihr richtiges Bett.

Aber wo war das?

Bei ihrem Vater in der Rieke Reech unter dem Whitney-Houston-Plakat? Oder im U-District, im Hochbett dieses 40-Quadratmeter-Studentenapartments, in das sie sich nach der Amputation verkrochen hatte? In Sawyers 300-Quadratmeter-Luxusapartment im One Pacific Tower? Gott bewahre, daran denkst du? An dieses Bett? Nein.

Fakt ist, du hast kein Bett, Helen. Kein richtiges. Du hast keine Heimat, Schätzchen. Du schläfst zwischen Farbeimern auf einer Matratze.

Sie hat keine Schuhe an, ihre Biene-Maja-Socken sind ganz sandig. Ihr rechter Fuß. Dieser Kinderfuß. Sie greift in die Socke und zieht vier Gespensteraufkleber heraus, und im Sonnenlicht denkt sie, wie schön es ist, hier zu sein. Hier in Valandsiel.

Du hast kein Bett zum Verkriechen, du hast bloß Betten, um darin aufzuschrecken. Aus immer demselben Albtraum.

Posttraumatische Belastungsstörung, kommt dir bekannt vor, Helen?

Kommt dir bekannt vor, Bitch?

Hinter ihr peitschen die Schüsse, sie stürzt vor, gegen die nächste Tür, stürzt in den Raum. Die Bar. Unübersichtlich, Holzboden, Tische, Mauern, Regale.

Und Richard »Fist« Hollow lächelt. Und er greift unter den Tresen, und wie Konfetti fliegen die Papiere und Glassplitter durch die Bar, als er die Pumpgun auf sie abfeuert. Die Zeit erstarrt zu Glas.

Sie wird getroffen, Rippen brechen, die Weste hält das meiste ab. Aber ihre Waffe! Helen entgleitet ihr Colt. Sie stürzt über Riccardo García Fernández. Ihr Chef liegt röchelnd am Boden und spuckt Blut. Drei weitere Männer des SWAT-Teams liegen stöhnend oder tot da.

Und sie liegt auf dem Rücken, auf dem Boden, den ausgetretenen, dreckigen Dielen der Bar, und sie spürt das Holz unter ihren Beinen.

Peters schreit wie am Spieß. Er blutet am Arm und Oberschenkel, hat sich mit einem anderen Beamten hinter eine flache Mauer zurückgezogen, ist aber zu verletzt, um das Feuer zu erwidern.

Das Feuer von Richard »Fist« Hollow. Ihrem Primärziel, das hinter der Bar verschanzt auf sie wartet. Schwer bewaffnet, mit seinen beiden Chapterjungs. Die Rocker haben sich kugelsichere Westen übergestreift. Fist feuert mit einer Pumpgun.

Holzsplitter spritzen ihr entgegen, Steinchen treffen ihr

Visier. Sie rollt sich herum, packt Riccardo und wuchtet ihn über sich. Die Schüsse zersieben seinen Nacken.

Im Augenwinkel, nur als Huschen, nimmt sie die anderen Beamten wahr. Die drei haben es irgendwie in den Nebenraum geschafft, eine Werkstatt, halten sich hinter einem Dodge verschanzt.

Sie winken, bedeuten ihr herzukommen, raus aus der Hölle. Sie soll es versuchen. Hinter den Männern leuchtet der Morgen im Werkstatttor. Hinter den Männern lockt die Sonne, wartet der Tag, wartet der 5. November 2014.

Sie würde so gerne, aber sie kann nicht, weil Fist weiter feuert. Ihre Deckung ist der tote Riccardo.

Eigentlich eine sichere Sache. Neun Mann gegen Fist Hollow und seine zwei Chapterbrüder.

Eigentlich, Schätzchen.

Und dann stürmen die Männer aus dem Sattelschlepper den Raum. Fünf Mann, bewaffnet mit Sturmgewehren. Schreiend nehmen sie Peters und den anderen unter Feuer. Mit letzter Kraft reißt Peters seine Waffe hoch und erwischt einen von ihnen mit einem Kopfschuss, bevor zwei Salven Helens Kollegen endgültig zu Boden schicken. Querschläger zersieben auch den zweiten Mann vom SWAT-Team.

Sie liegt reglos da. Unter der Leiche.

Sie traut sich nicht zu atmen.

Gleich ziehen sie Riccardo von mir und …

Helen tauchte an die Oberfläche, rang nach Luft. Ihre Hände hatten den Brief des Arztes zerknüllt, so sehr hatte sie sich verkrampft. Sie schloss die Augen, atmete durch und versuchte, ihre Mitte zu finden, die Erinnerungen abzuschütteln. Den Nachhall endgültig zum Verstummen zu bringen. Ihre Zunge klebte am Gaumen, sie konnte kaum schlucken.

Erst nachdem sie ein paarmal Luft geholt hatte, traute sie sich, die Augen wieder zu öffnen. Sie war hier. In diesem Haus, nicht in Seattle. Sie saß am Schreibtisch, den Hefter vor sich.

»Alles okay. Alles gut«, sprach sie sich selbst Mut zu.

Nachdem sie sich einigermaßen gefasst fühlte, strich sie den Brief glatt und blätterte noch einmal durch die Seiten.

Die Mehrzahl der Schreiben stammte aus den Jahren 1991 bis 1993. Ein Kinder- und Jugendlichenpsychotherapeut hatte in mehreren Briefen die Mutter eindringlich darauf hingewiesen, Melanie die bewilligte Psychotherapie weiter besuchen zu lassen. Er hatte ihr auch nahegelegt, Melanie aufgrund des Störungsbildes in eine Klinik einzuweisen und stationär zu behandeln.

»Die Folgen eines Traumas sind umso größer, je jünger man ist«, hatte Helens Psychologe in der Klinik gesagt. Sie erinnerte sich noch an ihre flapsige Antwort: Dann muss ich mir ja keine Sorgen machen.

Du hast die Therapie nie angefangen, Helen.

Melanie Roth hatte anscheinend mehrere Anläufe genommen, doch ihre Therapie immer wieder abgebrochen. Zu den letzten vereinbarten Sitzungen war sie gar nicht erst erschienen.

Anscheinend war Melanies Mutter auf keine Aufforderungen eingegangen, sodass der engagierte Therapeut ihr sogar wegen Kindswohlgefährdung mit dem Jugendamt gedroht hatte. Er schien sehr besorgt über die weitere Entwicklung seiner kleinen Patientin gewesen zu sein und war eindeutig davon ausgegangen, dass ohne weitere Therapie die »psychologische Störung noch massiver und chronisch« werden könne.

Melanie hat es jedenfalls versucht, Helen. Ein paar Sitzungen hat sie geschafft. Du bist nicht einmal hingegangen. Nicht ein einziges Mal. Du hast dich gesperrt, Helen, als das FBI eine Therapie vorschlug.

Wahrscheinlich hatte Roths Mutter ihr Kind vor der anstrengenden Therapie schützen wollen, hatte Angst gehabt, ihre Tochter könne gänzlich zerbrechen.

Du hattest Angst, du könntest gänzlich zerbrechen.

Etwas Schreckliches war vor zweieinhalb Jahrzehnten mit Melanie Roth geschehen. Monatelang war sie jede Nacht schreiend aufgewacht, hatte nicht mehr gewusst, wo sie war, hatte um sich geschlagen und war sogar ihre Mutter angegangen.

»... hat versucht während einer Sitzung, Sand zu essen ... Schrie die ganze Zeit ... Melanie zeigt suizidale Tendenzen, die auf ein extrem traumatisches Erlebnis ...«

Wenn Helen richtig gerechnet hatte, musste Roth vor ihrem fünften Geburtstag etwas so Schreckliches widerfahren sein, dass sie davon nicht mehr loskam.

Auf jeden Fall war Melanie Roth sehr viel mehr als eine zufällige Zeugin eines Mordes. So viel stand fest. Das alles konnte kein Zufall sein. Eine seit über zwanzig Jahren traumatisierte Frau schläft mit einem verheirateten Mann, der ein weiteres Opfer seit über zwanzig Jahren kennt und der selbst ermordet wird?

In Helens Kopf drehte sich alles. Sie musste die Berichte Knut zeigen, musste mit ihm und Johann die Hintergründe ausloten.

Konnte es sein, dass sich Roth mit einem Mann zusammengetan hatte, um sich für dieses Ereignis zu rächen?

Würdest du dich gern rächen, Helen? Würdest du dich gern an Chris Sawyer rächen?

...

Helen?

Zitternd rieb sie sich die Augen und versuchte, sich auf

das Hier und Jetzt zu konzentrieren, versuchte, ihre innere Stimme wegzusperren.

Sie bemühte sich, gleichmäßig Luft zu holen, und horchte. Das Haus lag ruhig da. Helen konnte es atmen hören. Die Heizung knackte, die Fenster flüsterten, ein Wasserhahn pochte. Es war still. So still … So rein … Die Ruhe vor dem Sturm.

… rächen für das, was in der Baracke passiert ist? Für den Tag an der Aurora Ave.?

Hör auf! Bitte!

In ihrem Magen begann es abermals zu ziehen wie in der Achterbahn, und sie dachte: Ich will nicht zurück in den November, nicht zurück … Nur nicht zurück.

Doch ihr Atem glitt bereits in die Vergangenheit. In die Panik. Und im nächsten Augenblick hörte sie nicht mehr das Haus, sondern nur dieses ängstliche Luftholen. Ihren Atem. Unter dem Helm. Ihre Brust tat weh, etwas lag auf ihr … Er lag auf ihr. Riccardo.

Nein. Nicht. Nicht erinnern. Ich will nicht zurück …

Und die Bilder explodierten erneut in ihrem Kopf. Sie war da unten, unter ihrem toten Kollegen.

Gleich ziehen sie Riccardo von mir und …

Die Ruhe ist zermürbend. Kein Schuss, kein Husten, keine Rufe.

Und im nächsten Moment zerreißen Schüsse die Stille und eine Blendgranate die Zeit. Sie sieht nur weiß, greller Nebel, verschwommene Schatten, meint, zwei der Angreifer brechen zuckend zusammen, schlagen auf den siffigen Holzboden. Die letzten beiden springen hinter das Mäuerchen, reißen Flaschen herunter.

Der Colt liegt zu weit weg. Helen versucht, an ihre Glock zu kommen, ihre »Backup Pistol«, die über dem Stiefel an den Unterschenkel gebunden ist. Sie kann sie nicht erreichen, ohne die Deckung aufzugeben ... Helen bricht ab, schließt die Augen, spürt Riccardos Blut unter ihr Visier fließen. Sie atmet nicht, sie betet bloß in das Gewitter aus Schüssen.

Endlich senkt sich Stille herab, flutet zwischen die Leichen.

Helen liegt da, atmet, die Augen geschlossen.

Du lebst, Schätzchen. Du lebst.

Was ist passiert?

Ich seh nach.

Nein, atme nicht. Warte ab. Einundzwanzig, zweiundzwanzig, dreiund...

Mit einem Mal wird Riccardo von ihr gerissen, zwei der Chaptermänner ziehen den Toten beiseite, dann packt Fist sie brutal am Helm und schleift sie über den Boden. Sie schlägt um sich, aber er tritt ihr in den Magen. Die gesplitterten Rippen drücken ihr den Atem ab.

Er lässt sie vor der Bar wie ein Stück Fleisch liegen.

Und sie liegt auf dem Rücken, auf dem Boden, den ausgetretenen, dreckigen Dielen der Bar, und sie spürt das Holz unter ihren Beinen.

Er nimmt die Pumpgun hoch, lädt.

Und er beugt sich über sie. Und er zielt. Und die Papiere und Glassplitter schweben wie Schnee. Und er zielt auf sie. Fist Hollow. Und er lächelt, und er setzt den Lauf auf ihr Bein. Einfach so. Weil er es kann.

Bitch.

Glas splitterte und holte sie abrupt zurück. Orientierungslos fuhr sie herum. Wo war sie? Was war los? Roths Haus. Ja. Keine Zeit aufzuwachen, keine Zeit für Zwiegespräche. Das Krachen einer Tür.

Helen sprang auf, in ihrem Kopf wirbelten noch immer Fetzen der Erinnerung. Egal. Weg hier.

Helen klemmte sich die Mappe unter, huschte in den Flur zurück. Jemand war im Haus. Eindeutig. Da waren Stimmen zu hören.

Mit vier Schritten war sie neben dem Fenster des Schlafzimmers. Unter ihr erstreckte sich die regennasse Einfahrt zur Westerstraße.

Drei Motorräder parkten hinter ihrem Wagen.

Motorräder. Der Anblick traf sie wie ein Hammerschlag. Sofort spürte sie, wie ihr das Blut in den Kopf schoss. Ihre Schläfen pochten, ihr Herz raste. Sie musste sich endlich konzentrieren, sie musste …

Motorräder, Riccardo, Richard »Fist« Hollow, Sawyers Lächeln. Dieses Lächeln …

Nein! Nicht noch mal! Sie schüttelte die Gedanken ab. »Reiß dich zusammen«, ermahnte sie sich, zückte viel zu fahrig ihre Pistole, sah sich nach einem Fluchtweg um.

»Wo steckst du? Wir müssen mal reden«, drang eine polternde Stimme zu ihr hinauf. Schwere Stiefel liefen das Erdgeschoss ab, mindestens zwei Männer. Einer fluchte spaßhaft über die Sauerei in der Küche.

Das Schlafzimmer war eine Todesfalle. Sich hier zu verstecken war Irrsinn. Helen huschte zurück zur Schlafzimmertür, zog den Schlüssel. Sie schloss den Raum von außen ab, huschte zum Büro und verschloss auch diese Tür. Das andere Schlafzimmer? Keine Zeit. Sie hetzte an der Treppe vorbei und ab ins Bad. So leise sie konnte, zog sie die Tür hinter sich zu und verriegelte sie.

Polternd eilten die Männer die Treppe hinauf. Ihre schweren Stiefel stampften auf den Sufen.

»Komm schon!«, rief einer, und sie erkannte die Stimme des bärtigen Anführers. »Wo steckst du denn? Heeeeeleeeeen!«

Zum Fenster. Hinausspähen: die Seite des Hauses. Unten? Garage … Garagendach … Los! Bloß ein Meter. Keine Zeit zum Denken.

»Verschlossen!«

»Hier auch!«, hörte sie die Männer. Dann rappelte es an der Badtür.

Sie öffnete das Fenster ganz, kletterte über die Fensterbank und sprang aufs Garagendach. Während sie geduckt zur Kante eilte, zückte sie ihr Handy. »Johann?«

»Der Teilnehmer ist vorübergehend …«

»Fuck!«

Lautes Fluchen drang aus dem Fenster über ihr, dann hörte sie die Badtür bersten. Helen kniete sich hin, ließ die Mappe auf die nassen Steine vor dem Gargentor fallen und schob sich rückwärts über die Kante.

Der Kopf des Wikingers erschien am Fenster. Sofort kapierte er, was los war. Sechs, sieben Sekunden, dann würden sie aus der Haustür … Schneller!

Schmerzen durchzuckten ihren Stumpf. Die Prothese verrutschte, sie konnte kaum auftreten, hinkte und hüpfte auf den Mercedes zu. Wagenschlüssel … Wo war der Scheißwagenschlüssel?

In dem Moment kam der hagere Typ, der Mann mit den überklebten Patches, ums Haus gerannt. Anscheinend war er gar nicht reingegangen.

Er sprintete auf Helen zu, die endlich den Türgriff spürte, zog. Auf den Sitz. Autotür zu! Der Hagere krachte mit vollem Schwung gegen ihre Seite, wollte aufziehen, aber da hatte sie bereits verriegelt. Hektisch steckte sie den Schlüssel ins Schloss, sah, wie die anderen beiden Männer die Haustür aufrissen.

Helen ließ den Motor aufheulen, knallte den Rückwärtsgang rein und gab Vollgas. Versuchte es zumindest, die Prothese saß noch immer schief. Panisch verkeilte sie das Fußpassteil irgendwie auf den Pedalen, ließ den Motor aufheulen.

Gas. Gas!

Im Rückspiegel fixierte sie eins der Motorräder, ließ den Wagen mit aller Kraft reinrasen. Metall und Glas splitterten. Sie warf es um, fuhr vor und erwischte beinahe den Wikinger, der brüllend vor Zorn auf ihre Motorhaube einschlug.

Während sie erneut den Rückwärtsgang einlegte, hieb der Hagere mit seinem beschissenen Sturmhelm gegen das Seitenfenster. Es zerspritzte in Milliarden Stückchen, während Helen erneut beschleunigte, das zweite Motorrad anpeilte und den Chopper unter ihrem Wagen begrub.

Der hagere Typ versuchte, nach ihr zu greifen, hielt sich am zerstörten Fenster fest.

Helen trat das Gas durch, rumpelte über die Maschine, schoss rückwärts auf die Westerstraße, den Typen am Wagen. Der Mann gab einfach nicht auf. Jetzt versuchte er, sich ins Auto zu stemmen. Die Glock! Sie konnte ihre Pistole nicht ziehen, weil sie halb draufsaß. Shit!

Sie riss das Steuer herum, ließ den Wagen auf die Gegenfahrbahn ausbrechen. Der Hagere schrie, als der Mercedes herumschleuderte und er sich nicht mehr halten konnte. Trotz des Sicherheitsglases hatte er sich beide Hände aufgeschnitten, stürzte auf den Asphalt.

Egal wie, sie stieg auf das Gaspedal, drückte es ganz durch. Der Wagen gewann an Fahrt, raste aus dem Ort.

Die Männer hatten noch ein unberührtes Motorrad, dennoch hoffte sie, dass sie ihr nicht folgten. In ihren Haaren klebten Glasbrocken. Ihr Herz raste so schnell, dass sie kaum Luft bekam. Ihr wurde speiübel. Zitternd zog sie die Glock aus dem Hosenbund und legte sie auf Roths Mappe, den Blick immerzu panisch im Rückspiegel.

38

Weil ihm flau wurde, kurbelte Knut das Fenster herunter und genoss ein paar Züge der Septemberluft. Er hatte gegenüber der Polizeistation geparkt, Veith war schon vorausgegangen. Das Revier lag so ruhig da, als hätten sie die letzten Tage bloß wie üblich Falschparkern Knöllchen verpasst, Streitereien im Dock-5 geschlichtet oder Hunde aus zu heißen Autos gerettet. Durch das Schwatzen und Lachen der Touristen auf der Promenade meinte er, die Nordsee zu hören. Aber das war sicherlich Einbildung.

Nachdem Maas und seine Soko die Leiche ins Institut gefahren hatten und es abzusehen war, dass die Spurensicherung noch Tage brauchen würde, war er mit Veith zurück in die Stadt gefahren, still nach Valandsiel hinein, vorüber an den gepflegten Häuschen, den gestriegelten Vorgärten und flanierenden Touristen.

Ihm war die heile Welt wie ein seltsamer Traum vorgekommen.

Er stieg aus und schlenderte über die Hauptstraße zur Polizeistation. Am Fußweg stand noch immer Thors riesiger Metallschrank, seufzend warf Knut einen Blick auf den Kasten.

Als er die Polizeiwache betrat, umfing ihn sofort emsige Geschäftigkeit. Diehl stritt sich am Telefon mit dem Bürgermeister und winkte Knut, aber der dachte nicht daran, das Gespräch zu übernehmen. Veith hatte sich bereits hinter seinen PC geklemmt und checkte, ob die Identitäten der letzten beiden »Black Dogs« bestimmt worden waren. Das LKA griff auf die beim BKA gespeicherte AFIS-Datenbank zurück, in der alle bei Straftaten gefundenen Fingerabdrücke gespeichert wurden. Jedoch hatte es keinen Treffer gegeben. Weder Erik noch Viola waren identifiziert worden, sodass das BKA die Suche auf das europaweite EURODAC ausgedehnt hatte.

Bisher ohne Erfolg, wie Knut auf Veiths Monitor erkennen konnte.

»Veith? Diehl? Checkt mal stumpf das Telefonbuch. Sucht alle Eriks raus. Von hier und in den Nachbargemeinden. Zur Not fahren wir die alle ab.« Er wollte sich gerade einen Kaffee holen und in sein Büro gehen, als Birthe auf ihn zugelaufen kam. »Die Pressekonferenz ist in 'ner knappen Stunde.«

»Konferenz?«

»Irgend so 'n Presseheini vom LKA hat angerufen. Hab den Namen aufgeschrieben. Und Warendorp will dich unbedingt auf der Bühne haben.«

»Aha, deswegen ist hier keiner von den Schreibfuzzis.« Er hatte die Journalisten schon vermisst.

»Da hättest du mal vor einer halben Stunde hier sein sollen«, rief Diehl, ohne den Hörer zuzuhalten.

»Ja, nachdem die bei euch da im Wald nicht durchgekommen sind, waren vier Sender hier. Fernsehen. Und 'ne Handvoll Zeitungen«, bemerkte Birthe nicht ohne Stolz und reichte Knut einen Zettel mit ihren Notizen. »Die sind schon rüber zum Rathaus. Die Pressekonferenz ist wohl im Tanzsaal wegen dem Andrang.«

Knut goss sich einen Kaffee ein. »Helen?«

»Hat sich noch nicht gemeldet. Sie ist heute Mittag ins Krankenhaus.«

»Ich weiß, danke.«

Sie nahm ein paar Blätter von ihrem Tisch. »Und das hier, Schatz, hat deine unfähige Freundin zusammengestellt.«

»Was'n das?«

»Ich dachte, es wäre gut, wenn ich alles zusammentrage und dir einen Text schreibe. Du hast es ja nicht so mit Reden.«

Er blätterte die Unterlagen durch. Obenauf hatte sie einen Pressetext gelegt. »Danke«, meinte er und spürte, wie sie sich an ihn schmiegte, um ihm stolz zu zeigen, was sie da für ihn aufgeschrieben hatte. Ihr Kaugummi roch nach verwegenen Küssen und noch verwegeneren Nächten. Nach den ersten Wochen ihrer Beziehung, als sie sich immer heimlich nahe den Docks getroffen hatten. Die Erinnerung schmeckte wie eine klebrig süße Droge, von der er es ihm schwerfiel loszukommen.

Ganzheitlichkeit, dachte er. Rück beiseite, sonst denkt sie …

Da klingelte sein Handy. Er war froh, dass es ihm die Entscheidung abnahm.

»'tschuldige.«

Birthe hatte auf dem Display gesehen, wer sie unterbrochen hatte. Sie verdrehte die Augen, als er abnahm.

»Gut, dass Sie anrufen, Frau Henning. Wir haben Anneke Goldmann gefunden und …« Er brach ab, denn er hörte Helen weinen. »Was … Was ist los? Helen? Ist was passiert?« Unwillkürlich warf er Birthe einen Blick zu, die jedoch bloß angefressen dreinsah. Er klemmte sich den Stapel Papiere unter und ging zum Ausgang.

»Ich …«, brachte Helen hervor. »Können Sie vielleicht einfach kommen. Ginge das?«

Knut erschauderte. Sie hatte noch nie so … Er musste selbst nach dem Wort suchen … so zerbrechlich geklungen.

»Klar geht das«, meinte er. »Wo stecken Sie?«

»Du haust doch nicht einfach wieder ab? Knut?«, rief Birthe fassungslos. Aber er war bereits vor das Revier getreten.

Helens Mercedes stand auf einem Sandweg nicht weit entfernt vom Ferienhaus, in dem sie Robert Jäger gefunden hatten. Ein paar Möwen balgten sich um die Überreste dreier Krebse. Sie hatte etwas versteckt von der Straße geparkt und wollte eindeutig ungestört sein. Als er mit dem Landrover hielt, sah er bereits, dass der Wagen ramponiert war. Er stieg aus und kam zu ihr herum.

Verweint hockte sie hinter dem Steuer. Überall lagen die Brocken der Seitenscheibe herum, schimmerten im Sonnenlicht.

»Geht's Ihnen gut?«

Sie nickte.

»Was ist passiert?«

Helen schwieg, setzte an, aber sie brachte kein Wort über die Lippen.

»Ein Unfall? Aber …« Er konnte es in ihrem verstörten Blick lesen. »O nein, diese Asgard-Typen?«

Wieder ein Nicken.

»Scheiße … Herrgott! Wollen Sie nicht aussteigen und mir alles erzählen?«

Sie überlegte einen Augenblick, dann schüttelte sie den Kopf.

»Na gut.« Kurzerhand ging er ums Auto, packte Roths und seine eigene Mappe aufs Armaturenbrett und setzte sich auf den Beifahrersitz. »Das kriegen wir schon wieder hin«, meinte er leise und nahm ihre Hand. »Das kriegen wir hin, okay?«

»Ich weiß nicht«, brachte sie hervor. Ihr versagte dabei beinahe die Stimme.

»Hey. Ich bin der Sheriff hier«, meinte er, um sie etwas aufzumuntern. »Wenn ich das sage, dann ist das Gesetz! … Was ist passiert? Was haben die Ihnen angetan?«

Helen atmete schwer. Sie brauchte ein paar Atemzüge, um sich zu sammeln. »Nichts. Gott sei Dank nichts. Die … die haben mich nicht gekriegt.« Schluckend wischte sie sich die Tränen aus den Augen. »Hab ihre Motorräder platt gefahren.«

»Was?« Er war so überrascht, dass er schmunzeln musste. »Was haben Sie?«

»Wirklich. Nur weil ich beim FBI war, heißt das nicht, dass ich einparken kann.« Ihre Anspannung entlud sich in einem angespannten Lachen. Froh, dass sie zumindest ihren Sarkasmus wiedergefunden hatte, fiel er mit ein. Einen Moment saßen sie im demolierten Mercedes, sahen den Möwen beim Knacken von Krebsen zu und lachten. Es war befreiend, geradezu ein magischer Moment.

Was immer diese Arschlöcher mit Helen angestellt hatten, er würde dafür sorgen, dass es nicht noch einmal geschah.

»Am besten, Sie machen eine Aussage, und wir nehmen eine Anzeige auf. Ich denke, dass wir gute Chancen haben, die Kerle …«

Sie schüttelte den Kopf. »Das geht nicht.«

Knut war ehrlich erstaunt. »Sie wollen sie nicht anzeigen?«

»Das geht nicht, weil … ich … Ich bin bei Roth eingebrochen.«

Sein Blick hätte kaum fragender sein können.

»Die Kellertür war offen, ich wollte nur ein paar Hinweise finden. Dabei haben die mich überfallen.«

»Sie waren bei Roth zu Hause?« Knut ließ das erst mal

sacken. »Nun«, begann er schließlich. »Wenn offen war und Sie quasi für Maas und das LKA arbeiten … Sagen wir, Sie haben nach ihr gesucht, nach Melanie Roth, um Schlimmeres abzuwenden. Haben zu Hause bei ihr nachsehen wollen, ob was passiert ist. Wo kein Kläger, da kein Richter.«

»Danke.«

Er überwand sich und bot ihr an, mit Maas über die Brüder Asgards zu reden.

»Wieso?«, fragte sie.

»Na ja, ich würde Ihnen ja Diehl oder Veith zur Seite stellen, als Schutz, mein ich, aber wir sind alle mit den Morden …«

»Ich möchte keinen Polizeischutz.«

»Na gut. Und was haben Sie dann vor?«

»Mich nicht einschüchtern zu lassen.« Sie versuchte ein hartes Lächeln, aber es misslang.

»Tut mir leid, Ihnen das zu sagen, aber das ist längst passiert. Tun Sie mir den Gefallen und nehmen Sie sich ein Hotelzimmer, eine Pension, erst mal raus aus der Schusslinie, okay?«

Sie nickte.

»Ich trete Maas wegen der Rocker auf die Füße und setze Diehl dran, dass wir was gegen diese Arschlöcher in der Hand haben. Aber Sie halten den Kopf da raus.« Knut wartete, bis sie klar und deutlich »Ja« gesagt hatte, denn so recht glaubte er ihr nicht.

»Was will Ihr Verlobter eigentlich?«

»Exverlobter. Rache, was sonst?«

»Schon, ja. Ich meine ja auch, was er damit bezwecken will, wenn er irgendwelche drittklassigen Schläger auf Sie hetzt.« Knut verbesserte sich noch einmal: »Ich meine nicht bezwecken, sondern was er davon hat.«

»Das ist eine gute Frage. Richtig befriedigend kann es für ihn nicht sein. Selbst wenn die filmen, wie sie mich fertigmachen.«

»Ich kenne ja auch nur Bruchstücke der Geschichte, aber wenn Ihr Ex wegen Ihnen in den Knast gewandert ist, dann will er seine Rache doch von Angesicht zu Angesicht servieren.« Knut sah den Möwen zu, die es geschafft hatten, einen der Krebse vor den Mercedes zu schleudern, und nun zu dritt an ihm herumzerrten. »Sind Sie sicher, dass er noch im Gefängnis sitzt?«

Ein Blick auf Helen machte ihm klar, dass schon die bloße Vorstellung, es könne anders sein, sie erschaudern ließ.

Er nahm sein Funkgerät. »Birthe? Du musst mal für mich was checken. Zur Not übers LKA und BKA, aber vielleicht geht's einfacher.«

»Was denn? Für Helen?«, erklang die zickige Stimme seiner Freundin, bevor er sie bat, im King County Jail nach Chris Sawyer zu fragen. Immerhin versprach sie murrend, sich drum zu kümmern.

»Noch mal danke. Ich denke aber, dass mir meine ehemaligen Kollegen vom FBI sicher was gesagt hätten.« Sie nickte zur Mappe auf dem Armaturenbrett.

»Was ist das?«

»Der Beweis, dass etwas mit Roth ganz und gar nicht stimmt.« Sie erklärte ihm kurz, dass bei Roth als Kind eine posttraumatische Belastungsstörung diagnostiziert worden war, die sie anscheinend nie austherapiert hatte.

»Also, jemand tut ihr was Schreckliches an, als sie vier Jahre alt ist. Sie ist traumatisiert, und jetzt, 25 Jahre später, sterben alle Black Dogs?« Knut blätterte die Unterlagen durch. »Das kann doch kein Zufall sein.«

»Daran glaub ich auch nicht. Roth wird ein Vierteljahrhundert von Albträumen geplagt. Wahrscheinlich will sie die Erinnerung loswerden, den Traum abtöten. Das Ganze hinter sich lassen.«

Knut sah, wie Helen bei den Worten schlucken musste.

Wahrscheinlich geht es ihr nicht viel besser, schoss es ihm durch den Kopf. Und ihre Erinnerungen sind keine 25 Jahre weit weg.

»Aber warum sollte sie jetzt morden? So viel später?«, fragte er. »Warum nicht vor zehn, fünf, sieben, was-weiß-ich Jahren?«

»Weil sie jemanden kennengelernt hat. Und dieser Jemand ist bereit, mit ihr bis zum Äußersten zu gehen. Er ist bereit zu morden – und damit die Erinnerung abzutöten.«

»Okay. Also hat sie einen Plan gemacht, wie sie ihre Rache umsetzen kann.«

»Ja. Vor zwei Monaten, falls Piet Mohn das erste Opfer war, ging ihre Jagd los. Die beiden bringen Mohn um, und Melanie hat inzwischen zu ihrem nächsten Opfer Kontakt aufgebaut. Zu Jäger.«

»Kontakt ist gut. Sie ist mit ihm ins Bett.«

»Sie beginnt eine Affäre – nur mit dem Gedanken, sich zu rächen. Und uns in die Irre zu führen. Wenn sie wirklich nicht ansprechbar war, wer hat dann die Polizei gerufen?«

»Sie spielt uns was vor. Sie ist also die treibende Kraft?«

Helen nickte. »Und so, wie ich das sehe, hat sie längst ihre nächsten Opfer ausgespäht.«

»Ja. Und von denen haben wir leider nur die Vornamen. Viola und Erik.« Sein Blick fiel auf einen der Briefe des Psychotherapeuten. »Ginsterweg 17, 2260 Valandsiel. Wie passend.«

»Dass Melanie Roth mal hier im Ort gewohnt hat? Das macht doch Sinn.«

»Nein. Dass wir überall auf Sand stoßen.«

Sie sah ihn fragend an.

»Der Ginsterweg ist vor rund fünfzehn Jahren oder so aufgegeben worden. Eine Wanderdüne hat da alle Häuser verschüttet.«

Ihre Blicke trafen sich. Sie brauchten sich nicht abzusprechen, es war alles gesagt.

»Wir nehmen meinen Landrover«, meinte Knut knapp, und ehe er weitersprechen konnte, war sie schon ausgestiegen und hatte die Möwen verscheucht.

39

Der Tag neigte sich dem Ende zu. Das Meer hatte bereits die Sonne geschluckt. Fetzenwolken, eingetaucht in dunkles Purpur, zogen vor die anbrechende Nacht. In wenigen Minuten würde es dunkel sein.

Knuts Blick strich über den Hain aus Krüppelfichten, glitt über das im Wind zitternde Dünengras und fand schließlich den Zipfel eines Dachfirsts, der aus dem Sand ragte. Obwohl sein Wagen Allradantrieb besaß, hatte er sich nur bis zum Rand des Sandfeldes vorgetraut und war mit Helen zu Fuß in die Dünen gegangen.

»Da ist tatsächlich noch was zu sehen.« Er reichte ihr den Feldstecher. »Hier standen mal vier Häuser, glaub ich. Dann kam der Sand.«

»Das hab ich mir anders vorgestellt. Das ist ja alles komplett verschüttet. Hierher hat sich Roth doch niemals zurückgezogen.«

»Na, hoffen wir's. Einem Serienkillerpärchen würde ich ohne Verstärkung ungern gegenüberstehen.« Er zückte seinen Revolver und bemerkte, dass er ihn noch nicht nachgeladen hatte. Zwei Patronen fehlten. Umständlich fingerte er sie aus der Tasche seiner Jeans.

»Sie sollten sich mal einen Ladering zulegen.«

»Ihr wollt mich alle ärgern, oder?« Brummelnd lud er einzeln nach, ließ die Trommel einrasten und pirschte sich an. Sie schlichen hintereinander über die erste Kuppe. Der feine Sand trieb ihnen entgegen, wehte in ihre Haare, in

Mund und Augen. Es war weitaus beschwerlicher, durch den Sand zu spurten, als Knut angenommen hatte.

Vorsichtig kamen sie dem Haus näher, bis es noch gute 150 Meter vor ihnen lag. Helen hatte ihre Pistole nun auch gezückt und hielt die Umgebung im Blick.

»Da.« Knut deutete auf Spuren. Sie waren so gut wie verschüttet und lediglich an den Hängen auszumachen, wo der Wind sie nicht verweht hatte. Sie begannen im Nichts. Mit viel Fantasie führten sie zum Haus.

Die beiden folgten ihnen, hielten jedoch im Schutz der letzten Sandkuppe inne. Noch einmal suchte Knut alles mit dem Feldstecher ab. Die Spuren führten zum Dach, von dem tatsächlich bloß ein eingefallenes Stück aus dem Sandhügel ragte. Neben dem Loch in den Schindeln lagen mehrere Müllbeutel. Möwen oder Ratten hatten sie aufgerissen. Knut versuchte, das Fernglas schärfer zu stellen. Waren das blutgetränkte Tücher? Von hier aus war es schwer zu bestimmen. Ein Klappspaten steckte unweit des Mülls im Sand, daneben einige gewöhnliche Eimer und jede Menge Siebe.

»Na großartig«, entfuhr es Knut. »Absolut richtige Adresse.« Er zückte sein Funkgerät. »Birthe? Bitte kommen? Birthe?«

»Was denn?« Sie klang ziemlich angesäuert. »Nein, ich hab Seattle noch nicht angerufen.«

»Ich bin draußen bei der Fichtenplantage.«

»Was für 'ne Plantage?«

»Da, wo mal der Ginsterweg war. Bei der Wanderdüne.«

»Wo?«

»Ach Scheiße, Birthe. Sag das Diehl. Der weiß, wo. Ich brauche hier sofort Verstärkung! Diehl und Veith sollen herkommen! Bringt die Waffen mit. Der Schlüssel ist ...«

»Ich *weiß*, wo der Schlüssel zum Waffenschrank ist!«

»Gut. Okay. Und ruf Maas an.«

»Der ist grad im Fernsehen.«

»Mir scheißegal. Versuch, ihn zu erreichen. Zur Not renn rüber zum Rathaus und zieh ihn von der Bühne! Wir haben das Versteck unserer Täter gefunden.«

»Äh ...« Sie stutzte. »Echt? ... Ähm, okay. Kein Problem! Bin unterwegs.«

Knut wollte das Funkgerät schon wegstecken, als ihm noch was einfiel. »Ach, Papa. Falls du das hier abhörst! Bleib zu Hause. Das ist ein Polizeieinsatz. Verstanden! Over und out.« Er tauschte Funkgerät gegen Handy, wählte, doch Maas war nicht zu erreichen. »War ja klar, dass er es abschaltet.«

»Sssscht«, ermahnte Helen ihn und horchte.

»Was ist los?«

»Hören Sie das?«

Obwohl Knut sich konzentrierte, konnte er außer den Möwen und dem Rascheln der entfernten Fichten nichts wahrnehmen. Oder doch?

»Sind das Rufe?«, fragte er und gab behutsam ein Stück seiner Deckung auf, um besser lauschen zu können. »Klingt wie Gesang. Ein Radio?«

»Wir müssen näher ran.«

»Woher hab ich gewusst, dass Sie das sagen?«, seufzte er. »Auf drei. Bis zu dem kaputten Dach. Wir stürmen noch nicht. Warten auf die anderen.«

Sie nickte, und er zählte leise ab, dann rannten sie die Düne hinunter. Dabei gaben sie eine perfekte Zielscheibe ab, wie Knut die ganze Zeit dachte, denn statt wirklich zu laufen, rutschten und schlitterten sie im feinen Sand erst hinunter, nur um sich dann viel zu langsam die gegenüberliegende Flanke wieder mühsam hinaufzuquälen.

Es dauerte eine Ewigkeit, bis sie im Dämmerlicht das

Dach erreichten. Jetzt war die Stimme sehr viel besser zu hören. Ein monotoner, wimmernder Frauensingsang. Er klang alles andere als fröhlich.

»Ist das Melanie Roth?«, wollte Helen wissen.

»Schwer zu sagen.«

»Egal. Warten wir. Kann ja nicht mehr lange dauern, bis Ihre Leute hier sind.«

Er lüpfte seine Basecap und wischte sich den Schweiß von der Stirn. Noch einmal nahm er sein Funkgerät zur Hand und informierte alle über ihre Entdeckung. »Diehl? Bist du da?«

»Ja. Sind unterwegs. Fünf Minuten ungefähr. Das LKA kommt. Maas und die Sokotypen vom Bunker«, führte er aus. »Dauert noch ein paar Minuten länger.«

Fünf Minuten, rechnete er durch. Fünf Minuten bis zu der Stelle, wo der Landrover parkte, und dann bis hierher noch mal zwei, drei ... Es dauerte einfach zu lang für seinen Geschmack.

»Hiiiilfe! Kann mich wer hören?«, drang mit einem Mal ein wispernder Ruf zu ihnen. »Hiiiilfe! Hiiiilfe! Wieso kommt denn keiner! Bitte! Biiiiiitte! Nein ...« Die Schreie erstarben in einem Schluchzen, dann begannen sie erneut.

Knut und Helen sahen sich an, beiden lief es eiskalt über die Rücken. Die Rufe waren schwer zu ertragen, klangen so panisch, hilflos und voller Angst.

»Nein! Ich ... BIIIIIITTE!«

Plötzlich löste sich Knut von den Schindeln und pirschte sich zum Loch im Dach vor.

»Was machen Sie denn?« Fluchend gab Helen ebenfalls ihre Position auf, sah, wie er seine Taschenlampe zückte.

»Wenn die da drin sind, unsere Killer, dann steht es zwei gegen zwei – aber wir haben das Überraschungsmoment«, redete er ihnen beiden Mut zu.

»Extrem beruhigende Rechnung.«

Knut zückte abermals das Funkgerät.

»Goooott! Neeein! Neeeein! Bitte! Hiillllfeee!«

Diese Frauenschreie waren zu viel. »Diehl? Wir stürmen. Hier ist Gefahr im Verzug. Beeilt euch.«

Sich gegenseitig Deckung gebend, tauchten Knut und Helen in den dunklen Dachboden ein und huschten gebückt über die Sandverwehungen voran ins Innere. Knut zog den Kopf ein, leuchtete jeden Schatten aus, zielte mit seinem Revolver in jede blinde Ecke. Seite an Seite drangen sie weiter vor.

Nachdem sie über eine Verwehung gekrabbelt waren, sahen sie die Luke zum Dachboden. Die Leiter war hochgeklappt worden. Zwar konnten sie die Klappe aufdrücken, aber es würde einen Heidenlärm machen, wenn sie die Treppe von oben runterfallen ließen.

Knut knipste die Taschenlampe aus und legte sich flach auf den Bauch. Vorsichtig drückte er die Luke daumenbreit auf und spähte ins Haus.

Er konnte den Flur erkennen, erhellt von Kerzenschein. Auch er war mit Sand geflutet und erinnerte Knut eindeutig an ein Cover von Uriah Heep. Außer zitternden Schatten war jedoch niemand zu sehen. Allein die Schreie füllten das Haus. So lautlos er konnte, ließ er die Klappe mitsamt der Leiter nach unten schwingen, bedeutete Helen, auf die andere Seite zu gehen und ihm nach unten zu folgen.

Sie quittierte seinen Vorschlag mit einem »Daumen hoch«.

Er zählte mit den Fingern bis drei, sondierte noch einmal die Lage, dann ließ er sich hinab und sicherte sofort den Gang, während Helen landete.

Sie gaben sich Zeichen, der Stimme zu folgen, und gingen geräuschlos durch den Flur. Knut hatte keinen Sinn für die bizarre Schönheit des Sandhauses. Obwohl es kühl war, schwitzte er. Die Suppe lief ihm in die Augen und brannte, und er wünschte, die Frau würde endlich verstummen.

Geräuschlos näherten sie sich der Tür, hinter der sie die Stimme vermuteten. Sie schlichen sich von der Seite an.

Wie im Lehrbuch, schoss es Knut durch den Kopf. Und totaler Wahnsinn, denn die Rigipswand gab wahrscheinlich noch weniger Schutz ab als die massive Holztür. Ein letztes Mal holte er Luft, griff den Revolver fester, dann trat er mit seinem Westernstiefel zu.

Die verdammte Tür gab lediglich ein Stück nach. Ihre Überraschung war dahin. Fluchend trat Knut ein weiteres Mal gegen das Blatt. Und diesmal flog die Tür auf.

»Polizei! Keine Bewegung!« Die beiden sprangen mit gezückten Waffen vor, stürmten den Raum.

Auf einer verdreckten Matratze saß, die Arme um die Knie geschlungen, eine schlanke Frau.

Es war nicht Melanie Roth.

Sie verstummte, wippte dennoch weiterhin apathisch vor und zurück und musterte sie erschrocken. Die Frau starrte Helen an, als sehe sie einen Geist. Helen steckte die Waffe weg und kniete sich vor die Fremde, während Knut zur Tür trat und den Einlass sicherte.

»Wer sind Sie? Wer sind Sie?«, zischte Helen. »Ihren Namen. Ist noch wer hier?« Erst nachdem sie die Unbekannte berührt hatte, schien diese wie aus einem Traum zu erwachen. Jäh begann sie zu weinen, laut und klagend, aber gleichzeitig lachte sie befreit.

»Sssssscht«, hörte Knut Helen sagen. »Alles gut. Alles wird gut. Wir holen Sie hier raus.«

»Wie heißen Sie?«, wollte Knut wissen, ohne den Blick vom Flur zu nehmen.

»Viola Wilbrand«, brachte sie unter Schluchzen hervor. »Viola Wilbrand. Ich bin Viola Wilbrand.«

»Viola?« Er konnte nicht umhin, sich nun doch kurz umzudrehen und Helen einen Blick zuzuwerfen. Das hatten sie verdammt gut gemacht. Endlich hatten sie ein Opfer – und zwar lebend.

In dem Moment streckte Veith seinen Kopf vorsichtig durch die Luke. Knut bedeutete ihm, mucksmäuschenstill runterzukommen. Als Erstes ließ sich Maas in den Flur hinab, dann seine Beamten und als Schlusslicht Diehl und Veith.

Knut signalisierte den Beamten, die sich konzentriert und geräuschlos bewegten, dass er den Flur weiter vordringen und nach dem Täter suchen wolle.

Maas nickte, schloss zu ihm auf. Die beiden Männer schritten zielend und sichernd tiefer ins Haus und standen mit einem Mal an der Küchenzeile, von der aus man das Wohnzimmer einsehen konnte.

Es schien alles verlassen.

Maas übernahm das Kommando und wies die Männer an, auszuschwärmen. Sofort stürmten sie ins Wohnzimmer, kontrollierten Raum für Raum. Diehl und einem von Maas' Leuten gelang es, eine weitere Tür aufzustemmen: Dahinter lag ein Kinderzimmer mit umgestürztem Bett. Die Zimmerdecke war eingerissen.

»Ach du Scheiße«, hörte Knut Maas stöhnen und wandte sich dem LKA-Mann zu. Der war zwischen die Küchenzeilen getreten. Tücher, Trichter, Schläuche, Siebe, Spatel und medizinische Glasfläschchen lagen herum. Knut bückte sich und konnte auf einer Ampulle »Ketanest S« lesen. Ketamin. Das Betäubungsmittel, welches das Killerpärchen bei Robert Jäger in den Inhalator gesprüht hatte.

Statt sich die Beweisstücke näher anzusehen, half er Helen mit Viola Wilbrand. Gemeinsam stützten sie die Frau und brachten sie an die Dachbodenleiter, an der bereits Sanitäter warteten.

Viola Wilbrand wurde noch im Flur auf eine Liege geschnallt und durch die schmale Klappe hinauf und schließlich ins Freie getragen. Binnen Minuten verwandelte sich das Sandhaus in einen Bienenstock voller Experten.

Am liebsten wäre Knut den Sanitätern nachgeeilt und hätte die Frau befragt, aber er wusste, dass sie ihn nicht zu ihr lassen würden.

»Gute Arbeit, Jansen.« Maas trat zu ihm, strich sich Sand aus den roten Haaren und schaffte es, sogar dabei elegant auszusehen. In seinem Blick lag ehrliche Anerkennung. »Wie sind Sie auf den Folterkeller hier gekommen?«

Ertappt warf Knut Helen einen Blick zu, die ein paar Schritte weiter Viola Wilbrands Zelle inspizierte. Im Bruchteil einer Sekunde las er von ihren Augen den Wunsch ab, ihren Alleingang in Roths Haus unter den Teppich zu kehren.

»Also ... Nun ja. Ich habe Diehl gebeten, mal in Roths Vergangenheit zu stochern. Da ist er auf die Adresse hier gestoßen.«

Maas schien mit der Antwort zufrieden.

»Da ist noch was.« Knut setzte ihn in Kenntnis, dass Helen und er Melanie Roth für die bestimmende Täterin hielten, und erzählte von ihren abgebrochenen Therapien und dem wahrscheinlich traumatischen Erlebnis in ihrer Kindheit.

Gemeinsam gingen sie in das Zimmer, aus dem sie Viola befreit hatten. Während die Spurensicherung fotografierte und filmte, sahen die beiden sich um.

»Ich denke, das ist sein Zimmer«, sagte Helen.

»Wessen Zimmer?«, wollte Maas wissen.

Sie nickte zum ramponierten Tisch und dem Foto, das zwischen den Kuscheltieren und Kerzen auf dem Boden lag. Dann klaubte sie das Porträt auf und zückte ihr Handy. Auf dem Foto, das sie bei Roth im Flur geschossen hatte, saß derselbe Junge mit Melanie vor dem Haus. »Ich nehme an, dass es Melanie Roths Bruder ist. Sein Zimmer. Das ist doch ein Kinderzimmer.«

»Wenn sie einen Bruder hat, finden wir das schnell heraus«, behauptete Knut. Er wollte Birthe anfunken, aber hier unter dem Sand funktionierten weder Funkgerät noch Handy. Fluchend steckte er alles weg und trat zu Maas und Helen, die soeben die Fotospirale bestaunten.

Dutzende Bilder der Opfer waren als Spirale an die Wand gepinnt. Deren Mitte bildete eindeutig Viola Wilbrand.

»Sind die in Reihenfolge? Ich meine, so wie die Opfer?« Maas zeigte, was er meinte. »Ganz außen, am Anfang. Das ist doch Mohn, oder?«

Helen und Knut stimmten ihm zu.

»Robert Jäger ...« Maas ließ seinen Finger die Spirale weiter entlangfahren ... »Anneke Goldmann ... Das ist vermutlich dieser Erik ... und in der Mitte die Frau von hier, Viola Wilbrand.«

Knut trat näher und musterte die Fotos genauer. »Erik ... Hm ... Wer ist dieser Typ?« Von ihm gab es bloß eine Handvoll Bilder, die meisten waren unscharf oder das Licht ungünstig. Die beste Aufnahme zeigte ihn Mitte 20. Ein fetter Kerl mit Doppelkinn, Halbglatze und krausen dunklen Haaren. Das runde Gesicht wirkte freundlich, der Blick aufgeweckt.

»Irgendwoher kenn ich den. Der ist auch hier aus Valandsiel.« Angestrengt versuchte Knut, den jungen Mann im Geiste älter zu machen, ihn einzuordnen. Er wusste, dass er ihn kannte, aber er kam nicht darauf, woher. »Verdammt! Ich kenn den. Ich weiß nur nicht, von wo.«

»Sein Fingerabdruck auf den Sammelkarten hat bisher keinen Treffer ergeben«, gab Maas zu. »Es hat ganz den Anschein, als habe dieser Erik sich bisher nichts zuschulden kommen lassen.«

»Wenn es stimmt, was du sagst, Johann, und die Spirale stellt die Reihenfolge dar, dann ist er das nächste Opfer«, meinte Helen nüchtern. »Melanie Roth und ihr Partner werden ihn töten.«

»Und das dauert keine Wochen«, warf Knut ein. »Sie werden immer schneller, richtig?«

Helen nickte. »Wir müssen Erik finden, sonst wird er sterben.«

40

Erik Ahrens zog einen Samsonite durch die enge Dachbodenluke. Das Ding entglitt seinen Stummelfingern und krachte ihm beinahe auf die Füße.

»Ja, mach noch alles kaputt!« Genervt und reichlich müde streckte seine Frau den Kopf aus dem Schlafzimmer und verfolgte, was ihr Mann mit dem Koffer trieb. »Ehrlich, so ganz versteh ich's nich'. Überraschung hin oder her.«

»D-d-das wird s-s-sicher toll.« Erik ließ den Koffer aufs Doppelbett fallen, auf dem seine Frau bereits Wäsche zum Packen gestapelt hatte. »L-l-lass dich d-d-doch mal ü-überraschen. W-w-w-wir m-machen den Laden f-für z-z-zwei W-W-Wochen zu und ab a-a-a-uf d-die Mal-Mal-Mal-Mal…«

»Malediven.« Sie setzte sich seufzend. »Ist heute besonders schlimm, hm?«, stellte sie besorgt fest und strich über seine Wange. »Du hast seit Jahren nicht mehr so viel gestottert wie die letzten Stunden, Bärchen.«

»Ist n-n-n-nur die Au-Au-Aufregung.« Er setzte sein gewinnendstes Lächeln auf, aber es wollte ihm nicht so recht gelingen.

Kein Wunder, dass Erik wieder stotterte. Heute hatte er den Laden am Mittag geschlossen, weil er wie immer in der Pause zu Krömer rübergegangen war und sich was Süßes gekauft hatte. Ein paar Schokoriegel für den Nachmittag. Da war sein Blick auf die Zeitungen gefallen, und die Sprachtherapie, die er nach ihrem ersten Rendezvous mit Bravur absolviert hatte, war auf einen Schlag dahin gewesen.

Es war nicht nur ein Artikel über Finger, den man tot gefunden hatte, sondern außerdem ein großer Aufmacher über den Mord an Capt'n Finn. Diese beiden Tode hatten Erik Ahrens aus dem Leben und hinein in einen Albtraum geschleudert. Die wenigen Zeilen über das Verschwinden von Seafox hatte er sich gespart. Er hatte zu stark gezittert, um in Krömers Kiosk auch noch diese Meldung zu lesen.

Er wollte sich einfach nicht ausmalen, was es hieß, wenn auch Seafox von ihr geholt worden war. Wahrscheinlich war Anneke abgehauen, wie er es vorhatte. Sie hatte ihn doch neulich erst angerufen. Wann war das gewesen? Anfang der Woche? Montag in der Früh? Oder vorher?

Mit Anneke hielt Erik als Einziges noch Kontakt. Die anderen hatte er seit damals nicht mehr getroffen, lediglich zufällig gesehen, schweigend an der Supermarktkasse, stumm beim Tanken.

Soweit er wusste, hatte auch Anneke niemals Kontakt gesucht, aber im Sommer mehrere Anrufe von Finger erhalten. Mitten in der Nacht hatte der Typ sie aus dem Bett geklingelt und etwas über seltsame Sandtürmchen gefaselt, die er in seinem Haus gefunden hatte. Besoffen hatte Finger was von »Einschüchtern« und »Rache« gestammelt. Und er hatte ihren Namen wieder genannt.

Die Sandwitwe.

Ja, so hatte Capt'n Finn sie genannt, als sie ihr Versteck für immer verschlossen hatten. Niemand hatte es ausgesprochen, aber Erik war sich sicher: Jeder von ihnen lebte die letzten Jahre in Angst vor ihrer Rache. Die einen mehr, die anderen weniger.

Wir haben es alle verdient, dachte er. Wir alle haben es verdient, dass sie uns holt!

Erik hatte Anneke beruhigt, denn bis vor sechs Stunden hatte er Finger noch für einen asozialen Säufer gehalten, der ihr bloß Angst machen wollte. Bestimmt, damit die Stararchitektin ihm Geld gibt. Es war ein offenes Geheimnis, dass Finger nie auf die Beine gekommen war und auf Föhr im Haus seiner Mutter völlig verarmt dahinvegetierte.

Vegetiert *hatte,* berichtigte Erik sich und kratzte sich den Bauch. Er bemerkte erst jetzt, dass er gedankenverloren begonnen hatte, die Wäsche in den Koffer zu packen.

»Was ist wirklich los, Bärchen? Mir kannst du es doch sagen.« Sie strich ihm über die Halbglatze, die spärlichen dunklen Locken, aber er schüttelte den Kopf.

»N-n-n-nichts. G-g-glaub mir«, log er und wuchtete seine 140 Kilo vom Bett. Seit er seine Frau vor fünfzehn Jahren bei einem Kurztrip auf Sylt kennengelernt hatte, versuchte er ständig, ein paar Pfunde zu verlieren. Vergeblich. Wahrscheinlich war er der dickste Surfladenbesitzer an der ganzen Nordseeküste.

»Ich d-d-dachte, wir ma-ma-ma-machen uns eine schschöne Wo-Wo-Woche. W-w-wir haben's u-u-uns d-doch ver-ver-verdient.«

Kaum die Artikel gelesen, war er vom Kiosk zu seinem Sportwagen gerannt und war kopflos durch Valandsiel gefahren, dann hinaus auf die Bundesstraße. Erst eine Stunde später war er umgekehrt, war auf einen der Strandparkplätze gefahren und hatte sich zur Ruhe gezwungen. Immerhin hatte er eine Frau, ein Leben in Valandsiel. Er hatte die Schokoriegel in sich hineingestopft und gegrübelt, was er tun könnte … Abhauen, sich wehren, ausharren, zur Polizei gehen?

Er hatte sich für Ersteres entschieden, war zu einer Bekannten ins Reisebüro gegangen und hatte zwei Flugtickets von Hamburg über Istanbul nach Malé besorgt. Ziemlich umständlich und reichlich stotternd hatte er erklärt, dass er bloß die Hinflüge brauche. Zu den Tickets hatte er Sekt und Blumen gekauft. Die restliche Zeit, bis offiziell Ladenschluss war, hatte er wartend im Auto verbracht, nicht weit von zu Hause. Er wollte keine unnötigen Fragen aufwerfen und musste sich den Überraschungsurlaub selbst schmackhaft machen.

Diese verdammten Lügen.

Ich habe sie festgebunden, mit dem Gürtel. *Ich* hab das gemacht. Mein Gott, dieser Gürtel! Er ist noch da drüben, im Schrank, schoss es ihm durch den Kopf. Du hast sie schon seit Jahren nicht mehr gefesselt und weinend und schreiend vor dir gesehen. Und die Sandtürme. Hunderte. Wie sie dastehen, stumm in der Sonne … Wie schnell man alles verdrängt …

Das Knallen eines Fensters ließ ihn zusammenzucken. »H-h-h-hast d-du das g-g-g-gehört?«

»Zitterst du? … Bärchen, das ist bloß der Wind.«

Abermals schlug ein Fenster oder eine Tür an. Das Geräusch kam aus dem Erdgeschoss.

Er versuchte, sich zu fassen, redete sich gut zu. »I-i-i-ich seh nach«, stammelte er schließlich, gab ihr einen Kuss und schob sich leise aus dem Schlafzimmer. Draußen zögerte er einen Moment, dann fasste er sich ein Herz und schlich die Treppe in die Diele hinab. Unten schaltete er Festbeleuchtung ein, ging aber nicht zum Geräusch, sondern zu seiner Jacke, die ordentlich am Haken hing. Ängstlich zog er eine klobige Signalpistole aus der Tasche.

Weil er nicht wusste, wie er sonst an eine Waffe kommen sollte, hatte er sich aus seinem Laden – im ersten Stock gab es eine abgeschlossene Vitrine, in der er Messer, Harpunen und anderen gefährlichen Kram anbot – eine der Signalpistolen geschnappt.

Die Waffe vor sich, schob er sich ins Wohnzimmer. Seine tapsigen Schritte wurden vom teuren Wollteppich geschluckt.

Erneut knallte es, und er fuhr erschrocken zusammen.

Die Terrassentür!

Sie stand offen.

Als er näher trat, erkannte er, dass der Griff nur ein wenig heruntergedrückt worden und die Tür wohl aufgesprungen war. Abermals krachte sie gegen eine seiner Gipsskulpturen.

Das ist nur der Wind, Erik. Ist nur der Wind ... Kein Grund zur Aufregung, redete er sich gut zu, doch seine Hände waren vor Angstschweiß nass.

Sie ist es nicht. Die Sandwitwe ist nicht hier. Wahrscheinlich ist alles bloß ein Zufall und Finger ein Spinner.

Kaum hatte sich seine fleischige Hand auf den Griff gelegt, fiel sein Blick hinaus in den nächtlichen Garten.

Er erstarrte.

Für einen Lidschlag war da ein Schatten – die Silhouette einer Frau. Zwischen seinen Zierbäumen!

Ihm gefror das Blut.

Da ... da ... da stand doch jemand ...? Um Gottes willen!

Erik warf einen hektischen Blick auf seine Signalpistole, sie war geladen, alles okay. Sofort schloss er die Tür, spähte abermals hinaus ...

Nichts. Fort. Kein Schatten. Keine Frau. Der Spuk war vorbei. Alles wie immer. Die Zierbäume, der Springbrunnen, sein Pool ...

»Scheiße«, entfuhr es ihm. Er spähte weiter, durchsuchte die Dunkelheit. Nichts. Während er sich den Schweiß von der Stirn wischte, zwang er sich runterzukommen, nachzudenken.

Ich muss wissen, ob sie hier drin war!

Aber er traute sich kaum, sich umzudrehen, das Wohnzimmer in Augenschein zu nehmen. Was würde er tun, wenn es keine Einbildung gewesen war? Wenn die Sandwitwe wie bei Finger, Capt'n Finn und Anneke eines ihrer widerlichen Sandtürmchen hinterlassen hatte?

Ihm wurde schlecht, dennoch zwang er sich, jede Ecke, alle Tische und Kommoden, jedes Regal abzusuchen.

Nirgends ein Turm. Kein Sand. Gott sei Dank.

Er ließ das Licht brennen, ging zur Jacke und zögerte, die Signalpistole zurückzustecken. Am liebsten hätte er sie sich unters Kopfkissen gelegt, aber wie sollte er seiner Frau die Waffe im Bett erklären? Sie glaubte ihm die Nummer mit dem superpreiswerten Schnäppchenflug ja schon nicht wirklich.

Ihr Flieger ging um 5 Uhr 20. Bis dahin würde er eh nicht schlafen können, auch wenn er sich den Schatten nur eingebildet hatte …

41

Knut packte den Eisenring und zog die Bodenklappe vor ihren Umkleidespinden auf. Im gefliesten Raum neben der Empfangshalle, der einst der Obsthandlung als Lagerraum gedient hatte, führten ein paar Treppenstufen in den Keller des Reviers.

Irgendein Idiot hatte den Lichtschalter vor hundert Jahren auf halber Höhe der Kellertreppe angebracht, sodass man erst ins Dunkel treten musste. Knut ging voraus und streckte Helen die Hand hin, damit sie besser auf die steile Treppe steigen konnte.

Immerhin ging das Licht sofort an.

Nach zwei Stunden im Sandhaus hatte sich Birthe gemeldet, sie hatten stille Post spielen müssen und Diehl im Dach postiert, damit zumindest einer Empfang hatte und alles weitergeben konnte. Birthe hatte es geschafft, trotz des späten Abends eine Sachbearbeiterin aufzutun, die bereit gewesen war, noch einmal ins Rathaus zu fahren und dort nach Unterlagen der Familie Roth zu suchen.

Im Archiv des Standesamtes war sie auf Scheidungspapiere von 1992 gestoßen und die Abmeldung des Erstwohnsitzes ein Jahr später. Roth war mit ihrer Mutter fortgezogen, während ihr Vater anscheinend weiterhin im Haus wohnen blieb. Erst 1997, als die Düne bereits die ersten Häuser verschluckt hatte, fand man ihn tot im Wohnzimmer. Der ehemalige Lehrer hatte sich eine Kugel durch den Mund in den Schädel geschossen.

Laut Birthe hatte Melanie Roth einen knapp fünf Jahre älteren Bruder namens Thomas. Er galt seit dem 12. Juli 1990 als vermisst. Damals war der Junge nicht mal neun Jahre alt gewesen. 1997 hatte sich Melanie Roths Vater laut einer Gesprächsnotiz über die Möglichkeiten informiert, den juristischen Status seines Sohnes von »vermisst« in »verschollen« zu ändern. Eine Maßnahme, um ihn letztlich vom Familiengericht für tot erklären zu können. Doch der Sachbearbeiter hatte ihm den Zahn schnell gezogen, denn Thomas musste erst das 25. Lebensjahr erreichen. Vorher galt jeder als »vermisst« und damit als lebend.

»Thomas gilt also weiterhin als lebend?« Helen folgte Knut in einen Gang, von dem rechts und links einfache Kellerboxen abgingen. Sie waren nummeriert.

»Ja. Er wird bloß vermisst.«

Während in den ersten Verschlägen Besen, Schneeschaufeln, Spaten, Blumentöpfe und anderes Zeug lagerten, waren in den meisten anderen Boxen Regale aufgestellt worden. Sie quollen vor Pappkartons und Aktenordnern über, aber immerhin gab es sieben Schreibhefte, die als Registratur dienten. Zwar hatte Knuts Vater in seiner Amtszeit damit begonnen, möglichst viele Fälle zu digitalisieren, aber er war nicht sehr weit in die Vergangenheit des Reviers vorgedrungen

Knut steuerte das Regal 1990 an, nahm das Register zur Hand und fand nach einigem Suchen den richtigen Ordner. Er war verstaubt und roch nach altem Papier.

Erwartungsvoll schlug er ihn auf.

»Melanie Roths Eltern waren auf dem Revier und haben eine Vermisstenanzeige aufgegeben.« Er zeigte Helen die Unterlagen.

»Ihr Vater hat das alles aufgenommen.«

»Wer sonst«, brummte Knut. »Hier ist das Protokoll des Gesprächs: 12. Juli 1990. Georg Roth sagt unter Tränen aus, seinen Sohn Thomas allein gelassen zu haben. Zitat: ›Meine Frau und ich, wir mussten noch etwas im Ort erledigen …‹«

Knut vertiefte sich in das Protokoll. Er sah die Szene förmlich vor sich …

»… Das hat nur eine halbe Stunde gedauert. Höchstens. Da haben wir Thomas und Melanie auf dem Spielplatz gelassen, kurz, mein ich. Nur ganz kurz.« Melanies Vater beugt sich über den Schreibtisch, setzt an, reicht aber erst einmal seiner Frau ein Taschentuch. Seitdem auch ihre letzte Suche vor einer halben Stunde vergeblich war, weint sie ununterbrochen. Die Frau hält die vierjährige Melanie umklammert. Das Mädchen hat seit Stunden nicht gesprochen, wirkt in sich gekehrt, abwesend. Thor nimmt einen Lolly aus einem Glas und reicht ihn dem Mädchen. Sie sieht nicht einmal hin.

»Sie haben ihn auf dem Spielplatz gelassen? Und sind weggefahren?« Thor legt die Stirn in Falten. Er will die Roths mit einer Standpauke nicht noch mehr verunsichern, zupft sein Haargummi zurecht, spannt ein neues Blatt Papier in die Schreibmaschine und beginnt seufzend die Anzeige auszufüllen. Aus dem Radio dudelt leise und sehr passend Sinéad O'Connors »Nothing Compares to You«.

»Erklären Sie mir noch mal ganz genau, wo Sie Thomas zum letzten Mal gesehen haben – und wann«, sagt Thor in seinem sonoren, beruhigenden Ton.

»Ich – ich. Hören Sie«, antwortet Melanies Vater, dessen schlechtes Gewissen ihn Jahre später in den Tod treiben wird. »Wir … wir waren nur ein paar Minuten weg. Und

Thomas und Melanie kannten sich da ja aus. Wir müssen ihn suchen!«

Diehl bringt ihm einen frischen Kaffee und schwitzt so stark, dass ihm beinahe die Tasse wegrutscht. Der Sommer 1990 ist nicht besonders heiß, aber die Sonne hat in den letzten Wochen das Revier empfindlich aufgeheizt. Und ihre »Klimaanlage« besteht bloß aus zwei pizzatellergroßen Ventilatoren, die monoton ihre Runden drehen.

»Das tun wir. Ich will nur sichergehen: Sie meinen den Strandspielplatz bei der Nisse-Bucht?«

»Ja. Ja, genau. Da am Ladenhäuschen, oben, wo's durch den Olandweg zum Strand geht.«

»Wann war das? Die Uhrzeit? Wann sind Sie weggefahren?«

Der Mann wirft seiner Frau einen Blick zu, als müsse er erst eine Einwilligung einholen. »So gegen fünfzehn Uhr.«

Thor lässt die elektrische Schreibmaschine rattern. »Also vor dreieinhalb Stunden. Gut. Passen Sie auf, wir fahren jetzt gemeinsam dahin. Ich verständige die Feuerwehr und die Küstenwache. Noch ist es ein paar Stunden hell.«

»Und wenn ... wenn Thomas ... wenn wir ihn nicht finden?«, wimmert Melanies Mutter.

»Wir finden ihn schon. Was sagt denn Ihre Tochter?« Thor versucht es noch mal mit dem Lolly. »Melanie? Schau mal. Hier. Kannst du schon nehmen.« Keine Reaktion. »Wo ist denn Thomas hin? Ist er ins Wasser?«

Melanie schweigt.

Sanft versucht ihre Mutter, das Kind zum Reden zu bringen, aber die Vierjährige starrt ununterbrochen auf ihre Knie. »Zu uns hat sie auch nichts gesagt. Sie ist schon die ganze Zeit so.«

Thor seufzt. »Melanie. Du magst doch Eis, oder?«

Sie blickt nicht mal auf.

»Ich kauf dir so viel Eis, wie du essen kannst, ja? Und obendrauf Streusel. Abgemacht? ... Ist er ins Wasser gegangen oder zum Parkplatz? War jemand bei euch? Wo hast du ihn zuletzt gesehen?«

Plötzlich hält sich Melanie die Ohren zu, presst ihre kleinen Händchen fest an den Kopf und schreit. Sie brüllt einen einzigen Schrei – so laut sie kann –, und alle im Revier erstarren.

Stirnrunzelnd las Knut: »Melanie Roth wirkt verstört. Tatzeugin? Kinderarzt kontaktieren. Psychiater hinzuziehen.«

»Ich bin davon ausgegangen, dass sie Opfer eines Verbrechens wurde. Aber vielleicht musste sie nur mit ansehen, wie ihr Bruder starb.«

»Und deshalb hat sie nicht gesprochen? Musste in Therapie?«

»Sie war erst viereinhalb. Bei Kindern kann schon die bloße Beobachtung einer lebensgefährlichen Situation eine posttraumatische Belastungsstörung auslösen«, meinte Helen. »Und wenn sie nichts tun konnte und zusehen musste, wie er mit der Strömung mitgezogen wurde ...«

»In der Nisse-Bucht kann die wirklich tückisch sein.« Knut sah auf die Notizen und Strandskizzen, die Thor vor 25 Jahren angefertigt hatte. »Mein Vater ist auch davon ausgegangen, wie es aussieht.«

Die Akte war relativ umfangreich, denn Thor hatte etliche Wochen nach Thomas Roth suchen lassen. Er hatte auch mehrere Textilproben und noch Monate später einen Turnschuh ins Labor geschickt, aber jede Spur stellte sich als Sackgasse heraus. Knut nahm den Aktenordner, und beide gingen wieder hinauf.

»Wie alt waren die Black Dogs damals?«, fragte er und überschlug es im Kopf. »Elf? Zwölf?«

Sie betraten sein Büro.

»Ja, kommt hin. So ungefähr.«

»Du hast vor ein paar Tagen gesagt, dass Melanie und ihr Partner ihren Opfern Nachrichten schicken, Drohungen. Mit dem Sand.«

Helen nickte. »Und?«

»Ich glaube, es ist ganz einfach: Mein Vater lag falsch. Thomas is' nich' aufs Meer rausgetrieben. Die Black Dogs haben irgendwas mit seinem Verschwinden zu tun. Vielleicht haben sie ihn sogar …«

»Du meinst, die Kinder? Wir reden hier von fünf Kindern.«

»Ich weiß. Aber warum sollte sich Melanie sonst an ihnen rächen? Es passt alles zusammen.«

»Melanie hat ein Trauma. Ihre Mutter stirbt, sie ist ganz allein mit ihrer Angst«, fasste Helen zusammen, und es klang für Knut ein wenig, als müsste sie sich selbst überzeugen. »Sie lernt jemanden kennen, und da reift der Plan, sich zu rächen. An den Black Dogs.«

Nachdem er seine Gitarre beiseitegeräumt und etwas Platz geschaffen hatte, nahm er die Seiten aus der Akte und legte sie auf seinem Schreibtisch aus. »Hier ist auch ein Zeitungsartikel.«

Auf dem alten gerasterten Schwarz-Weiß-Bild war die Polizeiabsperrung des Spielplatzes zu sehen. Im Hintergrund das Meer. Schaulustige verfolgten, wie Thor, Veith und Diehl mit den Beamten einer Soko Spuren nahmen. Knut tippte auf einen Jungen. »Der sieht aus wie dieser Erik.«

»Ja. Und hier …« Helen fuhr die Menge der Gaffer ab und landete bei einem Mädchen vor einem Fahrrad … »Viola Wilbrand.«

»Und das hier könnte Robert Jäger sein. Drei Black

Dogs beobachten die Arbeit der Polizei? Ich bitte dich, das ist doch kein Zufall.«

»Aber sie sind erst elf, zwölf Jahre alt.«

»Ich denke, dass uns nur Viola Wilbrand und dieser Erik die Wahrheit sagen können.«

»Wisst ihr, wer Erik ist?«

Knut musste verneinen. »Veith und Diehl checken noch alle Eriks aus Valandsiel und den Nachbargemeinden ab. Wahrscheinlich wissen wir morgen mehr. Aber ich werde mit meinem Vater reden. Vielleicht hat er die Black Dogs auch befragt damals. Vielleicht sind sie sogar in seinen Fokus gerutscht, und er kann uns Eriks Namen verraten.«

»Das stünde doch hier in den Akten, oder?«, meinte Helen etwas überrascht. »Ich meine, wenn er sie befragt hätte.«

»Bei Thor? Nicht unbedingt.« Er schnappte sich den angefressenen Tennisball und ließ ihn zwischen die Fotos seines Vaters prallen. Einmal, zweimal, dreimal. »Er hat das immer nach Gefühl gemacht. Ist das Kuriose bei ihm. Er braucht klare Regeln und klare Ansagen und entscheidet nach Gefühl.«

»Hab schon gehört, dass er anstrengend ist.«

»Väter«, meinte Knut höhnisch, schaffte es aber kaum, mit seinem lädierten Auge zu zwinkern. Er hörte mit Ballspielen auf, schnappte sich seine Gitarre, zog aus seinem Schreibtisch einen Mini-Amp und stopfte ein paar Kabel in die Tasche.

»Was machen Sie da?«

»Uns 'n netten Abend.«

»Pard'n?«

»Meine Augen brennen. Ich kann kaum noch normal denken. Und ich hab genug von Leichen. Wir werden Melanie nicht finden, nicht bevor wir Viola Wilbrand befragt haben, die aber noch in medizinischer Untersuchung ist. Und Erik? Keine Ahnung, woher ich den kenne.«

»Und deswegen wollen Sie mir was vorspielen? Sie könnten auch ins Bett gehen.«

»Falsch. Kann ich nicht.«

»Wieso?«

»Weil Sie erst packen müssen. Keine Sorge, ich spiel Ihnen was vor, aber nur, damit ich nicht einschlafe, während Sie Ihre Sachen packen.«

Sie nickte, trat dann aber vor und nahm ihm die Gitarre aus der Hand. Behutsam und dennoch sehr bestimmt legte sie das Instrument auf die Akten. »Ist nett gemeint, ich weiß, aber ... Ich werde nicht packen.«

»Doch.«

»Nein.«

»Doch.«

»Nein.« Sie kratzte ihren Hals.

»Beruhigungsgeste«, meinte er spaßend mit einem provozierenden Blick auf sie, und sie zog ertappt ihre schlanken Finger zurück.

»Das Schlimmste an Ihnen sind nicht die Westernstiefel – vollgekotzt hin oder her –, das Schlimmste an Ihnen ist Ihre blitzschnelle Auffassungsgabe. Und das in Kombination mit Ihrer vorgeschobenen Naivität.«

»Vorgeschoben?«, fragte er grinsend und kam ihr sehr nahe. Er sah ihr in die Augen und ertrank darin.

»Wissen Sie«, begann sie schmunzelnd und sah ihm ebenfalls tief in die Augen. »Ich glaube, Sie sind ziemlich abgebrüht. Unerfahren, aber abgebrüht, und Sie schieben diese Blauäugigkeit nur vor sich her, um alle um den Finger zu wickeln.«

Er hatte sich nie als naiv oder blauäugig gesehen, obwohl sie natürlich recht hatte, dass er erst in die Fußstapfen seines Vaters hineinwachsen musste.

»Na ja, *alle* um den Finger? ...« Knut atmete durch. Er spürte das wohlige Kribbeln auf seinen Armen und seinem Rücken, und er konnte ganz zart ihr Parfüm riechen, das kaum noch ihren eigenen Geruch übertönte. Knut nahm all seinen Mut zusammen. »Eigentlich will der Sheriff von Valandsiel bloß *einen* Menschen um den Finger wickeln.«

Helen lachte. »Ach?«

»Ach.«

Sie schenkte ihm ein liebevolles Lächeln. »Ich weiß.«

»Wir sollten mal surfen.« Am liebsten hätte er die Arme um ihre Taille gelegt, hätte sich vorgebeugt, ihre Lippen liebkost ...

Amüsiert schüttelte sie den Kopf. »Surfen? Aha. Nennen Sie das hier neuerdings so?«

Er lief ein bisschen rot an. »Was?! Nein! Nein. Ich mein nur: Wie war das mit dem ›ernsten Biest‹? Surfen würde Ihnen guttun. Wirklich.«

»Vielleicht sollte ich wirklich etwas spontan werden.« Abermals musste sie schmunzeln, dann, ganz behutsam und dennoch überraschend, beugte sie sich vor. Seine Haut war wie elektrisiert. Er konnte nicht glauben, dass sie ihn wirklich küssen wollte, dass sich ihre Lippen ...

Helen brach ab. Einen Moment stand sie da, und er konnte eindeutig sehen, wie sie von sich selbst überrascht war. Dann schüttelte sie leicht den Kopf, als wollte sie sagen: »Was tue ich hier?«, und wandte sich ab. »Ich glaube ... Also, ich gehe besser ... Allein.«

Etwas verdattert stand er da, dann räusperte er sich: »Helen ... Frau Henning. Tut mir leid, aber das kann ich nicht zulassen. Wirklich nicht. Ich meine, nicht wegen dem eben … sondern … Also, was glauben Sie, was die mit Ihnen anstellen?«

»Tut mir leid, ich wollte nicht … Ich«, stammelte sie. »Ich gehe einfach, ich packe, ich suche mir ein Zimmer. Versprochen.«

Knut biss sich auf die Lippe, beinahe hätte er Helen angeboten, doch bei ihm unterzukommen. Stattdessen sagte er: »Besser, Sie suchen sich *gleich* ein Zimmer, sofort, und ich bringe Ihnen Ihre Sachen. So rum.«

»Nein, nein. Brauchen Sie nicht. Das kann Björn für mich machen. Er soll meine Sporttasche nehmen, damit's nicht auffällt.«

»Haben diese Asgard-Typen Björn gesehen?«

»Nur flüchtig, wenn überhaupt.«

Knut ließ das kurz sacken, dann nickte er. »Gut. Klingt gut. Kennen Sie den Seewolf noch? Schräg gegenüber von Kiosk-Krömer.«

»Nein, aber den find ich.« Sie nahm sich noch ein letztes Mal das Foto vom Strandspielplatz vor. »Wir sind schon ziemlich weit gekommen. Das war sehr gut heute. Gehen Sie schlafen. Morgen befragen wir Wilbrand und finden Erik. Und dann stellen wir Melanie und ihren Partner.«

Fand Knut auch. Er nahm sich die Gitarre. »So machen wir's«, sagte er, doch es klang nicht ganz so enthusiastisch, wie er sich das gewünscht hätte. Schweren Herzens sah er zu, wie sie ihre Sachen nahm, dann folgte er ihr in den Empfangsraum und nach draußen.

Er checkte die Straße, wartete, bis Helen sicher losgefahren war und niemand ihr folgte. Als er zum Revier zurückgehen wollte, fiel sein Blick auf Thors Schrank.

Seit dreieinhalb Monaten trotzte er jedem Wetter und den Möwen, die ihn mit Scheiße paniert hatten. Der Zettel »Zu verschenken« war längst abgerissen. Nachdem sich niemand das Ungetüm hinstellen wollte, hatte Knut es Tag um Tag versäumt, im Rathaus anzurufen und nachzufragen, ob ihn irgendwer aus der Verwaltung oder dem Straßenamt, der Feuerwehr oder sonst wo brauchen konnte. Und dann hatte er es schlicht Tag um Tag aufgeschoben, den Sperrmüll zu rufen. Jeden Morgen nahm er's sich vor, und kaum im Revier, war die gute Tat vergessen.

Knut musterte den Monolithen, den er eigenhändig unter Butchs Gekläffe aus seinem Büro gezerrt hatte. Dieses Monster von einem Spind sah auf dem Bürgersteig aus, als habe es ein Ufo abgeworfen.

Kunststück, Thors Schrank sieht überall wie ein Fremdkörper aus – vor allem in meinem Leben.

Noch immer konnte er sich nicht so recht erklären, warum er letzte Nacht derart ausgeflippt war und sich auf seinen Vater gestürzt hatte.

»Vollidiot«, brummte er und meinte sich.

Einen Moment stand er da und sah sich selbst im matten Metall gespiegelt. Ein verformtes Gesicht. Der Schrank zerrte an seiner Basecap und zog sein geschwollenes Auge ins Unendliche.

I smile when I'm angry
I cheat and I lie

Er starrte sein deformiertes Auge an, wackelte ein bisschen nach rechts, nach links … ein geheimer Raum unter dem Wald, ein Kinderversteck, das Piratennest. Ein Haus im Sand … Wie hatte Regina Jäger noch gesagt? Das Problem an Geheimnissen ist, dass sie sich wie Cellulite vermehren.

Sie hatte recht. Aber führen wir nicht alle zwei Leben? Oder noch mehr? Drei? Vier? Dutzende?

But I know what is wrong
And I know what is right
And I'd die for the truth
In my secret life.

Kurz entschlossen kehrte Knut nicht ins Revier zurück, sondern stieg in seinen Landrover.

42

»Die sind ja immer noch da!« Capt'n Finn blinzelte gegen die Sonne und gab Säbelmary ihr Fernrohr zurück, mit dem er den Jungen und das Mädchen zwischen einigen verlassenen Fischerbooten erspäht hatte. Den Jungen kannte er bloß flüchtig vom Sehen. Mit Knilchen aus der zweiten Klasse gab sich kein Sechstklässler ab.

»Sollen wir sie verscheuchen, Capt'n?«

Nachdenklich schüttelte Finn den Kopf. »Wie weit sind Zitterzunge und Finger? Haben die was gefunden?«

»Quark, glaub nich'«, fiel Säbelmary ein wenig aus ihrer Rolle und sprang, ohne weiter auf ihren Capt'n zu achten, zurück in die Sandburg, die sie gemeinsam die letzte Stunde gebaut hatten. Die Piratenbraut hatte eindeutig mehr Lust, sich den Frachter anzusehen, anstatt die Rotröcke im Gebüsch zu beobachten. Sie hatten den beiden Kindern schon auf dem Spielplatz unmissverständlich klargemacht, dass sie allein auf Beutezug gehen wollten. Nach dem Handtaschenschatz war jetzt endlich Zitterzunges Frachter dran, und deswegen war Capt'n Finn mit seiner Crew gut einen halben Kilometer weiter Richtung dänische Grenze gegangen. Hier war der Strand menschenleer, und sie konnten den Frachter gut sehen.

»Seafox! Finger! Zitterzunge!«, rief Capt'n Finn den Rest seiner Crew. Die drei hatten am Fuß der Dünen begonnen, nach einem Schatz zu graben. Sofort legte Zitterzunge den Klappspaten beiseite und kletterte aus dem

Loch. Dann liefen die beiden über den Strand zu ihrem Anführer.

»Wasnlos?«, wollte Finger wissen.

Finn bedeutete ihnen, die Köpfe zusammenzustecken. »Die beiden Rotröcke sind noch immer da«, flüsterte er. »Die sind scharf auf den Schatz!«

»Wir-wir-wir m-m-müssen sie g-gefangen nehmen.«

»Bei deinem losen Mundwerk, Zitterzunge! Da stotterst du die W-W-W-Wahrheit.« Capt'n Finn lachte.

»Nadannlos.« Finger spuckte gespielt griesgrämig in den Sand.

Sie entschieden, sich aufzuteilen und die beiden Rotröcke in die Zange zu nehmen, während Säbelmary so tun sollte, als habe sie in dem Loch eine echte Kostbarkeit entdeckt. So würden sie die beiden von ihrem Angriff ablenken.

Tatsächlich war es ein Leichtes für die vier, sich über die Dünen und sogar vom Wasser her anzuschleichen, denn die beiden Kinder fielen auf Säbelmarys Finte herein und beobachteten weltvergessen, wie sie angeblich einen Schatz hob.

Finger und Seafox waren die Ersten, die mit lautem Gebrüll um die Schiffe gerannt kamen. Sofort packte Thomas seine Schwester, lief vor Schreck jedoch genau Finn und Zitterzunge in die Arme.

»Ha!«, triumphierte der Kapitän. »Haben wir euch erwischt!«

»Wir wollten nur zugucken, was ihr …«

»S-S-Schnauze«, blaffte Zitterzunge den Jungen an.

»Spioneihrseidverhaftet!«

»Genau, Finger!« Capt'n Finn wandte sich an die beiden: »Ihr wollt sehen, was wir gefunden haben? Na, dann los!« Er nickte den anderen dreien zu, die Fremden abzuführen. Das kleine Mädchen protestierte und begann zu weinen, aber die Piraten zeigten keine Gnade, sondern brachten die Spione zu Säbelmary.

»Wie heißt du?«, wollte die wissen.

»Thomas.«

Capt'n Finn nickte. »Thomas. Aha. Und die Heulsuse?«

»Melanie«, antwortete Thomas für seine kleine Schwester.

»Thomaswillstemitspielen?« Finger spuckte in den Sand. Eingeschüchtert, aber dennoch neugierig nickte der Junge.

»Soso«, brummte Capt'n Finn und ließ den Klappspaten neben Thomas' Füße in den Sand fallen. »Wer ein Black Dog sein will, muss sich beweisen.«

Der Junge blinzelte gegen die Sonne, sah auf das anderthalb Meter tiefe Loch. »Was muss ich denn machen?«

»Graben!«, sagten alle.

»Was ist denn da unten?«

»E-e-e-ein Schatz, du-du-du Idiot!« Weil sich Thomas nicht rührte, stieß der dicke Zitterzunge ihn an der Schulter. So kräftig, dass der Junge ins Straucheln geriet und in die Grube fiel.

Alle lachten, bloß Melanie stand mit offenem Mund da, begann abermals zu weinen. »Thomas!«, rief sie verzweifelt.

»Alles okay«, beruhigte der. »Ist nichts passiert, Melanie.«

Als seine Schwester ihm trotzdem aus dem Loch helfen wollte, befahl der Capt'n: »Bindet sie fest!«

Melanie warf Thomas einen hilfesuchenden Blick zu, aber der nickte bloß. »Wir spielen doch nur«, meinte er besänftigend zu seiner Schwester.

»Ein Spiel?«, meinte Finn. »Na, das werden wir noch sehen! Los, du Pirat!«

»G-g-grab!«, befahl Zitterzunge. »Und w-wehe d-du hörst auf, b-bevor du unseren Schatz f-f-findest!« Er schmiss Thomas den Spaten hin. »L-l-los!«

Thomas nickte eingeschüchtert, dann begann er zu graben. Zitterzunge band das Mädchen mit seinem Gürtel ein paar Schritte entfernt an einen der Strandmülleimer.

Sie stand in der prallen Sonne und sah weinend zu, wie ihr Bruder den Spaten schwang.

Eine halbe Stunde verging. Weil Säbelmary vom Zusehen langweilig wurde, schnappte sie sich einen Kanister, der unweit angespült worden war, holte immer mal wieder Wasser und begann Türme zu kleckern. Sie kleckerte sie rings um das kleine Mädchen, das gefesselt in der Sonne stand und weinend auf seinen Bruder starrte.

Als Erstes half Finger mit den Türmchen, dann Seafox und schließlich alle Black Dogs. Eine merkwürdige Ruhe senkte sich über den Ausläufer der Nisse-Bucht, die lediglich von ihrem monotonen Singsang untermalt wurde: »Wir sind die Black Dogs … Black Dogs … Black Dogs …« Turm um Turm erschufen sie aus dem Nichts, und Thomas grub tiefer und tiefer.

Schließlich standen Hunderte Türmchen um das Mädchen, und Thomas hatte so tief gegraben, dass er nicht mehr zu sehen war …

Der Sand war fein, so makellos, so weiß.

43

Statt Butch bei seiner Nachbarin abzuholen und – wie Helen gesagt hatte – einfach endlich ins Bett zu gehen, hielt Knut vor seiner Garage und packte sein Minimalibu auf die Pritsche seines Geländewagens.

Obwohl es weit nach ein Uhr war, machte er sich auf den Weg zur Nisse-Bucht.

Irgendwie hatte er gerochen, dass sein Vater hier sein würde, und tatsächlich parkte Thors weißer Pathfinder unweit des Strandspielplatzes. Wahrscheinlich lag tatsächlich ein bestimmter Geruch in der Luft, der Knut hergelockt hatte, eine Mischung aus beginnendem Herbst, guter Dünung und reichlich Bockmist.

Am Line-up, recht weit draußen unter den Sternen, an der Startlinie der Surfer, meinte er, den roten Surfanzug seines Vaters zu erkennen. Beinahe sah es aus, als tanze eine Flamme auf den Wellen. Der Mond ließ die schäumenden Kämme strahlen, als glühten sie von innen heraus auf magische Weise. Knuts Vater vollführte ein paar Turns und setzte sich spielerisch gegen die brechende Welle durch, sprang und tanzte.

Es sah elegant aus, und Knut wusste, wie schwer die Manöver waren. Er hatte seinen Vater nur ein paarmal in den Schatten stellen können – und das war über zehn Jahre her, als die Sommer aus endlosen Tagen in grünen Wellen bestanden, als er beinahe jede Stunde nach der Schule im Wasser gewesen war.

Er schlüpfte in seinen Neoprenanzug, ließ sein Board ins Seichte und kraulte gegen die Dünung an. Trotz des Anzugs waren die Wellen empfindlich kalt, wenn sie über ihm und dem Brett brachen und er hindurchtauchen musste.

Es dauerte eine Weile, bis er auf Höhe seines Vaters war, der mittlerweile auf seinem Board saß und auf die nächste passable Welle wartete. Knut ging längsseits.

Obwohl Thor ihn sicher längst bemerkt hatte, sagte er kein Wort, sondern sah aufs Meer hinaus, versuchte abzuschätzen, welche Welle sich lohnte. Er hatte offensichtlich kein Interesse, auch nur einen Satz mit seinem Sohn zu wechseln.

»Vor 25 Jahren ist ein Junge verschollen. Hier, hier in der Nisse-Bucht. Du hast mit den Eltern gesprochen.«

»Und?«

»Wir glauben, dass eine Gruppe Kinder mit dem Verschwinden zu tun hat.«

»Mit dem Roth-Jungen? ... Kinder?«

»Du erinnerst dich?«

Thor seufzte, griff ins Wasser und wischte sich das Gesicht ab. »Was glaubst du denn? Du warst grad vier Jahre alt, Knut. Da hat man so einen Knirps zu Hause, und eine Familie kommt und vermisst ihren Sohn. Da kann man sterben vor Sorge.«

»Er war aber älter, ich meine Thomas Roth.«

»Acht Jahre, vier Monate.«

Obwohl er es nicht wollte, stieg in Knut abermals Groll auf. Es war so klar, dass sich Thor alles gemerkt hatte. Einfach alles. Wahrscheinlich konnte er sämtliche der 462 Spuren aufsagen, denen er in den Wochen, Monaten und Jahren in diesem Fall nachgegangen war. In alphabetischer Reihenfolge.

Er zwang sich, den Ärger herunterzuschlucken.

»Wir haben alles abgesucht damals. Wirklich alles.«

»Und eine Leiche? Ist irgendwann eine Leiche angespült worden? Hier oder weiter unten? Oben in Dänemark?«

»Niemand, der auf Thomas passt. Glaub's mir. Seit über zehn Jahren hätte man ihn für tot erklären können – aber es ist niemand gekommen, der das gewollt hätte.«

»Verstehe.«

»Das glaub ich kaum.«

Knut musterte seinen Vater streng. Was sollte das wieder heißen?

Mit ein paar kräftigen Stößen war Thor direkt neben ihm. »Dieser Junge – oder sein Verschwinden –, das ist einer der wenigen Fälle, die ich nicht klären konnte.«

Weil du sonst ja auch nur Einbrüche verfolgen musstest, dachte Knut. Das Schlimmste für dich war doch, dass jemand illegal irgendeinen Mist verklappt hat oder irgendwelche Banden Außenborder im großen Stil geklaut haben.

»Ich meine, es ist doch so«, fuhr Thor mit seiner ruhigen Stimme fort. »Normalerweise findet man Kleidung, Schuhe, ein Shirt, Leichenreste. Und bei Thomas Roth?«

»Wie vom Erdboden verschluckt.«

Thor nickte. Seine Augen suchten die Wellen so konzentriert ab, dass seine Fältchen hervortraten. Das weiße Licht des Mondes ließ sein graues, zum Pferdeschwanz gebundenes Haar glänzen und der rote Anzug ihn wie einen Superhelden erstrahlen – nicht wie einen alten Mann. Als Knut ihn so betrachtete, den sportlichen Körper, die von Meer und Sonne gegerbte Haut, den klaren Blick und die aufrechte Haltung, kam es ihm vor, als läge eine Aura über seinem Vater.

Wieso war dieser Mann für ihn bloß so unantastbar? Ein Kerl, der die ganzen Jahre vor allem von seiner hemdsärmeligen, charmanten Art und seinen kleinen Deals im Amt gelebt hatte. Eine Hand wäscht die andere. Thor war mit allen gut Freund und bog das Recht, bis es passte.

Knut legte sich auf den Rücken und sah in die Sterne. Wasser schwappte bei jedem Auf und Ab über sein Brett, floss ihm ins Haar und dann seine Wangen hinab. Es war unangenehm kalt, dennoch blieb er liegen und sah dem perfekten Funkeln dort oben zu.

»Tut mir leid, das mit dem …« Fahrig zeigte Knut zu seinem lädierten Auge.

»Schon gut«, wischte Thor Knuts Worte beiseite, sparte sich jedoch seinerseits eine Entschuldigung. In aller Ruhe kontrollierte er den Sitz seines Haarbands. »Weißt du, Knut«, begann er schließlich. »Du musst deinen eigenen Stil finden. In andere Fußstapfen treten ist einfach.«

»Ach.«

»Ja. Schwieriger ist es, eigene zu hinterlassen.«

»Danke auch. Ich bin also stillos und hab noch keinen Eindruck hinterlassen, richtig?«, entgegnete er pampig. »Wenn du meinst, dass ich meinen Job schlecht mache, dann sag's.«

»Mensch, Knut, das hab ich nicht gemeint und gesagt auch nicht.« Thor seufzte. »Glaubst du, ich habe mich letztes Jahr aus Spaß für dich krumm gemacht? Was meinst du, was ich alles in Bewegung gesetzt habe, damit du die Stelle bekommst?«

»Klar. Du musstest sicher wen bestechen«, grummelte Knut. Er hatte es im Spaß gemeint, aber Thor blieb seltsam still. So still, dass Knut mit einem Mal fröstelte. Er wollte nachhaken, musste sich aber erst einmal räuspern, bevor er meinte: »Nicht wirklich, Papa, oder?«

»Was? … Bestechen?« Thor lachte. »Blödsinn.« Er ließ es bei diesem einen Wort bewenden. Blödsinn. Das war alles. »Wollen wir noch ein Bierchen im Dock-5 zischen? Ich hab noch was gut bei Pia, die gibt uns sicher 'ne Runde aus.«

»Bei wem hast du nicht noch was gut?«

»Mein Gott, Knut! Und ich dachte, der Job macht dich endlich erwachsen.«

Knut musste schlucken.

»Du solltest dir mal zuhören, Junge. Ich will dir doch nur helfen.«

Einen Moment dümpelte er neben seinem Vater her, ohne ihn anzusehen, ohne irgendetwas anzusehen, außer die Sterne. »Er ist mir am Hafen entkommen und Melanie Roth im Wald. Ich hätte die beiden längst haben können.«

»Das ist einfach Pech, Knut.«

»Pech?«

»Ja. Das Gegenteil von Glück ... Immerhin warst du nah dran.«

»Nah dran ... Das hätte nicht passieren ... Ach, Scheiße.« Knut brach ab. »Kennst du einen Erik? Krause Haare. Ziemlich pummelig. Ist jetzt um die vierzig.«

»Pummelig?«

»Zumindest auf den Bildern, die wir haben. Die sind aber alt.«

»Hm. Ein dicker Erik? Der vom Surfladen? Erik Ahrens?«

»Wer?« Knut war für eine Sekunde verwirrt. »Ahrens?«, wiederholte er, bevor ihm klar wurde, dass sein Vater recht hatte. Einfach so. »Scheeeeeiße«, entfuhr es ihm, und beinahe hätte er nach seinem Handy gegriffen. »Der Typ vom Surfladen.«

»Was ist mit dem?«

»Nichts, alles gut.« Endlich bekam Knut bessere Laune. »Du bist großartig, Papa.«

Zu Thors Überraschung packte Knut ihn bei der Schulter, wollte ihn umarmen und zog ihn vom Brett. »He!«, protestierte Thor noch, dann war er ins Wasser geglitten.

»Die nächste is' meine. Hol mich ein, wenn du kannst«, verkündete Knut, und ehe sich sein Vater auf sein Board ziehen konnte, hatte er sich bereits in die anrollende Welle gedreht und war elegant aufs Brett gesprungen.

Während die Gischt ihm entgegenspritzte, hielt Knut auf den Strand zu und fühlte sich trotz der andauernden Müdigkeit voller Tatendrang. Die Kälte des Wassers war mit einem Mal erfrischend.

44

Der Schnee tobte um Valandsiels Leuchtturm, doch die Flocken beruhigten sich schnell, fielen lautlos und sanft auf das Dach, die Dünen und den winzigen Leuchtturmwärter. Der klassisch in Rot-Weiß gehaltene Turm sah unschuldig schief und klobig aus, so als hätten Kinderhände ihn geformt. Wahrscheinlich war er tatsächlich aus so etwas Ähnlichem wie Knete gemacht. Helen schüttelte ein letztes Mal die Schneekugel mit der Aufschrift »Valandsiel – das Tor zur See«, bevor sie das Souvenir in eine Socke steckte und zu den anderen Kugeln in ihre Sporttasche legte. Knut hatte ihr die Glaskugel geschenkt, nachdem sie ihren ersten gemeinsamen Fall gelöst hatten. Es kam ihr vor, als sei dies bereits Jahre her, dabei waren es bloß drei Monate.

Zwar hatte sie tatsächlich vor, im Seewolf abzusteigen, aber niemals wirklich geplant, sich von Björn ihre Sachen bringen zu lassen. Immer wieder hatte sie sich umgesehen, ob der Wikinger und seine Männer ihr folgten, aber die Fahrt durch das Küstenstädtchen und hinaus zum Restaurant war ruhig verlaufen.

Bisher hast du deine sieben Sachen ja wohl immer selbst gepackt, Schätzchen.

Sieben Sachen, dachte sie missmutig. Dein Container ist immer noch in Seattle. Du lebst tatsächlich fast von sieben Sachen.

Stirnrunzelnd stopfte sie ihre Klamotten zwischen die

anderen Schneekugeln und sah sich im Raum um, ob sie auch nichts vergessen hatte.

Aus dem Zimmer gegenüber hörte sie Björn fluchen. Irgendwas mit seiner Internetverbindung, die ihn wie so oft in den Wahnsinn trieb. Kein Wunder, denn im Dünenkieker kam die weite Welt nur per LTE ins Haus. Wenn sie kam.

Helen ließ den Koffer, wo er war, zwischen Farbeimern und Tapezierzeug. Sie hatte nicht vor, ihn mitzunehmen, hatte bloß das Nötigste in die Sporttasche getan, denn diese Flucht durfte nur eine Übergangslösung sein.

Eigentlich, Schätzchen, ist es *gar keine* Lösung. Sobald ein bisschen Luft ist, musst du mit Knut diese Arschlöcher dingfest machen und rausfinden, was sie wirklich vorhaben.

Routiniert checkte sie ihre Glock 22 und verstaute sie in der Handtasche, dann schulterte sie die Sporttasche und trat auf den Flur. Weder Björn noch André hatte sie gesagt, wo sie übernachten würde. Je weniger Menschen es wussten, umso besser. André war zu einem Herrenabend gefahren, bloß Björn hielt lautstark und murrend in seinem Zimmer Stellung und würde sicher wie immer bis um vier Uhr Computer spielen. Metal wummerte dumpf auf den Flur.

Sie ging die Treppe hinunter. Auf dem Weg zum Dünenkieker hatte sie beim Seewolf angerufen und den Besitzer aus dem Schlaf gerissen. Immerhin hatte sie ihn breitschlagen können, einen Schlüssel ins Außenfach des Hotels zu werfen.

An der Haustür zögerte sie, anstatt zum Auto zu gehen, ließ sie Sport- und Handtasche im Flur stehen und betrat die Küche. Im Schummerlicht schob sie sich zum Fenster und spähte nach draußen.

Es war ein Routineblick, und sie hatte nicht wirklich damit gerechnet, jemanden zu sehen.

Einen Moment bekam sie keinen Atem.

Auf den Dünen ringsum konnte sie vor der Mondnacht schwarze Schemen erkennen. Der Wikinger und seine fünf Männer hatten sich im Halbkreis auf den Sandbergen aufgebaut, standen bedrohlich da und starrten zum Restaurant.

Sofort tauchte sie ab und ärgerte sich. Sie hätte einfach tun sollen, als habe sie niemanden gesehen.

Konnte man sie von draußen überhaupt erkennen? Im Flur war das Licht an. Drang genug in die Küche, dass die Männer ihren Schatten wahrgenommen hatten?

Motoren heulten auf, Strahler nahmen den Dünenkieker ins Visier, blendeten tanzend. Unter ohrenbetäubendem Lärm schossen die Bikes auf den verwaisten Parkplatz und drehten ein paar Runden. Sie zählte vier Maschinen.

Helen lief sofort los, stürmte, so schnell es ihr künstlicher Fuß zuließ, zurück in den Flur, zur Glock, riss sie aus der Handtasche, machte sie schussbereit.

Wo, verflucht noch mal, hast du dein Handy?

Hektisch begann sie zu suchen. In der Handtasche? Nein. Verflucht, wo? Hose, nein. Jacke? ... Gott sei Dank! Sie zückte es ...

Knut, geh ran!

Da bemerkte sie, dass sie keinen Empfang hatte. Gar keinen Empfang. Shit.

Sie spürte den Griff der Glock in ihrer Hand, glitschig und warm.

Du wirst niemanden erschießen, Helen. Heute nicht.

Das habe ich nicht vor. *Dammit.*

Ich weiß, Schätzchen. Aber irgendwann wirst du's müssen.

Was?

Du wirst abdrücken, Schätzchen.

Chris Sawyer?

Irgendwann. Ja.

Ihr Herz ließ das Blut in den Ohren rauschen. Sie konnte kaum schlucken, weil es ihr bei jedem Schlag den Hals zuschnürte.

»Björn!« Die Musik und die Motorräder waren zu laut. »Björn!«, rief sie abermals gegen die dröhnende Metalmusik an.

Endlich streckte er den Kopf aus der Tür, sah die Treppe runter. »Was'n los? … Oh, fuck«, entfuhr es ihm, als er die Glock in ihrer Hand sah und den Motorradlärm bemerkte.

»Ruf Knut an, mail ihm. Gib ihm irgendwie Bescheid.«

Björn tauchte sofort wieder ins Zimmer ab.

»Und versteck dich! Okay?«

»Kein Netz!«, schrie er. »Kein Telefon. Handy weg. Internet weg. Helen?«

»Hab's gehört!« Fluchend wandte sie sich wieder der Küche zu. Die sechs umrundeten im Pulk ihren Wagen, feixten, juchzten und ließen Schotter spritzen.

»Komm raus!«, brüllte der Wikinger. »Wir müssen mal über deine Fahrweise sprechen!«

Der Hagere reckte ihr feist grinsend die Faust entgegen. Sie konnte einen silbernen Klotz mit vier Antennen erkennen. Ein mobiler Handyblocker. Er schnitt das Signal auf vielleicht 25 Meter ab.

Und wenn du mit deinem Handy hinten rausläufst, über die Terrasse und zum Meer …?

Das ist doch genau das, was die wollen, Helen.

Mit einem Mal schoss ein abgenutztes Wohnmobil auf den Parkplatz und wirbelte Staub auf, als es mit einer Vollbremsung neben ihrem Mercedes hielt.

Wozu haben die ein Wohnmobil?

Sie wollen dich zu IHM bringen.

Er ist im Knast. Er sitzt im Knast. Selbst mit all seinem Geld hat Chris sich niemals freikaufen können. Das hätte ich doch erfahren.

Bist du da sicher?

…

Bist du da sicher?

…

Helen, Schätzchen?

Die Männer hatten ihren Spaß, vollführten Kunststückchen und grölten und johlten.

Sie musste mit ansehen, wie der bärtige Anführer seine Harley vorschnellen ließ und keine zehn Meter vor dem Eingang zum Stehen brachte.

Helen?

»Aaaaaahr!« Mit einem Wutschrei brachte sie die Stimme in sich zum Verstummen und riss sich ins Jetzt.

Ich bin nicht bereit aufzugeben. Ich lass mich hier nicht vertreiben. Nicht aus Valandsiel, nicht aus dem Dünenkieker. Keinen Fingerbreit.

Rocker hin oder her. Chris hin oder her.

Der Wikinger stieg ab.

»Verfluchter Wichser«, zischte sie und huschte entschlossen in den Flur zurück. Noch einmal checkte sie die Glock.

»Hast du ihn erreicht?«, rief sie nach oben.

»Nein«, kam Björns prompte Antwort.

»Versteck dich«, befahl sie.

Diese Scheißkerle waren dabei, eine rote Linie zu überschreiten. Aber diese Linie würde sie verteidigen. Nur sie allein legte fest, wer diese Linie übertrat. Es war ihre Linie.

Ich werde kein Opfer.

Schätzchen, tut mir leid, das zu sagen: Aber du bist es doch schon längst.

Halt's Maul! Chris wird mein Leben nicht bestimmen. Krepieren soll er in seinen sechs Quadratmetern King County Jail. Krepieren!

Wenn Sie dich für intelligent halten, werde primitiv.

Die Glock lag satt in ihrer Hand. Sie stieß mit einem Ruck die Tür auf.

Schluss mit Verstecken.

Helen riss sofort die Waffe hoch, zielte geradeheraus auf den Kopf ihres Gegenübers.

»Umdrehen! Aufsteigen!«

Der Wikinger hielt überrascht inne, starrte in ihren Lauf, nicht sicher, ob er den Harten spielen oder klein beigeben sollte. Er suchte ihren Blick.

»Lady!«, meinte er grinsend und breitete die Arme aus. »Wer wird denn gl…«

Weiter kam er nicht, denn Helen drückte ab.

Ein Warnschuss in die Luft. Der Knall war unglaublich laut und ließ alle zusammenzucken. Sofort legte sie wieder auf ihn an.

»Eine zweite Warnung gibt es nicht. Aufsteigen.«

Immerhin war dem Mann das Grinsen vergangen. Trotzdem, er bewegte sich nicht. Er bewegte sich einfach nicht.

Ich werde kein Opfer.

Mutig trat sie einen Schritt vor.

Wenn du eine Waffe ziehst, dann …

Ich weiß …

Und wenn du ein Ultimatum stellst, schon dreimal! Dann solltest du auch …

Ich weiß …!

Er bewegte sich nicht. Er grinste. Er grinste, und die anderen lachten, riefen Blödsinn. Und die Nacht stand im Zenit.

Helen trat noch näher, die Waffe auf seinen Kopf gerichtet.

Durchziehen, Helen. Du musst es durchziehen! Sonst sind alle Drohungen Bullshit.

Ich weiß!

Dieser Asgard-Arsch bewegte sich keinen Millimeter.

Du hast ihn gewarnt! Du hast …

Krepiere!

Helen drückte ein zweites Mal ab.

Das war ihre rote Linie.

Sie wollte ihn verletzen. Und sie tat es, obwohl sie absichtlich verriss. Die Kugel durchschlug seine linke Seite. Sie hörte seinen Oberarmknochen brechen. Fuck you!

Und der Kerl sackte schreiend zu Boden. Er stieß Flüche aus, hielt sich windend und jaulend die Wunde, und seine Freunde starrten. Glotzten stumpf. Schockiert. Unsicher…

Unsicher ist gut! Helen! Unsicher ist gut.

Helen trat noch einen Schritt auf den Mann am Boden zu.

Du gibst mir das Schlossgespenst und ich dir den Skelettindianer …

»OC PAC … Aufsteigen …«, raunte sie und blickte starr. So starr, so gefährlich weggetreten. Abrupt ließ sie die Waffe hochschnellen, zielte auf seine Männer. »OC PAC. Ich bin bewaffnet … Leisten Sie keinen Widerstand«, meinte sie leise, bloß um im nächsten Moment wie wild loszubrüllen: »Aufsteigen!«

Eine Sekunde ist die Ewigkeit.

Und er lächelt. Und er greift unter den Tresen, und wie Konfetti fliegen die Papiere und Glassplitter durch die Bar, als er die Pumpgun auf sie abfeuert. *Bitch.* Die Zeit erstarrt zu Glas.

Sie legte ein weiteres Mal auf den Wikinger an, auf den Mann am Boden.

Es ist okay, Helen. Alles okay. Komm runter. Er ist am Boden.

Die interessiert so was auch nicht!

Drück nicht ab! Er liegt am Boden, Helen!

Und sie liegt auf dem Rücken, den ausgetretenen, dreckigen Dielen der Bar, und sie spürt das Holz unter ihren Beinen. Und er beugt sich über sie. Und er zielt. Und die Papiere und Glassplitter schweben noch immer wie Schnee. Und er zielt auf sie. Richard »Fist« Hollow. Und er lächelt.

Bitch.

Helen! Bitte!

Sie lockerte ihren Finger, nahm ihn wieder vom Abzug.

Endlich begann der Wikinger, getrieben vom Schmerz und Angst, sich auf dem Rücken zum Motorrad zu schieben. Es dauerte, bis er auf die Beine kam. Der Hagere und ein anderer mussten ihn stützen. Aber er stieß sie beiseite, biss die Zähne zusammen. Irgendwie schwang er sich auf seinen Bock.

Extra laut ließ er das Motorrad aufheulen. Die Rücklichter tunkten Helens Antlitz in strahlendes Rot, als tauche sie aus Blut auf.

Er gab Gas. Alle gaben Gas, fuhren langsam über den Kies davon. Bloß der Wikinger blieb noch einmal stehen, wartete, bis das Wohnmobil an ihm vorbeigefahren war. Dann wandte er sich noch einmal um.

Auf sein schmerzverzerrtes Gesicht, die Wangen dreckig vom Kies, der Bart staubig, legte sich ein Lächeln. So ein verdammtes Lächeln, das sie anstarrte, auch nachdem er wieder angefahren war. Ein böses Lächeln, das einfach in der Nacht zurückblieb und sich für immer einbrennen würde.

Genau wie Fists Grinsen.

Fist grinst. Und sie weiß nicht, warum. Und er hält ihr das Handy hin, hält es ihr schmunzelnd hin.

Ihr Fingernagel bricht. Beim Schrei. Beim Greifen nach ihrer Waffe. Die auf dem Boden liegt, ein Leben entfernt.

»Er will sich noch verabschieden, *Bitch*«, spottet er, und mit einem Mal sieht sie Chris. Sein Gesicht. Chris.

Chris Sawyer auf dem Display von Fists Handy.

Und Fist setzt den Lauf auf ihr Bein. Einfach so. Weil er es kann.

Und Chris lächelt.

Sie hat keine Schuhe an, ihre Biene-Maja-Socken sind ganz sandig. Ihr rechter Fuß. Dieser Kinderfuß. Sie greift in die Socke und zieht vier Gespensteraufkleber heraus, reiht sie auf dem Holz des Sandkastens fein säuberlich auf. Ihre Trophäen.

Und der Sommer in Valandsiel endet nicht.

Und sie weint gegen die Angst. Sie wimmert und fleht auf diesem dreckigen Boden.

»Du gibst mir das Schlossgespenst und ich dir den Skelettindianer.«

Und er drückt ab. Die Pumpgun auf ihrer Hose, den Lauf aufgesetzt auf ihr Fleisch.

Tausendsonnenheißes Feuer.

Sie droht das Bewusstsein zu verlieren, spürt, wie der Schmerz ihren Körper lähmt, und sieht ihr zerfetztes Bein. Der Unterschenkel zerrissen, steht grotesk und falsch ab, der Schuh zeigt zu ihr, und Fist lacht und dreht sich zu seinen Kumpels, bevor er nachlädt.

Mit einem letzten Zucken kommt sie hoch, langt nach ihrem Fuß, nach ihrem Stiefel. Und zieht die Glock aus den blutenden Überresten.

Die Backup Pistol ist ganz glitschig in ihrer Hand.

Sie reißt sie hoch und drückt ab. Die Kugel reißt Fist

den halben Schädel weg. Ohne einen Schrei sackt er zusammen. Als der Kolben der Pumpgun auf dem Boden aufschlägt, perforiert Fist mit einer Schrottladung seinen Kumpel.

Der andere Kerl reißt seinen Revolver hoch, doch sie drückt abermals, abermals, abermals, abermals ab. Obwohl sie stark zittert, erwischt sie den Typen gleich mit vier Schuss in Arm und Brust. Er klatscht gegen die Wand und sackt stöhnend weg.

Und neben ihrem halb abgerissenen Fuß liegt Chris Sawyer, sein leuchtendes Gesicht auf diesem mit Blut besudelten Display. Und er lächelt.

Das tausendsonnenheiße Feuer umschließt ihren Körper und lässt ihr Denken zu Asche werden. Ruhe kehrt ein, langsam …

… langsam kehrte Ruhe ein. Endlich verklang das Hämmern der Maschinen, wurden die Angreifer zu Schatten. Sie wurden eins mit der Nacht, und Helen sah ihnen nach und begann am ganzen Körper zu zittern.

Und während Björn aus dem Haus stürzte und zu ihr rannte, zu Helen, die auf die Knie fiel, zieht sich Helen über die Dielen der Bar, zieht sich zu Richard »Fist« Hollow vor …

Björn zog sie auf die Beine, sie streift Fist das blutige Stirntuch ab. Der Junge stützte sie, während sie das Tuch mit der 1%-Raute um ihren Stumpf schlingt. Er bugsierte Helen auf eine Bank vor dem Haus, sie zieht kräftig zu, stoppt die Blutung. Björn zückte sein Handy – sie greift sich das von Fist, drückt stöhnend Chris weg.

Björn wählte Knut – sie wählt 911.

Some say the world will end in fire.

45

Erik Ahrens schaltete das Licht aus und ließ seinen BMW möglichst lautlos die letzten Meter vor den Laden rollen. Ängstlich spähte er nach draußen, suchte die Promenade nach Schatten ab.

Außer zwei angetrunkenen Pärchen war niemand zu sehen. Zuerst hatte er überlegt, durch die Hintertür hineinzugelangen. Aber der Hof war viel unübersichtlicher als die Straße an der Promenade. Niemand würde ihm dort zu Hilfe kommen. Schon wieder begannen seine Gedanken um die Sandwitwe zu kreisen.

Verdammter Mist! Warum hatte seine Frau denn nicht alle Unterlagen mit nach Hause genommen. Seit Monaten lagen ihre bescheuerten Reisepässe in der Kramablage bei der Kasse.

Im Halbschlaf war er hochgeschreckt, war noch einmal nach unten getapst und hatte die Reiseunterlagen gecheckt. Und festgestellt, dass ihre Pässe fehlten.

»Hast du sie nicht mitgebracht? Die sind doch noch im Laden«, hatte sie genuschelt, nachdem er sie einigermaßen wachgerüttelt hatte.

Undeutlich konnte er sich daran erinnern, dass seine Frau ihre neuen Pässe bei einem Gang zum Finanzamt gleich vom Rathaus abgeholt hatte. Das war nach Weihnachten gewesen. Seitdem waren sie in der Schublade versackt, zwischen den Briefmarkenbögen, Glückwunschkarten und Notizzetteln.

Ausgerechnet im Laden.

Er spähte durchs Fenster. Die Ladenfront war dunkel, die Tür geschlossen. Alles lag ruhig da. Nervös klaubte er den Schlüssel vom Beifahrersitz und griff sich die Signalpistole.

Sich immer wieder umsehend, stieg er aus, schlug die Jacke hoch und huschte wie ein Dieb zu seinem eigenen Geschäft. Er vergewisserte sich gründlich, dass die Tür unbeschädigt war und sich niemand am Schloss zu schaffen gemacht hatte, dann spähte er ins Innere. Die Regale lagen im Schatten, es war kaum etwas zu erkennen.

Erik würde ganz schnell machen, Tür auf, zur Kasse, die Schublade drunter durchsuchen und wieder raus.

Erik schloss auf und huschte hinein.

Sofort knipste er das Licht an.

Alles wie immer.

Die Sonne hatte die Luft erhitzt, sie roch zwischen den Regalen mit Surfbedarf ungewohnt muffig. Für die Fülle an Artikeln war der Shop an der Promenade viel zu klein, sodass Erik jede noch so winzige Ecke ausgenutzt hatte. Selbst unter der Decke hingen Boards, und die Regale waren mit Klamotten und Equipment überladen. Auf der gegenüberliegenden Seite der Ladentür stand die mit Aufklebern übersäte Kasse neben Aufstellern für Postkarten und Stapeln SexWax-Dosen.

So schnell es seine Leibesfülle zuließ, eilte er zur Kasse. Doch bereits nach vier Schritten blieb er wie vom Donner gerührt stehen.

Seine braunen Slipper waren auf etwas getreten. Angsterfüllt blickte er hinab und sah feinen Sand unter seinen Sohlen.

Erst jetzt bemerkte er die Türmchen. Selbst auf seinem Tresen, neben den SexWax-Dosen, der Kasse und auf seinen Regalen – überall ragten sie auf.

Die Sandwitwe.

Erik brach der Schweiß aus. Er rann ihm über die Halbglatze und Stirn. Fest umklammerte Erik die Signalpistole.

»H-h-h-halllllo?«, rief er, weil er in diesem Moment absolut nicht wusste, was er tun sollte.

Sie war gekommen, um Zitterzunge zu holen.

Er war an der Reihe.

Erik biss die Zähne zusammen. Nein! Er würde es ihr nicht so einfach machen. Er nicht.

Das Bimmeln der Ladenglocke ließ ihn mit einem Aufschrei herumfahren. In der Tür stand ein Mann, die Kapuze seines Sweaters so tief hinabgezogen, dass er das Gesicht nicht genau erkennen konnte.

Sofort nahm Erik die Signalpistole hoch.

»Ey!«, entfuhr es dem Typen, der die Hände hochriss. Auf seinen Unterarmen zogen sich Tätowierungen entlang. Der Fremde trug eine Bierflasche. Erik stöhnte auf, es war nur Paul, ein Stammkunde.

»M-M-Mensch! P-P-Paul. Tut mir l-l-leid, tut mir l-l-leid …« Sich hastig entschuldigend, steckte Erik die Pistole in den Bund.

»Alles klar bei dir? Hab Licht gesehen, dachte, ich schau ma rüber«, lallte der junge Mann angetrunken.

»Hier is-is-is alles o-o-okay. Alles g-g-g-gut.« Erik achtete nicht weiter auf Paul, sondern eilte zum Tresen, begann hektisch nach den Pässen zu suchen. »Ich w-w-wollt nur w-w-was holen.«

»Wennde aufhast, kann ich nich' eben nach 'ner Leash gucken? Muss ich morgen nich' wiederkommen.«

»N-n-n-nein, das-das-das g-g-geht nicht. T-t-tut m-mir l-l-l-leid. W-w-ir haben z-z-zu.« Erik trat zu Paul und schob ihn Richtung Tür.

»Ey, man ey, Erik. Ich such mir schnell 'ne Leine aus und …«

»G-g-geht nich'.« Er drängte den Jungen regelrecht aus dem Laden und zog schnell die Tür hinter ihm zu.

»Komm schon, was soll denn das?«, rief Paul von draußen.

Erik zeigte auf das »Closed«-Schild und schloss von innen ab.

Paul fluchte lautstark und zuckte dann die Schultern, unschlüssig, ob er weiter protestieren oder gehen sollte. Mit einem Mal wurde Erik klar, dass er besser mit Paul nach draußen gegangen wäre. Er hatte das ungute Gefühl, jemand starre ihm in den Rücken. Kalte Schauer liefen ihm den Nacken herunter.

Während ihm das Herz bis zum Hals schlug, wandte er sich um, fixierte den Gang, die Sandtürme. Er wusste, dass sie eine Warnung waren. Zumindest war Finger immer davon ausgegangen.

Ich hätte diesem Verrückten viel früher zuhören sollen, dachte er.

Nach einem kurzen Kontrollblick, ob Paul fort war, schloss er auf. Er wollte die Tür aufziehen, da …

Ihr Gesicht schob sich direkt vor die Scheibe.

Er ließ die Tür los, stolperte zurück, strauchelte, fiel rückwärts zwischen die Regale. Geistesgegenwärtig legte er auf die Frau an.

Melanie Roth starrte reglos und mit abwesendem Blick in den Laden hinein, fixierte ihn auf dem Boden.

46

»Ihr ist nichts passiert.« Björn wollte für Knut die Fahrertür öffnen, aber der war schneller und sprang bereits aus dem Wagen. Kaum war Knut vom Strand losgefahren, um zu Erik Ahrens zu fahren, hatte der Junge ihn alarmiert. Sofort hatte er gewendet.

Im blendend hellen Licht der Autostrahler saß eine aschfahle Helen. Er hatte keine Ahnung, warum sie nicht reingegangen war, sondern auf einer Bank vor dem Haus auf ihn wartete.

»Behalt die Einfahrt im Auge«, wies er Björn an und eilte voller Sorge hinüber. Auf dem Weg bemerkte er den rot schimmernden Blutfleck auf dem Kies und spürte, wie sein Herz einen Schlag aussetzte. »Helen, geht's dir gut? Bist du verletzt? Sag schon. Alles okay?«

»Ja, ja. Alles gut … Wirklich … Mir geht's gut«, behauptete sie, doch ihre Stimme klang brüchig. So verdammt kraftlos. Am anderen Ende der Bank, so weit weg, wie es ging, lag ihre Waffe. Die Glock wirkte wie ein seziertes Tier auf dem abgeplatzten, fröhlich roten Lack der Bank. Fein säuberlich hatte Helen alles abgelegt: die Pistole mit dem offenen Verschluss, Verschlussöffnung nach oben, daneben das Magazin mit der Öffnung nach hinten. Wie auf einem Schießstand, damit jeder sofort sehen konnte, dass die Waffe ungeladen war. Die restliche Munition, 13 Patronen, hatte sie vorschriftsmäßig und geradezu penibel aufgereiht.

»Wirklich alles klar?« Knut setzte sich zwischen Waffe und Helen.

Sie nickte blass.

Er musterte sie besorgt, konnte aber keine Verletzungen erkennen. Immerhin. Anstatt etwas zu sagen, nahm er einfach ihren Kopf und drückte ihn zärtlich an seine Brust. Sie ließ die Umarmung zu, legte ihren Arm um seinen Rücken und schmiegte sich an ihn.

»Alles gut«, flüsterte er und roch ihr Haar. »Alles gut. Hauptsache, dir ist nichts passiert.«

Einige Atemzüge lang schwiegen sie. Eine ungewöhnliche Ruhe legte sich über die Dünen und den Parkplatz. Im Licht des Landrovers sah Knut Björn stehen, den Rücken zu ihnen. Ein Schatten, der auf böse Schatten achtgab. Die Sterne funkelten, und ein paar Falter stießen sich am Licht des Dünenkiekers tot.

Er hörte ihren Atem und spürte ihre Wange an seiner Brust, dann nahm er ihr Zittern wahr und bemerkte, dass sie lautlos zu schluchzen begonnen hatte. Beruhigend ließ er seine Hand über ihr Haar streichen. »Ich bin da. Okay?«

Sie nickte kaum merklich.

»Alles wird gut, Helen. Sie sind weg.«

Er fühlte ihr sanftes Kopfschütteln.

»Doch. Ich bin da, alles gut.«

Wieder ein kaum fühlbares Schütteln.

»Sssscht«, sagte er leise und versuchte, sie zu beruhigen.

Es tut so verdammt gut, sie in den Armen zu halten, dachte er. Warum muss der Anlass nur so fürchterlich sein?

Knut drückte sie noch fester an sich, tröstete sie mit ein paar Worten, bevor er leise und tastend sagte: »Ich werde dich beschützen.«

Wieder senkte sich Schweigen über die Nacht.

»Hast du … hast du gehört, was ich gesagt habe?«

Endlich nickte Helen, kam jedoch hoch und löste sich aus seiner Umarmung. Sie strich sich die Tränen weg, die ihr die Wange hinabgelaufen waren. Dann sah sie sich um, seufzte, als ihr Blick über das wippende Dünengras und die Fetzenwolken strich.

»Das können Sie nicht, Jansen. Das können Sie gar nicht.«

Sie hatte ihn nicht angesehen, deswegen nahm er zärtlich ihre Wange und drehte ihren Kopf sanft zu sich. Sein Blick war jedoch weniger sanft: »Doch, Helen … Frau Henning. Ich beschütze Sie.«

Die beiden sahen sich in die Augen, und ihm war, als stiege sie in seine Seele. Ihr Blick brannte sich in seinen, und er spürte, wie sie abschätzte und Maß nahm, wie sie sein Herz wog.

»Immer?«

Sein Nicken war sehr erst, aber sie ließ den Blick nicht von seinen Augen, schien noch nicht überzeugt.

»Auch wenn's kitschig klingt«, meinte er lächelnd und ohne den Blick abzuwenden. »Ich bin ein masochistischer Melancholiker. Checken Sie die Tells.«

»Pard'n?«

»Meine Tells. Sie wissen, dass ich recht habe. Ich werde Sie beschützen. Komme, was wolle.«

Ein drittes Mal kehrte vor dem Lokal Ruhe ein. Ganz still saßen sie da. Die beiden und eine sezierte Waffe. Schweigend sahen sie sich an und atmeten die Nacht.

Es dauerte eine Ewigkeit, bevor Helen ein zartes Lächeln gelang und sie trocken feststellte: »Doch, Herr Jansen. Die Wahrscheinlichkeit ist hoch.«

Nicht sicher, ob er amüsiert oder beleidigt sein sollte, blies er seufzend die Luft aus. »Hundert Prozent, Helen

Henning. Hundert Prozent. Wenn jemand für Sie da ist, dann ich. Und das wissen Sie. Das wissen Sie sehr gut.« Er hoffte, sie würde es bestätigen, aber statt zu nicken oder ihm ein Lächeln zu schenken, stand sie einfach auf.

Sie lässt mich sitzen, dachte er enttäuscht. Sogar wörtlich.

Tatsächlich schien die Sache für Helen erledigt, denn sie widmete sich dem Blutfleck und ließ damit den letzten Funken Zauber endgültig ersterben.

»Was tun wir jetzt?«, wollte sie wissen und ließ ihren Blick vom Blut zu dem wachsamen Björn gleiten.

»Ich geh davon aus, Sie wollen keine Anzeige erstatten.« Er zückte dennoch sein Notizbuch. Helen biss sich auf die Lippe, und er konnte spüren, wie sie mit sich rang. »Das war Notwehr«, sagte er, um ihr eine Aussage schmackhaft zu machen.

»Und wenn schon. Was soll das bringen? Eine Anzeige. Die waren zu sechst. Aussage gegen Aussage. Und ich habe geschossen. Die haben eigentlich nichts getan.«

Nachdenklich kratzte er sich die struppigen Haare unter seiner Basecap. Sie hatte verdammt recht, aber dennoch hatte er den Job nicht gelernt, um einfach stillzuhalten. »Die Polizei …«

»Die Polizei«, unterbrach sie ihn, »tut erst was, wenn etwas passiert ist. Wenn die mich wirklich angegriffen haben.«

»Das haben die doch.«

»Gestern, ja. In einem Haus, in das ich eingestiegen bin … Sie wissen, doch, was ich meine.«

»Leider ja.« Knut musste eingestehen, dass sie in einem möglichen Prozess nicht gerade gut dastünde. Der Staatsanwalt würde jede Menge Fragen haben.

»Die wollten mich mitnehmen.«

»Was?«

»Die hatten ein Wohnmobil dabei. Die wollten mich mitnehmen.«

»Was? Wohin?«

Helen schluckte. Der Wind blies ihr eine Strähne gegen die Lippen, sie strich sie fort. Ihre Blicke fanden sich. Und was er in diesem Blick sah, schockierte Knut. Ganz weit hinten, ganz tief in ihrem Kopf herrschte nackte Panik.

»Zu ihm«, beantwortete er sich selbst die Frage. »Zu Chris Sawyer.«

Sie nickte. »Wohin sonst?«

»Das heißt, er ist frei?« Knut rieb sich die brennenden Augen.

»Oder er glaubt, sehr bald freizukommen. Ja.«

Knut stand auf und steckte sein Buch weg. »Okay. Die können jederzeit wiederkommen, richtig?«

»Die oder irgendwer anders, dem Chris Befehle erteilen kann. Ich denke aber, für heute haben sie ihre Lektion gelernt. Die brauchen sicher ein paar Tage, um sich zu sortieren und einen neuen Plan auszudenken.«

»Trotzdem. Sie müssen hier weg. Das ist mal das Erste.« Er ging auf den Parkplatz hinaus, begutachtete den blutbesudelten Kies. »Durchschuss?«

»Pard'n?«

»War's 'n Durch- oder Steckschuss?«

»Ich … ich hab ihn am Arm erwischt. Durchschuss, glaub ich. Vorher hab ich einen Warnschuss in die Luft …«

»Wir müssen die zwei Patronen finden.«

Helen kam zu ihm. Langsam dämmerte ihr, was er vorhatte.

»Wenn es Aussage gegen Aussage kommt«, erklärte er, »will ich nicht, dass wer noch 'ne Kugel findet. Und Björn …«

»Ja?« Der Junge wartete noch immer bei Knuts Wagen.

»Du holst 'ne Schaufel.« Knut nickte zum roten Kies. »Trag's ab. Gründlich. Pack's irgendwo hin. Verteil's oder …«

»Wir haben oben Betonkübel. Ich kann's ins Meer…«

»Gute Idee.«

»Sie … Sie wissen, was Sie da tun?«

»Sie beschützen.«

»Beweise vernichten, einen Tatort reinigen?«

»Nennen wir es aufräumen. Wenn Sie den Sheriff nicht rufen wollen, dann putzen wir den Saloon eben gründlich und warten, bis wirklich was passiert.«

»Das ist ziemlich illegal, auch in Deutschland.«

»Nicht in Valandsiel. Das ist das Provinzprinzip.«

»Provinzprinzip?«

»Einfach handeln. Und deswegen möchte ich, dass Sie Ihre Waffe wieder laden und Ihre Tasche packen. Und dann bring ich Sie zum Seewolf. Morgen lassen wir uns was Besseres einfallen.«

Zufrieden sah er zu, wie sie zur Bank ging und das Magazin bestückte.

»Ich hol Helens Sachen.« Björn eilte zum Haus, während Knut bereits den Parkplatz nach den Hülsen und Projektilen absuchte.

47

Ihr bleiches Gesicht wollte nicht weichen. Minutenlang schon starrte die Sandwitwe ihn von draußen an, glotzte zwischen den Aufklebern für Kreditkarten und Sonderzubehör auf ihn herab. Ihr Blick war die ganze Zeit merkwürdig entrückt.

Mit zitternden Armen streckte er die Pistole von sich. Noch nie in seinem Leben hatte er eine Waffe geführt. Er würde abdrücken. Bevor die Sandwitwe ihn bekam, würde er sie töten.

Er hoffte zumindest, dazu in der Lage zu sein.

Melanie Roth starrte ihn an. Dann öffnete sie geradezu behutsam die Ladentür. Das Glöckchen schlug an.

»Zitterzunge?«

»St-t-t-t-t-t-t-t-topp!«, rief er, doch die Sandwitwe gehorchte ihm nicht.

Als nachtwandele sie, betrat Melanie Roth den Shop.

»K-keinen Sch-Schritt näher!«

Von hier unten, vom Fußboden, wirkte die Frau wie ein Riese. Aus irgendeinem irren Grund registrierte er, dass sie bloß einen Kittel unter dem Jäckchen trug. Ihre nackten Beine steckten in hohen Lederstiefeln. War sie eine Krankenschwester?

»W-w-w-w-was w-w-willst d-du?«

Auf dem Rücken liegend, schob er sich zurück, durch die widerlichen Sandtürmchen, während sie in den Gang trat. Dass er auf sie zielte, war ihr anscheinend völlig egal.

»Wo ist Zitterzunge?«

»W-w-w-w-was?«

»Zitterzunge? Wo?«, wiederholte sie und musterte ihn noch eindringlicher.

»Ich ... ich v-v-versteh n-n-nich'«, brachte er heraus und spürte den Schweiß in seine Augen laufen.

In ihr schien es zu arbeiten, endlich begriff sie. »Oh. Ich dachte, du wärst sein Vater ... Aber du bist es ... Du bist es selbst ... Seltsam.« Ihr Kopf ruckte hin und her wie der Schädel einer Möwe, wenn sie das Muschelfleisch aus der Schale zupft.

Erik zog sich auf die Beine, hielt ihr weiter die Signalpistole vor.

»H-h-h-hör zu. D-d-das mit dem G-G-Gürtel. A-a-lso ich wollte d-d-das nicht. Ich m-m-meine, wir waren d-d-d-doch K-K-K-K...«

»Kinder? ... Du hast ihn geschubst, Zitterzunge. Du hast ihn da reingeschubst.«

Sie kam auf ihn zu.

Er zitterte vor Angst, konnte sich aber nicht überwinden, ihr eine Ladung rot leuchtendes Magnesium ins Gesicht zu feuern.

»Nimm die Pistole runter«, sagte sie. »Ich habe keine Lust auf Spielchen, Zitterzunge.«

»I-i-ich weiß, dass du-du-du sie a-a-a-alle g-g-g-getötet hast.« Er wich zurück, ließ sie nicht aus den Augen. Plötzlich stieß er mit dem Rücken gegen einen Aufsteller mit Shirts und Basecaps. Vor Schreck schrie er auf. Krachend stürzte das Teil zu Boden.

Sie hielt sich die Ohren zu und begann mit einem Mal zu singen. »Wir sind die Black Dogs, Black Dogs, Black Dogs ... Aller Welt Feind. Wir sind die Black Dogs.«

»H-hör auf!«, zischte er, doch sie trat noch einen Schritt auf ihn zu. Ihre Stiefel schlürften durch den Sand.

Ihre Augen wirkten kalt. Sie trat an den Surfbrettern vorbei.

Zitternd zielte er, konnte die Waffe vor lauter Angst nicht ruhig halten. Sie war vollkommen ungerührt, schien die Pistole nicht zu registrieren oder einfach keine Angst zu haben.

Plötzlich sprang sie mit einem Satz vor.

Erik schrie auf. Überrumpelt drückte er ab.

Die Kugel zischte aus dem dicken Lauf …

… und traf!

Erik Ahrens, genannt Zitterzunge, erwischte die Sandwitwe in der Brust.

Die Frau schrie vor Schmerz, fiel nach hinten, während sich das brennende Geschoss durch ihre Jacke und ihr Kleid fraß. Sie verrenkte sich, bäumte sich auf und schrie und schrie, und dann explodierte die Signalkugel und spie rote Feuerkugeln durch den Shop.

Sie prallten an den Boards ab, setzten sich in die Tauch- und Surfanzüge, die Hawaiihemden und Kapuzenpullis, zischten unter die Ständer mit Comicheften und Handbüchern. Binnen Sekunden stand alles in Flammen. Qualm, von den unzähligen Signalflammen grellrot erleuchtet, flutete die Gänge und walzte zur Decke hinauf und wieder herunter.

Hustend versuchte Erik, die Sandwitwe zu erkennen, aber der Qualm war zu dicht. Die Flammen fraßen sich blitzschnell von Regal zu Regal und schlugen bis zur Decke. Der Feueralarm sprang an, die Glaskolben der Rieselanlage platzten. Wassernebel hüllte ihn ein. Hustend wich er zurück, spürte den heißen Dampf seine Lunge verbrennen, keuchte und spuckte.

Der Notausgang, lediglich ein dumpf glimmendes Schild über den Flammenbergen, irgendwo zwischen den Skateboards und der Mützenkollektion. Verzweifelt lief Erik darauf zu, brachte seinen fassähnlichen Körper in Gang, doch er bekam keine Luft. Seine Lunge brannte, seine Augen tränten. Flammen erhoben sich neben ihm und raubten ihm den Sauerstoff. Er fiel auf die Knie, begann zu kriechen, die Signalpistole unsinnigerweise noch immer fest umklammert. Die Tür! Keine fünf Schritt …

Erik japste nach Atem, starrte durch einen Tränenschleier, dann gaben seine Arme nach, und er sank auf den heißen Boden, lag spuckend und röchelnd da und spürte, wie die Hitze nach seiner Haut griff, sie ihm abziehen wollte.

48

»Sie sollten sich noch ausruhen. Es ist mitten in der Nacht.« Die freundliche Schwester bugsierte Viola Wilbrand zurück ins Bett, aus dem sie vor ein paar Minuten aufgestanden war. Sie hatte ihre Kleider gesucht, wollte sich anziehen.

»Was … was ist denn passiert? Warum bin ich hier?«

»Sie sind in einem Krankenhaus. In Valandsiel. Sie sind die erste Nacht hier. Erinnern Sie sich wirklich an nichts?«

Viola dachte einen Moment nach, dann lächelte sie. »Doch. Der Polizist und diese Frau, die beiden waren bei mir, richtig? In diesem Haus …«

Fürsorglich nickend deckte die Schwester Viola zu. »Sie müssen zu Kräften kommen, Frau Wilbrand. Schlafen Sie ein wenig.«

Viola nickte, doch kaum war die Schwester gegangen, stand sie erneut auf. Sie hatte gelogen, denn in Wirklichkeit konnte sie sich nicht daran erinnern, wie man sie eingeliefert, wer ihr diesen lächerlichen Kittel übergestreift hatte. Sie hatte bloß geraten, dass die beiden Beamten sie befreit hatten.

Statt in Melanies Kinderzimmer zu erwachen, an das altbekannte Eisenbett gefesselt, hatte sie sich hier vorgefunden.

In einem gepflegten Einbettzimmer.

Sie tappte zur Tür und zog sie einen Spalt auf. Zwei Polizisten standen im Flur und lauschten gemeinsam dem Funk.

Anscheinend war vor wenigen Sekunden ein Brand im Zentrum gemeldet worden. Ein Surfladen stand in Flammen.

Erik Ahrens, schoss es Viola durch den Kopf. Zitterzunge.

»Entschuldigung«, machte sie sich bemerkbar. Ihre Stimme war brüchig, überschlug sich.

»Ja?« Die Beamten hielten ihr die schwergängige Tür auf.

»Ob ich wohl eben auf die Toilette gehen und mir aus der Teeküche … Mein Wasser ist alle.«

Die Männer sahen sich an, dann sondierten sie den Gang. Die Abteilung lag still da. Keine Gefahr zu sehen. Endlich nickten die beiden und hielten ihr die Tür auf.

Sie bedankte sich. Barfuß trat sie in den Flur, konnte die Blicke der Männer in ihrem Rücken spüren, als sie auf wackligen Beinen die Abteilung hinunterging.

»Beeilen Sie sich, ja?«, rief der jüngere Beamte ihr nach.

Sie hob die Hand, um den beiden ein »Ja« zu signalisieren, dann bog sie um die Ecke.

Viola Wilbrand zögerte keine Sekunde. Sofort fiel sie ins Laufen, sprintete durch den Gang und auf die Glastür zu, hinter der die Fahrstühle lagen.

49

Im Funk war die Hölle los. Kaum war Björn im Dünenkieker verschwunden, war ein Notruf wegen eines Brandes eingetroffen. Während der Funk sich überschlug und immer klarer wurde, dass ausgerechnet in Erik Ahrens' Laden ein Feuer ausgebrochen war, hatte Knut die beiden Hülsen aufgelesen und immerhin eins der Projektile gefunden. Wahrscheinlich war Helens Warnschuss irgendwo im Dünengras heruntergekommen, unmöglich, ihn ohne einen Detektor aufzustöbern.

»Mach schon!«, rief Knut Björn zu, der nicht nur die Sporttasche geholt, sondern auch Helens Koffer aus dem Zimmer gewuchtet hatte.

Knut bekam Helens Gepäck gereicht, wollte es auf die Ladefläche packen, als sein Handy klingelte.

Noch bevor ein Wort erklang, wusste er, wer dran war.

zitterzunge ist meiner rache nicht entgangen und viola wird es auch nicht wo sind sie herr jansen? ich brauche sie.

»Zitterzunge? Wer ist das?«

das wissen sie genau er wird sterben und säbelmary auch.

Knut stieg zu Helen, die bereits im Wagen wartete.

»Ich glaube, Sie können Ihren Rachefeldzug vergessen«, drang Knuts flapsiger Kommentar aus dem Smartphone, das er vor wenigen Sekunden vom Beifahrersitz des Rettungswagens genommen hatte. Es gehörte einem der Sanitäter, die gerade in die Tiefgarage gefahren waren, und war noch entriegelt.

Er packte den Notfallkoffer auf die Sanitäterjacke im Heck des Rettungswagens. Mit geübtem Schwung ließ er den Koffer aufklappen, ging professionell die Präparate durch und griff sich ein Skalpell, Spritzen und Betäubungsmittel. Die Haut an seinem Handgelenk war aufgescheuert und blau.

»Wir haben Ihr kleines Versteck gefunden«, erfüllte Knut Jansens Stimme den Patientenraum des Wagens. »Da sollten Sie mal staubsaugen. Und wir haben Ihr letztes Opfer.«

Es ärgerte ihn, dass dieser Polizist ihn nicht ernst nahm. Vor ein, zwei Minuten hatten zwei Sanis einen älteren Herrn angeliefert. Sie hatten den Krankenwagen im Parkhaus vor der Anlieferung stehen lassen, um ihren Patienten auf einer Rolltrage in die Klinik zu fahren, und waren mit einer jungen Ärztin verschwunden. Eine trügerische Ruhe, denn er wusste, dass sie in wenigen Sekunden zurückkehren würden. Alle Rettungswagen waren zum Brand beordert worden.

Er packte den Koffer zurück, streifte sich die Sanitäterjacke über. Eilig öffnete er die Hecktür einen Spalt und sondierte aus dem Patientenraum heraus die Lage. Noch war er allein.

»Viola sollte doch Ihr letztes Opfer werden? Nun, sie ist jetzt bei uns. Viola ist in Sicherheit«, sagte Knut.

»Wenn sie das sagen – jansen«, tippte er. »Viola wird mir nicht entkommen.« Mit einem Knopfdruck ließ er die Nachricht vorlesen.

Er lächelte.
Viola lächelte.
Violas Gesicht spiegelte sich auf der Lackierung der Rettungswagentür.
Er lächelte mit diesem Gesicht, das nicht seins war.
Er selbst sah einen Mann in der Reflexion. Er konnte damit leben, dass sie ihn für Viola hielten. Er wusste, dass Viola Wilbrand in seinem Körper wohnte.
Aber er blieb er.
Und er hatte eine Mission. Seine Freundin Viola hätte ihn beinahe verraten. Ihm war nichts übriggeblieben, als Säbelmary einzusperren … so lange, bis sie an der Reihe war.
Viola wusste nichts von ihm. Sie kannte bloß seinen Geruch …
Nur er wusste von ihr.
Und er würde das ausführen, was sie sich ihre ganze Kindheit und Jugend gewünscht hatte. Er würde ihre Tat rächen. Alle mussten sterben.

ja das mit säbelmary haben sie wirklich gut gemacht jansen alles läuft nach plan.

»Wessen Plan?«

meinem.

Er sah sich im Patientenraum um. Hier gab es keinen Platz, sich zu verstecken.
»Ihrem?«, drang es aus dem Smartphone, und er drehte es leise. »Ich glaube, Ihr Plan löst sich gerade in Luft auf.«
Kurzerhand sprang er aus dem Wagen, schloss die Tür und verbarg sich hinter einer der Säulen der Tiefgarage. Er tippte: »plan perfekt – sie sollten sie finden.«

»Was? Was soll der Unsinn? Warum?«

weil ich säbelmary nicht selbst töten kann.

»Kapier ich nicht. Was soll das heißen?«

sie müssen das für mich tun jansen sie müssen sie umbringen …

Kaum vorgelesen, brach er das Telefonat ab, weil er aus seiner Deckung heraus die beiden Sanis bereits in die Garage eilen sah. Sie rollten die leere Trage keine drei Meter an ihm vorbei.

Er zögerte nicht. Sein Angriff kam schnell und aus dem Hinterhalt. Während er dem ersten Sani die Spritze mit Ketamin in den Hals rammte und ihm die volle Ladung verpasste, stürzte er bereits an ihm und der Trage vorbei, um dem zweiten Mann das Skalpell an den Hals zu setzen.

Der Typ wollte gerade die Tür zum Patientenraum öffnen und hatte ihn gar nicht bemerkt.

Mit der Klinge am Hals zwang er den Mann, seinen Kollegen in den Rettungswagen zu schieben. Kaum waren sie im Innern, zückte er eine zweite Spritze. Auch sie war mit dem Betäubungsmittel randvoll gefüllt.

»Schön stillhalten«, verlangte er und stach mit dem Skalpell so stark zu, dass dem Mann das Blut über den Kehlkopf rann.

»Das ist zu viel«, stöhnte der Sanitäter. »Sie bringen mich um.«

»Eventuell«, war seine Antwort. Dann hatte er dem Mann das Mittel bereits in den Hals gespritzt.

50

Knut beugte sich übers Lenkrad und starrte durch die Windschutzscheibe in den Rauch. »Glaubst du, das waren unsere Mörder?«, wollte er wissen und stieg mit einem Mal voll auf die Bremse, weil ein Krankenwagen vor ihm in die Promenade bog. Sein Blaulicht durchschnitt den dichter werdenden Qualm.

»Glaube ich nicht. Das wäre eine ganz neue Vorgehensweise«, stellte Helen fest, die ebenfalls angespannt nach draußen sah.

Der Krankenwagenfahrer gab es auf, sich durch die Rauchwand zu quälen, ließ das Martinshorn abermals aufheulen und schoss in eine Nebenstraße.

Fluchend tat Knut es ihm gleich, der Qualm wurde einfach zu dicht. Sie mussten von hinten an den Surfladen heranfahren.

Wenige Sekunden später zwängten sie sich durch Trauben von Schaulustigen, die selbst für den Rettungswagen keinen Platz machten. Verärgert ließ Knut das Fenster runter und schrie die Gaffer an.

Hier hinter dem Haus war der Rauch lichter, dafür hatten sich hier umso mehr Neugierige versammelt. Vor allem Teenager standen herum, tranken Bier, schwatzten und schossen jede Menge Fotos und Videos für Facebook und Co. Die meisten von ihnen hatten wahrscheinlich nach der Disco noch schräg gegenüber im Fast-Food-Restaurant gehockt, als es losging.

Ein Großaufgebot an Fahrzeugen war vorgefahren, der komplette Bestand der Feuerwehr Valandsiel. Dutzende Feuerwehrmänner versuchten mit vereinten Kräften, das Feuer einzudämmen und die Flammen daran zu hindern, aufs Nachbargebäude überzuspringen. Knut hielt vor der Absperrung und stieg mit Helen aus.

Sofort erkannte er Diehl und Veith, die an einer Ecke einige zu forsche Jugendliche zurechtstutzten. Die beiden sahen aus, als seien sie direkt aus dem Bett gekrochen, was sie wahrscheinlich auch waren.

Knuts Funkgerät knackte, und ein Feuerwehrmann bestätigte der Einsatzleitung, dass sie eine leblose Person im Gebäude entdeckt hatten.

Helen und Knut warfen sich einen bangen Blick zu. »Erik Ahrens?«, fragte Helen.

»Wahrscheinlich.« Schnurstracks versuchte Knut, näher an das brennende Haus zu gelangen, um besser in die zischende und vor Hitze knackende Ruine zu sehen.

Da eilten zwei Feuerwehrmänner mit einer Trage aus der Hintertür. Sie hatten Atemmasken auf, riefen nach Platz und Sanitätern und beeilten sich, das Brandopfer zum Rettungswagen zu bringen.

Als die beiden an Knut und Helen vorbeiliefen, konnte Knut einen Blick auf die Trage erhaschen. Die Person sah furchtbar zugerichtet aus, dennoch erkannte er Überreste von Stiefeln und einen völlig verkohlten und in die Haut eingebrannten Einheitskittel.

»Das ist Melanie Roth«, stellte auch Helen überrascht fest. Ungläubig folgte Helen den Feuerwehrmännern hinter das Tanklöschfahrzeug, wo die Krankenwagen parkten. Zwei Sanitäter übernahmen, versuchten fieberhaft, das Opfer zu reanimieren. Es war zwecklos. Sie konnten lediglich den Tod feststellen. Melanie Roth hatte in den

Flammen ihr Leben gelassen. Sie deckten ihren Leichnam mit einer Thermodecke ab.

Knut zeigte ihnen seinen Ausweis, damit sie ihn vorließen.

»Das will ich genau wissen«, brummte er und winkte Helen, näher zu treten. Auch sie konnte nicht so recht glauben, ihre Hauptverdächtige tot vor sich zu haben.

Obwohl der Anblick verstörend genug gewesen war, fasste sich Knut ein Herz und schlug noch einmal die knisternde Decke beiseite.

Ihm starrte ein augenloses Gesicht entgegen. Melanie Roths Haare waren weggebrannt, ihre Wangen regelrecht zerflossen. Teilweise waren ihre Jacke und ihr Kittel mit dem versengten Fleisch verschmolzen. Ein großes Loch klaffte zwischen ihren Rippen, von denen einige sichtbar waren, weil irgendetwas extrem Heißes sich in ihren Leib gefressen hatte.

Knut musste sich abwenden. Er holte tief Luft, dann rief er einen der Feuerwehrmänner herbei. »Andreas. Geht das immer so schnell?«

Der Mann nahm seinen Helm ab und sah die Leiche kurz an. »Was? Du meinst die Verbrennungen, Knut?« Er schüttelte den Kopf. »Ist schon merkwürdig. Wahrscheinlich waren Brandbeschleuniger im Spiel. Sieht fast so aus, als wäre die Frau da der Brandherd.«

Grübelnd bedankte sich Knut.

Helen deckte Roth wieder ab. »Das passt nicht ins Bild.«

»Was?«

»Das Feuer. Wenn Sie denken, Roth hat das Feuer gelegt, um Erik Ahrens zu ermorden.«

»Ja. Das ist nicht Roths Masche. Schon klar.«

Seufzend ließ Knut den Blick über die noch brennende

Ruine und die Rauchschwaden gleiten, dann wandte er sich zu den Schaulustigen um. Er konnte noch immer nicht glauben, dass die Verantwortliche für diese Mordserie ein so jähes Ende genommen haben sollte.

»Wir sollten die filmen«, meinte Helen, die seinen Blick registriert hatte. »Er liebt es zuzusehen. Wahrscheinlich ist er einer von ihnen.« Sie nickte zu den Passanten, den Touristen und alteingesessenen Valandsielern. Ein paar der jüngeren Gaffer waren an einer Laterne hochgeklettert.

Knut ging zu Diehl hinüber und gab ihm den Auftrag, unauffällig Handy-Fotos von den Neugierigen zu schießen. »Wo ist Veith?«

Diehl nickte zu einem zweiten Krankenwagen. Dort stand Veith bei einem übergewichtigen Mann. Der Kerl hatte verbrannte Kleider, ein rußverschmiertes Gesicht und allerlei Verbände umgelegt. Ab und an hielt er sich eine Atemmaske vor und nahm Sauerstoff. Ein Notarzt kümmerte sich um ihn, während Diehl ihn befragte.

Knut ging mit Helen hinüber.

»Ahrens sagt, er sei angegriffen worden«, meinte Veith vertraulich und rückte seine John-Lennon-Brille zurecht. »Er ist wohl gerade noch so aus dem Laden rausgekommen. Laut den Sanis geht's ihm einigermaßen. Leichte Rauchvergiftung, nur ein paar Verbrennungen. Er muss ins Krankenhaus, wird aber wieder.«

»Danke dir.« Knut klopfte ihm die Schulter. »Lass uns mit ihm sprechen, okay? Hilf mal, Diehl.«

Veith nickte, reichte Knut seine Aufzeichnungen, der sie kurz überflog, dann ging er zu seinem Kollegen.

»Die Frau hat Sie also angegriffen?«

»Ja! D-d-die wollte mich u-u-u-u-umbringen. Die-die-die ist in-in-in meinen Laden u-u-und … Die war v-v-völlig v-v-verrückt.«

»Und das Feuer? Hat sie das gelegt?«

»W-w-w-was?« Ahrens krümmte sich unter einem Hustenanfall.

»Das Feuer? Oder waren Sie das?« Knut zückte sein Notizbuch.

»I-i-i-ich? N-nein. Um Himmels w-w-willen, das ist-ist-ist mein Laden.« Er nahm einen Zug aus der Atemmaske. »I-i-ich … ich fackel d-d-d-doch nicht m-m-meinen Laden … S-S-Sie k-kennen mich d-doch. Ich würde d-d-d-doch nie …«

»Sagt Ihnen ›Man-E-Faces‹ was?«

Obwohl es 25 Jahre her war, musste Ahrens schlucken.

»Sie kennen die Sammelkarte, stimmt's? So 'n muskelbepackter Krieger mit dem Kopf in so 'nem klobigen Helm.«

»N-n-nein, ich w-weiß nicht, wo-wo-wovon …«

»Sie haben Ihren Fingerabdruck mit Blut auf der Karte hinterlassen. Vor einem Vierteljahrhundert.«

»W-w-was?« Sein Blick hatte etwas Panisches, abermals hustete er und musste einen Atemzug Sauerstoff nehmen.

»Ich habe Ihre Schatztruhe geöffnet. Unten, im Piratennest der Black Dogs.«

Ahrens biss sich auf die Lippe. »W-w-weiß nicht, w-w-was S-Sie meinen.«

»Sie lügen«, mischte sich Helen ein.

»W-w-wer sind S-S-Sie?«

»Meine Unterstützung, Herr Ahrens«, sagte Knut.

»Als Herr Diehl Sie befragte, wirkten Sie relativ ruhig. Vor allem für jemanden, dessen Laden brennt. Ein recht merkwürdiges Verhalten, aber ich denke, dass der Brand ein weniger großes Übel als Melanie Roth für Sie darstellt, deswegen waren Sie eher erleichtert als niedergeschlagen.«

»I-ich?« Hilfesuchend sah Ahrens zu Knut, der jedoch nur mit der Schulter zuckte.

»Als Herr Jansen mit der Befragung begann«, fuhr Helen fort, »hielten Sie ganz still. Weder Ihre Füße bewegten sich, die vorher auf und ab gingen, noch Ihr Finger, um den Sie den Schlauch der Flasche wickeln – alles erstarrte. Schockstarre nenne ich das. Sie haben sich totgestellt, als Herr Jansen mit dieser Sammelkarte und den Black Dogs kam. Uralte Reflexe, man bemerkt sie bei vielen Säugetieren, die bei Gefahr ganz reglos werden.«

»W-w-wovon s-s-sprechen S-Sie?«

»Von Angst. Sie haben Angst vor Herrn Jansen und seinen Nachforschungen. Und das bringt mich zur Lüge, Herr Ahrens. Ich frage mich nur, warum Sie nicht so abgebrüht sind, und Herrn Jansen wenigstens ansehen können … Nicht mal das schaffen Sie.«

»Stimmt«, warf Knut nachdenklich ein. »Sie schauen die ganze Zeit irgendwie an mir vorbei.«

Ahrens schüttelte entrüstet den Kopf, was ihn erneut husten und zur Maske greifen ließ. »U-Unsinn!«

Helen stellte sich hinter ihn und beugte sich über seine Schulter.

»W-w-w-was soll d-d-das?« Nervös wollte er sich zu ihr umdrehen, aber sie hatte bereits geprüft, wohin er ständig blicken musste.

»Was finden wir in den Mülltonnen da drüben? Einen Benzinkanister? Eine Waffe?«

»W-w-was. Die-die-die wollte m-mich u-umbringen! I-i-ich kenne d-d-die gar n-nicht!« Hustend fuchtelte er in die Richtung der verkohlten Leiche. »D-die war völlig ver-ver-verrückt.«

»Nicht aufregen«, warf der Sanitäter ein, tupfte Ahrens' Arm ab und verabreichte ihm eine Spritze. Der Mann trug einen Feuerwehrhelm und eine Atemschutzmaske. Sein Gesicht konnte Knut wegen der Einwegmaske kaum erkennen, außerdem war es von Ruß und Staub gezeichnet.

»Ahrens, hören Sie auf, uns anzulügen«, meinte Knut und ging zu den Mülltonnen hinüber. Entschlossen klappte er sie auf, zog sich seine Lederhandschuhe über und begann, darin herumzuwühlen. »Anneke, Piet, Robert, Viola … und Sie. Wir wissen …« Er hielt inne, hatte anscheinend etwas gefunden. »Wir wissen, wer die Black Dogs waren.« Er zog die Signalpistole aus dem Müll und hielt sie Erik Ahrens hin. »Und ich will jetzt verdammt noch mal endlich wissen, was ihr mit Thomas Roth angestellt habt. Verrat's mir, Zitterzunge!«

Bei diesem Wort gefror Ahrens' steifes Lächeln vollends, und auf einen Schlag sackte sein Blut ab. Der Mann wurde bleich. Schweiß perlte auf seine Stirn, nach Luft schnappend kippte er zur Seite. Gut, dass der Sanitäter ihn hielt.

»Was, zum Teufel?«, entfuhr es Knut.

Der Mann griff zu, packte den stark übergewichtigen Surfladenbesitzer unter die Schulter, der sich prompt übergab. Seine Augen sprangen zitternd umher, bis sie sich wegdrehten und Ahrens die Besinnung verlor.

Sofort checkte der Sani, ob er Erbrochenes im Mund hatte. »Atmet. Besser sofort die Klinik.«

»Was ist passiert?« Fassungslos starrte Helen mit Knut auf den weggetretenen Mann.

»Kollabiert«, erklärte der Sani knapp und winkte einem Feuerwehrmann. Gemeinsam wuchteten sie Ahrens auf eine Trage. Der Sanitäter übernahm wieder und rollte ihn schleunigst zu einem der Krankenwagen.

Knut sah ihm kurz nach, rieb sich die Augen, betrachtete dann frustriert die Signalpistole in seiner Hand. »Ahrens hat Melanie Roth gestoppt, aber der andere Mörder läuft noch frei rum.«

»Das denk ich auch.« Helen nickte seufzend und folgte dem Sani. »Wenn er wieder zu sich kommt, müssen wir das behutsamer angehen. Ich kann Ahrens und Viola Wilbrand zum Reden bringen. Dazu brauche ich allerdings Zeit und Ruhe.«

Knut nickte und ging mit ihr zum Krankenwagen. »Ich will endlich wissen, was damals genau passiert ist! Haben die Thomas umgebracht oder nicht? … Scheiße! Einer von den beiden muss doch mal den Mund aufmachen.« Murrend sah er zu, wie der Sanitäter den Mann in den Rettungswagen schob, während ein Fahrer zum Wagen eilte.

Der Sani öffnete seinen Koffer, um ein Stethoskop herauszuholen. Knuts Blick strich flüchtig über die Ampullen, die im Koffer steckten.

»Was haben Sie?«, wollte Helen wissen.

Knut riss sich vom Anblick des Koffers los. »Nichts. Ich sprech noch mal mit Emilie im Krankenhaus. Sie soll endlich grünes Licht geben, dass wir Viola befragen können.«

»Wollen Sie mit?«, richtete sich der Sanitäter an Knut, ohne sich ihm zuzuwenden. »Wenn Sie ihn weiter befragen wollen, kommen Sie mit ins Krankenhaus …«

Knut warf Helen einen Blick zu. »Frau Henning, machen Sie das? Nehmen Sie sich die Zeit, die Sie brauchen, um die beiden zu befragen. Fahren Sie mit.«

Helen nickte und stieg zu Ahrens und dem Sani in den Wagen. Auf ihren fragenden Blick hin erklärte Knut: »Ich hab 'n ungutes Gefühl. Wir haben irgendwas übersehen. Ich muss noch mal den Bericht meines Vaters checken.«

»Gut, so lange nehm ich die beiden psychologisch in die Mangel. Vielleicht können wir aus den zwei Aussagen ein großes Bild zusammensetzen.«

Der Sanitäter warf einen kurzen Blick auf Helen, wollte ansetzen, aber Knut kam ihm zuvor. »Sie gehört zu mir.«

Der Sani nickte, ging zum Kabinenfenster und klopfte. »Kann losgehen.«

»Viel Glück«, wünschte Knut Helen, dann schloss er die Hecktür, und kurz darauf setzte sich der Rettungswagen in Bewegung.

51

Knut zeigte den beiden Polizeibeamten, die aus Kiel hinzugezogen worden waren, seinen Ausweis und ließ sie Maas aus dem Bett klingeln. Nach weniger als zwei Minuten gaben sie ihm grünes Licht, ließen ihn passieren und widmeten sich wieder ihren Handys, chatteten, spielten. Sie hatten nichts weiter zu tun, als den Tatort zu sichern, saßen sich bei Kaffee und Zigaretten den Hintern platt. Scheißjob, dachte Knut.

Anstatt noch einmal Thors Aussage und die Akte zu sichten, hatte es ihn zum Haus in den Dünen getrieben. Der Anblick des Notfallkoffers hatte ihn stutzig gemacht, aber er konnte noch nicht genau sagen, wieso.

Irgendetwas an diesem Fall ist extrem seltsam, grübelte er. Und das sind nicht die Kleckertürmchen und die Leichen voller Sand. Irgendwas stimmt hier nicht.

Er bückte sich unter dem Flatterband hindurch und betrat den Dachboden. Nachdem er die Taschenlampe eingeschaltet hatte, stellte er verwundert fest, dass unter den Schindeln etliche durchsichtige Plastikboxen, fein säuberlich nummeriert und beschriftet, gestapelt waren.

»Noch nicht abtransportiert?«, rief er nach draußen.

»Soll wohl morgen nach Kiel. Die sind ja völlig überfordert, haben noch nich' mal diesen Bunker oder was das is' komplett im Labor.«

»Verstehe.« Knut ließ den Strahl seiner Taschenlampe über die Boxen gleiten. In ihnen waren die Beweisstücke der Küche verstaut worden. Das meiste war sicherheitshalber ein weiteres Mal in Plastikbeutel eingepackt. Mullbinden, Papierfetzen, Skalpelle, Schlauchstücke, ein paar Trichter. Dieser eklige Spatel, den man in den Mund einführte … und die braunen Fläschchen, die sie zu Dutzenden im Schrank gefunden hatten. Ketanest S. Ketamin.

Grübelnd fuhr Knut die Kisten mit seinem Licht ein paar Meter weiter ab, leuchtete hier und da hinein und blieb schließlich vor den Boxen aus Thomas' Kinderzimmer stehen. Die Spurensicherung hatte fein säuberlich ein Kleidungsstück pro Box archiviert.

In einer der Kisten meinte er, die Jacke zu erkennen, die der Flüchtende am ersten Abend getragen hatte, als sie Robert Jäger gefunden hatten.

Er leuchtete zwei weitere Kisten ab und stieß auf schwarze Männerschuhe. Robuste Halbschuhe. Sie wirkten recht klein. Was hatte Helen gesagt, Größe 41? Das kam hin.

Knut zückte sein Handy und rief Maas an.

»Ja?«, hörte er die verschlafene Stimme des LKA-Beamten.

»Die Schuhspuren bei Piet Mohn, gibt's da 'ne Marke zu?«

»Das wollen Sie um 5:13 wissen? … Warten Sie.«

Knut hörte, wie er aufstand, einer Frau zuflüsterte, dass er gleich wieder im Bett sei. Dann hörte er Papier rascheln.

»Doc Martens Octavius. Sonst noch was?«

Er klemmte sich die Taschenlampe zwischen die Zähne, um die Kiste aus dem Stapel zu ziehen und gleichzeitig das Handy am Ohr zu lassen. »Ich … ich weiß nicht, Maas, aber ich hab ein ungutes Gefühl.«

»Ja. Geht mir auch schon die ganze Zeit so. Wo sind Sie, Jansen?«

»Im Sandhaus.«

»Ich kann in einer Stunde da sein.«

»Nein, reicht, wenn Sie gegen acht im Revier sind. Dann besprechen wir uns. Helen wird Erik Ahrens und Viola Wilbrand noch einmal befragen. Vom Ahrens haben Sie …«

»Ja, hab ich gehört. Ich hab schon Beamte zu Herrn Ahrens' Sicherheit ins Krankenhaus geschickt.«

»Gut. Dann bis nachher.«

Knut legte auf, er sah sich nach den zwei Polizisten um, doch die spielten weiter mit ihren Handys. Vorsichtig öffnete er die Plastikbox und zog den Beutel mit den Halbschuhen heraus. Es waren Doc Martens.

Stirnrunzelnd betrachtete er die Schuhe, bevor er die Kiste wieder schloss und sie zurückschob.

Sand rieselte die Stufen hinab, als er von der Klappleiter in den Flur hinunterstieg. Weil alle Kerzen von den LKA-Beamten gelöscht worden waren, umfing ihn auch hier Finsternis. Der Strahl seiner Taschenlampe zuckte über die vergilbten Tapeten, die sandigen Möbel und die Verwehungen.

Er betrat Thomas' Kinderzimmer. Es war bis auf die Möbel leergeräumt worden. Auch die Fotospirale hatte das LKA abgenommen. Ein paar Stative ohne Strahler standen noch herum. Knut nahm sich den Kühlschrank vor und leuchtete alles ab, dann zog er bei sämtlichen Schränkchen die Schubladen auf und untersuchte sie.

Obwohl er nicht sagen konnte, wonach er suchte, wurde das ungute Gefühl von Minute zu Minute intensiver.

Knut nahm sein Notizbuch und blätterte zu den Seiten, auf denen er ein paar Skizzen und Zeilen über die Rettung von Viola Wilbrand gekritzelt hatte.

Die Frau war aus ihrem Gefängnis entkommen, indem sie über die Decke geflüchtet war.

Er ging am Kinderzimmer und der offenen Küche vorüber und ließ das Licht über das Sofa und die Sessel gleiten, schließlich hinauf zur Decke. Tatsächlich waren mehrere Platten gebrochen und Wilbrand zwischen die Möbel gestürzt. Sein Blick wanderte hinüber zu ihrem Gefängnis, dem zweiten Kinderzimmer.

Wahrscheinlich war dies einst Melanie Roths Raum gewesen. Das Zimmer der Sandwitwe.

Im Strahl seiner Taschenlampe flirrten Staub und Sandkörnchen, als er sich das Bettgestell, das geflutete Fenster und die gebrochenen Rigipsplatten ansah. Sie hatte sich mit der Verzweiflung eines gefangenen Tiers durch die Decke gekämpft.

Warum töten die beiden alle anderen, aber dich sperren sie hier ein?

In seine Gedanken versunken, stellte er sich hin, wo das Bett einst stand. Hier musste Viola Wilbrand gelegen haben. Er schlug im Heft nach. Sie war an das Bett gekettet worden. Laut Maas' Männern war die Kette bloß 83 Zentimeter lang. Knut versuchte, sich das vorzustellen.

Viel gab es nicht, das in Reichweite stand. Eigentlich bloß die Kommode. Es war eine schlichte Bauernkommode mit drei Schubladen, die mit Schiffen und Clowns verziert worden war. Die naiven Zeichnungen waren verwittert, der Lack rissig und teils abgesprungen. Die kleine Melanie Roth hatte die Kommode sicher gemocht.

Mit etwas Anstrengung konnte man vom Bett aus die oberste Schublade aufziehen. Knut tat es. Sie war leer, was das LKA bereits dokumentiert hatte.

Wofür brauchen sie dich, Viola?, grübelte er. Wieso sperren sie dich ein? Wieso bist du der Mittelpunkt der Spirale? Warst du der Kapitän der Black Dogs?

Knut leuchtete kurz in die Lade, schob sie zu und öffnete

die zweite. Sie war mit einer Zeitung ausgelegt. Zwanzig Jahre alte Artikel, nichts Besonderes.

Irgendwie hatte er auf eine Geheimbotschaft gehofft, auf eine Erklärung, die Viola Wilbrand in den Wochen ihrer Gefangenschaft in das Einzige, was sie erreichen konnte, hineingeritzt hatte.

Fehlanzeige.

Er schob die Schublade zu, stutzte jedoch. Im Schein seiner Taschenlampe hatte die Zeitung eigentümlich gefunkelt.

Nochmals zog er die Schublade auf, suchte den richtigen Winkel mit der Lampe und schob sie wieder zu. Ja, da war ein Blitzen, eine Reflexion auf der Zeitung.

Neugierig zog Knut die Lade ganz heraus und beugte sich tief hinunter. Der Strahl seiner Taschenlampe leckte über den Boden der ersten Schublade.

»Was zum …«

Maas' Männer hatten schlampig gearbeitet. Sie hatten bloß in die Lade gesehen, anstatt sie herauszunehmen und umzudrehen.

An der Unterseite der obersten Schublade war ein Schlüsselpaar befestigt. Es war mit einem Magneten fixiert worden. Knut nahm die beiden Schlüssel heraus. Einen gewöhnlichen Zimmertürschlüssel und einen kleineren.

Er kannte diese Art von Schlüsseln. Knut griff an seinen Gürtel, klippte seine Handschellen ab und nahm sich den Schlüssel vor.

Es gab keinen Zweifel.

Verwirrt drehte er das Schlüsselpaar im Licht seiner Lampe. Nach Viola Wilbrands Rettung hatten sie Handschellen gefunden, die mit einer Kette verlängert worden waren. Wilbrand hatte extreme Abschürfungen und Blessuren am linken Handgelenk davongetragen.

Konnte es wirklich der Schlüssel zu ihren Handschellen sein? Und wenn ja, wieso hatten die beiden Killer die Schlüssel in Reichweite ihres Opfers versteckt?

Knut stand auf und war mit zwei Schritten bei der massiven Holztür. Ein Schaudern durchlief ihn, als er den Zimmerschlüssel hineinsteckte und ihn drehte.

Mit einem satten Klack fuhr der Riegel auf.

Er testete das Schloss ein paarmal, das Resultat war immer dasselbe: Die Tür ließ sich problemlos aufschließen.

Mit einem Mal hatte er Maas' Worte im Ohr …

Das Handy gehört zum Kieler Amt für Brandschutz. Eins von zwanzig Diensthandys.

Amt für Brandschutz.

In seinem Kopf begannen die Gedanken zu kreisen.

Reuezeichen, dachte er. Vielleicht ist es genau das. Seinem Opfer noch die Schlüssel zuzustecken und zu hoffen, dass es sie nimmt … Nein, das ist Unsinn. Das weißt du.

Viola Wilbrand war Sanitäterin in Kiel … Beim Amt für Brandschutz, Abteilung Rettungsdienst.

Langsam wusste er nicht mehr, was er denken sollte. Er trat aus dem Kinderzimmer zurück in den Wohnbereich und ließ abermals den Strahl der Taschenlampe wandern. Die Möbel, der Sand, das Loch in der Decke …

Viola Wilbrand kämpft sich wie ein Tier ins Freie, und die Schlüssel sind keinen halben Meter von ihr versteckt? Sogar absichtlich in Reichweite?

Die Kleider, die der Mörder wahrscheinlich bei Robert Jäger trug, sind noch hier. Genau wie seine Schuhe …

Eine furchtbare Ahnung beschlich ihn. Er zückte sein Handy, wollte Emilie anrufen, hatte aber keinen Empfang. Eilig lief er hinauf in den Dachboden.

»Emilie?«

»Was? ... Ach, Knut. Morgen.« Auch sie klang verschlafen.

»Ketanest S. Ist das Standard im Krankenwagen?«

»Was? ... Ja, das ist im Notfallkoffer, wieso? Da gab's mal einen Riesenskandal, weil man da so einfach rankommt.«

»Das kann doch nicht sein ...«

»Was ist denn? Knut?«

»Ich glaube, es ist kein Pärchen. Ich glaube, es ist nur ein Täter. Viola Wilbrand.«

»Was? Du meinst ...«

Aber er hatte bereits aufgelegt, drückte Helens Schnellwahl, bückte sich, Handy am Ohr, unter der Absperrung durch und rannte zurück zum Landrover. Er ließ es klingeln und klingeln ...

52

Ein Schuss riss Helen aus der Bewusstlosigkeit, holte sie vom dunklen Grund ihrer Träume, doch sie stieg nicht bis zur Oberfläche auf. Ihr Verstand driftete weiter wie unter Wasser dahin. Immerhin konnte sie verschwommen einen Teil ihrer Umgebung wahrnehmen.

Von irgendwoher hörte sie Rufe. Jemand schrie um Hilfe, fluchte, betete wimmernd. Untermalt wurden die Rufe von einem unablässigen Handyklingeln. Der Ton kam ihr bekannt vor, war es ihres?

Sie wollte sich auf den Rücken drehen, aber ihre Muskeln fühlten sich an, als hingen sie an überstarken Gummibändern. Bei jeder noch so winzigen Bewegung schien es ihr, als halte sie jemand umklammert.

Sie lag mit der Wange auf dem Boden eines Wagens, und für einen zähen Augenblick übermannte sie die Angst, in einem schäbigen Wohnmobil …

Sie versuchte sich zusammenzureißen. Sie konnte sich nicht mehr erinnern, wie sie hierhergelangt und warum sie ohnmächtig geworden war. Ihre Augen und ihr Mund fühlten sich trocken an. Ihr Kopf schmerzte.

Das Feuer … Melanie Roth … Erik Ahrens …

Und danach, Schätzchen? Da ist bloß Schwärze.

Knock-out-Tropfen? … Ketamin … sickerte es in ihren Verstand. Jemand hat dich ausgeschaltet.

Wo bin ich? Es gelang ihr, die Augen zu bewegen, nach oben zu sehen.

Da war eine Liege. Sie war in einem Rettungswagen. Auf der Trage lag jemand, denn Helen konnte eine Männerhand sehen, die über die Kante ragte. Der Arm war mit Gurten festgezurrt und zuckte. Durch die Fenster des Rettungswagens drang schwaches Licht, aber von ihrer Position aus konnte sie nicht sagen, wo der Wagen stand. Wie in Zeitlupe tastete ihre Hand nach ihrer Waffe, griff jedoch ins Leere. Die Glock war fort.

Da glitt die Tür auf, Stiefel waren zu sehen. Jemand stellte sich nach Luft ringend an die Liege. In der linken Hand hielt er ihre Pistole, in der rechten einen Rucksack, in dem gewöhnlich Notfallgeräte verstaut waren, der nun jedoch offen stand und randvoll mit Sand gefüllt war.

»Ach, gut. Du bist wach, Zitterzunge«, sagte eine seltsam verstellte Stimme, so als imitiere eine Frau einen Mann. »Tut mir leid, mir ist leider das Ketamin ausgegangen. Aber ich denke, das brauchen wir in deinem Fall nicht. Du hältst ja still, du alter Pirat.«

Eine feingliedrige Hand streckte sich über die Liege und zog kräftig alle Gurte straff. Dass Erik die ganze Zeit wie am Spieß um Hilfe schrie, lediglich von seinem eigenen Heulen unterbrochen, schien den Typen mit dem Sandrucksack nicht zu stören.

Helen spürte, wie ihre Kräfte wiederkehrten, wenn auch schleichend. Da erschien das Gesicht des Mannes über ihr. Sie blickte in ein mit Ruß verschmiertes Gesicht mit einer Einwegmaske. Er hatte sie halb heruntergezogen. Blut war auf die schwarzen Rußschlieren seiner Wangen gespritzt, einige Tropfen herabgelaufen. Auch die Maske war besudelt. Der Fremde hatte einen Feuerwehrhelm auf.

»Oh, na, wen haben wir denn da?«

»Wer sind Sie?«, brachte Helen hervor und musterte den Fremden. Der Mann zog sich die Maske herunter, und sein

Lächeln verzog sich zu einem Grinsen. Grübelnd starrte Helen ihn an, doch erst als er den Helm abnahm und stümperhaft kurz geschnittene Haare zum Vorschein kamen, fielen ihr seine grazilen Lippen auf. Sie wirkten so … weiblich …

»Viola Wilbrand«, entfuhr es Helen. »Sie sind … Aber …« Sie konnte nicht glauben, wen sie da sah.

»Viola ist zurzeit nicht da. Und so, wie ich sie kennengelernt habe, bleiben uns noch ein paar Stunden, bis sie wiederkommt. Ich denke, dann wird sie jedoch schon tot sein. Was haben Sie? Sie schauen so entgeistert.«

Helen versuchte, sich aufzurichten. In ihrem Kopf begann die träge Suppe aus Gedanken langsam zu rotieren. »Die Blumen, die Hände, das Schließen der Augen …«, stieß sie hervor. »Es … es gab nie zwei Täter.«

»Wovon reden Sie, Frau Henning?«

Sie sah ihn an und versuchte gleichzeitig zu ergründen, wen sie überhaupt anstarrte. »Ich? Ich rede von Reue. Von Viola, die da drin ist. Die noch in Ihrem Kopf ist, irgendwo da, die Sie anscheinend noch nicht völlig im Zaum halten können.«

Er lachte, wischte ihre Unterstellung mit einer Handbewegung fort. »Reue? Blödsinn.« Überheblich grinsend steckte er die Glock vorn in seinen Hosenbund. »Du Schlampe weißt gar nichts! Viola hat mich *beauftragt*, alle zu töten.«

»Aber Ihre Methoden missfallen ihr.«

»Meine Methoden«, lachte er laut und pflanzte den Rucksack neben Erik Ahrens' Kopf, der mit einem speziellen Kissen und Riemen an der Trage fixiert worden war. »Kommen Sie! Ich zeige Ihnen meine Methoden«, forderte er Helen auf.

Ihr gelang es, sich wacklig abzustützen, dann nach hinten zu kippen und sich an den Schränken des Rettungswagens nach oben zu stemmen. Es dauerte, bis sie stand, aber er sah ihr geduldig zu.

»Die Reflexe kommen wieder, keine Sorge. Noch ein paar Minuten«, kommentierte er. »So, dann wollen wir mal.«

Ahrens hatte endlich aufgehört zu schreien und war dazu übergegangen, um sein Leben zu flehen. »Bitte, Viola. Du warst doch auch dabei. Wir haben das nicht gewollt. Wir waren Kinder. Viola. Bitte.«

»Sie kann Sie nicht hören«, meinte Helen und starrte auf ihre Glock.

Wenn ich schnell bin, kann ich die Waffe an mich reißen und …

Vergiss es, Schätzchen. Du kannst ja nicht mal freihändig stehen …

Erik biss die Zähne aufeinander, weigerte sich, den Mund zu öffnen, aber der Fremde zeigte keine Gnade, zückte einen metallenen Mundspreizer, setzte an und begann, mit aller Wucht zuzuschlagen. Helen konnte Zähne brechen hören, Erik schluckte, schrie, spuckte Blut. Er wollte den Kopf hin und her werfen, war jedoch zu straff fixiert. Bloß seine Augen zuckten panisch vor Schmerz.

Der Spreizer saß. Er zog Eriks Mund auf. Ohne groß zu fackeln, griff sich Viola eine Handvoll Sand und …

»Hören Sie auf.«

… stopfte sie Erik in den Rachen.

»Stopp! STOPP!«, schrie Helen. Ihre Rufe blieben ungehört. Noch eine Handvoll Sand, Erik versuchte zu schlucken, kam nicht nach, hustete, wollte spucken, aber da landete schon die nächste Fuhre in seinem Mund.

Helen fixierte die Pistole, ein schneller Griff. Wenn sie das Überraschungsmoment …

Er war schneller, riss die Pistole aus dem Bund und schlug ihr hart gegen den Kopf. Sie schrie auf und knallte gegen die Sauerstoffflaschen. Ihr schwindelte.

»Hören Sie auf«, schrie sie, doch er dachte nicht dran, tauchte seine Hände in den Sand und presste die nächste Ladung in Erik Ahrens' Mund. Und noch eine und noch eine und noch eine ...

»Und noch eine und noch eine und noch eine... Ersticke dran! Aller Welt Feind. Alle Black Dogs müssen sterben!«

Manisch und mit einem entrückten Blick stopfte und drückte und stemmte er den Sand in Erik, der längst aufgehört hatte zu schlucken, zu zucken, zu leben.

Er hielt erst inne, als aller Sand aus dem Rucksack verbraucht war. Eriks Kopf, seine Brust, alles war bedeckt. Wie ein Leichentuch lag der Sand auf seinem Antlitz, rieselte fein und lautlos zu Boden.

Er brauchte einen Moment, um sich von dem Anblick loszureißen, wieder ins Hier und Jetzt zu finden. Dann wandte er sich Helen zu. »Zitterzunge hat alles komplizierter gemacht. Er war erst morgen dran, weißt du? Wegen der Flut.«

Sie verstand kein Wort.

»Los!«, befahl er und hielt ihr die Waffe vor. »Aussteigen!«

Helen löste sich von den Flaschen. Ohne gestützt zu werden, schaffte sie es bis zur Tür. Beim Aussteigen stürzte sie auf den Kies, rappelte sich aber eigenständig wieder auf.

Er hielt sie weiter in Schach. »Da rüber!«, meinte er und zeigte auf eine Reihe Kiefern, die sich im Wind wiegten. Helen sah sich um.

Der Rettungswagen stand auf einer großflächigen Einfahrt. Ein dunkler Schieferbau mit Panoramafenstern lag makellos vor den Bäumen.

Kaum hatten sie sich ein paar Meter vom Wagen entfernt, sah Helen noch einmal zurück.

Hinter dem Lenkrad war ein Sanitäter zusammengesackt, eine Kugel hatte seine Schädeldecke zur Hälfte weggerissen. Blut war an die Scheiben und das Armaturenbrett gespritzt. Das Seitenfenster war geborsten, wahrscheinlich hatte der Killer ihn vom Beifahrersitz aus erschossen.

Helen sah sich vergeblich nach etwas um, das sie für einen Angriff nutzen konnte. »Ich habe gedacht, Melanie Roth kann mit dem Erlebten nicht weiterleben und geht auf Rachefeldzug ... Aber dass einer der Täter, einer der Black Dogs, psychisch derart gestört ist ...«, provozierte sie ihn absichtlich, um seinen Plan zu verzögern. Wie immer der aussah.

Er ging nicht darauf ein. »Los. Am Haus vorbei«, befahl er ungeduldig. »Die Flut kommt. Wir müssen uns beeilen!«

Sie fügte sich widerwillig, immerzu musste er sie vorwärtsstoßen.

»Violas Seele ist mit der Tat nicht klargekommen. Deswegen hat sie alles verdrängt, den ganzen Unfall, und schließlich hat Viola Sie erschaffen. Damit Sie ihre Schuld sühnen.«

»Ich war schon immer da.«

»Was denkt Viola? Dass Thomas bei einem Badeunfall gestorben ist? Kennt sie den Jungen überhaupt?«

»Halt's Maul!«, grob stieß er sie weiter. Die beiden erreichten die ersten Bäume.

»Was? ... Woher ich weiß, dass die Wilbrand abgehauen ist? Das ist kompliziert. Aber warum, verflucht, meldet das niemand!« Knut war so geladen, am liebsten hätte er sein Handy durch die Windschutzscheibe des Rovers gepfeffert.

Birthe klang verunsichert und müde. »Haben sie wohl, aber an Maas, der …«

»Ach fuck!« Die beiden Polizisten, die Maas bei Viola abgestellt hatte, hatten ihren Fehler nicht eingestehen wollen und eine wichtige Stunde damit vertrödelt, mit dem Sicherheitspersonal und dem Hausmeister im Klinikum nach Viola Wilbrand zu suchen. Erst vor rund zwanzig Minuten hatten sie Maas alarmiert.

»Was? Was sagen die?«, drängte Knut. »Los. Komm.«

»Also, es sind zwei Krankenwagen von der Klinik zur fraglichen Zeit abgefahren. Einer ist seit anderthalb Stunden zurück im Krankenhaus. Ein zweiter hat gefunkt, er wolle nach Husum mit eurem Verletzten.«

»Mit Erik Ahrens.«

»Kann sein, ja.«

Er hörte, wie sie ihren Kaugummi platzen ließ. »Und?«

»Sekunde. Sie checken noch.« Birthe sprach parallel mit der Leitzentrale. »Die wissen nicht, ob der Wagen angekommen ist. Das GPS ist wohl gestört. Totalausfall.«

»Wäre auch zu einfach gewesen … Wo?«

»Was?«

»Wo ist es ausgefallen?«

»Warte. Letzte Position? … Ja, hab ich … Okay … Das ist ja seltsam … Kiefernweg, Ecke Olandstraat. Wo es zum Naturschutzgebiet rausgeht. Hm, das ist doch gar nicht auf dem Weg nach Husum.«

»Was? So weit im Norden?« Knut knallte den ersten Gang rein und gab Vollgas, ließ die Wanderdüne hinter sich. »Die sollen in der Leitzentrale diesen beschissenen Rettungswagen orten! Mir egal, wie! Und sag Maas, er soll Helens Handy anpeilen.« Ohne sich zu bedanken, beendete er das Gespräch und ließ den Wagen vom Feldweg auf die Straße nach Valandsiel schlittern.

Er fuhr ein Stück, hielt dann jedoch noch einmal, weil ihn ein vages Gefühl beschlich, wo der Rettungswagen stehen könnte. Er wusste, dass der Empfang zu lausig für Kartenansichten auf dem Handy war, also wühlte er im Handschuhfach nach dem guten alten Faltplan und schlug das zerknitterte Ding auf.

Die Olandstraat führte absolut nicht nach Husum, sondern tatsächlich ins Naturschutzgebiet. Ein Areal mit Steilküste, Felsen und einem ausgedehnten Kiefernwald. Als er mit dem Finger die Seitenstraßen abfuhr, die von der Oland abbogen, wurde aus dem Gefühl Gewissheit: Klippstraat.

Anneke Goldmanns Haus grenzte an das Naturschutzgebiet. Es war bloß ein Strohhalm, aber er klammerte sich verzweifelt daran.

Einen Versuch ist es wert, dachte er, während er bereits wieder Gas gab.

Knut bog auf die gewundene Straße ein, fuhr durch den Kiefernwald und brachte, bevor die Klippstraat auf Anneke Goldmanns Kiesplatz endete, den Landrover abrupt zum Stehen. Wenn er recht hatte, wollte er lieber nicht gesehen werden.

Knut schlug sich in die Bäume und sondierte von hier die Lage. Tatsächlich hatte der Rettungswagen vor Goldmanns schickem Architekturbüro geparkt. Sofort zückte er sein Funkgerät und alarmierte Diehl und Veith. Die beiden sollten herkommen und Maas Bescheid geben.

Er duckte sich hinter einen Stamm und wartete. Der Wagen stand sechzig, siebzig Meter entfernt und glitzerte in der Morgensonne. Nichts rührte sich.

Kurzerhand entschied er sich, nicht auf seine Kollegen zu warten.

Den Revolver gezückt, überlegte er, nicht direkt von hinten heranzulaufen, sondern sich stattdessen schräg von der Seite anzupirschen. So hatte er mehr Zeit, wenn sich die Hecktür plötzlich öffnen sollte. Auf halber Strecke erkannte er das zerstörte Fenster, das Blut in der Fahrerkabine. Schnell huschte er weiter, erreichte den Wagen und drückte sich zwischen die Fenster an die Seite.

Das Herz schlug ihm bis zum Hals.

Als Erstes kümmerte er sich um die Fahrerkabine, schlich sich geduckt und die Waffe schussbereit an. Der Fahrer war tot. Ansonsten war niemand zu sehen. Also eilte Knut zum Heck, kniete sich auf den Kies.

»Eins – zwei – drei«, zählte er ab, riss die Hecktür auf. Niemand drin, außer …

Erik Ahrens. Der Mann lag auf der Trage. Sein Kopf war mit Sand bedeckt. Knut stürzte vor, strich alles auf den Boden, fühlte am Hals den Puls. Nichts. Eriks Mund war vollgestopft, seine blutunterlaufenen Augen starrten ins Leere.

Fluchend sah Knut sich um.

Der Ascher lag noch immer vor dem Designerbungalow. Die Kiefern wiegten sich im Wind, das Meer gischtete irgendwo gegen die Felsen.

Ansonsten war es vollkommen ruhig. Knut zückte sein Funkgerät und meldete knapp Birthe die beiden Toten.

Eine bittere Ahnung beschlich ihn: Sie hatten den Wagen gewechselt. Viola hatte Helen in ein anderes Auto gezwungen. Wahrscheinlich waren sie bereits in Dänemark. Fort. Was immer Viola mit Helen anstellen wollte.

Wo waren sie nur hin …?

Er versuchte, Fahrzeugspuren zu erkennen, aber der

Kies war durch das Kommen und Gehen der Spurensicherung vollkommen zerwühlt.

Die Sonne kämpfte sich durch die Bäume, warf Streifenschatten. Wenige Schritte von hier hatte er sich mit seinem Vater geschlagen. Und schon wieder fühlte er sich so schmerzhaft hilflos.

Knut huschte zum Bungalow. Wenn sie da drin waren, hatten sie ihn längt gesehen. Er legte die Hand an die Fensterfront. Im Innern war alles ruhig. Das Büro lag im Schatten, niemand da. Fehlanzeige.

Am liebsten hätte er gerufen, auch wenn es Unsinn war. Der Kiesplatz endete am Haus, rechts und links schloss sich der Wald an. Vergeblich versuchte er, Spuren zu finden, irgendetwas, das ihm sagte, Viola wäre mit Helen hier – und nicht in einem fremden Auto für immer entkommen.

Nichts. Knut fand keine Fußabdrücke, keine abgeknickten Ästchen, keine verlorenen Brosamen. Hier war nichts. Außer das Rauschen des Meeres.

Vor Enttäuschung aufgewühlt, kehrte er vor das Haus zurück. Während er ratlos zum Ascher hinüberging, nahm er sein Handy und wählte kurz entschlossen Violas Nummer. Er hatte nicht damit gerechnet, es klingeln zu hören, musste dann feststellen, dass es im Rettungswagen lag. Viola hatte es zurückgelassen.

In der Scheibe des Windfangs spiegelte sich der Rettungswagen. Die Sonne tauchte ihn in feuriges Morgenlicht.

Grübelnd sah er sich dieses Bild eine Zeitlang an und spürte, wie eine Frage immer intensiver wurde: Warum ausgerechnet hier? Warum war Viola zu Anneke Goldmann gefahren? Einem weiteren Black Dog, den sie umgebracht hatte?

Die Sonne strich durch den Windfang und warf verzerrte Rechtecke auf die übergroßen Schwarz-weiß-Fotos, die Anneke als Werbung aufgehängt hatte. Sie zeigten einige Baufortschritte ihres Glashauses hier auf der Klippe, das erste in der Reihe des noch unerschlossenen Baugrunds an der Klippstraat. Hinter einem Bagger waren Feldsteine zu sehen.

Knut stutzte. Feldsteine … Er spürte, wie sich seine Nackenhaare aufstellten. Endlich hatte er den Grund!

Ohne Zagen nahm er den Ascher und ließ ihn gegen das Glas des Eingangs krachen. Es wollte nicht splittern, selbst beim dritten und vierten Schlag. Fluchend zog er den Revolver und schoss. Er brauchte über ein halbes Dutzend Tritte, bis er das rissige Glas nach innen gedrückt hatte und hineinschlüpfen konnte. Er eilte zum Bild.

Hinter dem Bagger lagen die Feldsteine, sie waren wie eine Pyramide angehäuft.

Das alles konnte kein Zufall sein. Als er sein Handy zückte, hörte er Veith und Diehl mit Blaulicht auf den Kiesplatz schießen.

»Björn?«

Der Junge war vor lauter Gähnen kaum zu verstehen. »Knut? Mitten in der Nacht …«

»Hör zu! Geh ins LKA-Netzwerk. Such ein Foto. Von gestern. Von Mittwoch. Die haben eine Piratenfahne fotografiert. Da ist hinten was drauf. Schick mir das Bild auf mein Handy.«

»Was?«

»Tu es einfach!«

»Äh, okay … Ich …«

Doch Knut hatte bereits aufgelegt. Ungeduldig wartete er auf seine Kollegen und das Jpeg.

Das Geröll und die Bruchsteine boten kaum Halt. Immer wieder rutschte Helen mit der Prothese ab und stieg ins knietiefe, schäumende Wasser. Die Wellen brachen sich keine drei Meter von ihnen, warfen sich gegen herabgestürzte Felsbrocken und spritzten ihre Gischt über sie. Helen und der Mann, der nicht Viola hieß, waren klitschnass.

Brutal stieß er sie voran.

»Wir sind gleich da«, schrie er gegen das Meerestosen.

»Siehst du das?« Knut hielt sein Handy, auf dem er die Schatzkarte aufgerufen hatte, neben das Foto. Er hatte sich an die Steinpyramide erinnert. Veith verstand sofort, was er meinte. »Ist sehr vage«, entschuldigte sich Knut. »Ich weiß.«

»Find ich nicht«, widersprach Veith. »Das macht doch Sinn. Sie kommen doch alle mit der Tat nicht klar, diese Black Dogs. Melanie Roth wird verrückt, Piet Mohn paranoid, Robert Jäger fängt sogar ein Verhältnis mit einem der Opfer an. Und Anneke Goldmann …«

»Baut ihr Schloss genau auf den Zugang zum Schatz. An den Start der Schatzkarte.« Entschlossen tippte Knut auf die Pyramide, die die Kinder gezeichnet hatten, dann wandte er sich wieder dem Foto zu. »Siehst du da, die Holzpflöcke fürs Fundament? Wenn das der Bungalow ist, dann war die Pyramide ungefähr an der Ecke da.« Knut nickte zu Goldmanns Büro.

»Würde ich auch sagen.« Die beiden eilten nach draußen, wo Diehl telefonierend die Stellung hielt.

»Maas schickt den Helikopter«, unterrichtete er seine Kollegen. »Er ist auch schon unterwegs. Zwanzig Minuten, meint er.«

Gemeinsam gingen sie ums Haus.

»Diehl, du bleibst hier und weist Maas ein.«

»Wollen wir nicht alle warten?«

Knut schüttelte den Kopf. »Ich weiß nicht, was er mit Helen anstellt. Das Ganze dauert jetzt schon viel zu lange.« Er drückte sich mit dem Rücken zur Hausecke und checkte mit dem Handy die Himmelsrichtungen. »Hundertzwanzig Schritte Nordnordost. Zu einer abgeknickten Palme, ja?«

Kaum hatte Veith genickt, stapfte Knut zählend los. Nach dreißig Schritten musste er über einen Zaun, hatte das Grundstück verlassen und lief in den Kiefernhain.

»Warte!« Veith holte ihn ein.

»Was?«

»Du musst wie ein Kind gehen. Nicht so Riesenschritte ... Wo warst du? Siebenundvierzig? Sagen wir – doppelt ist vierundneunzig. Also nehmen wir mal achtzig Schritte.«

»Okay ... einundachtzig ... zweiundachtzig ...« Zählend eilte Knut weiter.

»Da!« Veith zeigte zu einer Kiefer. Ihr Stamm war in der Mitte gebrochen. Zwar sah sie nicht wie auf der Zeichnung aus, nicht wie eine Palme, und ihr Stamm war vollkommen morsch und zerbröselt, aber ...

»Okay. Was anderes sehe ich hier nicht. Jetzt zur Hängebrücke. Zweihundertdrei. Also rund hundertzwanzig Erwachsenenschritte. Geht schneller so.« Knut lief mehr durch den Wald, als dass er abschritt, zählte im Geiste und blieb mit einem Mal stehen. Er war bloß bis siebenundneunzig gekommen, dann war in dieser Richtung Schluss. Vor ihm fielen die Felsen steil ab. Zwanzig Meter bis zum Meer, das dort unten schäumte. Er suchte die Klippe ab und entdeckte ein uraltes Eisengeländer. Es war vollkommen verrostet.

»Es ist keine Hängebrücke, sondern so was wie eine

Strickleiter.« Er lugte über den Rand. In den Felsen waren U-förmige Tritte aus Eisen befestigt worden. Wahrscheinlich stammten sie wie der Bunker noch aus dem Zweiten Weltkrieg.

Ungeduldig kniete Knut sich hin, schwang ein Bein über die Kante und hielt sich am Pfosten des Geländers fest. Einen besseren Griff fand er nicht.

»Knut, du weißt, was der Schatz ist?«

So ungeschützt an den Felsen riss der Wind an ihm, und er spürte selbst hier oben die Gischt. Ein feiner Nebel aus salzigem Wasser legte sich auf seine Arme und sein Gesicht. »Ich ahne es, ja«, rief er gegen das Tosen an.

53

Helen spürte seinen Griff, als er sie vorwärtszwang. Die Kraxelei auf den Felsbrocken, die von der Wand abgebrochen und ins Wasser gestürzt waren, wurde zusehends gefährlich. Bei Ebbe gab es einen schmalen Pfad zwischen Wand und Felsen, doch er stand mittlerweile hüfthoch unter Wasser – und mit jeder Minute stieg die Flut weiter.

Nicht auszumalen, was geschehen sollte, wenn die Wellen an Kraft zulegten und gänzlich über die Felsbrocken schlugen.

Helen suchte Halt, stieg auf den nächsten Stein. Der Wind drückte die nassen Kleider an ihre Haut. Sie fror und hatte noch immer keine Ahnung, wohin er wollte. Anscheinend kannte er den Weg gut.

Jäh packte er sie am Arm, setzte ihr die Pistole an den Hals. »Stopp! Da rüber.«

Er stieß sie Richtung Felswand, und sie versuchte, etwas zu erkennen. Da waren nur weitere Felstrümmer. Unbarmherzig schob er sie voran, stieß sie über die Steine. Ihre Prothese schmerzte, und sie biss die Zähne zusammen.

Kaum war sie ins hüfthohe Wasser nahe der Felswand gesprungen, sah sie es.

Mehrere Felsspalten durchzogen die Klippe. Vier waren einen guten halben Meter breit.

Die Waffe am Hals, zwang er sie, vor den dritten Riss zu treten. »Rein da!«, befahl er.

Skeptisch blickte Helen auf den schmalen Einlass. Sie musste sich seitlich hineinzwängen, musste sich überwinden, in das Dunkel zu treten. Rau und nass scheuerte die Felswand an ihrem Rücken.

»Weiter«, drang sein Ruf zu ihr. Er folgte ihr in einigen Metern Abstand, die Waffe noch immer auf sie gerichtet. Das Licht vom Meer wurde schwächer und schwächer. Der Riss schlug Haken, in Gedanken zählte Helen ab, schätzte, dass sie fünfzehn, zwanzig Meter ins Innere vorgedrungen war.

Es war derart dunkel, dass sie die Hand nicht vor Augen sehen konnte. Tapfer schob sie sich weiter vor.

Da! Endlich wurde es wieder ein wenig heller. Schummriges Tageslicht sickerte zu ihr durch. Noch ein Seitschritt, ein weiterer – und beinahe wäre sie gestürzt, weil die Wand in ihrem Rücken so abrupt gewichen war.

Im Dämmerlicht war kaum etwas zu erkennen, aber sie stand eindeutig in einer Höhle. Durch die Decke, zwanzig Meter über ihr, schimmerten schwach Lichtpunkte zwischen Wurzeln hindurch, die die Steindecke hier und da fingerbreit aufgerissen hatten. Es war bloß eine Frage der Zeit, bis alles einstürzen würde.

»Weiter«, hörte sie ihn, spürte erneut ihre Glock im Rücken. In ihren aufgeweichten, dreckigen Sneakers stolperte sie über vom Wasser rund geschliffene Steine, trat ein Holzkreuz aus gebundenen Stöcken um.

»He! Passen Sie auf!«

»Was ist das hier?« Vergeblich versuchte sie, etwas mehr im Schummerlicht zu erkennen.

Knut und Veith sprangen von Stein zu Stein, halfen sich gegenseitig und kamen gut voran. Ein paarmal hatte Knut Angst, das Smartphone mit der Karte könne ihm entgleiten und in die Fluten fallen oder wegen der Gischt, die sie durchnässte, den Geist aufgeben.

Wie Kinder zählten die beiden laut ihre Schritte, riefen sie gegen das Meer, das mittlerweile mit ungeheurer Wucht seine Fäuste gegen die Steine schmettern ließ.

Keuchend und triefend erreichten sie einen von senkrechten Spalten durchzogenen Fels. Knut schmeckte das Salz in seinem Mund, als er das Wasser vom Gesicht wischte und grübelnd auf die Schatzkarte sah.

»Da ist kein Totenkopf«, stellte Veith fest, der die Spalten begutachtet hatte.

»Ich bin mir sicher, das sind die Striche hier! Wir sind richtig.« Er vergrößerte auf dem Display die krakeligen Linien mit dem Totenkopf darüber.

»Aber welche? Vier sind breit genug, ich meine …«

»Warte, warte, warte …« Knut scrollte die Karte noch einmal genauer durch, hielt beim Totenkopf inne. Das klassische Piratensymbol, aber es waren nicht zwei gekreuzte Knochen. Sondern drei. »Dritte!«, stieß er aus und sprang vor, um sich in den Spalt zu zwängen.

Helen sah sich um. Da waren noch mehr Kreuze. Vielleicht sechs, sieben Stück, die meisten kniehoch und aus Kiefernästen mit Fäden zusammengeschnürt. Sie steckten in kleinen Hügeln aus runden Steinen. »Das ist … ein … ein Friedhof?«

»Der Friedhof der Black Dogs. Sie hatten ein Ritual …« Weil sie stehen geblieben war, hieb er ihr auf den Kopf. Sie schrie vor Schmerz, spürte Blut in ihrem Haar. »Weiter!«, stieß er sie vorwärts. »Sie haben ihre Haustiere mit einem Korb voller prächtiger Geschenke durch die Decke gelassen. Damals gab's da noch eine große Öffnung. Bevor sie Steine und Erde draufgeworfen haben.«

Er zwang sie zur Höhlenmitte vorzutreten, ließ kurz von ihr ab und zückte ein Feuerzeug. Im schwachen Lichtschein sah sie, dass ringsum Dutzende Kerzen standen. Behände entzündete er einige von ihnen. Schatten tanzten über die Gräber und Höhlenwände, strichen über einen Steinhügel im Zentrum.

Der Berg und sein Kreuz waren erschreckend groß.

Helen starrte fassungslos auf das Steingrab. »Sie haben ihn hierhergebracht?«

»Die Black Dogs, ja. Sie haben ihre Haustiere hier beerdigt. Eine Tradition. Da liegen Pfote, Mister Barba, Rotrücken, Knickohr, Bigfoot, Schneepfote …«

»Und Thomas Roth«, schloss Helen bitter die Liste ab.

»Ja.« Er stellte sich neben sie an den Hügel. »Und nicht einmal Thomas' Schwester weiß es. Niemand weiß es, außer mir. Viola hat's verraten. Nur ich weiß es und die Black Dogs.«

54

Capt'n Finn erbrach sich ins Gebüsch, also übernahm Zitterzunge das Kommando und wies Finger und Säbelmary an, das tote Kind bis an den Rand des Lochs zu ziehen. Säbelmary reagierte nicht. Sie hatte sich auf einen Kiefernstumpf gesetzt und starrte vor sich hin. Es war weniger die Leiche des Jungen als vielmehr die Sonne, die ihnen allen zu schaffen machte. Sie hatten den ganzen Tag gebraucht, um Thomas auszugraben und seinen schlanken Körper mit dem Fahrradanhänger von Finger hierher zwischen die Bäume zu bringen.

Zum Deckenloch ihres Friedhofs, ihrer Kapelle, wie sie die Höhle ehrfürchtig nannten.

Der schwere rote Ball der Sonne würde in wenigen Minuten vom Meer gelöscht werden. Sie mussten sich beeilen, denn bei Flut waren die Spalten von unten aus nicht zu erreichen.

An diesem Tag, dem 17. Juli 1990, war es windstill. Es war der fünfte Tag, nachdem Thomas verschüttet worden war und an dem sie sich geschworen hatten zu schweigen.

»Wir schwören«, hatte Capt'n Finn noch in der Nacht des Unfalls gesagt, und alle hatten es nachgesprochen.

»Wir schwören …« Und die Kerzen in ihrem Piratennest hatten den Plastikschädel auf der Schatztruhe unheimlich leuchten lassen.

»Wir schwören, für immer zu schweigen. Wir schwören, niemandem unser Geheimnis zu verraten.«

»Niemandem unser Geheimnis zu verraten«, sagte Zitterzunge und war überrascht, dass er nicht stotterte. Er bekam die Nadel gereicht und stach sich in den Finger. So wie alle vor ihm drückte er seinen blutenden Daumen auf die Spielkarte, die er sich ausgesucht hatte. Man-E-faces.

Sie alle besiegelten den Schwur. Dort unten, in ihrem geheimen Piratennest. Ihr Leben war jung. Ihre Entscheidung für immer.

»Wir schwören, den Toten zu ehren. Für jetzt und immerfort«, stimmte Capt'n Finn feierlich an und erhob seinen Säbel.

»Wir schwören, den Toten zu ehren. Für jetzt und immerfort«, sagten sie wie aus einem Mund.

»Denn wir sind die Black Dogs. Aller Meere Freund, aller Welt Feind!«

»Aller Meere Freund, aller Welt Feind!«, riefen sie und beendeten gemeinsam fünf Tage voller Diskussionen, fünf Tage voller nächtlicher Treffen, fünf Tage Hadern, Albträume, Seelenleid.

»Dumusstdastesten.« Finger wischte sich den Schweiß aus den fettigen Haaren und warf Zitterzunge das Seil zu. »Dubistamfettesten.«

Sie schlangen das Seil um einen Ast der Kiefer. Gewöhnlich ließen sie ihre toten Haustiere mit Grabbeilagen in einem Korb hinab in die Höhle, aber für Thomas brauchten sie ein stärkeres Seil. Zitterzunge hängte sich mit seinem ganzen Gewicht daran. Der Ast hielt.

Gemeinsam banden sie den toten Jungen fest, dann zogen sie ihn über das Loch und ließen ihn behutsam in die Kapelle hinab. In sein zweites Grab.

Ihr Leben war jung. Keiner der fünf konnte ahnen, dass ihr Schwur, eingeschlossen in einer Kiste, abgesperrt und vergessen in ihrem verbarrikadierten Piratennest, dass dieser Schwur und der Junge, begraben unter handverlesenen Steinen auf ihrem Friedhof, ihre Seelen Stunde um Stunde weiter quälen würde.

Für jetzt und immerfort.

Ab dem 17. Juli 1990 gingen die Black Dogs getrennte Wege. Ab diesem Tag, an dem sie gemeinsam die Steine auf den toten Kinderkörper legten, brannte jeder in seinem eigenen Feuer.

Some say the world will end in fire.

55

»Es ist so weit«, sagte er. »Alle Black Dogs müssen sterben.« Er wollte Helen die Glock in die Hand drücken, aber sie wich zurück. Noch einmal baute er sich vor ihr auf. »Hier.«

Sie weigerte sich, die Waffe entgegenzunehmen.

»Was soll das Spielchen?«

»Was wollen Sie?«

»Das wissen Sie genau. Viola hat zweimal versucht, sich umzubringen. Sie konnte es nicht. Sie kann es einfach nicht. Und ich will es nicht. Sie soll ehrenvoll sterben. Also müssen Sie …«

»Vergessen Sie's!«

»Alle Black Dogs müssen sterben, Helen Henning. Ich wollte, dass Jansen es tut, aber Sie mussten ja unbedingt in den Krankenwagen steigen. Also!« Erneut hielt er ihr die Glock hin.

Helen blieb stur.

»Scheiße«, schrie er und wollte jäh zuschlagen, aber sie war diesmal schneller, wich aus, sprang vor und verpasste ihm einen Schlag mit dem Ellbogen. Er taumelte zurück, stieß gegen die runden Steine. Ein paar rollten herunter. »Schlampe!« Er riss sofort die Waffe hoch, hielt sie in Schach, während Blut aus seiner Nase floss. »Es reicht! Du verdammte Schlampe! Du tust, was ich sage!«

Sie schwieg.

»Gut. Machen wir's interessanter!«

Bevor sie es realisierte, hatte er bereits die Pistole auf ihren Bauch …

»NEIN!«, schrie sie entsetzt.

Und er lächelt, und er setzt den Lauf auf ihr Bein. Einfach so. Weil er es kann.

Bitch.

»Schlampe«, zischte er und drückte kalt ab, jagte ihr eine Kugel in den Bauch.

Helen blieb die Luft vor Schmerz weg, und sie spürte das Brennen, das so bitter vertraute Brennen.

Nicht im Bauch, nein, seitlicher.

Er hatte ihr in die Seite geschossen. Ein Durchschuss. Taumelnd stand sie da, presste ihre Hand auf die Wunde. Das Blut lief ihr das Bein hinunter, in die Hose, floss über ihre Prothese.

»Fuck. Ich bring dich um.« Sie krümmte sich vor Schmerz.

Lächelnd hielt er ihr abermals die Pistole hin. »Nimm schon. Du kannst das beenden. Hier und jetzt.«

Diesmal schnappte sie sich die Glock, nahm sie zitternd vor Schmerzen hoch, zielte auf seinen Kopf.

»Ja. Bitte! Tu es …« Er stellte sich vor Thomas' Grab, streckte die Arme aus. »Viola ist bereit.«

»Krepieren sollst du!« Helen drückte ab, in schneller Folge. Einmal, zweimal, dreimal …

Es dauerte einen Lidschlag, bis er begriff. Er war nicht tot. Die Kugeln hatten ihn verfehlt! Voller Zorn sprang er vor …

4, 5, 6.

… griff in seine Sanitäterjacke und riss ein Skalpell heraus.

»Du Fotze«, schrie er und stürzte sich auf sie. Da hatte sie bereits drei weitere Schüsse in die Höhlendecke gefeuert. 7, 8, 9. Er riss sie zu Boden, das Skalpell fuhr durch ihren linken Oberarm. Helen schrie auf, wehrte sich, feuerte aber weiter ins Leere.

10, 11, 12 …

Fluchend presste sich Knut vor Veith durch die Spalte. Er hatte die Schüsse gehört und vermutete das Schlimmste.

Irgendwie gelang es ihm, sich seitwärts durchzuzwängen und den Revolver zu ziehen. Sollte Viola direkt am Ausgang des Risses auf sie warten, hatten sie keine Chance. Sie musste bloß in die Spalte feuern und hätte sie beide sofort getötet.

Klick. Klick. Klick.

Er hielt inne. Fassungslos, bebend vor Wut.

Klick.

Helen warf die Glock auf die Steine.

Völlig entsetzt rappelte er sich auf.

»Was hast du … Was hast du getan?« Seine Augen zuckten, Speichel rann ihm aus dem Mund vor lauter Herumschreien.

Sie biss die Zähne zusammen, presste die Schusswunde ab. »Es ist vorbei, Viola oder wie immer du heißt.«

Er atmete ein paarmal ein und aus, dann verfinsterte sich sein Blick. »Falsch. Und wenn du mich mit deinen Händen umbringen musst!« Mit einem neuerlichen Wutschrei stürzte er sich auf sie, das Skalpell erhoben, bereit, ihr das Gesicht aufzuschn…

Knut drückte ab.

Der Schuss aus dem Revolver hallte laut von den Wänden wider.

Der Rückschlag bebte in seiner Hand nach. Er spürte

ein Kribbeln, das er bei den Schießübungen mit Veith nie bemerkt hatte. Das Wasser troff ihm aus dem Haar. Seine Basecap hatte er irgendwo im Spalt verloren. Noch einmal legte er an, aber er brauchte keinen zweiten Schuss. Er hatte Viola direkt ins Herz getroffen.

Die Frau sackte über Helen zusammen, fiel auf die Steine, das Skalpell noch immer umklammert.

Einen Augenblick stand er bloß da, ganz still, und spürte das Wasser im Gesicht, schmeckte das Salz. Dann riss er sich los und stürzte zu ihr.

»Wir sind da. Alles okay! Ich bin da«, rief er und hoffte, dass sie noch lebte.

Knut kniete sich zu ihr und stellte erleichtert fest, dass sie fluchte und stöhnte.

Gemeinsam mit Veith rollten sie Viola von Helen herunter.

Mit Entsetzen sah er, dass sie stark blutete. »Was … was ist passiert?«

Sie fasste seine Hand. »Rufen Sie 'n Arzt«, presste sie unter Schmerzen hervor.

Sofort riss er ihren Pulli hoch, riss ihr Hemd auf und zog seine Jacke aus. Er presste ihre Wunde ab, und sie sahen sich an, und er spürte ihre Hand in seiner, spürte ihren Herzschlag und spürte die Kraft ihres Lebens.

56

Über dem Schrottplatz kreisten die Möwen. Hunderte ihrer weißen Leiber leuchteten vor den abendlichen Schäfchenwolken; beinahe glich der riesige Schwarm dem tobenden Trichter eines Tornados.

»Ihre Stiefel sehen scheiße aus.«

»Danke.« Knut wippte prüfend mit den Spitzen. Er hatte sich für die Boots mit dem aquamarinblauen Schaft und den Adlerbestickungen entschieden, nachdem seine Schlangenlederlieblinge endgültig ruiniert waren.

Helen lehnte sich in dem zerschlissenen Sessel zurück, nippte an einem Bier und nahm sich dann sein Geschenk vor. Behutsam öffnete sie das bunte Papier, während er sich mit ihrer Glock vertraut machte.

Noch etwas angeschlagen vom Reha-Besuch bei Magnussen, stellte er sich mit seinem Bier und ihrer Pistole in Stellung, fertig zum Schuss. Prüfend nahm er die Flaschen auf dem Autodach ins Visier.

»Gab's heut Ehrlichkeit im Sonderangebot?«, frotzelte er.

»Ehrlichkeit kann man nicht genug haben.« Schmunzelnd trank sie einen weiteren Schluck, bevor sie die Glaskugel aus der Verpackung zog. Dieses Mal kämpfte ein Schiff gegen schneeumwirbelte Wellen. »Valandsiel – Tor zur See«.

»Oh, die ist hübsch.«

»Na, freut mich, dass sie Ihnen gefällt.«

»Das tut sie, *ehrlich* … Tut mir leid, ich hab gar nichts für Sie.«

»Ach. Sie haben doch das Bier mitgebracht.«

»Extra in die Sonne gestellt.« Zufrieden legte sie die Glaskugel beiseite, griff nach ihrer Bierflasche und sah ihm beim Zielen zu. Ihre Blicke machten ihn nervös, er ahnte, was sie dachte.

Du machst hier einen auf Cowboy, aber Valandsiel ist nicht Tombstone und du nicht Wyatt Earp. Und dein bescheuertes Händezittern verrät alles.

Vier Wochen war es her, seitdem er Viola Wilbrand erschossen hatte. Und obwohl sich Maas noch immer für ihn einsetzte, hatte die Staatsanwaltschaft ein Verfahren gegen ihn eingeleitet.

Kaum eine Nacht, in der Knut nicht wach lag und das Hendrix-Plakat anstarrte, während das schlechte Gewissen ihn quälte.

Vorerst hatte er die Revierleitung an Diehl abgeben müssen, weil er zwangsbeurlaubt worden war. Verbot des Führens der Dienstgeschäfte, so hieß es offiziell. Seit zwei Tagen war sogar im Gespräch, Thor kurzfristig für ein paar Monate aus dem Ruhestand zurückzuholen und als kommissarischen Leiter einzusetzen. Aus Sicht der Polizeidirektion ein vernünftiges Vorgehen, denn sowohl Diehl als auch Veith hatten klar signalisiert, nicht für einen längeren Zeitraum zur Verfügung zu stehen. Und Knut bezweifelte, dass die Herren beim Landespolizeiamt auf die Schnelle einen Revierleiter von außerhalb finden würden. Wer hatte schon Lust, im verschlafenen Valandsiel Schicht zu schieben? Sie hatten in den letzten Monaten ja nicht einmal Magnussens Stelle neu besetzen können.

Nach Valandsiel wollte niemand.

Aus Valandsiel zog man gewöhnlich weg.

Knut wollte gar nicht daran denken, was es für ihn hieß, wenn die Staatsanwaltschaft seine Unschuld feststellte, er zurück ins Revier dürfte – und dann hockte da sein Vater … Sicher würde sein alter Herr irgendeinen Kniff finden, den Thron nicht gleich wieder abgeben zu müssen. Irgendwas fiel Thor sicher ein.

Beim Anblick seiner zittrigen Hand warf Helen ein: »Es ist okay, dass Sie abgedrückt haben. Glauben Sie mir.« Sie stand auf, rückte ihre Prothese zurecht und kam in ihrem ureigenen wiegenden Schritt zu ihm. »Wilbrand hätte mich sonst umgebracht, das wissen Sie, Herr Jansen.«

»Stimmt, aber macht's das besser?«

Sie lachte kurz auf. »Also was mich anbelangt, ist das ein entschiedenes ›Ja‹.«

Klar, dachte er. So war es auch nicht gemeint. »Sie sind keine Psychologin.«

»Nein, aber ich habe die letzten Tage alle Akten durchgesehen und mehrfach mit Dr. Tillmann, dem Psychologen, gesprochen.«

»Der Typ aus der ›Linde Nord‹-Klapse?«

»Richtig. Aus der Psychiatrie. Maas hat ihn für den Abschluss und die Bewertung des Falls als Fachmann hinzugezogen. Wir sind alles akribisch durchgegangen und haben auch mit Melanies damaligem Therapeuten gesprochen. So wie es aussieht, litt Viola Wilbrand unter einer multiplen Persönlichkeitsstörung. Nachdem sie als Viola mit der Tat nicht umgehen konnte, hat ihr Ich alles verdrängt, hat die damalige Tat einfach weggesperrt und geleugnet.«

»Sie konnte sich gar nicht mehr daran erinnern?«

»Exakt. Aber ihr Ich hat noch mehr getan. Es hat *ihn* hervorgebracht, den Killer, der ihre ganze Scham, Reue und ihr schlechtes Gewissen personifizierte. Wir glauben, er wollte Gerechtigkeit durch seine Rache herstellen und letztlich auch Viola heilen.«

»Heilen?« Knut setzte die Pistole ab, stellte das Bier neben seine Stiefel. »Er wollte sie *umbringen*.« Er zielte erneut, versuchte nicht zu zittern.

»Stimmt. Aber das eine schließt das andere nicht aus.«

»Heilen durch Töten … Na, echt toll. Ich hab eine Frau erschossen und im Grunde gleich zwei Menschen auf dem Gewissen.«

»Hm. Kann man so sagen. Auch wenn es sich abschließend nicht glasklar beweisen lässt. Trotzdem sollten Sie Viola und ihr anderes Ich nicht ›auf dem Gewissen haben‹.«

»Wissen Sie, Schuldgefühle sind das eine. Aber viel schlimmer ist, dass diesmal das Böse gewonnen hat.«

Sie sah ihn fragend an.

»Ich habe genau das ausgeführt, was er oder sie geplant und vorausgesagt hat. Alle Black Dogs sind tot. Ich habe seine Rache vollendet. Ich sollte Viola erschießen, und ich hab's getan.«

»Unsinn. Sie haben mich gerettet. Das zählt. Haben Sie keine Schuldgefühle.«

»Witzig. Wie soll das gehen?«, brummelte er. »Ich meine, da sind Sie ja nicht gerade eine Expertin drin.«

»Wieso? Ich habe jedenfalls keine.«

»Ach?« Er hatte es gar nicht so flapsig sagen wollen, aber nun war es rausgerutscht. Einen Moment senkte sich Schweigen zwischen die Schrottautos, lediglich das Kreischen der Möwen erfüllte die abendliche Luft.

»Wenn Sie Schuld als Verstoß gegen Ihr Gewissen sehen, dann tragen Sie keine, Herr Jansen.«

»Wirklich? So wie Sie bei diesem Richard ›Fist‹ Hollow?«

»Ja.«

»Und deswegen schlafen Sie jede Nacht sofort ein und

schlummern wie ein Baby. Deswegen wachen Sie nie, niemals schweißgebadet auf. Deswegen sprechen Sie nicht ständig von *ihm*. Deswegen …«

Helen gab Knut eine klatschende Backpfeife.

»Scheiße. Aua.« Er rieb sich die Wange und sah sie verdattert an, dann riss er sich zusammen. »'tschuldigung«, meinte er. »Es – es tut mir leid, ich wollte nicht … Das war blöd von mir.«

Sie holte tief Luft. »Schon gut. Ich …«, meinte sie und winkte ab.

Er wollte etwas sagen, suchte ihren Blick. Diesmal wich sie ihm nicht aus. Er konnte die verspielten Strahlen in ihrer blauen Iris sehen, das Tasten ihres Blicks spüren und ihren Atem hören.

Keiner sagte etwas, während sie sich suchend in die Augen sahen. Er musste sich anstrengen, nicht schüchtern wegzublicken, fühlte, wie ihm die Röte in die Wangen schoss.

Die Schauer, die seinen Nacken hinabrannen, und diese intime Stille machten es ihm unmöglich, einen klaren Gedanken zu fassen.

Was passiert als Nächstes?, fragte Knut sich. Erwartung und Panik mischten sich in ihm. Was passiert jetzt? Du solltest verdammt noch mal ihre Hand nehmen. Du musst sie berühren. Du warst ihr noch nie so nah, dachte er.

Etwas in ihrem Blick veränderte sich. Ja, es war, als wolle sie mit ihren Augen etwas bekräftigen. Etwas, das mehr als Freundschaft war?

»Ich …«, brachte er hervor und hielt ihrem Blick nicht länger stand. Er wandte sich ab und ärgerte sich innerlich wahnsinnig, so feige zu sein, sie nicht einfach zu umarmen und sie zu küssen und zu sehen, was dann passieren würde.

Masochistischer Melancholiker. Idiot.

»Ich bin wahrscheinlich einfach bloß 'n bisschen neugierig. Was Sawyer damit zu tun hat, ich mein, mit diesem Fist, und warum Sie so eine … na ja … Angst haben.«

Er widmete sich wieder der Pistole und drehte sich zu dem Autowrack um. Da spürte er ihre Hand auf seinem Arm. Augenblicklich begann sein Herz zu rasen.

Helen war jetzt noch näher. So nah. Ihr Parfüm war verlockend. Die Möwen kreischten. Mit trockenem Mund drehte er sich zu ihr. Die Abendsonne tauchte ihr Haar in goldenen Glanz.

»Keine Sorge, das werde ich Ihnen erzählen.« Sie schmunzelte. »Ich glaube, ich brauche jemanden zum Reden.«

»Echt?« Er war wirklich überrascht. Damit hatte er nicht gerechnet.

Mit einem Mal nahm sie seine Hand. »Ja«, setzte sie nach. »Irgendwann erzähl ich's Ihnen. Jetzt, da ich beschlossen habe hierzubleiben.«

»Was? In Valandsiel? … Und ich dachte, wegen der Asgard-Jungs, dass Sie …« Er wollte seine Rechte um ihre Hüfte legen, doch leider hielt er noch die bescheuerte Pistole in der Hand. »Das … das finde ich großartig, wirklich«, sagte er stattdessen.

»Ich lass nicht zu, dass die mir Angst machen«, fuhr Helen fort. »Und Sie haben gesagt, Sie beschützen mich …«

»Versprochen ist versprochen und wird nicht gebrochen. Ich beschütze Sie.«

»Und das haben Sie verdammt gut getan, Herr Jansen.«

»Und das werd ich immer wieder tun, Frau Henning …«

»Herr Jansen?«

»Ja, Frau Henning?«

»Stecken Sie die Waffe jetzt endlich weg?«

Einen Lidschlag war er aus dem Konzept. Dann sicherte er die Pistole und entschied sich, einfach ihren Pulli hochzuschieben. Er spürte ihre Haut, spürte ihre Erregung, als er die Glock zärtlich in ihren Hosenbund gleiten ließ. Sie stieß einen Seufzer aus, und er fasste sich ein Herz, zog sie an sich und roch ihre Haut, spürte ihren Atem auf seinen Lippen.

Ganzheitlichkeit. Entscheidung treffen. Jetzt, du Idiot!

Er schloss die Augen und fühlte ihre Wärme, ihren Körper, ihren Atem, der zu seinem wurde. Dann berührten sich ihre Lippen.

Sie standen da und küssten sich wie zwei unsichere Teenager.

Und es tat gut. Es tat so wahnsinnig gut, sie zu halten, ihre Wärme zu spüren, sie zu schmecken.

Die Küsse wurden forscher. Knut drückte sie an sich, packte sie und taumelte ans Autowrack, schob sie rückwärts gegen die Motorhaube. Ihre Hände glitten unter sein Hemd.

Er hörte auf zu denken, packte ihren Hintern, hob sie auf die Haube, küsste ihren Hals, ihr Ohrläppchen und …

»Warte mal. Sekunde.« Die Pistole störte. Sie schob ihn ein kleines Stück von sich, tastete nach der Pistole und packte sie neben sich. Erneut wollte Knut Helen zu sich ziehen, als ausgerechnet ihr Handy klingelte.

»Geh nicht ran«, raunte er, die Hände in ihrem Haar. Sie zog es aus der Hosentasche, wollte es tatsächlich einfach neben die Pistole legen, doch da sprang das Display an.

Und in diesem Moment erstarb alle Sinnlichkeit. Es war wie ein Schlag, als sinke die Temperatur von einem Atemzug zum anderen. Auf dem Display leuchtete eine Nummer aus den Staaten und das Wörtchen »Unbekannt«. Knut registrierte sofort, dass Helen die Nummer sehr wohl bekannt war. Ihr Blick sprach Bände. Er wollte etwas sagen, sie festhalten, aber Helen rutschte von der Haube und nahm das Gespräch entgegen.

Mit zitterndem Finger drückte sie auf »Laut«, sagte kein Wort.

»Helen ... I got your greetings from Valandsiel.«

Versteinert stand sie da. Knut folgte ihrem Blick zu seinem Landrover, der einige Meter neben dem Sessel parkte. Sein Sheriffstern schwang vor und zurück.

Das billige Plastikding.

»Helen ...? Helen ...?«

Sieben Tugenden, sechs Zacken.

»I'd love to see you again.« Chris Sawyers Atem klang gleichmäßig und ruhig.

Danke

Dorothe – fürs kritische Lesen. Immer wieder extrem hilfreich.
Klaus Horst – für die sachkundige Hilfe in Sachen Pillchen, Salben und Betäubung
Ina – für viele Anregungen und ihre pathologische Ader
Do Ri – für die hilfreichen Infos über Sanis.
Und natürlich meiner Lektorin!

Danke euch allen.